未名·观点丛书

边缘耀眼：中国现当代通俗小说讲论

汤哲声 著

北京大学出版社

图书在版编目（CIP）数据

边缘耀眼：中国现当代通俗小说讲论/汤哲声著. —北京：北京大学出版社，2013.1
（未名·观点丛书）
ISBN 978-7-301-21749-8

Ⅰ.①边… Ⅱ.①汤… Ⅲ.①通俗小说－小说研究－中国－现代 ②通俗小说－小说研究－中国－当代 Ⅳ.①I207.4

中国版本图书馆CIP数据核字（2012）第294763号

书　　　　名：边缘耀眼——中国现当代通俗小说讲论
著作责任者：汤哲声　著
责　任　编　辑：魏冬峰
标　准　书　号：ISBN 978-7-301-21749-8/I·2555
出　版　发　行：北京大学出版社
地　　　　址：北京市海淀区成府路205号　100871
网　　　　址：http://www.pup.cn
新　浪　微　博：@北京大学出版社
电　子　信　箱：weidf02@sina.com
电　　　　话：邮购部 62752015　发行部 62750672　编辑部 62750673
　　　　　　　出版部 62754962
印　刷　者：三河市博文印刷厂
经　销　者：新华书店
　　　　　　　965毫米×1300毫米　16开本　20.5印张　317千字
　　　　　　　2013年1月第1版　2013年1月第1次印刷
定　　　价：42.00元

未经许可，不得以任何方式复制或抄袭本书之部分或全部内容。
版权所有，侵权必究
举报电话：010-62752024　电子信箱：fd@pup.pku.edu.cn

目 录

第一辑　中国现当代通俗小说的文化思考和批评标准
中国现代通俗文学的"现代性"和怎样入史 …………………（3）
20世纪中国文学的雅俗之辨与雅俗合流 ……………………（10）
中国当代通俗小说的叙事策略及其批评 ………………………（25）
历史与记忆：中国吴语小说论 …………………………………（41）
她们怎样变成祥林嫂
　　——"五四"新文学与"鸳鸯蝴蝶派"文学关系研究之一 …（53）
论中国当代通俗小说的语境和批评标准
　　——以近十年中国通俗小说创作为中心 …………………（61）
论新类型小说和文学消费主义 …………………………………（73）

第二辑　中国当代通俗小说讲稿
引言：批评方式和角度 ……………………………………………（87）
一、社会小说 ……………………………………………………（90）
二、言情小说 ……………………………………………………（97）
三、武侠小说 ……………………………………………………（105）
四、公安法制小说 ………………………………………………（112）
五、历史小说 ……………………………………………………（119）
六、科幻小说 ……………………………………………………（125）
七、网络小说 ……………………………………………………（131）

第三辑　中国现当代通俗小说的"双子座"张恨水、金庸讲座稿

自是人生长恨水长东

　　——张恨水讲座 ……………………………………（141）

天下江湖

　　——金庸小说讲座 ………………………………（173）

后　记 ……………………………………………………（324）

第一辑

中国现当代通俗小说的文化思考和批评标准

中国现代通俗文学的"现代性"和怎样入史

内容提要 本文认为现代通俗文学有一条系统的发展线索,是中国传统文学在现代中国的延续,表现的是不同于新文学的中国传统的道德文化。在现代文学中,现代通俗文学展示着特有的"现代性"。因此,真正意义上的《中国现代文学史》应该具有能够容纳新文学与通俗文学的史观、史识、史实。

关键词 现代通俗文学 现代性 文学史

在社会文化变化和学者们的努力下,中国现代通俗文学以"文学身份"入史了。这是 20 年前所不敢相信的,因为长期以来以"鸳鸯蝴蝶派"为标志的现代通俗文学一直被视为中国现代文学的"逆流",以被批判者的身份而存在于各种文学史中。现在能够恢复它的"文学身份",说明人们对它的态度逐步地趋于科学。但是现在通俗文学入史的方式似乎还不够合理,它们或者被浓缩成一章附在书中,或者只论述其中的几位代表作家,例如张恨水、金庸等人。史学家们对现代通俗文学还缺乏系统的了解,还缺乏文化层面上的认识。我认为究竟怎样"入史"需要对现代通俗文学有三个方面的客观评价。

首先,应该认识到现代通俗文学在整个 20 世纪具有系统性、完整性。如果以 1894 年韩邦庆的《海上花列传》(1892 年《海上花列传》已经在《海上奇书》上连载)正式出版为现代通俗文学的发端,那么现代通俗文学发展至今可以分成五个阶段。这五个阶段各具特色。第一个阶段是清末民初时期,这是现代通俗文学的起步阶段,以社会小说和言情小说的创作为特色。由于这个时期新文学还没有登上文坛,所以它们也可以看作是中国 20 世纪文学的发端。第二个阶段是 20 世纪二三十年代,这是通俗文学全面市场化时期,通俗文学创作走向了繁荣,社会小说、言情小说继续走红,武侠小说、侦探小说、滑稽小说、科幻小说、历史小说异彩纷呈。这个时期新文学登上文坛并且取得了文学话语主导权的地位,通俗文学与新文学双流并进。第三个阶段是20世纪40年代,以张爱玲、徐訏、无名氏、予且、梅娘等为代表的通俗文学新生代作家出现在文坛上,由于这些作家接受的是新式教育,他们的创作将通俗文学带到了一个新的境界。第四个阶段是20世纪50—70年代,这个时期大陆的通俗文学没有了,但是在台、港地区却有了新的发展,琼瑶等人的言情小说、金庸等人的武侠小说代表了这个时期中国通俗文学的成就。他们小说的影响在80年代改革开放初期的中国大陆走上了巅峰。第五个阶段是90年代之后,以中国大陆为中心的通俗文学再一次走向繁荣。这个时期,社会小说、历史小说的创作十分火爆。跨世纪以后,网络文学凭借着新的传播媒体成为当下最抢眼的文学门类。现代通俗文学承继着中国传统文学而来,在20世纪发展的势头不减,形成了很有特色的、系统的、完整的发展线索,这样的发展还将在今后的中国文学创作中继续下去。

其次,应该明了现代通俗文学与新文学有着文化上的差异。1917年登上文坛的中国新文学所追求的是以西方人道主义为核心的世界主义的价值观。对这样的文化价值观,周作人在《人的文学》中阐释得很清楚,他说:"我所说的人道主义,并非世间所谓悲天悯人或博施济众的慈善主义,乃是一种个人主义的人间本位主义。"他明确地说,对"人"的发现不是他的发明,欧洲早已发现,他不过是把欧洲"人"的发现移植到中国"辟人荒"的。[①]对这篇文章,胡适非常赞赏,称之为"最平实伟大的宣言"[②]。同样的评述,朱自清也说过,他说:"在哪个阶段上,我们接受了种种外国的标准,而向现代化进行着。"[③]现代通俗文学所承继的是以中国伦理道德为核心的传统的文化价值观。从大节上说,他们强调精忠爱国。对外,他们要求民族气节。

---

① 周作人:《人的文学》,见《文学运动史料选》第1册,上海教育出版社1979年版,第101页。
② 胡适:《中国新文学大系·建设理论集导言》。见胡适编:《中国新文学大系·建设理论集》,上海良友图书印刷公司1935年版,第3页。
③ 朱自清:《文学的标准与尺度》,见《朱自清古典文学论文集》上册,上海古籍出版社1981年版,第12页。

他们创作了大量的爱国小说、国难小说和抗战小说,其数量和质量都超过了新文学,尤其是张恨水,他是现代中国创作抗战小说成就最丰的作家。对内,他们要求国泰民安。他们反对军阀混战,反对强暴、反对压迫,同情弱者、平民;他们赞成共和制度(相当程度上他们将1911年成立的共和制度看成是与清朝政府相对的汉族掌权的政府),但要求共和政府宣扬传统的道德观念。从小节上说,他们强调仁爱忠孝、诚信知报、修己独慎。从道德层面上说,知世论人是他们思考问题和创作作品的出发点。比如,翻开他们的作品只要是论及社会风气,毫不例外地一致地叹世风日下、人心不古,毫不例外地一致将原因归结为物质社会带来的商业气息(有意思的是,他们也津津乐道于一些物质文明的先进和方便),坚守道德之人总是用"规矩"看待一切,总是用怀疑的眼光看待社会变动。再看他们的社会小说,他们对那些坏人、坏事的批评毫不留情,但是他们并不多考虑这些坏人有什么复杂的性格以及为什么要做这些坏事,而是更多描述这些人道德之坏,做的事多么肮脏,坏人做坏事是因为他们根本就不遵守既有的伦理道德。20年代的反军阀小说是这样写,90年代的贪腐小说也是这样写。反侵略、反压迫、反贪腐,这些"大节"问题现代通俗文学作家与新文学作家基本上是一致的,虽然新文学作家没有通俗文学作家那么热衷,通俗文学作家没有新文学作家那么深刻。他们的矛盾和分歧是在对待传统的伦理道德观这些"小节"问题上,通俗文学作家采取的是坚守的态度,而新文学作家采取的是怀疑和批判的态度。有个例子很能说明问题。"五四"时期新文学对"鸳鸯蝴蝶派"为代表的通俗文学作家展开了批判,"鸳鸯蝴蝶派"就用小说展开了反击("鸳鸯蝴蝶派"都是长于写作拙于理论的作家)。矛盾焦点就集中在三个道德问题上:寡妇能否再嫁、婚姻能否自己做主、人是否要讲究孝道。通俗文学基本上认为寡妇再嫁有伤风化,于是他们写了《廿年苦守记》(李定夷)对"节女"大加赞赏,写了《玉梨魂》(徐枕亚)对"寡妇思春"提出了警告;他们认为婚姻不应该自己做主,于是他们写了《伉俪福》(李定夷)勾画了在"父母之命、媒妁之言"的婚姻模式中人生活是多么美满,写了《自由毒》(李定夷)描述了听从"自由之说、婚姻自己做主"的人的生活是多么悲惨;他们坚持做人要讲究孝道,他们写了《父子》(周瘦鹃)强调即使是接受新式教育的人也要守孝道,写了《嫌疑父》(王钝根)批评那些不讲孝道的人缺乏基本的伦理。新文学作家则对中国传统的"好女不嫁二夫"的道德观展开了严厉的批判,于是我们看到了鲁迅的《我之节烈观》、《祝福》;他们要求"自由恋爱、自由结婚",于是我们看到了鲁迅的《伤逝》、冯婉君的《隔绝》等作品;他们虽然没有说可以不孝,但是对父辈专制的反抗和冲出旧家庭是新文学的一个主题,如巴金的《家》等作品。分歧和矛盾的根源还是他们的文化观念,人道主义观念要求的是个性本位,"人"的价值及其实现自然就成了新文学思考问题的出发点和判断是非的标准,"人"的价值是平等的,"人"的价值得以实现才能是真正的"人",以此为基准,寡妇当然能再嫁,婚姻当然应自己做主,父子关系当然要尊重个性。传统伦理道德要求的是"规矩"本位,"做人"的价值及其怎么做自然就成为了通俗文学思考问题的出发点和判断是非的标准,人的价值的实现在于你在适当的位置,要保持适当的位置当然要抑制个人的欲望,以此为基准,寡妇当然不能再嫁,婚姻当然要听父母的,做儿子当然要讲究孝道。在通俗文学作家的眼中新文学作家是激进主义者,在新文学作家的眼中通俗文学作家是保守主义者,是封建余孽。在相当长的时期内,他们互相排斥,同样举个例子,1931年的"九·一八"事件和1932年的上海"一·二八"事变以后,通俗文学作家写了大量的爱国小说和国难小说,通俗文学作家们写得慷慨激昂,但是新文学作家对这些小说则做出这样的评价:"在国难的事件中打打趣而已",是"封建余孽作家在小说方面的活动的成果"①。这样的评价当然有些意气用事,但是他们之间互为排斥的关系可以窥见一斑。

在现代中国,通俗文学具有两个明显的特点,一个是媒体性,一个是市场性,这两个特点相辅相成,直接决定了他们的社会身份、创作观念和美学观念。"鸳鸯蝴蝶派"作家都是长期接受中国传统文化教育的传统的读书人,他们从小接受的教育就是通过科举之途取得功名。然而,晚清科举制度的改革使他们断了晋身之阶。正在他们寻找出路的时候,历史给他们提供了机遇,现代大众传媒出现了,他们进入刚刚兴起的报馆和书局,成为了中国第一代新闻人、编辑人,从此他们与大众传媒结下难解之缘。20年代以后电影开始走向商业化,此时众多的通俗文学作家又成为了商业电影的编

---

① 钱杏邨:《上海事变与鸳鸯蝴蝶派文艺》,载《现代中国文学论》,1933年6月出版。

剧。80年代以后电视开始普及,众多的通俗文学作家又成了电视、小说双栖作家。90年代以后网络开始风行,通俗文学作家成为网络上最活跃的作家。现代通俗文学作家始终伴随着大众传媒的发展变化而发展变化,从这个意义上讲,说现代通俗文学是大众媒体作家也未尝不可。大众媒体对通俗文学作家产生了巨大的推动力,将他们推向了市场。他们成了现代中国第一批职业作家。道理很简单,媒体依靠市场运作,为媒体写稿可以取得稿费。既然写新闻稿可以取得稿费,文学创作也可以取得稿费,可以养家活命,文学创作就成了一门职业。从苦闷时的排遣和得意时的自乐,变成一种工作手段,职业作家的出现给中国文学和作家的身份带来了深刻的变化。在充分市场化的条件下,职业作家可以保持着相对的独立性,可以不受主流话语的牵制独立地表达自己的意见,这在现代作家那里(无论是通俗文学作家还是新文学作家)表现得很精彩。由于他们是依靠市场而生存,他们对阅读市场的反应看得特别重,这就直接决定了他们创作观念的形成。必须跟着大众走,这是职业作家的生命线。于是,他们的作品就特别关心当下的社会热点问题,因为这些问题关系到当下老百姓的思想情绪;他们也热衷于描述老百姓的日常生活,因为这些生活包含着老百姓的酸甜苦辣,老百姓熟悉,容易产生共鸣。由于是跟着大众走,通俗文学创作很容易走向媚俗,这也是事实,也是人们批评和贬低通俗文学的重要原因。但是我们也应该看到另一面,市场给通俗文学创作带来了活力。举几个例子来说明:"五四"时期通俗文学受到了新文学的严厉批判,连发表的阵地都丢失了(如《小说月报》),通俗文学可以说受到了致命的打击,可是不到数年,进入二三十年代之后,通俗文学却异常的繁荣,为什么呢?就在于市场的作用。20年代之后,上海的市民阶层迅速扩大,市民的阅读兴趣是故事、休闲和趣味,通俗文学迎合了这样的阅读兴趣,又怎能不被市民阶层所欢迎呢?而当时的市民阶层就是文学作品最广大的接受者,通俗文学占据的实际上是当时中国最大的阅读主体,通俗文学创作又怎能不繁荣呢?再例如当下的中国人最关注的传播媒体是网络,聚集其中的是大量的网民。这些网民之中又以年轻人为主,他们是当代文学作品的阅读主体。所以当下的通俗文学在网络文学中显得特别火爆,武侠、悬疑、玄幻、校园言情等网络文学作品都成为各个出版社争抢出版的书籍,而且都成了畅销书。市场是一个巨大的动力源,决定着通俗文学创作能否保持勃勃生机。既然市场决定了通俗文学创作的活力,通俗文学的美学取向当然要迎合市场的审美情趣。新文学总是引进一些外来的新的美学要素,从而引领中国文学美学取向的发展,并且常常指责通俗文学美学取向的传统和保守。这样的指责是不全面的。应该看到通俗文学的美学取向也在"与时俱进",只不过它有自己的运动方式。通俗文学美学取向的变动是被市场推着走的。市场的变动是个缓慢运动的过程,于是通俗文学审美要素中的传统价值就有了一定的恒定性。但是一旦市场发生变化,通俗文学就会毫不犹豫地调整自我的美学取向,从中可以看到通俗文学还具有灵活的开放性。同样举例子说明:20世纪30年代接受新式教育的学生越来越多,他们的阅读要求开始对当时的阅读市场产生影响。为了赶上这样的形势,一些通俗文学作家开始调整自我的创作取向。既要保持原来的市民读者(他们毕竟是大多数),又要得到这批新学生的认可,最好的办法就是引进新文学的美学要素。当意识到这一点时,通俗文学作家马上就开始实行,于是张恨水的《啼笑因缘》等作品就出现了。这些作品讲的是平民的故事,宣扬的却是反压迫的主题,有着很强的社会批判色彩。再例如金庸的小说,有着很强的故事性,也有着很深刻的人性剖析,有着很多欧美文化的特征。这固然与金庸先生的文化修养有关,但根本原因还在于市场的推动。对20世纪50年代以后的中国读者(特别是当时香港的读者)来说,他们是不会被那种单纯讲离奇故事的小说所吸引的。他们毕竟是中国的读者,需要中国传统文化精神,他们又生活在现代中国,又具有世界现代文学审美手法的艺术要求,金庸的这些"新派武侠小说"也就应运而生了。市场就是一双充满魔力的手,通俗文学的优与劣都可以从中找到原因。

对现代通俗文学有了一定的认识之后,我们可以论述现代通俗文学怎样入史了。

现代通俗文学入史应该有一个合理的定位,要使通俗文学有合理的定位,就必须先建立合理的文学史观。这样的文学史观应该是既能超越雅俗,也能统领雅俗;既包括文化观念的变动,也包括社会结构、文化市场、读者构成等诸多要素;既能阐释外来文化的影响,也能注意到中国传统文化的演进。只有这样才能是真正的"现代文学史",而不是"新文学史"、"通俗文学史",或者是附带一些通俗文学的文学现象、作家作品的以"新文学"为主导的文学史。

这样的文学史的批评标准应该有其适应性,对新文学的批评和对通俗文学的批评都能够符合各自的美学特征。用通俗文学的标准批评新文学显然不对,用新文学的标准批评通俗文学也不对,只能造成"主流"与"逆流"、"主导"与"边缘"、"批评者"与"被批评者"两块阵营。米用斗量,布用尺度,批评缺少适应性只能是"驴头不对马嘴"的批评。强调文学批评标准的客观性当然不是虚无主义的态度,而是要求实事求是的客观分析。

这样的文学史是一个"比翼双飞"的文学史,既要描述和分析新文学的发展历史,也要描述和分析通俗文学的发展历史。这不是为某一种文学现象争地位、争名分,这是现代中国文学现象的客观实在。更主要的是,它能够比较准确地描述现代中国文学发展的历程,可以看到"阅读主导"和"阅读主体"的消长起伏,可以看到新的文学现象层出不穷,可以看到各种文学现象的纠缠争斗和互相依赖。这样的文学史才是基本客观、立体的文学史。

史家治史需要情感,文学史尤甚,但是要使文学史更具有客观性,经得起更长的时间的检验,超越作家作品的理智科学的态度大概更为重要。

(原载《文学评论》2008 年第 2 期)

20世纪中国文学的雅俗之辨与雅俗合流

内容提要 中国古代雅俗文学以文人创作和民间创作为标准加以区分,中国现代雅俗文学则应以文化标准加以辨别。20世纪的雅文学表现更多的是社会人性,20世纪俗文学表现更多的则是自然人性。20世纪雅俗文学的根本区别在于人的位置如何。虽然20世纪雅俗文学有明显的区别,但总的趋势是互为渗透和走向合流。

关键词 20世纪 雅俗之辨 雅俗合流

一

中国文学以20世纪为标志大致上分为两个阶段,20世纪以前的文学称为古代文学,20世纪以后的文学称为现代文学。这两个阶段的雅俗文学是不一样的,评判雅俗文学的标准也是不一样的。

胡适在《词选序》中将唐宋词分为三个时期:"歌者的词"、"诗人的词"和"词匠的词",并作了这样的分期:"东坡以前,是教坊乐工与娼家妓女歌唱的词;东坡到稼轩、后村,是诗人的词;白石以后,直到宋末元初,是词匠的词。"①胡适是想通过这个例子说明中国文学都是从民间文学发展起来的。胡适的这个观点基本上得到了学术界的认同,成为研究中国文学发展史的主流观点,因为它符合中国文学的发展实际。中国的诗歌、散文小品、小说、戏剧都有一个从民间艺术走向文人艺术的过程。胡适对中国文学发展演变

---

① 胡适:《词选序》,载《胡适文集》第5卷,人民文学出版社1998年版,第133页。

的描述实际上也是对中国古代的雅俗文学作了辨析。俗文学是民间的、粗糙的,雅文学是文人的、精致的。这种分类是符合中国古代文学实际的,也是学术界的一个共识。正因为如此,郑振铎在他的《中国俗文学史》中给俗文学下了如下的定义:"何谓俗文学?俗文学就是通俗文学,就是民间文学,也就是大众的文学。换一句话,所谓俗文学就是不登大雅之堂,不为学士大夫所重视,而流行于民间,成为大众所嗜好,所喜悦的东西。"从定义中就可以看出,郑振铎所说的通俗文学就是指民间文学。事实上,他的这本《中国俗文学史》也主要是讲中国传统的说唱文学。

　　文人文学是雅文学,民间文学是通俗文学,以这样的标准来划分中国古代文学似乎并没有什么问题,但以此来辨析20世纪中国文学,却有很多文学现象无法说清。民国初年徐枕亚用骈文体写了小说《玉梨魂》,用词典雅艰奥,是一部典型的文人作品,但被认为是通俗文学;40年代赵树理用说书体创作了许多小说,用词浅白,老少皆宜,却被认为是雅文学。张恨水被认为是通俗文学作家,他的作品被称为报章小说,可是同是报章小说的鲁迅的《阿Q正传》却被看成是20世纪雅文学的经典之作。用中国古代文学雅俗文学的标准来划分20世纪中国文学作品显然是行不通的。

　　要规定20世纪中国雅俗文学的划分标准首先应该了解中国现代文学有别于中国古代文学的特性。这一特性表现在:中国古代文学是在传统文化之中自我运行发展的而中国现代文学是西方文化与传统文化冲突的结果。"五四"新文化运动深刻的文化内涵就是用西方的文化重新审视和评估中国的传统文化。对"德先生"(民主)和"赛先生"(科学)的提倡就是要用西方的伦理道德观取代中国传统的伦理道德观。在这样的文化观念中产生的中国新文学也就是用西方的文化观念建立起来的中国文学。对这一点,新文学作家也不讳言。周作人在《人的文学》①中说他所提倡"人的文学"就是要给中国文学建立新的价值体系。他说他是用欧洲的"人的发现"来给中国"辟人荒"。事实上,"五四"新文学都有强烈的反传统的色彩,都

―――――――
① 周作人的《人的文学》是表述"五四"新文学观的重要文章,被胡适称之为"最伟大平实的宣言"。见胡适《中国新文学大系·建设理论集导言》,载《胡适文集》第3卷,人民文学出版社1998年版,第296页。

表现出强烈的个性解放的倾向。作家创作作品都带有明显的启蒙意识。随着社会发展,新文学的内涵有所变化,到了20年代后期,"人的文学"开始要求和思想意识形态结合起来,并逐步成为中国新文学的主导意识。自"五四"时期登上文坛之后,新文学也就取得了中国文学的正宗的地位,成为中国的主流文学。这条主流文学发展线索代表着精英文化和主流文化,从而成为20世纪中国文学中的雅文学(雅文学这个词并不准确,但找不到适合的词汇,姑妄称之)。

被新文学批判的中国传统文学在20世纪同样继续发展着。传统文学作家并不像新文学作家那样有明确的纲领和众多的社团,他们是一些坚持中国传统文化的文人,他们以杂志为中心聚集在一起进行文学创作。传统文学作家同样强调文学要"警世觉民",但其内涵与新文学作家不同,他们不是想用新的价值观念创造出新的文化内涵的文学来,而是想用中国的传统的价值观念创作出新的世俗道德文学来。他们也注重文学对读者的影响,但影响方式与新文学不同,他们不以教育启蒙的方式启迪读者,而是以一种消遣趣味的方式潜移默化地感染读者。在政治、经济、文化冲击下,20世纪的中国传统文化同样发生着变化。传统作家们拥护共和政体,反对军阀混战和异族的入侵;承认金钱的价值并以市场为手段进行文学炒作;对新文学提出的人性的价值和人格的独立也表示认同。但是万变不离其宗,不管发生什么变化,中国传统的伦理道德观始终不变,在他们的文学作品始终是评判是非的价值标准。在20世纪中国文学中,传统文学并不占主导地位,但却拥有大量的读者,是文学的阅读主体。这一文学系列也就被称为通俗文学。

概念的形成建立在事物的适应性上,以作家、作品来辨析中国古代文学的雅俗,能够说明中国古代文学的雅俗现象;以文化作为20世纪中国文学的雅俗标准,中国现代文学的雅俗之分就很清楚了。我们能够清楚地辨明那些仅仅借鉴通俗文学常用手法的新文学作品不能算是通俗文学;"五四"时期胡适、周作人等人提倡的"平民文学",30年代"左联"所进行的"文学大众化运动",40年代初展开的"民间文学形式的讨论"以及1949年之后那些很流行的"红色经典"作品,一直到"文化大革命"时期所要求的文学的"工农兵方向"等都不是通俗文学,它们只是为宣扬西方文化或思想文化而展开的通俗化的运动。凡是宣扬中国传统文化的作品,不论它是白话的还是文言的,不论它是民间创作还是文人加工的都应该是通俗文学;金庸的小说、琼瑶的小说借鉴了许多现代艺术表现手法,要求个性自由和人格自由,但它们还是宣扬了中国的传统文化,所以都是通俗文学作品。

其实各国的通俗文学都是以各国的传统文化作为基本的表现形态,因此通俗文学都具有强烈的民族性,各民族有各民族的通俗文学。牛仔英雄、心灵的叙述、欲霸天下、与科技共舞……美国的通俗文学浸透着"美国精神";绅士遗风、大不列颠的骄傲、间谍与侦探、迷你裙和方格裙……英国的通俗文学浸透着"英国精神";富士山与樱花、武士道与艺妓、伦理与血缘、插花与茶道……日本的通俗文学浸透着"日本精神"。明白了这个道理,也就明白了为什么像丹尼尔·笛福(Daniel Defoe)的《鲁滨孙漂流记》、玛格丽特·米切尔(Margaret Mitchell)的《飘》这样的作品在美国就是通俗小说,而在中国就是高雅小说;同样,中国的《三国》、《水浒》等作品在中国是通俗小说,而一出国门也就成了高雅小说。从一个文化圈进入另一个文化圈,通俗文学就会由俗变雅了。

二

从文化的角度论证文学的雅俗,还只是理论上的概念,雅俗文学在美学上还是各有侧重点的。这种区别在中国古代文学中表现得很清楚,那些文人创作的作品表现的是自我得意或失意的感情,一般都形态复杂且充满着玄学哲理,而那些民间文学表现的是那些大众对社会人生的评价和感受,形态简单却清新或质朴。如果哪位文人利用了民间形式进行文学创作,那这样的作品往往就被称作"雅俗共赏"。在现代文学中这种区别显得比较复杂。现代文学是社会的文学,无论是雅文学还是通俗文学都以反映社会为己任,硬要说什么样的社会生活和社会情绪是雅文学的表现对象;什么样的社会生活和社会情绪是通俗文学的表现对象,是怎么也说不通的。但是它们之间确实有区别,区别在于通过生活素材表现什么思想内容和追求什么美学内涵,尽管这样的区别是相对的。

通俗文学表现的是一种社会时尚。这里有两层含义,一方面它对社会时尚特别地关心。政治经济、思想文化、新鲜事物、头面人物、家长里短……通俗文学表现的总是一个时期内一般老百姓十分关注的人和事;欢欣鼓舞、悲观沮丧、幽默调侃、沉默缄言、愤怒贲张……通俗文学总是反映一个时期内的社会情趣和一般老百姓的思想情绪。另一方面,通俗文学本身就是一种社会时尚。它是一定时期内流行文化的重要因素,它的流行往往给这一时期的流行文化的构成增添主要内容和助力。一部《上海宝贝》带来了一批"宝贝",于是"宝贝"成为人们一时的话题;一部《苍天在上》引出了一批"赃官"和"清官",于是"反腐"又成为人们饭前茶后所议论的话题。

　　既是一种社会时尚,通俗文学表现的思想情绪都是现代型的,即使是写千古八荒或天外宇宙,它所表现的还是地球上的现代人的思想情绪。同样,既是一种社会时尚,通俗文学对生活的反映是表现型的,即就事论事,描写生活的本身。现代型、表现型的形态使得通俗文学的文本显得比较浅白,美学内涵显得比较松散,它也许经不起那些评论家们缜密地思考和深入地剖析。但是,它有很强的"读者性"。由于作品对生活认知水平和表现生活的基本形态与一般读者对当今社会与人、事的感觉基本一致,读者很容易与这些作品产生共鸣。读者会觉得这些作品说出了他心里的话,表达了他所要表达的思想情绪。这种"深获我心"的效果十分强烈,它会使得读者将某些通俗文学作品视作知己,甚至不顾作品文本是否完善。

　　通俗文学的文化和观念上的变化主要依据的是社会文化思潮和接受观念的变化,它的表现形态是"历时性"的。它反映的是那个时代的生活和那个时代的情绪,一旦时代的生活和时代的情绪发生了变化,读者的阅读口味发生了变化,它就只能作为一种历史的形象史料保留在文学史上。比如说,民初时的狭邪小说《九尾龟》在当时风靡一时,但是现在的读者阅读它则恍如隔世,很难达到当时的阅读情绪。只有文学史家、社会发展史家从中挖掘中国狭邪小说的发展史料和中国社会现代化进程的发展史料。琼瑶时代的人看见徐枕亚的《玉梨魂》会纳闷何梦霞和白梨影为什么就那么迂腐呢?"新新人类"时代的人们看"琼瑶阿姨"的小说也会疑问,她小说中的那些男女为什么就那么矫情呢?后来的作家比之前的作家似乎要高明,越后的作品就越有现代性。通俗文学的这种特点不是因为后来的作家越来越聪明,而是因为"时代不同了"。正是由于这样的"历时性",通俗文学作品常常被人称为"快餐文学"。"历时性"又使得通俗文学特别关注自我的"历时"的辉煌,不仅是思想内容,甚至题目设置,封面设计,作家作品的介绍等等都被包装得相当"时髦"。《第一次亲密接触》、《笑傲江湖》、《情深深雨濛濛》等等,小说的名字表达的不仅仅是小说的内容,简直就是社会的一种情绪;封面设计的色彩鲜明自不用说,图案设计总是别出心裁,"新新人类"的小说作者被认为是"美女作家",于是作家的美工照片也登上了封面。一部流行小说被改编成热播的电视剧,那些电视演员往往就成了封面人物。用一句时髦的话来说,通俗文学作品的封面总是很抢"眼球"。作家、作品的介绍也很有"水平",它一定会挑作家、作品的某一个方面加以突出,突出的方面一定会与当代人的某些自然的意念和社会的追求相合拍。《上海宝贝》的介绍是这样三句话:"一部半自传体小说"、"一部发生在上海秘密花园里的另类情爱小说"、"一部女性写给女性的身心体验小说"。"自传体"、"另类情爱"、"女性的身心体验"充满了悬念和欲望。李碧华的"作者自述"是"本人认为人生追求不外'自由'与'快乐',作风低调,活得逍遥"。作风低调,活得逍遥,是当代很多人的处世哲学,作家既介绍了自己,又赢得了读者,两者兼得。

雅文学也写社会时尚,表现的也是现代人的思想情绪。它与通俗文学的不同在于生活的反映形态上。它不是表现型的而是启蒙型的,即:它就事论理,在生活的描写中反映自己的一种观念。它和读者的生活认知水平和美学接受水平不是平等的、平行的,是引领和被引领、提升和被提升的关系。《子夜》写交易所,它要通过交易所的争斗把读者引领和提升到作者所认知的社会观念的层面上;《祝福》写寡妇再嫁,它要通过祥林嫂的悲剧将读者引领和提升到作者所认知的礼教批判的层面上。因此,雅文学的文本追求的是尽量地深刻,它总是穿越文学文本走向哲学和历史的空间。观念本具有强烈的个性化,它使得雅文学的美学内涵十分的个性化。美学内涵的个性化追求,其结果是雅文学的美学表现形态的丰富多彩,造成了雅文学美学流派的纷呈迭出。因此,雅文学所写的社会时尚和现代情绪总是与作家自我眼中的社会时尚和作家心目中的现代情绪联系在一起,其中有着更多的个人的人生情趣。

就事论理,"事"是过程,"理"是目的。因此雅文学的文化和观念不直接受时代时尚的影响,它的变动来自于作家对社会和人生的认识,它的艺术表现力具有"共时性"的特点,即:当这个"理"的确表现了人生和社会真谛时,雅文学就不被文学所表现的生活和时代的阅读情绪所束缚,它往往能够穿透时代获得永久的生命力,不同时代的人会有共同的感受。狂人的呓语、阿Q的革命、祥林嫂的再嫁、孔乙己的窃书等等,鲁迅的小说就其表现的生活来说也许无法打动现在的读者,因为这些都是过去的事情。但是剖开这些事情去思考背后的文化批判和中国国民性的解析,就不能不被鲁迅的小说所折服。我们可以说,当代作家对社会、人生的认识与鲁迅、周作人他们有很大的不同,但决不能说当代作家的社会人生观就比鲁迅、周作人他们高明。事实上,论深刻性,鲁迅和周作人的作品至今还难有人企及。不在于生活,而在于观念,观念的深刻与否是决定雅文学生命力长短的决定性因素。

雅文学的哲理由个人对社会的评价和人生的评价两方面组成,通俗文学的描述也由社会的表现和人性的表现两方面组成。雅文学的个人观念如果得到了他人的认同和附和就会形成文学流派,通俗文学的描述如果得到社会的呼应就会形成文学的社会热点。这种形态在20世纪中国文学中表现得尤为充分,20年代的文学研究会和创造社,三四十年代的"新感觉派小说"和"京派文学",80年代中国文学创作中那么多冠之于"新"的文学流派,其实都是作家美学个性化追求相同或相近的结合体。而民初的言情小说热、三四十年代的武侠小说热以及七八十年代的琼瑶小说热、金庸小说热等等,这些热点的形成无不是作家创作和社会呼应相结合的结果。为了得到他人对自己的社会人生评价的认同,雅文学作家对发生在身边的社会变化和生活琐事不感兴趣,而看重人生的终极关怀;通俗文学作家为了作品得到社会的呼应,他们不去作什么哲学和历史价值的思考,他们就是原原本本地把发生在身边的事写出来,并通过这些事情表达出当代的社会情绪。《国风》没有《楚辞》剖析历史人生那么深刻,但它却是生活的原生态;《乐府》没有那些文人之作的人生思辨,却有质朴无饰的社会情绪。在20世纪中国文学中鲁迅、茅盾等新文学作家的作品之所以得到人们的推崇,就在于他们的作品给读者很多人生社会的启迪,但是在这些新文学作家的作品中却很难看到现代社会生活变化的描写。例如"五四"运动是中国现代史上的重要事件,新文学对它几乎没有什么反映,即使是对政治斗争异常敏感的

《新青年》也只是作为国内通讯报道它。用文学形式反映这场运动全过程的是通俗文学,当时的《小说新报》发表了大量的诗歌、歌谣,表现出中国文学界对这场运动的态度。中国现代史上的各种事件,从辛亥革命一直到40年代的反饥饿、反内战,通俗文学都将它们视为主要的创作题材,都对它们有比较完整的反映,而新文学作品对这些事件却很少反映。对社会生活新文学作家只是将它们作为表现思想的背景描写,通俗文学作家则是照样实录,因此通俗文学就有很浓的世俗气息。茶馆、酒楼、长长的弄堂,听评弹、看大戏,吆喝的叫卖声,通俗文学作家很善于在这些环境中表现出世俗社会的生活状态、生活技巧和生活情绪。与新文学比较起来,通俗文学反映生活比较浅,但它写的事与中国读者的实际生活很接近,更具有本土特色。

三

本来中国文学的雅俗之别只是形式之分,但是20世纪文学的雅文学是在接受西方文化的过程中形成的,于是20世纪中国雅俗文学的美学标准也就有了新的变化。这个变化的核心是人物在文学作品中的位置。

20世纪是小说的时代,人物描写是小说创作的中心,我们从分析通俗小说与雅小说入手论述雅俗文学中的人物描写的区别。

如果把人性分成自然人性和社会人性的话,通俗小说显然侧重于自然人性。武侠小说无论是争霸、夺宝,还是复仇、情变,都与人性的争强好胜联系在一起;侦探小说无论是侦破模式,还是反侦破模式,揭示的都是生死之谜;社会小说无论是调侃讽刺,还是揭露黑幕,都是要满足人们的正义感和好奇心;言情小说无论是棒打鸳鸯各分两边,还是"有情人终成眷属",都是引发人们对爱情的畅想;情欲小说无论是训诫还是赤裸裸的描述,都是煽动人们性的冲动……这些自然人性雅小说不是不写,只是雅小说的作家们总是努力地将它们从自然的层面提升到社会的层面上,写观念意义上的人性。生态意义上表现人性和观念意义上表现人性,通俗小说与雅小说有了一个相对的分界点。举两个例子说明:《断魂枪》是老舍写的一部江湖题材的小说。这部小说写到了江湖人士,写了"五虎断魂枪",写了武术的套路,但是这部小说却不是通俗小说,因为它不是写争强好胜等自然人性,而是写一个时代过去了,写这个时代中的江湖人士的失落和孤独,写这个时代中武术只能是杂耍的玩意或者关起门孤芳自赏而已。作家只不过借江湖题材写了作家的一个社会观念和人生观念。一个作家对相同的题材作出不同的表现,小说也就分成不同的类型。无名氏(卜乃夫)同样是写爱情,在《北极风情画》和《塔里的女人》中是对爱情的诠释,它始终畅想在感情的空间,这样的小说就是通俗小说;而在六卷本的《无名书稿》中,他也写了爱情,却把爱情引入了哲学和宗教的空间,通过爱情来阐释他的精神信仰,这样的小说就是雅小说。

自然人性建立在人的本能的基础上,因此通俗小说具有了人性的普遍性。这种特色使得通俗小说可以辐射到社会人群中的各个阶层。无论是什么社会身份,什么特殊的人生历程,都会从通俗小说中得到某种阅读快感。举个例子,通俗小说就像大卖场,东西并不高贵,但是品种齐全,价格便宜,无论什么买主都会从中找到自己的所需。金庸小说上至领袖人物,下至平头百姓,在社会各个阶层都有广泛的阅读面。原因就在于金庸小说与自然人性紧密相连,只不过不同的读者有不同的感受而已。社会人性建立在人的思想层面上,因此雅小说具有人性的思维性。人的思维性具有社会色彩和个人色彩,雅小说的阅读面也就和读者的社会层面、观念层面联系了起来。同样举例说明,它就像商品的专卖店,其商品虽然贵些,但是款式新颖质地优良,很受一部分消费者的欢迎。鲁迅的小说在市民阶层大概少有市场,但为知识阶层所津津乐道,其道理也就在这里。自然人性单纯直观,与读者是零距离,因此,通俗小说的阅读快感往往产生于阅读之中;社会人性复杂深刻,与读者保持距离,因此雅小说的阅读快感往往产生于阅读之后。在旅途中,人们总是选取一部通俗小说阅读,尽管读完之后根本就不再考虑小说的情节,甚至还会将其扔掉,但不得不承认,它打发了旅途的孤寂和无聊。一部雅小说在困顿的旅途中也许很难读下去,它适合于在几净舍明的书房里阅读,不管是否同意作家的观念,读完之后,却常常能让读者掩卷长思。前者激发的是读者本能的共鸣,后者追寻的是读者理念的认可。

通俗小说都是传奇故事。所谓"传奇"就是超常规的生活。人的生命是有限的,但人的欲望是无限的;人的生活是有形的,但人的愿望是无边的。无限的欲望和无边的愿望使得人永远处于超常规的生活冲动和渴求之中,但是有限的生命和有形的生活总是使得人依据自己的人生轨迹运行,因此人的冲动和渴求总是处于不足和缺憾之中。通俗小说能够满足人的这种不足和缺憾。刀客的生活、侠客的行踪、乞丐的秘密、帝王的富贵……那些暴发户怎样发财、那些领袖人物有什么特殊经历、克林顿与莱温斯基究竟怎么样、单身女人怎么找情人、官场究竟有什么内幕……对大多数人来说,这些都是一些超常规的生活,而通俗小说最善于表现的就是这些生活。阅读这样的小说能给读者超常规的感性体验,能在一定程度上满足读者的欲望或愿望的冲动和渴求。

通俗小说的生活是超常规的,那是传奇,通俗小说的叙述文本却是常规的,那是故事。所谓故事就是有头有尾的人和事的描述。在通俗小说的故事叙述中,偶然往往构成故事的开端,突变往往构成故事的曲折,崇高往往构成故事的结局。这些情节在很多通俗小说中几乎成为一种模式,甚至漏洞百出,成了一种滥调,但是它总是受到很多读者的欢迎,原因就在于故事的表述思维与读者的接受思维相一致,与读者的审美期待相一致。人们惯常的思维习惯总是在因果关系中展开,逢因必问果,逢果必求因,偶然、突变、崇高的演变过程正好是一个完整的因果关系的转换过程。人们对事物的判断总是向善的,偶然总是善的发现,突变总是善的威胁,崇高总是善的提高。通俗小说的故事情节常常受到读者的疑问和指责,疑问某一个细节的安排是否合理,指责某一个情节是在编造,但它总能使读者读下去,阅读过程一般都能完整地完成,法宝就在于它的情节思维与读者的阅读思维的一致性。

与通俗小说相反,雅小说的生活则是常规的,叙述文本却是不常规的。在常规的生活中寻找出不常规的问题来,是雅小说的特色。阿Q的生活在中国农村太平常了,但鲁迅从中却发现了扭曲的中国的国民性;寡妇不能再嫁,在当时的中国已成为一种"集体无意识",但是鲁迅却指出中国礼教的不合理。到了80年代以后,那些"伤痕小说"、"先锋小说"、"新写实小说"等等各种雅小说,写的都是司空见惯的平常事,结论都是一些令人深思的不平常的思想和情绪。举个例子说,在刘震云的《一地鸡毛》,买豆腐、送孩子、要房子、赚票子,这些生活实在是稀松平常,一点也不传奇。但是在这些稀松平常的生活琐事之中却表达了小人物对生活的惶惑和无奈,这些平时不经意的思想情绪一经作家点拨,读者果然觉得不平常,深受启发。在叙述文本上,雅小说作家追求的是个性化和自我化。他们大多是向外国吸取营养,再结合自我的美学认识来构成个性化的叙述文本。这样的叙述文本在中国是超常规的。"五四"时期鲁迅的小说文本被称为"格式的特别"①,就在于它不同于当时常规的传统小说文本,事实上鲁迅写小说仰仗的"全在先前看过的百来篇外国作品和一点医学上的知识"②。80年代后很多小说流派被标以"新"的名称,其重要原因是其叙述文本不同于以往的中国小说,这些"新"的源泉也来自当代世界文坛上的各种现代主义流派。同样举个例子,马原的《冈底斯的诱惑》被认为是新时期"先锋小说"的代表性作品,其叙述的新颖形式完全不同于中国传统小说,但是把它放到世界"形式主义文学思潮"中分析,其基本思路也就相当清楚了。雅小说与读者保持着一定的距离,它不是为"大众"的,是为"小众"的。从思想观念和美学表现上,一般读者也许并不能解读它,但一定会感觉到它的新颖。

"五四"时期,周作人等人在提出西方的人间本位主义的文学观念的同时,也提出了以人物为中心的创作模式。而将这样的文学观念和创作模式付诸实践的是鲁迅。鲁迅不仅将外国众多的小说模式引进到中国,还使以人物为中心的创作模式在中国文坛上确定了下来。以人物为中心的创作模式就是雅小说的美学标准。这种美学标准强调的是个人在社会中的价值,表现的是"我是什么"。于是那些受社会压迫的各种人物也就成为了雅小说的主要刻画的对象,个人与社会的对抗也就成了20世纪雅小说的主要表现主题。20世纪通俗小说是既有文化中的文学创作,它强调的是个人在既有环境中的适当地位和适当的行为方式,表现的是"我应该怎么做"。这是以环境为中心的创作模式,这种创作模式中的人物只是一个角色,而决定这

---

① 鲁迅:《〈中国新文学大系〉小说二集序》,《鲁迅全集》第6卷,人民文学出版社1981年版,第238页。

鲁迅自己说过,他做小说"大约所仰仗的全在先前看过的百来篇外国作品和一点医学上的知识,此外的准备一点也没有"。见《怎么做起小说来》,收《鲁迅全集》第11卷,人民文学出版社1987年版,第511页。

② 鲁迅:《我怎么做起小说来》,《鲁迅全集》第4卷,人民文学出版社1981年版,第512页。

种角色位置的是环境的力量。从这样的美学标准出发,20世纪中国通俗小说总是从伦理道德的角度去褒贬作品中的人物。伦理道德就是作品中的文化环境,人物受到褒贬的根据就是他"做人"做得好或坏。由于是以人物作为创作的中心,雅小说就特别注重人物性格的刻画,人物性格的生动性成了评判20世纪中国雅小说的重要标准。为了使人物生动,细节的生动是必要的手段。在鲁迅等人的小说中,人物形象栩栩如生,这些人物形象又都是由那些意味深长令人难忘的细节完成的。生动的细节也就成了20世纪雅小说的一个重要美学标志。通俗小说很少从一个人的性格展开叙述故事,而善于以一个特殊的环境(或家庭、或历史背景、或生活场景)作为叙述的视点。为了使作品中的特殊环境能吸引读者,传奇性就成了必要的手段。在传奇的环境中叙述传奇的人物或叙述传奇的故事,这是通俗小说最常见的表现形态。"传奇性"是20世纪通俗小说的美学标志。

自然人性和传奇故事构成了通俗小说的美学要素,决定了通俗小说对读者的影响方式:煽情。读者阅读通俗小说的过程实际上是诱发和满足自我本能和欲望的过程。"情不自禁"是通俗小说产生广泛社会认同的基础。社会人性和生动的人物形象刻画决定了雅小说对读者的影响方式:顿悟。读者在作品的阅读中似乎得到了什么,优秀的雅小说每读一次似乎都给人一次人生启悟,无论古代文学还是现代文学都是这样。当然,俗、雅小说的这两种表现方式超出了读者的认知限度,作品对读者的影响就会走向反面,通俗小说只煽动读者的自然欲望,而无视读者的社会需求,这样的作品就沦为庸俗,这是通俗小说常出现的问题。读者读不懂作品,这样的作品就谈不上什么顿悟,而是晦涩,这是雅小说常出现的问题。

四

中国的古代文学从民间创作逐步演化为文人创作,即由俗到雅,其演变轨迹是相当明显的。诗与民歌,词与民间曲调,小说与说书,戏剧与民间曲艺,有着明显的渊源关系。鲁迅说过:"歌、诗、词、曲,我以为原是民间物,文人取为己有,越做越难懂,弄得变成僵石,他们就又去取一样,又来慢慢的绞死它。"①胡适为了推崇民间创作专门写了一部《白话文学史》。鲁迅、胡适等人对中国古代雅俗文学的评价有着时代的烙印,但他们所分析的中国古代文学由俗到雅的发展大势确是符合事实。

中国20世纪雅俗文学与中国古代文学由俗到雅的流变不同,它的发展趋向是互为影响地雅俗合流。

次流和主流、被批判者和批判者,在相当长的时期内中国的通俗文学与雅文学就以这样的关系存在中国文坛上,你写你的,我写我的,各不相干。这个局面首先被通俗文学打破。自30年代开始,通俗文学趋向雅文学。30年代初张恨水创作的《啼笑因缘》把社会压迫和人的命运引入了通俗文学的创作之中,开辟了通俗文学创作的新天地。之后,写人的命运、人的思想情绪逐步成为此时的武侠小说、侦探小说和社会小说的创作中心。通俗文学是市场的小说,此时,艺术品位较高的雅文学在市场上能够流行,通俗文学向雅文学靠拢也就势所必然。这个时期,雅文学对通俗文学还是抱着排斥的态度。这种态度反而给变化中的通俗文学提供了发展的空间。雅文学开始融进通俗文学的要素是从40年代开始的。巴金的《寒夜》,虽然还是写家庭的破碎,但与《家》比较起来,对家庭的血缘关系和亲情关系有着明显的留恋;老舍的小说世俗性一直很强,到了此时写《四世同堂》等小说时,市民的文化气息已占据主导地位。此时的通俗文学虽然写事的模式继续存在,但是写人的模式已占据了主导地位,人性的批判性明显加强,秦瘦鸥、刘云若等人的社会言情小说,孙了红的《鲁平探案》等侦探系列小说,朱贞木的《七杀碑》等武侠小说都是代表性的作品。如果再分析徐訏、无名氏、张爱玲、苏青等40年代新进的通俗文学作家作品的话,雅俗界限、美学界限就相当模糊了。他们进行文学创作时根本就没有考虑通俗文学和雅文学的概念,他们完全是根据自己的美学见解来创作作品。这说明长期并存的通俗文学和雅文学不仅互相渗透,而且开始合流了。

通俗文学与雅文学合流的趋向在1949年的港台文学中得到了发展,并在改革开放以后的中国文坛上得到了确认。琼瑶、金庸等人的作品我们可以从文体上区分是言情小说和武侠小说,但从美学上很难区分哪些艺术手

---

① 鲁迅1934年2月20日致姚克的信,见《鲁迅全集》第12卷,第338页。

法是通俗文学的,哪些艺术手法是雅文学的。20世纪80年代之后,中国大陆文学复苏了。不少作家继续沿着雅俗合流的创作道路前行,并创作出很多优秀的作品,通俗文学中人的地位以及对人性的剖析明显地加强。雅文学不再仅仅写一个"人生片段",而是热衷于构造一个个"传奇故事"。无论是通俗文学还是雅文学几乎都是在中国特有的人文环境和血缘关系中开展人性的挖掘和人性的批判。文学创作的实践证明了一个事实:在中国传统文化中写人可以进行;在传奇故事中写人同样可以进行。这样的事实在90年代后期的实践中越发得到了加强,唐浩明的《曾国藩》、二月河的"帝王系列"、王朔的"顽主系列"、王安忆的《长恨歌》、陈忠实的《白鹿原》、莫言的《檀香刑》等小说,人性的价值不是在中国传统文化的对立和冲突中实现的,而是在中国传统文化的协调和融合中完成的。情节的叙述不仅仅是"人生片段",还是一个个的传奇故事。坚持了写人为中心的创作模式,人物形象的描写和人物性格的刻画也就成了作品的创作中心,承认了中国传统文化,构造人生传奇故事,世俗生活的气息也就相当浓厚,所以说,90年代以后中国很多优秀文学作品既较深刻地反映了生活,也有很强的可读性。这就是通俗文学与雅文学合流的结果。

由分而合是20世纪中国通俗文学与雅文学的发展趋势,造成这种发展趋势的根本原因是小说创作的文化环境和美学标准发生了变化。

中国传统文化毕竟是和中华民族的民族性结合在一起的。抗日战争是民族战争,民族情绪的高昂使得"五四"以来的"世界文化"的观念受到了削弱,使得中国传统文化的地位得到了提高。对雅文学作家来说,他们不再把中国传统文化视为阻碍社会进步的文化观念,而是从民族意识的角度开始接受中国传统文化。① 这种接受使得中国传统文化与"五四"以来的新文化互相交融,交融的结果就是将中国传统文化和"五四"新文化中那些不合时代或不合中国国情的内容排除出去,形成了一种既讲求人性的价值又讲求传统伦理道德的新型的文化形态。这种文化形态是符合中国国情的,也说

---

① "五四"时期,新文学作家是把传统文化作为新文化的对立面来批判的。陈独秀在此时说过:"要拥护那德先生,便不得不反对孔教,孔法,贞节,旧伦理;要拥护那赛先生,便不得不反对国粹和旧文学。"见《新青年罪案之答辩书》,《独秀文存》,安徽人民出版社1987年重印本,第242页。

明了自"五四"以来中国文化经过震荡和整合之后，正逐步地走向成熟。20世纪40年代，中国通俗文学和雅文学互相渗透并走向合流正是这种文化观的体现。以传统的伦理道德规范人性的发展，以人性的发展修正传统的伦理道德，这样的文化观在20世纪80年代之后在中国得到了进一步强化，并被称之为中国特色的文化观，成为主流意识。在这样的文化观念的观照下，传统的伦理道德中如果摧残人性，这些伦理道德就被视为落后，视为凶残；而那些不顾中国起码的伦理道德一味地为所欲为的行为举止，同样被视为异类，视为不合中国国情。既要人性健全地发展，又要合理地做人，这就是中国文学价值判断的是非观。

就中国20世纪的通俗文学与雅文学的互动来说，最为明显的还是写人的模式和情节叙述模式的融合上。将金庸、琼瑶等人的小说与民国初年的流行小说相比，最大差别就是人物写活了，同样，将莫言、王安忆等人的小说与"五四"新小说相比，最大的感觉是故事情节好看了。这就是互动产生的美学效果。经过数十年的发展和碰撞，20世纪中国通俗文学与雅文学各自美学上的优势和劣势已相当明确了。为了得到更多的读者，通俗文学的传奇故事和雅文学的写人模式在创作实践中自然要走向融合。

通俗文学与雅文学作为文学的两种表现形态还将继续下去，但是通俗文学与雅文学的交融与互动使得这两类文学的美学界限越来越模糊。我们已经很难绝对地说什么是通俗文学所有，什么是雅文学所有。在当今时代，既符合世界发展大势又符合中国国情的文化观念日趋成熟，读者的文化修养和精神需求日趋提高，更主要的是融有通俗文学和雅文学要素的文学作品已成了中国文学创作的主体，原有的通俗文学和雅文学的划分标准越来越失去合理性，其划分标准必将发生变化。但是无论怎样变化，有一点是可以明确的，通俗文学和雅文学的界限在中国文学的创作中总是越来越模糊。

（原载《学术月刊》2006年第4期）

中国当代通俗小说的叙事策略及其批评

内容提要 本文论述了四个方面的问题。一、通俗小说不仅仅是休闲、娱乐的文学,还是关心社会的文学,并且从传统文化的角度论述。二、当代通俗小说是大众媒体的文学,大众媒体的很多特征影响了当代通俗小说的叙事策略的形成。三、对当代通俗小说的模式化及其发展变革做了分析。

关键词 通俗小说 叙事策略 批评标准

一

有一个观点必须更正,那就是通俗小说仅仅是一种休闲、娱乐的文学,仅仅是写那些社会时尚、颓废文化、家庭伦理、日常生活的"软性生活"的小说。不错,休闲、娱乐是通俗小说重要的美学原则,"软性生活"是通俗小说重要的创作素材。但是通俗小说所表现的美学原则和素材绝不仅仅是这些,它还是中国近百年来重大社会问题和历史事件的记录者和文学的表述者。以抗日战争为例,1949年以前通俗文学作家创作的"抗战小说"要远远超过新文学作家。张恨水直接将抗战作为主要素材的作品近十部,涉及抗战生活的作品数十部,是1949年以前写抗战小说最丰的作家。除此以外,"五四"运动、上海等地都市社会的形成以及中国工商业的整合和兴起、军阀战争、反饥饿、反内战等等,这些新文学作家很少直接描述的生活,1949年以前的通俗小说作家都有着大量的作品。当代通俗小说同样以反映重大的社会问题为特色。1991年曹桂林的《北京人在纽约》出版,接着引发了"域外小说"创作热,这些小说的创作素材正是基于当时中国大陆重要的社会现象:"出国热"、"洋淘金热";紧接着一大批工商小说和刑侦小说登上文坛,它们是中国大地掀起商业大潮和开展"严打"活动的文学表述;90年代中期之后,在反映社会重大问题的通俗小说中有两类作品相当走红,一类是对中国80年代以来农村改革进行思考的小说,如冯治的纪实小说《中国三大村》,一类是对中国官场体制进行思考的官场反腐小说,如陆天明的《苍天在上》、阎真的《沧浪之水》、王跃文的《国画》等小说。通俗小说紧跟着中国改革开放的历史进程,对中国改革过程中的一些深层次问题展开了思考。到了世纪之交,通俗小说创作中一些文化小说展现了出来,一方面是对中国传统的伦理道德展开思考,这类思考主要表现在那些反映家庭伦理生活的作品中,家风以及家庭成员间的纠葛、中国式离婚和结婚、第三者和婚外情等等都在叩问着中国人的道德价值和道德底线;另一方面是在中外文化的对比中评价中国文化的得失,这类小说往往出自具有国外生活经历的作家之手,如虹影、戴思源、卢新华等人的作品,这些文化小说都呼应着跨世纪前后中国精神界对中华民族精神本源的思考。可以明确地说,90年代以来中国大陆的通俗小说是随着中国文化、政治、经济的演变而演变,相当及时地表现出急遽变化中的中国社会生活。如果我们再从此时中国精英小说的状态思考,这些通俗小说就更具有社会价值。90年代以来中国大陆的精英小说在社会价值的坚守中大踏步地后退,所谓的"消解崇高"、"消解权威",所谓的"新写实"、"新历史",不管是怎样的自我欣赏,都是对社会价值的回避,甚至放弃。社会价值的追求是新文学以来中国精英小说最重要的特色之一,到90年代却让位给了通俗小说,实在是意味深长。

通俗小说在当代中国为什么会有如此的表现,我认为与通俗小说的文化品质有关,而通俗小说的这些文化品质又为当代主流意识形态所容忍、所接受,甚至在很大的层面上与当代主流意识形态处于相同或相交的状态。

我们首先论述通俗小说的文化品质。通俗小说本身就具有很强的民族性,各个民族的文化传统构成了各个民族的通俗小说的文化思维和价值判断。经过几千年的文化积淀已经成为中国人最基本的行为规范的伦理道德自然就成了中国通俗小说的文化品质。从文化思维的角度来看,1949年以前中国的通俗小说主要表现为两种形态,一种是对中国传统的伦理道德的宣扬,这类小说主要在清末民初的"鸳鸯蝴蝶派"时期;一种是用中国传统的伦理道德评判眼前的社会事件和社会时尚,作家们或者是以这样的文化观念来塑造心中的大侠、大侦探、大英雄,或者在揭露那些社会黑幕之后以这样的文化观念为依据感叹世风日下、人心不古。80年代以后中国大陆的通俗小说开始复苏,复苏中的通俗小说同样是以中国传统的文化精神为文化品质的核心。我们可以从域外通俗小说的引进和演化中感受到中国大陆的通俗小说对传统文化精神的坚守。80年代初,以金庸武侠小说为代表的香港通俗小说和琼瑶言情小说为代表的台湾通俗小说进入了中国大陆,同时,在"007系列"等英美电影和《人证》、《望乡》等日本电影的引领下,大量欧美、日本的通俗小说也进入了中国大陆,港台地区和欧美、日本的通俗小说对中国大陆的通俗小说乃至整个大众文化的复苏起着重要的作用。值得思考的是,复苏中的大陆通俗小说与那些高唱着"一无所有"、"我不知道"的流行歌曲和打打杀杀之中塑造出的冷面孤胆英雄的影视剧不同,通俗小说并不完全模仿这些外来小说,而是在自我文化品质确立的前提下,对这些外来小说有所扬弃、有所接受、有所模仿。于是,我们看到,港台地区的小说在中国大陆受到特别的青睐,因为它们属于同一个文化圈。对欧美的通俗小说则在接受中进行了相当实际的改造。接受的是情节模式:中国90年代的婚恋小说中盛行的"第三者"、"婚外情";社会小说对政治黑幕的揭露;侦探小说对犯罪心理的分析;武侠小说中的"硬汉精神"和玄幻色彩,这些情节模式的形成,其生活源泉当然来自本土,其创作思维很大程度上却来自欧美的通俗小说。改造的是文化价值和审美趣味:"第三者"、"婚外情"实际上是宣扬一种婚姻、性爱分离的情爱观,在欧美的通俗小说中婚姻并不一定战胜性爱,而在中国的通俗小说中,性爱一定是最后的失败者,小说中的"第三者"或者是"婚外情"不管多么欢快,多么陶醉,最后一定以悲剧告终;欧美通俗小说暴露黑幕并不一定有结果,中国的通俗小说一定会有一个圆满的答案,体制内的问题一定会在体制内解决;欧美通俗小说中犯罪心理的分析一定引向社会的批判,中国通俗小说中的犯罪心理分析总是演化成狐狸的狡猾与猎手的高明之间的关系;欧美通俗小说中"硬汉精神"显示出来的是某种个性,很少涉及道德(甚至道德并不高尚),中国通俗小说中的个人意志最后总是与人格的健全联系在一起,是英雄,就一定是君子。在小说结构上,欧美的通俗小说常常是开放式结构,有头无尾,留下余味,中国的通俗小说情节开头是放开的,结尾则一定要收起来,很少留下遗憾;欧美的通俗小说手法多样,中国的作家总是在传奇故事中叙述。不管对欧美通俗小说如何接受和如何改造,中国通俗小说的依据相当的清楚,那就是中国传统文化精神为核心的文化品质,并以此来迎合传统的阅读习惯。

现代精英文化是对既有的社会体制、文化体制的怀疑和挑战,以便从现状中解脱出来,精英小说所侧重描述的是变动国家社会中的"人怎样做"。中国传统的文化精神是对既有的社会体制、文化体制的尊重和服从,中国通俗小说所侧重描述的是国家社会变动中的"怎样做人"。精忠爱国和修己独慎是中国传统伦理道德的两大原则。精忠爱国是"大节",要求对国家和民族的热爱,要求对时事政治的关心,这与任何民族的主流意识形态都相一致。修己独慎是"小节",要求自我的行为规范,要求民众不断地调整自我以适应时事政治的变动。中国通俗小说的文化品质也就是在既有的社会体制和文化体制中寻找自己的位置。域外小说中人物的生活经历不管如何坎坷,也不管事业成功与否,令人尊敬的一定是传统行为道德的笃行者;冯治的《中国三大村》中的禹作敏和吴仁宝都是农民致富的带头人,但是禹作敏不会"做人",私性膨胀到与制度挑战,他只能失败,而吴仁宝克己奉公,成为了现有农村政策的成功实践者;陆天明、周梅森等小说中的那些贪官在生活中一定是道德败坏者;文化小说中的那些人物的行为不管怎样叛逆,最后的是非评判一定是中国传统的道德规范。道德健全者人生一定圆满,好人一定战胜坏人,正义一定战胜邪恶,有情人终成眷属,无论社会如何变动、翻新,无论人生多么曲折、坎坷,无论人生遭遇是多么凄惨、不幸,本分地做人一定有圆满的结局。通俗小说的这些文化品质1949年以前在主导"世界主义"的新文化氛围内受到激烈的批判,被斥之为"封建"和"落后",通俗小说也被斥之为"瞒"和"骗"的文学。但是当代主流意识形态强调的是"中国特色的社会主义",强调的是"依法治国"与"以德治国"并举,通俗小说在价值取向上与当代主流意识形态在很大程度上重叠在一起,于是不管通俗小说表现的事情多么敏感,反映的问题多么尖锐,也都有存在的理由和存在的空间。通俗小说与主流意识形态不是没有矛盾,但是,通俗小说作家特别善于趋避,他们从来不愿意与主流意识形态发生直接对抗,常常是在过程中批评,在结尾处称颂。最典型的例子是官场反腐小说。这类小说描述的是当今社会最敏感的话题,小说不管怎样批评现有体制的弊病,不管怎样揭露和讽刺那些贪官污吏,但是最后问题的解决一定是清官战胜了贪官。难道通俗小说作家就不知道这条"光明的尾巴"影响了小说的深度?这是一种模式化的结尾?他们是知道的。但是,他们更知道不这样写,他们的小说就没有社会和经济效应。沿着社会环境所允许的路线走,是通俗小说赖以生存的前提。

推动通俗小说作家对时事政治特别关心的另一个因素是市场。没有读者就没有通俗小说。普通社会大众所关心的热点问题以及所表现出来的生活形态是通俗小说始终关注的小说素材。精英阶层考虑问题的角度是分析问题、追究原因、展望未来,普通的社会大众考虑问题没有那么深刻,他们只关注眼前发生了什么事。通俗小说要吸引读者就必须写下这些事情。精英阶层考虑问题总要从理念入手,并从中传达出自我的人生观,普通的社会大众考虑问题没有那么沉重,他们只关心当下发生的这些事情是怎么回事,并从中衡量得失。通俗小说要吸引读者就必须分解这些社会现象,揭露这些社会现象背后隐藏着的、为普通社会大众所不知道的黑幕。精英阶层往往通过问题的分析进行社会启蒙,普通社会大众考虑问题没有那么崇高,他们关心的是过上好日子,过上舒心的日子。通俗小说要吸引读者就要批评和惩罚那些不让老百姓过上好日子的坏人、恶人,就要赞扬和拥戴那些让老百姓过上好日子的好人、善人。市场就是由普通社会大众的阅读需求所构成的巨大的阅读潮流,它制约着通俗小说创作的基本规范和基本形态。生活在社会变动中的普通社会大众自然要关心身边那些与生活需求息息相关的重大事件和社会问题,通俗小说要获得市场自然要迎合普通社会大众的生活需求和心理需求。"心中总有一杆秤,那秤砣就是老百姓",为了获得市场通俗小说必须站在老百姓的立场上为老百姓说话,必须对社会进行揭露和批评,但是这样的揭露和批评只是构成了就事论事的"浅白结构"和惩恶济善的"欢乐文本"。通俗小说一定会让老百姓出了一口气,但不会颠覆主流的价值观念。从客观上说,通俗小说成了现有社会健康运行中必须有的"出气孔"。这样的"出气孔"为任何高明的主流意识形态所乐见。

二

通俗小说与大众媒体有着不解的渊源，说通俗小说就是媒体小说也未尝不可。清末民初，当中国现代报纸出现的时候，通俗小说就成了中国报纸的重要组成部分，中国的通俗小说从坊间制作、民间流传进入了"连载"时期。二三十年代，出版社开始介入、制作通俗小说，通俗小说进入"系列"时期和"丛书"时期，武侠小说的"蜀山系列"、"鹤铁系列"，侦探小说的"霍桑系列"、"鲁平系列"，社会小说的"家庭丛书"、"工商丛书"、"倡门丛书"等等，此时铺天盖地遍及上海等地的大街小巷。与此同时，电影也开始与通俗小说联姻。① 外来的电影形式能够在中国本土扎根，以通俗小说为母本的那些商业电影功不可没，同样，那些商业电影的热映始终烘托着、推动着通俗小说的创作，中国通俗小说的"电影化"时期从此开始。当代通俗小说创作中电影的影响并未结束，但是势头已经被电视所取代，中国通俗小说创作的"电视"时期正在如火如荼地展开。只要稍微浏览一下当下的文坛和荧屏，几乎有影响的电视剧都来自对通俗小说的改编，而一部电视剧的热播自然会带动同名通俗小说的热卖，这已经成为当下中国社会重要的文化现象。90年代中期开始，电脑网络作为一个新的电子媒体走入千家万户，网络小说随之异军突起。中国的通俗小说几乎是随着媒体的出现而变化、转型的，它们之间的关系密不可分。

论述大众媒体与中国通俗小说的关系，是想说明大众媒体对中国通俗小说的创作观念和美学形态产生着极为深刻的影响。

媒体具有机械性，批量的投入与产出是媒体的运行过程，制作和产品是媒体的两大特征。当通俗小说创作进入媒体运作的轨道时，作家也就成为

---

① 只要稍微看看此时电影的片名就会发现这些电影简直就是"电影化"的通俗小说：明星电影公司：《火烧红莲寺》、《大侠复仇记》、《黑衣女侠》等；长城电影公司：《一箭仇》、《大侠甘凤池》、《妖光箭影》、《江南女侠》等；天一电影公司：《唐皇游地府》、《火烧百花台》、《乾隆游江南》、《施公案》等；大中华百合电影公司：《大破九龙山》、《火烧九龙山》、《古宫魔影》、《黑猫》、《55号侦探》；友联电影公司：《儿女英雄》、《江湖蝶》、《红侠》、《荒江女侠》等。以上材料来源：李少白：《影心探颐》，中国电影出版社2000年版，第256页。

经营者,小说创作就具有了批量性的色彩,作品也就成了产品。作家成了经营者,身份出现了转变,其中最深刻的影响是作家从自由小说创作者转变为职业小说创作者,小说创作不再仅仅是精神情绪的表达,而且还是精神情绪领域中的一种工作。在这样的条件下,职业作家出现了。清末民初的鸳鸯蝴蝶派作家是中国第一批现代报章培养起来的文人,也是中国第一批职业作家。由于小说创作与经济效益挂钩,而且经济效益还不错,①作家也就成了众多文人趋之若鹜的一种职业,其中不少人通过通俗小说的创作成了小富。小说创作职业化后,大众媒体就始终不会缺作家,通俗小说就会绵延不断地出现。媒体的批量制作使得通俗小说成为面孔基本一致的类型化产品,媒体间互相影响和竞争又使得这些类型化的面孔改变得极为敏锐和迅速。上世纪80年代通俗小说复苏阶段,出版社大量地重印二三十年代的老作品,大量出版通俗小说杂志,于是那些曾经走红的通俗小说又一次铺天盖地遍及中国的大街小巷,书店和地摊上摆满了花花绿绿的杂志。90年代以后一部通俗小说走红,出版社就马上组织创作队伍追逐热点,一部《北京人在纽约》走红之后,系列的"域外小说"马上出现;一部《苍天在上》走红之后,文坛上就出现了一批"贪官"、"清官";一部《上海宝贝》产生影响之后,天南海北的"宝贝"们就纷纷登场。读者关注的热点一次又一次地形成,通俗小说就一次又一次地在复制和模式中旋转。既然是一种职业,通俗小说家们就必须始终关注产品的销售状况,他们必须迎合市场,市场需求饱和了就要改良产品开辟新的市场,于是通俗小说作家一方面成了读者阅读趣味的迎合者,即使达到媚俗的程度也在所不惜,另一方面又是读者阅读趣味的引领者,把读者引导到一个又一个新的阅读领域。上世纪80年代以来,中国通俗小说从旧作重印、台港小说到域外小说、反腐官场小说、新新人类小说、历史小说,再到当下的家庭伦理小说、中外文化对比小说等等,就如产品一样,中国的通俗小说不断地升级换代,新的阅读领域层出不穷地出现在中

---

① 以1904年的稿费价格计算,上海报界文章的价格是"论说"每篇5元,而当时一个下等巡警的工资是每月8元,一个效益较好的工厂的工人每月工资也是8元。同样以1904年的小说市价为例,一般作家的稿费是千字2元,名家的稿费是千字3—5元(如包天笑是千字3元,林琴南是千字5元)。参见包天笑:《钏影楼回忆录》,香港大华出版社1971年6月版,第317页;《上海通史》第6卷,上海人民出版社1999年版,第474页。

国的阅读市场上。

　　在精英小说那里,社会生活是作家观念产生的源泉,观念的产生就是要让读者更好地理解身处其中的社会生活。当通俗小说媒体化之后,那些社会生活在通俗小说作家眼中就成了制作产品的材料。只要产品能快速地销出去,材料就是好材料,通俗小说并不苛求读者去理解社会生活,而是要读者消费社会生活。社会生活是材料,材料是否有用,只有一个标准即能否制作出质优价廉的产品。于是,只要有读者看,就没有通俗小说不能涉及的人类生活,上天入地、远古八荒、神思玄想、身体隐私,通俗小说的材料运用没有边际;只要读者好奇,通俗小说就毫无顾忌地将触角伸向那些思想、经济、精神、家庭、身体的各个部位,并将它们作为人生日常生活的一部分公之于众。有什么隐秘的思想,赚取了多少钱,精神是否扭曲,家庭是否破碎,两性身体各有什么特征,这些都成为通俗小说作家创作的兴奋点。当代通俗小说在获得阅读好感的同时,的确扩大了当代读者的阅读视野,我们通过通俗小说的阅读可以了解当今世界的各个方面,但是它也击碎了人类生活的私密,挑战了人类生活的尊严。有意思的是通俗小说的这些击碎和挑战,在经过人们短暂的怀疑和批评之后,渐渐被人们接受,又渐渐成为人们司空见惯的社会时尚。举个例子说明,如果琼瑶的小说放到中国大陆1990年代出版,人们不会批评这些小说风花雪月、卿卿我我,因为那些"绝对隐私"类小说要比琼瑶小说暴露多了;如果那些"绝对隐私"类小说放到当下出版,人们也不会大惊小怪,因为卫慧、棉棉、九丹、木子美们写的那些性行为、性感觉、性日记更有感性色彩。转瞬二十多年,中国文学对人类私生活的暴露程度达到了令人瞠目结舌的程度。说现在的中国是一个没有隐私的时代也不为过,君不见结婚离婚、变性变态、黑幕隐情等一系列私生活的描述成为当代中国文学中最喋喋不休的话题？同样,中国读者也以前所未有的容忍度接受了这些人类私生活的暴露。为什么会这样呢？大众媒体起了重要的作用。公共化和日常化是大众媒体的重要特征,再隐秘的事情在大众媒体的叙述下也变得公共化和日常化,天天在电视、电脑、报章上观看、阅读这些隐秘的事情,无论人和事怎样怪异,读者都会习惯成自然。

　　大众媒体对通俗小说的影响还表现在美学形态上。大众媒体有其自有的表现形态和传播方式,它要求(也迫使)通俗小说的美学形态与其相一致。在通俗小说与报章紧密相连的"连载"时期,通俗小说的美学形态发生了两大变革,一是短篇小说的出现,一是小说语言的白话化。中国的通俗小说从来就是鸿篇巨制,即使是那些传奇、话本也是长篇的缩写。最初在报章上连载的小说也是长篇,晚清的那些"谴责小说"每部都是数十万字,然而,天天写作、天天阅读,无论是作者还是读者都难以保留一贯的精神和兴趣,一旦失去创作精神或者阅读兴趣,小说的连载就不得不终止,所以这个时期未完的小说特别多。于是,一次能够载完的短篇小说就悄然兴起,到民国初年,短篇小说实际上已经占据了各个报章中小说创作的主要篇幅。媒体的大众性质,要求接受者越多越好,自然就要求小说创作的语言白话化。用白话创作小说在晚清就已经形成风气,到了民国初年已经成为编辑和小说家们的自觉意识。① 电影对通俗小说最大的影响是画面。在上世纪的"电影化"时期,通俗小说因果式的纵向叙述开始变化,场面描述和形象性的描述明显加强。电影镜头的剪辑和组合可以使得画面夸张变形,这样的神奇性极大地刺激了通俗小说的创作,其中最为明显的就是现代武侠小说的创作。20年代初向恺然的《江湖奇侠传》的部分章节被改编成电影《火烧红莲寺》,红姑在天空中飞来飞去极大地刺激着观众的神经。② 此时创作的武侠小说人物都是半人半仙的"飞行大侠"(最具有代表性的作家作品是还珠楼主的《蜀山剑侠传》)。电视对通俗小说创作的影响更为深刻。当今的电视已经作为一个"家庭成员"并已介入家庭事务中成为家庭中重要的对话对象,观看电视剧则成为绝大多数家庭每日必需的休闲项目。通俗小说给电视提供了最佳文本,而电视又将通俗小说的创作推向了一波又一波的高峰。电视剧是时间艺术,它将事件的发生和人物形象的揭示拉成一个连环的因果链条,常常是每一环的因果关系就构成一"集"。这样的叙述结构与通俗小说的叙述结构基本一致,而且在通俗小说越来越依赖电视剧的时候,通俗

---

① 1917年1月包天笑在《小说画报》创刊号上作《例言》,他提出:"小说以白话为正宗。本杂志全用白话体,取雅俗共赏,凡闺秀学生商界工人无不咸宜。"《小说画报》实际上成为中国第一份白话文学杂志。此年此月胡适在《新青年》上发表《文学改良刍议》。

② 沈雁冰说:"《火烧红莲寺》对于小市民的魔力之大,只要你一到那开映这影片的影戏院内就可以看到。叫好、拍掌,在那些影戏院里是不禁的,从头到尾,你是在狂热的包围中。"见《封建的小市民文艺》,载《东方杂志》1933年30卷第3期。

小说的叙述结构也就越来越"电视剧化"。通俗小说更加追求高峰迭起的情节,常常是每一座高峰就构成一"章"。电视剧用人物语言和肢体语言作为手段构成画面以形象传达信息,当通俗小说越来越受电视剧影响时,小说中就有了越来越多的对话和场面描述,并且越来越依赖对话和场面描写来推动情节的发展,在琼瑶小说、古龙小说以及宫闱历史小说和官场反腐小说中能够明显地体会到这些状态,有些干脆就是用图像阐释故事情节,在一些时尚、爱情小说中图画所占的篇幅不少于文字,读图与读字并举。电视剧完全可以看作是通俗小说的形象演绎,是活动画面的通俗小说。作为新兴媒体的网络,它对通俗小说的影响表现在两个方面,一是穿插在小说创作之中的特有的网络符号语言具有趣味、游戏的特点,增强了小说的娱乐性;更重要的是它大大提升了通俗小说的"读者意识",可以让作者与读者产生互动,互动的结果是读者的意识在文本中得到了承认,而小说文本找到了市场的最佳位置。

三

论述通俗小说,必然要讲到模式化问题。一讲到模式化就要受到批评,就将其视为通俗小说浅薄的原因。但我们是否想到,为什么这些模式总是能吸引很多人?为什么明明知道很浅薄还是有很多人爱不释手呢?其中的很多问题值得我们作进一步探讨。

如果把模式视为构成小说的要素和创作技巧,精英小说与通俗小说都有模式。它们的区别在于怎样运用模式。精英小说注重的是事件的价值,是通过事件的描述探求社会价值和人生价值,因此,我们可以称之为"价值小说";通俗小说注重于事件的本身,是通过事件发展变化的描述构成小说曲折多变的情节,因此,我们可以称之为"情节小说"。例如,30年代初茅盾先生创作了《子夜》,描述了中国工商业与证券交易所的生活,此时,通俗小说作家江红蕉也写了一部描述中国工商业与证券交易所生活的小说《交易所现形记》。不用说内容,从题目上就能看出,《子夜》侧重的是对中国社会前途的思考,是要说明中国工商业的前途就如"子夜"一样深沉与黑暗,《交易所现形记》侧重于"现形",是要说明中国的工商业和证券交易所充满了阴谋和黑幕。《子夜》的事件是为了小说的思想价值而存在,每一个人和事都是围绕着揭示思想价值而展示;《交易所显形记》中的事件是为了揭露阴谋和黑暗而存在,每一个人和事都是为了增加揭露的难度或者提供揭露的方便而设置。因此,《子夜》的价值体现于它思想的深刻性,《交易所现形记》的价值体现于它情节的曲折性。由于精英小说侧重于思想价值,通俗小说侧重于情节本身,它们在处理小说结构的侧重点也不同,精英小说对结尾特别看重,由于悲剧具有更多的社会和思想的批判精神,所以精英小说常常以悲剧告终。例如王安忆的《长恨歌》、铁凝的《大浴女》,小说主人公一生都在与社会或者思想搏斗,最后还是死亡或者失落。读者在悲剧的气氛中掩卷沉思,这个社会怎么了,这个人怎么了。通俗小说对小说的结尾相当地忽视,它们的小说结尾可以说是"蹩脚"的,甚至"失败"的,但是它们十分重视事件的发展过程。以同样是写女性生活情感命运的琼瑶小说为例,她的小说有着几乎千篇一律的结尾:喜剧的大团圆,可以这么说只要看了开头就知道了结尾,但是明知道主人公的结局是什么,读者却还是要看下去,因为读者的阅读享受就在于故事发展的过程。从这样的层面上说,精英小说可以称之为"结尾小说",而通俗小说则是"过程小说"。精英小说的价值在小说之外,"人物"、"情节"、"叙述",这些小说文本要素都是为了增强小说文化、社会、人生的内涵而服务,所以精英小说可以称之为"内涵小说";通俗小说注重事件的本身,而事件又是由不同的题材所组成,因此通俗小说就可以以题材来分类,例如言情小说、武侠小说、侦探小说、历史小说等等,通俗小说实际上是"题材小说"。

通过以上分析,我们自然可以得出这样的结论:通俗小说是注重题材和表现手段的一种小说类型。由于不同的题材有着不同的表现手段,通俗小说也就形成了一整套程式化的创作技巧。例如言情小说"三步曲":纯情—变情—纯情;武侠小说"五要素":争霸、夺宝、情变、行侠、复仇;侦探小说"三程式":设谜—解谜—说谜;历史小说"两线索":权力和情欲等等,这些创作技巧构成了各类通俗小说的模式。我们不能简单地否认这些通俗小说的模式,没有了它们就没有了言情小说味、武侠小说味、侦探小说味、历史小说味,否定了其中的某一类实际上就否定了某一类通俗小说。因此,我们应该明确,模式本身就是通俗小说的特色,没有了模式也就没有了通俗小说。

由于这些模式在反复和重复使用中被推到了极致,就形成了最为人们所诟病的"模式化"。这些模式化的小说之所以能够吸引读者,我认为有三个原因应该肯定:一是模式的组合之中本身就充满了愉悦性,就如玩弄一个变形金刚,玩弄者的兴趣并不在于它最后会变成什么形,而在于变形过程中各个模块的扭来扭去。二是读者的参与性,这些模式与大众的认知水平相一致。小说在引导读者阅读故事的同时,读者也在进行自己的文学想象。无论是肯定还是否定的意见,读者都有能力并有可能在参与性的文学想象中产生精神愉悦。第三点最为重要,那就是这些模式能够满足人性的基本欲望。人的生命和生活圈子都是有限的,但是人的欲望是无限的,这种有限与无限之间的矛盾激发起人类很多的基本欲望。如果我们对通俗小说的这些创作模式内涵进行分析,就会发现这些模式是与人的好奇心(几乎每一个人都对身外的事情产生兴趣)、隐私欲(几乎每一个人都想了解别人那些隐秘的事情)、破坏欲(几乎每一个人都想有一个情绪发泄的对象)、占有欲(几乎每一个人都想获取更多精神和物质财富)、情欲(几乎每一个人都具有的自然欲望)等人性的基本欲望紧密相连。对通俗小说这些模式的阅读也许不能引起多少人生哲理的思考和人生价值的启发,但一定会产生阅读的快感,在这些阅读快感中,阅读者的焦虑、紧张的现实情绪会得到松弛。人类的这些基本欲望一直生生不息花样繁多地存在,生命力极其旺盛,通俗小说的模式也就能生生不息花样繁多地绵延,生命力同样极其旺盛。

另外,中国通俗小说在模式化的运用上也不是一成不变的,它经过了由叙事为中心向写人为中心的转变,而这种转变也决定了通俗小说的现代叙述和当代叙述的分野。

从文学传统分析,中国现代通俗小说形成写事为中心的叙事模式势成必然。中国现代精英小说发轫于"五四"新文化运动,作家们大都是在国外或国内接受现代教育,又大都是从事现代教育的文化人士。中国现代通俗小说发轫于晚清的文学改良运动,作家们则由中国的传统文人转变而来,他们大多数接受中国传统的教育,又大多数是从事大众传媒工作的新闻人士。传统的教育使他们形成了小说的创作观念,什么是小说?在他们心目中那就是由话本演化成的章回体小说。在相当长的时期内,这一观念在他们心目中根深蒂固,一个相当典型的例子是,晚清很多被翻译成中文的外国小说也被改编成章回体小说,他们认为只有这种样式才叫小说。新闻的工作又强化了他们小说的创作观念。晚清时吴趼人就有一个著名的小说创作法。包天笑曾问吴趼人《二十年目睹之怪现状》是怎样写成的,"吴先生笑着,给我瞧一本手钞册子,很象日记一般,里面钞写的,都是每次听得友人们所谈的怪怪奇奇的故事。也有从笔记上钞下来的,也有从报纸上剪下来的,杂乱无章的成了一巨册。他笑说:'所谓目睹者,都是从这里来的呀。'我说:'这些材料,将如何整理法呢?'吴先生道:'就是在这一点上,要用一个贯穿之法,大概写社会小说的,都是如此的吧。'"①这种清末民初的通俗小说创作法,不仅吴趼人创作小说这样做,当时的其他小说作家同样这样做。李涵秋是民初著名的通俗小说作家,他的《广陵潮》是民初很有名的社会小说。时人对他收集材料的方式作了如下回忆:"先生于无聊时,每缓步市上,予以觇社会上之种种情状,以为著述之资料,所谓实地观察也。一旦遇泼妇骂街,先生即驻足听之,见其口沫横飞,指手画脚,神色至令人发噱,而信口胡言,尤极有趣,先生认为此种材料为撰稿是绝妙文章,因即听而忘倦。"②与李涵秋相同的还有写《茶寮小史》的程瞻庐。时人记载:"君偶出,见村妇骂街,辄驻足而听,借取小说材料。君得暇,啜茗于肆,闻茶博士之野谈,辄笔于簿,君之细心又如此。"③这些都是新闻记者社会新闻的采访法,他们将之运用到小说创作中来了。他们的小说素材也就是他们所收集来的那些新闻材料,他们所写的小说以"奇"、"怪"吸引读者,其文体也就是大新闻套着小新闻,若断若续,可以长至无穷。从这样的角度看,此时的通俗小说也就是"新闻小说"。传统文学的"根",加之新闻叙述的"苗",已经规定了中国通俗小说的章回体和叙事为中心的基本格局。

从发展变化中分析,中国当代通俗小说形成以写人为中心的叙事模式同样势成必然。叙事为中心不是没有优势,作家像拉家常一样向读者叙述

---

① 吴趼人当时几乎都是用这种方法创作小说的。参见魏绍昌编:《吴趼人研究资料》,上海古籍出版社1980年版,第30页。
② 余臞云:《涵秋轶事》,载《半月》第2卷第20号。
③ 严芙孙:《程瞻庐小传》,见魏绍昌编:《鸳鸯蝴蝶派研究资料》,上海文艺出版社1984年版,第550页。

着各种社会事件,作家与读者之间的距离相当接近,通俗小说的"大众意识"得到了充分的体现。但是缺点更大,在这样的叙述格局中作家始终掌控着叙述的话语权,他可以随心所欲地安排故事情节。这些唠叨的叙述和为了追求故事传奇性而进行的胡编乱造有损小说的美感,正如茅盾所说这是一种"味同嚼蜡"的"记账式"的描述。① 历史对通俗小说的叙事模式形成了压力,但也提供了机遇。"五四"以来以写人为中心的新小说给通俗小说叙事模式的变革提供了绝好的样本。一些优秀的通俗小说作家开始对小说的叙事中心进行变革。这样的变革开始于张恨水,完善于当代通俗小说作家。张恨水最重要的贡献是将写人的模式引入通俗小说的创作之中。② 1924 年创作的《春明外史》开始用一个人物的命运贯穿小说的始终,小说中各种繁杂的事件有了一个"主脑"。1929 年完成的《金粉世家》开始注重心理描写和场面描写,小说的空间结构明显扩大。1930 年写作的《啼笑因缘》人物形象和性格的刻画都相当鲜明,并且以人物性格作为小说情节发展的推动力和事件展开的中心,小说的悲剧是时代的悲剧,也是沈凤喜等人的性格悲剧。张恨水这几部小说使得通俗小说的叙事方式有了很大的改变,但是也只能说是变化中的尝试。如果纵观张恨水的小说创作就会发现,《啼笑因缘》之后,张恨水实际上又回归到他以前的"新闻小说"之中去了。为什么会出现这样的状况呢?那是张恨水还缺少"写人模式"的自觉意识,他是在学习和模仿新小说创作方式之中完成了《啼笑因缘》等小说的创作。通俗小说叙事中心变革的自觉时代是当代,并且以其实绩展示出改革的成果。与近现代通俗小说相比,人物在当代通俗小说之中的位置明显增强,人物形象的生动性和人物心理的复杂性都描述得相当生动。金庸就多次强调"写人"在小说创作中的重要性,他说:"在小说中,人的性格和感情,比社会意义具有更大的重要性。"③在小说创作中他建立了"成长模式"。围绕着人

---

① 茅盾在批评这些作家作品时说:"他们连小说重在描写都不知道,却以'记账式'的叙述法来做小说,以至连篇累牍所载无非是'动作'和'清账',给现代感觉敏锐的人看了只觉味同嚼蜡。"《自然主义与中国现代小说》,载 1922 年 7 月《小说月报》第 13 卷第 7 号。

② 可登陆中央电视台 10 套《百家讲坛》栏目网站,我曾做讲座《"引雅入俗"张恨水》专门论述这个问题。

③ 金庸:《神雕侠侣后记》,《神雕侠侣》,三联书店 1994 年版。

物的成长经历，人物就有了悲欢离合的情感展示，就有了苦难和忍耐、顽强和奋斗、投机和真诚等等性格的多方面展示。金庸小说所表现出来的这样的叙事方式实际上是当代中国优秀的通俗小说作家创作小说时所遵循的基本思路。官场反腐小说中的贪官和清官、言情小说中的才子与佳人、历史小说中的帝王将相、公安法制小说中的警察和罪犯等等，作家们总是竭力在精彩故事的叙述中把他们塑造成有血有肉、有性格的"生活中人"。

通俗小说的那些模式在写事为中心的叙事模式中，只能通过情节表达出来，情节稍微过分一点就会被指责为异想天开。在以人物为中心的叙事模式中，模式就有了那么一点灵气，显得生动了起来，就有了"根"，显得扎实了起来。道理很简单，那些模式化已经演化为人物的行为和思维，已经转变成非常人的非常态的人生经历。正如前文所分析的那样，这样的模式化表达所产生的阅读魅力不仅仅是故事的过程，而且是人的基本人性的激发。

通俗小说向精英小说（包括一些外国的精英小说）学习是事实，但是如果以为通俗小说就要完全与精英小说一致，那也是错误的判断。同样是写性格，塑造形象，通俗小说与精英小说的创作思路并不完全一致。精英小说以人物的性格作为小说情节发展的推动力，性格决定情节，叶圣陶的《潘先生在难中》的潘先生从让里跑到上海避难，再从上海跑回让里开学，所有的故事情节完全是围绕潘先生的胆小、敏感、自卑、自保的小市民性格展开；鲁迅的《阿Q正传》中阿Q从"优胜"到"中兴"，再到"末路"，他的人生轨迹由他的性格造成。通俗小说中的人还是情节中的"人"，人物形象的塑造和人物性格的刻画还是在离奇曲折的传奇之中完成。如果让通俗小说作家刻画潘先生的形象，一定会让潘先生在上海发生奇遇，一定会让潘先生在让里发生误会，然后再从这些奇遇和误会之中展现潘先生的性格，奇遇和误会是人物形象展现的前提。同样，如果通俗小说作家写阿Q也会写到他的"革命"，但更大的兴趣一定是他与吴妈的关系。他与小尼姑的关系以及他怎样变成了贼。传奇的故事情节还是人物形象展示的推动力。因此，我们能否这样推论：当代通俗小说的"写人模式"实际上是以传奇情节为前提的写人的模式，这样的"写人模式"决定了通俗小说的基本性质。

说故事、写人物，一方面符合中华民族传统的阅读习惯，另一方面也表现出现代中国所需要的对生活的深度思考。这种模式的形成经过了历史和市场的检验。所以,我认为中国特色的小说叙事也许就酝酿于其中。

(原载《学术月刊》2009年第6期)

历史与记忆:中国吴语小说论

内容提要 本文所考察的吴语小说,总体特征是使用吴语(以苏州话为代表)和描写吴地世情(以上海为中心的江南地区)的小说。这类小说大多产生于清末民初时期,主要作品有《何典》、《海上花列传》、《海天鸿雪记》、《海上繁华梦》、《九尾龟》、《人间地狱》等小说。犹如一颗划破天空闪耀一时的流星,这些吴语小说曾经辉煌过,但很快就泯灭了。

论文由四个方面组成:

一、吴语小说产生与消失的背景分析。上海为中心的东南城市的崛起和都市大众文化的产生是吴语小说产生的社会背景;方言和官话作为全国统一语的争论是吴语小说产生的语言背景。二、吴语小说的文化分析。江南情调、名士与妓女、现代都市的文明的记载和卖弄;吴语小说的文学分析。三、文学传统和叙事分析。四、吴语小说的语言分析。官话、方言、文言三个语言系统的共存和并列;吴语在文学叙述中特有的表情达意分析;吴语的文化意义和文本意义分析。

关键词 历史 记忆 吴语小说

一

这里所论述的吴语小说是指用吴方言(苏州话为中心)作为小说语言主要描述吴地(以上海为中心)世俗民情的小说。以此作为体裁的标准,最早的吴语小说应该是光绪戊寅年(1878年)江南文人张南庄创作的《何典》。《何典》之后应该还有吴语小说,不过现在无从考证。吴语小说再次映入人们的眼帘是1892年韩邦庆创作并连载于他自编的杂志《海上奇书》上的《海上花列传》。这部小说1894年结集出版,共64回。之后,吴语小说进入了一个创作高峰。1904年世界繁华报馆刊20回《海天鸿雪记》,据称是李伯元所作。1906年至1910年署名"漱六山房"的张春帆断断续续地创作了《九尾龟》,共12集192回。此书产生了广泛的影响。1922年至1924年毕倚虹在《申报》副刊《自由谈》上连载《人间地狱》60回。毕依虹去世之后由包天笑续集至80回。这部小说吴语的韵味淡了许多,但痕迹还依然可见。这种痕迹一直延续到1938年周天籁的《亭子间嫂嫂》中。

就像一颗流星一样,吴语小说曾闪烁于天空。光彩已去,留下的余味却是无穷的。人们首先要思考的是为什么吴语小说会出现在这个时期,为什么又很快消失了呢?

关于张南庄《何典》的创作意图,1926年鲁迅作《〈何典〉题记》中有这样一段话:"那是,谈鬼物正像人间,用新典一如古典。三家村的达人穿了赤膊大衫向大成至圣先师拱手,甚而至于翻筋斗,吓得'子曰店'的老板昏厥过去;但到站直之后,究竟都还是长衫朋友。不过这一个筋斗,在那时,敢于翻的人的魄力,可总要算是极大的了。"[1]鲁迅认为张南庄之所以创作《何典》是有意用方言游戏和地方笑话来嘲弄风雅文章和风雅人格,是用粗鄙和放肆来嘲弄精致和做假,虽然从本质上说,张南庄还是"长衫朋友",还是一个"达人"。同年,在《为半农题记〈何典〉后作》中,鲁迅还从《何典》中分析了知识分子的某种心态:"是的,大学教授要堕落下去。无论高的或矮的,白的或黑的,或灰的。不过有些是别人谓之堕落,而我谓之困苦。我所谓的困苦之一端,便是失了身份。"[2]由于想获取"身份"而不得,张南庄干脆就以粗鄙的语言来自嘲和嘲弄,体现了作者心中自我的"困苦"。鲁迅分析《何典》,依据的是他惯有的思想启蒙和思想批判的思路,自当为一说。

鲁迅对《何典》的分析并不适用于《海上花列传》之后的吴语小说。关于《海上花列传》为什么用吴语写作,同代人孙玉声在他的《退醒庐笔记》中

---

[1] 鲁迅:《〈何典〉题记》,《鲁迅全集》第14卷,人民文学出版社1987年版,第296页。
[2] 鲁迅:《为刘半农题记〈何典〉后作》,《鲁迅全集》第3卷,人民文学出版社1987年版,第303页。

曾有这样一点记载:1891年在一次同船旅行中,孙玉声劝告韩邦庆不要用吴语写作,因为看得懂的人少,还有不少吴方言有音无字,印刷起来也困难,但是被韩邦庆拒绝了,理由是:"曹雪芹撰《石头记》皆操京语,我书安见不可操吴语?"并说:"文人游戏三昧,更何况自我作古,得以生面别开。"①如果记载属实的话,我们似乎看到了韩邦庆用吴语创作小说的信心和企图,他就是要用吴语创作一部与《红楼梦》媲美的小说。作家自我的表述还只是一种现象,更值得我们思考的是韩邦庆为什么能在这个时候说出这样的话来呢?那些背后的因素才是支撑他敢于用吴语创作小说的真正原因。我认为这样的因素有三个。首先是上海城市文化的崛起,并逐步成为中国文化的中心。自1873年上海开埠以后,上海迅速走向都市化,形成了商业气氛浓郁并具有很强的时尚风格的上海文化。从全国的角度说,当时的上海文化代表的就是先进和文明,虽然很多人陶醉其中的只是新奇和愉悦。作为文化的重要组成部分,吴方言自然就成为了中国最显要的方言。会说吴方言就是一种身份,用吴方言来写上海的社会生活和社会时尚,不仅显得特别般配,更是一种骄傲。事实上,吴语小说无一例外写的是上海的时尚生活,表现的是给予内地人新奇感的上海人的行为方式和消费方式。其次是市场的需求。上海的崛起最重要的标志之一就是人口的膨胀,五十年不到上海就由一个二十万人不到的海边城市变成了百万人口的东方都市。这些来自全国各地的移民们迅速地成了上海市民。这些上海市民对身边发生的事情特别地关心,对精神上的愉悦特别地需要,于是一种满足市民需求的杂志和小报就诞生了。吴语小说都是连载于这些杂志和小报上的作品,它们就是写给上海市民看的文学作品。用吴语写这些文学作品不仅不存在语言的障碍,而且能够引发读者的亲近感。再次,究竟用什么语言作为全国的统一语言在当时的中国并没有形成的一致的意见。"方言统四"、"国语统一"②,这样的意见在当时的中国具有很大的影响。京话可以作为全国的统一语言,吴方言就不能作为全国的统一语言么?所以韩邦庆说曹雪芹可以用京

---

① 孙玉声:《退醒庐笔记》,山西古籍出版社1995年版。
② 用什么作为全国的统一语言,语言学家们很有分歧。王照认为应该用"占幅员人数多"的京话,而劳乃宣则认为"方言统四"、"国语统一",即:第一步是各地以自己的方言作为国语,此为"方言统四";第二步再从其中一种方言统一四方的方言,此为"国语统一"。

话写《红楼梦》，我就不能用吴方言写《海上花列传》？其心态，与那些语言学家们源于一辙。这三个原因是支撑吴语小说创作的动力。当然，随着这个动力的拆除，吴语小说自然也就走向式微，并且消亡。二三十年代，上海的经济和文化开始从形成阶段走向辐射阶段，在辐射的过程中，吴方言也就成了障碍。特别是1917年11月教育部正式公布了"读音统一会"通过的36个注音字母，1920年1月教育部训令全国各地国民学校将初级小学国文改为语体文（白话文），并开办国语讲习班。以京话为基础的全国统一语以法规的形式确立了下来。吴语小说既失去了市场，也失去了舆论的支持，它就只能成为历史的记忆了。

  如果不是一些文化人和作家那么念念不忘，并努力地整理、评说、重印，吴语小说真的就湮没无声了。1926年，刘半农从庙会的书摊上把《何典》发掘了出来，重新标点后作序，并请鲁迅作题记，于1933年由北新书局重版。很有意思的是，也是1926年，胡适将《海上花列传》发掘了出来，由胡适、刘半农作序，亚东书局于1930年、1935年两次印刷出版。刘半农、胡适对《何典》、《海上花列传》的发掘与当时提倡国语的大众化有关系。中国的统一语在形成过程中受到印欧语、日本语的影响很深，对中国自有的白话吸收得却不够多。对中国自有的白话吸收不够又直接影响了国家统一语的大众化进程，受到一些思想启蒙家的批评。刘半农是中国民间歌谣的搜集、整理者。为了提倡中国的传统民间文化和语言，曾专门写了《瓦釜集》。他发掘《何典》也是显示这样的态度。同样，胡适发掘《海上花列传》也并非要提倡吴方言，而是要说明中国自己的语言也有很优秀的作品，"吴语文学的运动此时已到了成熟时期了"，可以为"文学的国语"作参考。1981年在美国的张爱玲对《海上花列传》进行了注译，并给予了这部小说高度的评价，认为《海上花列传》是继《红楼梦》后中国传统文学的另一部杰作："第一次是发展到《红楼梦》是个高峰，而高峰成了断崖。但是一百年后倒居然又出了个《海上花》。"①张爱玲对《海上花列传》的评价与胡适、刘半农等人的视角不一样，她看中的是其中的文学要素。她认为这是中国又一部杰出的爱情小

---

① 张爱玲：《国语本〈海上花〉译后记》，《张爱玲文集》第4卷，安徽文艺出版社，第357页。

说,虽然是写才子与妓女的爱情。另外,小说的写作方式很特别,"传奇化的情节,写实的细节"使得小说结构既不同于"五四"新文学作家所学习模仿的西方长篇小说,也不同于完全传统化的中国通俗小说,是一种"高不成低不就"①的小说形式。对于语言,她并没有像胡适等人那样,看成是大众语言的典范,而是指出小说吴语的运用影响了小说的传播,因为"许多人第一先看不懂吴语对白"②,正因为这样,她要将其译成国语。不管这些文化人和作家的动机是什么,经过他们的宣传和努力,吴语小说流传了下来,虽然它们只是历史与记忆而已。

二

说《海上花列传》是情爱小说尚可,说吴语小说是情爱小说就不妥了。除了《何典》之外,几乎所有的吴语小说都是写上海的妓院、妓女、嫖客之事。鲁迅在《中国小说史略》中将这类小说归类为"狭邪小说"。为了区别于明清的"狭邪小说",又由于它们主要写上海的狭邪之事,我干脆称它们为"海派狭邪小说"。

从描述情感之事上看,这类小说大致可分为以下三种类型。

第一种类型可称为"才子佳人型",代表作品可推《海上花列传》和《人间地狱》。在这两部小说中都有一些缠绵的感情故事。《海上花列传》中的陶玉甫和李漱芳、王莲生和沈小红③,《人间地狱》中的柯莲荪和秋波都是生死相恋,凄惨缠绵,引起了很多人的共鸣和唱和,赚取了很多眼泪。

第二种类型可称为"黑幕型",代表作品可推《九尾龟》。这部小说有一个副标题《四大金刚外传》,所谓的"四大金刚"是指当时上海滩"花榜"选出来的四大名妓女,她们是:林黛玉、胡宝玉、张书玉、陆兰芬。小说以一个落泊才子章秋谷为贯串人物,写了上海妓院中的各种黑幕。在这部小说中

---

① 张爱玲:《国语本〈海上花〉译后记》,《张爱玲文集》第4卷,安徽文艺出版社,第357页。
② 同上。
③ 张爱玲对这两对爱情故事特别推崇,她在《国语本〈海上花〉译后记》中说:"写情最不可及的,不是陶玉甫、李漱芳的生死恋,而是王莲生、沈小红的故事。"

就没有什么缠绵悱恻的生死恋了,只有怎样"调情"和"玩情"。

第三种类型可称为"社会批判型",代表作品可推《亭子间嫂嫂》。小说写了一个落泊文人与一个暗娼的故事。由于这部小说是将娼妓现象当作一个社会问题看待的,所以小说更多地描述了一个娼妓的悲惨命运,以及一个文人对社会不平的愤怒。

这三类小说情感上都有可圈可点的地方,但是我认为情感描述不是此时吴语小说的特色。从文学发展的角度看,才子佳人的情感描述本来就是江南小说的擅长之处,明末清初的"才子佳人小说"已经演绎了各种版本的情感模式,清末民初的"鸳鸯蝴蝶派小说"更是把各类感情模式推向了极致。如果放到这个背景上看《海上花列传》和《人间地狱》中的情感描述也就没有什么出新的地方了,只不过,才子有了嫖客的身份,佳人变成了妓女,感情的阻碍由家长变成了老鸨。同样,揭示黑幕也不是吴语小说的特点,清末民初的文坛有一股"黑幕小说"的创作潮流,黑幕写作涉及社会生活的各个方面,《九尾龟》写的是妓院的黑幕,只是当时黑幕写作潮流中的一个浪花而已。至于《亭子间嫂嫂》对娼妓问题展开的社会批判,明显是受到了"五四"以来的新文学的影响。社会批判是20世纪二三十年代文学的时代特色,无论是新文学,还是通俗文学,无一能免。我认为能体现此时吴语小说最大特点的是它表现出来的特有文化,这种特色的文化是时代赋予它们的,也是地域民风所造成的。

上海自开埠以来,工商业的迅猛发展和劳动力的大量需求,使得城市迅速地膨胀起来。那些刚刚从"乡民"转化为"市民"的人群,造就了此时的上海特有的"移民文化"的氛围。吴语小说用文学的形式极其生动地记载了此时上海移民文化的特色。首先是"淘金"和"着道"。到上海就能赚在清末民初的中国已经成了社会的"共识",于是各色人等都涌进上海"淘金"。但是到上海"淘金"要遇到各种问题,还有很多陷阱,弄不好就要"着道",这也是一个社会"共识"①,吴语小说写的几乎都是这样的故事。韩邦庆解释

---

① 李伯元的《文明小史》中写一个青年要到上海去,他家的老太太死也不愿意,理由是:"上海不是什么好地方,我虽没有到过,老一辈的人常常提起,少年子弟一到上海,没有不学坏的,而且那里的混账女人极多,花了钱不算,还要上当。"

《海上花列传》的书名时说:"只因海上自通商以来,南部烟花日新月盛,凡冶游子弟倾复流离与狎邪者,不知凡几。虽有父兄,禁之不可,虽有师友,谏之不从。此岂其冥顽不灵哉?独不得以过来人为之现身说法耳!方其目挑心许,百样绸缪,当局者津津乎若有味焉,一经描摩出来,便觉令人欲呕,其有不爽然若失,废然自返乎?"他扮演着一个"劝诫者"的身份,用形象的语言描述了那些来上海的淘金者"着道"的过程。小说侧重写了到上海做生意的赵朴斋,如何一到上海就陷入"花丛",结果弄得人财两空在街上乞讨。由于这里黑道太多,《九尾龟》干脆就打着"揭黑"的旗号写作。在这部小说中那些"着道"之人无不是带着"淘金梦"而来,又无不是怀着一颗破碎的心而去。吴语小说突出地表现出了当时吴地的"色情观"。"捞一把就走"的移民心态使得这里赚钱的方式相当的商业化,也培养了趋利的社会心态。在这样的社会氛围之中,中国传统的性爱观念受到了极大的冲击。上海人所推崇和所适应的性爱观念与内地人形成了极大的反差。内地的风流士卿也寻花问柳、狎妓纳妾,但毕竟不是大张旗鼓的事,传统的道德观足以形成强大的制约力量,使人不敢妄自作为。而步入当时的十里洋场,男女在大街上打趣调笑的场面随处可见,调情者不避,旁观者不怪,一切形成新的"自然"。社会心态演变到这种地步,以至于开妓院、做妓女就像开店铺、做生意一样,非常平常。同是狭邪小说的《海上花列传》写赵二宝随母亲到上海追寻陷在妓院里无法脱身的哥哥赵朴斋。谁知到了上海以后,赵二宝觉得做妓女能赚大钱,自己也就"落到堂子"里了。其母其哥表示支持:赵朴斋置家具、写牌匾,从此"趾高气扬,安居乐业",他们的朋友也不觉其耻,不断结帮,前来哄抬。在《人间地狱》的三十五回中,和尚来到上海,照样传票召妓,似乎也没有人觉得奇怪。吴语小说的作者本来都是一些江南才子,他们的文化修养使得他们追求一种脱俗的生活境界,坐谈风月、看花载酒、知人论世、互为唱和,生活方式自许清高和浪漫,可是他们偏偏生活在所谓的时尚文明泛起的时代,他们无法摆脱那些时尚文明的影响。于是,名士文化和都市文化就交融在这些吴语小说之中,形成了怪异却颇具魅力的文化气氛。《海上花列传》表现得比较俗,小说的后半部分出现了一批以"风流广大教主"齐韵叟为首的名士,他们以"一笠园"为舞台行酒令、填曲牌,用四书五经中的典故做淫秽文章。清高的名士作风成了他们发泄自然欲望的渠道。

在《人间地狱》里表现得比较深刻。柯莲荪、姚啸秋、赵栖梧等人也吃花酒、打茶围、捧角捧妓,但是他们心中所向往的传统名士的生活方式却被现代都市生活所逼迫,为了生活他们不得不成为报馆里的记者、写手,不得不做一些商界、金融界做的事情,清高的名士却做"俗事",于是他们埋怨,他们苦恼,于是他们做着现代"俗事",抒发着名士的"清情"。弥漫在小说中的那些感情既令人感动同情,又觉得太脆弱了。到了《亭子间嫂嫂》那里,妓女已经失去风雅,名士已经落魄,他们已经完全成为被都市文化吞噬掉的都市的可怜虫了。

三

吴语小说产生于清末民初中国社会现代化的转型时期,它以形象的语言记录下了中国社会现代化的进程。其中最具史料价值的是记载了此时中国的色情业的状况。清末民初之际称上海为中国的色情之都是不过分的。上海滩上妓院林立、名花如云,烟花女子之多,恐不光为中国之冠,在世界几个大城市也是赫赫有名的,人称"洋场十里,粉黛三千"、"妓馆之多甲天下"。吴语小说比较真实地反映出这段时期上海妓院、妓女的生活。小说的故事情节很多是根据她们那些流传于社会的"事迹"铺演而成。她们在小说中的"事迹"大致分为四类,集中表现在她们与嫖客之间的关系上:一种是人长得漂亮又肯花钱的嫖客,像章秋谷那样,是她们最欢迎的;一种是人长得不漂亮但肯花钱的,看在钱的分上,她们也假作笑脸相迎;一种是人既长得委琐又不肯花钱,偏又好色如命,他们往往是妓女们作弄的对象;还有一种是人虽没有钱但为人诚恳,他们得到了妓女们死心塌地的爱,这样的故事往往以悲剧告终。除了演绎各种故事之外,小说还比较详尽地介绍了当时上海色情业的各种"规矩"。男子在喝酒或看戏时写上一张小红笺,上写某公寓某妓女的名字,请人送至妓女的妆阁,请其来陪酒取乐,这便是"叫局";在妓院里摆酒开宴,由妓女相陪,这叫"吃花酒";几人相伴到妓家喝茶,这叫"打茶围";邀请妓女乘车兜风,是当时上海租界的一大景观,人称"出风头";茶楼请妓女前来说唱,人们在茶楼前边品茗边听书,还可以临时点曲,这叫"听书";有些有钱人到书寓里去,点名妓专为他演唱,这称为

"堂唱";公子哥与妓女在大街上或公园里徜徉冶游,这叫"吊膀子"。另外还有租房子勾引良家妇女卖淫,称为"台基";以色情诱骗敲诈客人,称为"放白鸽"、"仙人跳";妓女通过婚姻洗清债务,称为"忽浴";专门从事卖良为娼者,称为"白蚂蚁";男女私通者,称为"轧姘头"等等。可以说,吴语小说是当时上海色情业的百科全书。

上海的色情业是伴随着上海的都市化进程而发展起来的,要表现上海的色情业就不能不表现上海的都市化进程,这就给吴语小说带来了另一种史料价值。大饭店的开张、清明赛会、彩票的发行、上海50年通商纪念会、万国珍珠会的举办、张园的开园及游艺等多种都市景观,吴语小说都有形象的表现。这种都市景观的记载甚至详细到"一碗面二十八文,四个人的房饭每天八百文"。从这些史料中我们可以感受到上海社会的"开化"程度。例如《海上花列传》中写"水龙"救火:

> 只见转弯角有个外国巡捕,带领多人整理皮带,通长街接做一条,横放在地上,开了自来水管,将皮带一端套上龙头,并没有一些水声,却不知不觉皮带早涨胖起来,绷得紧紧的。

这大概是中国文学作品中第一次出现消防龙头的描述。再例如《九尾龟》中写"红倌人"沈二宝骑自行车:

> 沈二宝貌美年轻,骨格娉婷,衣装艳丽,而且这个沈二宝坐自行车的本领很是不差,踏得又稳又快,一个身体坐在自行车上。动也不动。那些人的眼光,都跟着沈二宝的自行车,往东便东,往西便西,还有几个人拍手喝彩的。

除了说明当时的上海妇女抛头露面招摇过市,大家并不为怪之外,大概也是中国文学第一次描写中国妇女骑自行车。

四

张南庄的《何典》运用了很多吴地方言写作,其他吴语小说是双语言系统,即妓女的语言用吴语,叙述语言和其他人物语言用官话。同是吴语小说在使用吴语程度上不同,与作者们的创作意图很有关系。关于张南庄的材料比较贫乏。海上餐霞客在书的《跋》中说，这是先生的"游戏笔墨"。即使是张南庄的"游戏笔墨"，作者的创作意图我们也能够感觉到，他是有意地以俗对雅，以方言对官话，以吴地口语对时文技巧。举一例说明，小说写到活死人在双亲亡故后，不得不在舅母"醋八姐"手下讨生活：

> 一日，那醋八姐忽然想起吃蛤蚌炒螺蛳来，买了写螺蛳蚌蚬，自己上灶，却叫活死人烧火。活死人来到灶前，看时，尽是些落水稻柴，便道："这般稀秃湿的柴，那里烧得着？"醋八姐骂道："热灶那怕湿柴烧弗着！难道就罢了不成？"活死人没法，只得撄好乱柴把，吹着阴火，向冷灶里推一把进去，巴得镬肚底热。谁知凭你挑拨弄火，只是烟出火弗着。怄上去吹，又碰了一鼻头灰。煨了半日，倒灌得烟弗出屋，眼睛都开弗开。醋八姐大怒，拿起一根有眼木头来夹头夹脑的就打。

时文技巧讲究用典，其典均来自文史书籍或者故事传说。张南庄也用典，不过，他的典故均来自方言口语。这段话中的"蛤蚌炒螺蛳"（忙中夹忙）、"落水稻柴"（急不起来）、"挑拨弄火"（挑拨离间）、"碰了一鼻子灰"（碰壁）等等方言俗语就是他的典故。从中我们可以看出，作者运用吴语写小说，取的是"对抗"之意。

韩邦庆等人用吴语写妓女的语言是为了显示"身份"。清末民初时天下妓女以吴地为最，吴地妓女以一口纯正的吴侬软语为最。《海上花列传》第 50 回中有一番各地妓女的比较说，说到广东妓女时竟然使大家产生一种恐惧感。即使是上海、苏州旁边的杭州，在当时的才子看来，也是"土货"。《人间地狱》中苏州妓女薇琴看见杭州妓女程藕舲，这样评价道："杭州的土货十有其九斯为下品，像这个人倒是不可多得。可惜还是一嘴的杭州土话，未免有些土气。倘若换了苏白，以她的身段态度则看不出是杭州人呢！"在《九尾龟》中，有一次，章秋谷在天津遇见了一个自称是苏州的扬州籍的妓女，勃然大怒，当场揭穿，毫不留情。有意思的是，如果不做妓女了，语言马上就改过来了。《九尾龟》中有个妓女叫陈文仙，昨天还挂牌，说的是苏白，今天嫁给了章秋谷为妾，马上就讲官话。为什么妓女要说吴语呢？这与吴语的传情达意有很大的关系。

吴语有什么特点？宋新在《吴歌记》中有这么一说：

> 吴音之微而婉,易以移情而动魄也,音尚清而忌重,尚亮而忌涩,尚润而忌类,尚简洁而忌漫衍,尚节奏而忌平庸,有新腔而无定板,有缘声而无讹字,有飞度而无稽留。

据吴方言学家们研究,吴方言有七个音,分舒声和入声。有意思的是,词汇在成句时都不再是单字调,而是变化成新的组合调。既是音多、音清、音亮、音润、音简洁、音有节奏,组合起来又有新腔、有缘声、有飞度,所以吴语说起来抑扬顿挫、婉转流畅,像在唱歌。吴语不用肯定否定句,例如"好不好"、"行不行"、"可以不可以"等,而是用"阿好"、"阿行"、"阿可以"等疑问句。另外,吴语还有一些特殊的语气词,例如"嗄"字就常常运用于句尾。用这样的语言传情达意别有一番风味,柔弱之中又含情脉脉,甜糯之间又有几分嗲味,如果再从女性的口中说出,似乎又多了一些哀怨和娇媚的意味。我们来欣赏《海上花列传》中李漱芳的一段话。李漱芳被张爱玲称之为"东方茶花女",她欲嫁陶玉甫当正室而不得,渐渐地病了,躺在床上睡不着。陶玉甫来看她:

> 漱芳又嗽了几声,慢慢的说道:"昨日夜头,天末也讨气得来,落勿停个雨。浣芳涅,出局去哉;阿招末,搭无装烟;单剩仔大阿金,坐来浪打磕铳。我教俚收拾好仔去因罢。大阿金去仔,我一干仔就榻床浪坐歇,落得个雨来加二大哉;一阵一阵风吹来哚玻璃窗浪,'乒乒乓乓',像有人来哚碰,连窗帘才卷起来,直卷到面孔浪。故一吓末,吓得我来要死!难末只好去困。到仔床浪涅,陆里困得着嗄,间壁人家刚刚来哚摆酒、豁拳、唱曲子,闹得来头脑子也痛哉!等俚哚散仔台面末,台子浪一只自鸣钟,跌笃跌笃;我勠去听俚,俚定归钻来里耳朵管里。再起来听听雨末,落得价高兴;望望天末,永远勿肯亮个哉。一径到两点半钟,眼睛算闭一闭。坎坎闭仔眼睛,例说道耐来哉呀,一肩轿子抬到仔客堂里。看见耐轿子里出来,倒理也勿理我,一径望外头跑,我连忙喊末,自家倒喊醒哉。醒转来听听,客堂里真个有轿子钉鞋脚地板浪声音,有好几个人来浪。我连忙爬起来,衣裳也勿着,开出门去,问俚哚:'二少爷啥?'相帮哚说:'陆里有啥二少爷凰'我说:'价末轿子陆里来个嗄?'俚哄说:'是浣芳出局转来个轿子。'倒拨俚哚好笑,说我因昏哉。我再要

> 困歇,也无拨我困哉,一径到天亮,咳嗽勿曾停歇。"玉甫攒眉道:"耐啥实概嘎!耐自家也保重点个口。昨日夜头风末来得价大。半夜三更勿着衣裳起来,再要开出门去,阿冷嘎?耐自家勿晓得保重,我就日日来里看牢仔耐,也无么用晼!"

病中之女说出了苦夜长思,既婉转又凄清,既甜蜜又动情,吴语的甜糯嗲味的魅力充分展示了出来,说得陶玉甫心酸,听得读者动情。如果再把吴语和官话混夹在一起,读起来似乎另有一番风味。我们再欣赏《海上花列传》中的一段:

> 接着有个老婆子,扶墙摸壁,逶迤近前,挤紧眼睛,只瞧烟客,瞧到实夫,见是单档,竟瞧住了。实夫不解其故。只见老婆子嗫嚅半晌道:"阿要去白相相?"实夫方知是拉皮条的,笑而不理。

官话用短句,写的是形态,中间再夹上一句吴语的长句,表的是情态,可谓韵味十足。

综观这些吴语小说语言,《何典》显得土气,因此乡土气息足;《海上花列传》显得细密,因此更为传神。《九尾龟》之后,就显得不那么纯正了,一些官话已经夹杂其中,到了《亭子间嫂嫂》就只是留着吴方言的尾巴而已。

(原载《文艺研究》2008年第1期)

她们怎样变成祥林嫂

——"五四"新文学与"鸳鸯蝴蝶派"文学关系研究之一

最为科学和合理的历史评判是在历史场景中评判历史,但是作为后来者要想完全地复制历史场景是不可能的。但是不可能不代表着放弃。作为后来者应该尽量地拾取历史的碎片,尽量地还原历史的场景,使得历史的评判尽量科学和合理。"五四"新文学运动思想启蒙的核心思想之一是女性社会地位的启蒙,"五四"新文学运动批判中国传统文化的一个重要依据就是礼教对女性的摧残。代表着这样的启蒙和批判成就的是鲁迅的《祝福》以及祥林嫂形象的塑造。这是历史的事实。但是我们放眼当时的历史背景就会发现,妇女问题的讨论并不为"新文学"所独有,而是当时文学讨论的一个热点。这个热点起源于"鸳鸯蝴蝶派"文学,鲁迅的《祝福》是当时妇女问题讨论的众声喧哗中的一个高亢音符。

在理论论述之前,我先讲四个寡妇的故事。

1909年,"鸳鸯蝴蝶派"的一个重要作家包天笑在《小说时报》上发表了著名小说《一缕麻》。这部小说在当时曾引起了巨大轰动,它被改编成所有能改编的曲艺形式,如大鼓词、越剧、京剧等等。在小说中,作者为了避免读者乱猜,就故意把女主人公的名字隐去,而用"某女士"来代称。值得注意的是,用"女士"这个称谓就已经透露了某种信息,那就是时代变了,文中的这位女性是一个接受过新教育的新女性。小说大概情节是这样的:某女士,长得很漂亮,人又聪明,上新学堂,接受好的教育。可她难逃父母之命、媒妁之言,被迫嫁给一个长得丑、人又笨的男人,更悲惨的是,他是个傻子。某女士当然很不高兴,于是就把自己的苦恼说给班上的一个男同学听,这个男同学一表人才,两人在一起的时间一长,就渐渐地产生了感情。就在这个时候,男方要求完婚,尽管她不愿意,但是没有办法,只好嫁给那个傻子。就在新婚之夜，某女士得了很重的传染病，没有人敢靠近她。就在这个时候，只有那个傻子悉心地照顾她。某女士的病好了，但是傻子却病了，而且暴病而亡。他死后，某女士自然是十分伤心。小说中有这样的话：为人感情是其次，道德是第一位的。于是她下定决心，终身不嫁，为傻子守节。她再也不和那个男同学来往了。她不和他见面，即使他给她写信，她也从来不拆。终于有了一次见面的机会，她也不说话，脸上毫无笑容。就这样，两个人分手了。最后，作者说道，至今人们还在称颂着某女士的贞洁。这是第一个寡妇的故事。

第二个寡妇出现在徐枕亚在1912年发表的《玉梨魂》中。《玉梨魂》是一部才子佳人小说。一个怀才不遇的书生叫何梦霞，姑苏人氏，在亲戚的介绍下在无锡做小学老师，住在一个姓崔的远房亲戚家。家里有一个老头，叫崔老翁，崔老翁的儿子已经死了，留下一个媳妇白梨影和一个小孙子，女儿崔小姑在外面读书。何梦霞住在别人家心里过意不去，就给崔老翁的小孙子做家教。崔家很大，但人少，何梦霞与白梨影虽同住一个屋檐下，却从来没有见过面，因为白是个寡妇，与《一缕麻》中的某女士一样坚守着贞洁。可是有一次出现了变故。那是一个早春时节，崔家院子里的梨树开花了，很是好看，但被一夜风雨打落了，满地梨花。于是有了一出戏：何梦霞像黛玉葬花那样，把花瓣埋起来，又立了一个碑，上题"香冢"。这本来没有什么，但是这一幕被窗子后面的白梨影看到了。她深深地被感动了，感叹世上竟还有这样的有情人。如果白梨影能够像《一缕麻》中"某女士"那样压抑自己，那就没有下面的故事了。但是白梨影的感情被激发了，她不知不觉走到了何梦霞的房间。白梨影在书桌上看到了何梦霞写的一本诗集，翻看之后，心里更是感动，诗如其人。于是，她把诗集带走了，给何梦霞留了纸条。何梦霞回到房间看到纸条，心里狂喜不已，心想终于找到知己了。于是他就写了一封信给白梨影，让白梨影的儿子带回。之后，两人就开始书信来往，谈恋爱了。他们的感情一日深比一日，但是不能结婚，因为白梨影是寡妇。有一次，何梦霞病了，作为主人的白梨影去探望作为客人的何梦霞。一个躺在床上，一个坐在床边。家里就他们两个人，这时候应该有什么话就快说，有什么计划就赶快制订。但他们两个就是一句话也不说，而是你一句我一句地互相写诗来表达感情。后来还是白梨影出面向崔老翁提议把崔小姑嫁给何梦霞。和传统小说不一样的是,家长崔老翁在对待子女的婚姻问题上很开放;对白梨影与何梦霞的交往并没有表示反对,白梨影现在提出让崔小姑嫁给何梦霞,他也不反对,于是崔小姑和何梦霞结婚了。可是婚后的何梦霞的感情还是在白梨影身上,这次结婚不但没有解决感情上的难题,反而使他更加痛苦了,还白白拖了崔小姑一个人进来。当然这样的感情是无法进行下去的,怎么办呢?传统小说一贯的做法是把感情推向极致,把矛盾不断激化,到达一定程度就用死亡来解决问题,这部小说的结果也是如此:在感情的重压下白梨影死了。崔小姑觉得嫂子的死是因她而起,也郁郁而终。两个女人都死了,何梦霞觉得活着也没意思,但一个男人总不能为了情而死,于是他背井离乡,去了日本留学,还参加了革命。在辛亥革命中,他冒着枪林弹雨,战死在武昌城楼下。死后,人们在他身上找到了一本书,书名叫《玉梨魂》。

这两部小说受到读者的欢迎,却在保守人士和激进人士之间两面不讨好。这种不讨好来自小说的情节发展过程与故事结局之间的矛盾。从小说的情节看,两部小说都讲到了个人情感的可贵,特别是《玉梨魂》讲到了个人情感被压抑的痛苦和可怕的结果。对个人感情如此煽动和张扬,当然要引起保守人士的不满,因为张扬情感必然会威胁压制情感的所谓的伦理道德。照这样的情节推理,应该是情感战胜伦理观念,取得个人情感的圆满和幸福。可是这些保守人士多虑了,两部小说的结局并不是如此,第一个女人完全被道德所束缚,礼战胜了情,第二个女人确实有礼和情的斗争,但最终还是礼战胜了情。如此保守的结局又引起了激进人士的不满。于是文坛上又出现了两部产生影响的写寡妇的小说。

第一部小说是李定夷连载于1916年《小说新报》第1期到第12期上的《二十年苦守记》。小说叙述了江苏武进一名叫汤书岩的大家闺秀,出嫁仅两个月,丈夫就病死了。看见丈夫死了,书岩痛不欲生,欲吞金殉情,后被救起。她的家翁(公公)这样劝她:"祖姑年高,代夫尽孝,亦应尽之职,俟重闱百年后,殉夫未晚。"于是书岩尽心服侍祖姑、家翁。在家翁病危时更是割股疗亲。祖姑、家翁相继去世后,又抚养小姑直至出嫁。完成了这些事情以后,她已经守节17年了。她自杀身亡,在绝命书中写道:"今日之死,实出本心,以不负17年前之誓言。"对于创作这样一部小说,作者在小说《弁言》中说:"晚近数十年间欧风美雨侵入华夏,自由之说行,重婚不为羞;平等之说行,伦常可泯灭。圣人云:邪说横行,甚于洪水,吾与此惧。端居之暇;思小说家言,以振末俗。"小说完成了一个言行一致的守节寡妇的标准形象。第二部小说就是大家再熟悉不过的鲁迅的《祝福》里的祥林嫂。这个故事也是讲寡妇的问题。但不一样的是,祥林嫂确实嫁了两个男人,换句话说,前面三个女人是礼战胜了情,她们是贞洁的,但祥林嫂却是不贞洁的。鲁迅就是要通过《祝福》来告诉我们,女人如果不贞洁,她的结果会是怎样。祥林嫂这样的不贞女人应该去死,但是她最怕的就是死,给我们留下深刻印象的也是她最可悲最可惧的地方就是,她怕死,因为嫁了两个男人,死后到了阴曹地府,就会被锯成两半,被两个男人抢。这就是她的结果。我们清楚地看到,嫁了两个男人的祥林嫂不死不行、欲死不能。鲁迅就是写所谓的不贞女人如何受到封建礼教的惩罚,从而引发对封建礼教的批判。

前三个寡妇形象出自"鸳鸯蝴蝶派"作家之手,后一个寡妇形象出自新文学作家之手。这四个寡妇形象明显地表现出了当时作家们的三种文化态度。

包天笑笔下的"某女士"和徐枕亚笔下的白梨影,她们所经历的都是礼战胜情的过程,从中明显地看到"鸳鸯蝴蝶派"文学的一些作家的文化倾向,他们对中国传统的文化道德似乎有些怀疑和不满,但是最终还是选择了回归传统礼教。无论是包天笑还是徐枕亚,他们的小说可以被纳入"发乎情,止乎礼"的模式之中。对名士气息很浓的"鸳鸯蝴蝶派"作家来说,传统的婚姻制度造成的情爱伤害他们不是不知道,但是传统婚姻制度又和传统的道德观念结合在一起,所以他们中的很多人只能哀其不幸,却无力抗争。

同样是"鸳鸯蝴蝶派"作家,李定夷是传统礼教的坚守者,他笔下的女性只能"发乎礼",不能"发乎情"。他要批判的不仅仅是祥林嫂这样二嫁的女人,包括包天笑、徐枕亚等人塑造的那些"发乎情"的"某女士"、白梨影。在发表《廿年苦守记》前后,李定夷还发表了两篇小说《伉俪福》和《自由毒》,对当时正兴起的"恋爱自由、婚姻自主"的模式提出了批判,他认为用什么方式结婚并不重要,重要的是"人品"要好。《伉俪福》用倒叙的手法写了一对在"父母之命、媒妁之言"的婚姻模式中结婚的夫妇,如何幸福地生活了10年。他们之所以如此幸福,就在于他们的人品好,生活上不但处处谦让,而且总是为对方着想。小说向读者勾画了一幅典型的"先结婚后谈恋爱"的生活画卷。《自由毒》则专门写"自由婚姻"的可怕性。小说写一对年轻人在自由结婚的感召之下同居了,结果男的嫖妓,女的偷人,一片乌烟瘴气。对这样的恋爱结婚,作者感慨万分地说:"男也无行女也荡,毕竟自由误终身。"他将小说标为"警世小说"。在"鸳鸯蝴蝶派"作家中,与李定夷持同一观点的还有陈小蝶和周瘦鹃。陈小蝶曾经写过一个古代节妇苦守的故事,内容没有什么新意,周瘦鹃却大加赞赏,作为编辑的周瘦鹃专门加了一段按语把小说推荐给读者并说:"叔季之世,伦常失坠,坚烈为黄节妇,百世不易见也……于戏节妇,可以风矣。"写了这篇编者按,他似乎意犹未尽,过了半个月也写了一篇节妇小说《十年守寡》。有意思的是,周瘦鹃的这部小说不是正面赞赏节妇,而是对不节之妇进行嘲讽。小说中的那个王夫人守了10年的寡,终于守不住了,不但偷人,还生了个私生子。小说对王夫人的行为持嘲讽轻蔑的态度,守节时的王夫人处处受到尊重,失节后的王夫人处处遇到冷眼,连她13岁的女儿都瞧不起她,其结果可想而知。所以,作者说他是为王夫人作了一篇"可怜小说"。对自由婚姻的模式,当时大多数中国人只是听说过,而且听说的都是些行为不端的放荡故事,例如李定夷的《自由毒》就来自"听说"。于是他们认为,与其实施自由婚姻,还不如维持原有的婚姻模式,原有的婚姻模式虽可能造成个人情感的伤害,但不会伤害社会风气。所以鲁迅等人的观念在当时被大多数人看作是激进主义,李定夷等人的观念虽是保守,却还有很大的市场。

鲁迅是一个传统礼教的批判者。他批判中国传统的女性贞节观念,认为这是造成女性痛苦的罪魁祸首。为此,他还专门写了篇杂文《我之节烈观》,鲁迅认为节烈之说,不仅是传统礼教造成的,在中国已经成了社会集体无意识的行为,成了中国国民性的痼疾之一。

四则寡妇的故事代表着三种观念,这是它们的不同。它们之间有没有联系呢?也还是有的。我认为有三点值得一说:

一是无论是"鸳鸯蝴蝶派"作家还是新文学作家都很关注社会问题,并尽可能地做出深入的思考。妇女的节烈问题显然是当时文化转型时的热点问题,对文化热点的关心和思考显示了作家们的现代素质。尽管他们的思维角度和思维结论并不相同,在这个问题的讨论中,"鸳鸯蝴蝶派"作家和新文学作家都没有缺席。

　　二是这四个故事有个共同的结尾,都是以悲剧收场,特别是后三个故事都是以死亡为人生的结局。这是女性命运的终结,也是当时女性小说的突破。因为中国传统文学中是没有真正意义上的悲剧的,尽管故事情节是悲剧的,故事的尾声却是光明:要么化蝶,要么结为连理枝。这四部小说才是真正的悲剧。悲剧意识是中国现代文学的一个重要标志。悲剧与喜剧的区别就在于,喜剧总是给人以希望,悲剧则是对社会黑暗的绝望。

　　三是这四则故事之间有着反衬、铺垫、传承的联系。要看到鲁迅的《祝福》不是飞来之石,祥林嫂的形象也不是突兀而起。鲁迅的《祝福》是清末民初众多讨论妇女节烈问题的小说中的一篇,祥林嫂是众多节妇中的一个,只不过她代表着文化的另一端。要看到鲁迅的《祝福》和祥林嫂的形象之所以能够产生巨大的影响,与其他的妇女节烈小说的铺垫有关系。不管是正面的肯定,还是反面的否定,以悲剧告终的妇女节烈小说总是让人们想到很多问题:为什么她们都不能婚姻自主呢?为什么她们都要以死作为代价呢?作家既然那么发乎情,为什么又制造如此浓重的悲剧气氛呢?这些问题又出现在哪里呢?这些小说看多了,心中的疑问也就积累多了,于是鲁迅的《祝福》发表之后在知识分子中间能产生更多的共鸣,否则,小说的那些描述只能给人激进和惊奇而已。

　　对这些妇女问题小说的讨论还只是个案研究,从中却引发我们对"五四"新文学与"鸳鸯蝴蝶派"文学的关系作出进一步的思考。既有的文学史告诉我们,中国现代文学是从批判"鸳鸯蝴蝶派"文学开始的。文学史这样的表述不但将"鸳鸯蝴蝶派"文学排除在现代文学之外,还将"鸳鸯蝴蝶派"文学视为守旧的、腐朽的文学革命的"逆流"。通过以上的个案分析,我们可以明确地看到既有的文学史的结论并不科学和合理。"鸳鸯蝴蝶派"文学是有守旧的成分,例如前面所说的李定夷的小说,但是它们决不是文学革命的"逆流",守旧的观念也是中国现代文学众多的观念之一。"鸳鸯蝴蝶派"作家也在进行社会思考和社会启蒙。这样的社会思考和社会启蒙,既有革命也有改良,当然也有所谓的守旧的坚守。不是"鸳鸯蝴蝶派"作家比新文学作家有先见之明,而是大势所趋、势大于人。清末民初的中国社会正在迅速地向现代化行进,中国既有的社会体制和文化传统必然要被人们重新思考。建立与现代社会相适应的新的社会体制和文化体制,是现代文学的开始。推动现代文学开始的作家既有"五四"新文学作家,也有"鸳鸯蝴蝶派"作家,他们虽然是批判者和被批判者,却一起构成了中国现代文学的发生。

"鸳鸯蝴蝶派"作家是活跃于共和国建立时期的中国社会的精英分子。在政治体制上他们要求建立共和国,在文化取向上却要求坚守传统性。包天笑此时说的一句话很有代表性:"所持的宗旨,是提倡新政制,保守旧道德。"①提倡新政制就要宣扬"共和意识",于是他们就对不符合人权、人性的中国传统的婚姻制度和女性地位提出了思考和疑问,但是他们又要保守旧道德,于是他们的思考和疑问只能停留在问题的提出之中,停留在对世道不公的感叹中。这种社会和文化的认识使得包天笑、徐枕亚等人最多创作出那些"发乎情"的小说。"鸳鸯蝴蝶派"作家所处的社会环境和自我的文化修养决定了他们这些人的精神状态。鲁迅等新文学作家是活跃于"五四"时期的中国的社会精英分子。他们不仅要求政治体制上的共和,也要求思想上的共和。陈独秀此时说的一句话同样很有代表性:"惟明明以共和国民自居,以输入西洋文明自励者,亦于与共和政体西洋文明绝对相反之别尊卑明贵贱之孔教,不欲吐弃,此愚之所大惑也。"②鲁迅的《祝福》之所以要比"鸳鸯蝴蝶派"作家的那些妇女问题小说有强烈的批判性,就是因为他没有"保守旧道德"的负担。鲁迅能创作出这样的小说同样是作家所处的社会环境和自我的文化修养所决定的。问题在于怎样看待他们之间的不同呢?我认为他们是"鸳鸯蝴蝶派"的思考还是"五四"新文学的思考,都是现代文学的思考,他们都以"共和意识"与中国古代文学作了切割。由于"鸳鸯蝴蝶派"文学发生在前,"五四"新文学发生在后,因此,中国现代文学的发生期有一个由政制启蒙为主到文化启蒙为主的发展过程。值得提出的是虽然"五四"新文学之后,中国现代文学以文化启蒙为主,政制启蒙的文学还是存在于现代文学之中的。

"五四"新文学对"鸳鸯蝴蝶派"的批判是现代文学内部的批判,就像包

---

① 包天笑:《钏影楼回忆录》,香港大华出版社1971年版,第391页。
② 陈独秀:《宪法与孔教》,安徽人民出版社1987年版,第69页。

天笑、徐枕亚、李定夷的小说与鲁迅的小说虽然价值取向不同,但都是对妇女节烈问题的思考一样,他们是意见不同的批判和争论,这样的批判和争论在以后的中国现代文学发展过程中经常发生。这次批判之所以那么激烈有它的必然性,"鸳鸯蝴蝶派"文学一统天下的状态下,"五四"新文学要取得正宗的地位,必须矫枉过正;同时"五四"新文学所奉行的社会进化论的思想和"肯定甲必须否定乙"的矛盾律思维方式也使得这样的批判带有相当程度的偏颇。这样的偏颇对后来的中国文化与文学的发展影响深远。所以,我们不能一看到批判就想到切割,就想到主流和"逆流"。批判只是运动发展中状态,是否真的切割还是要看文学的实绩。中国历史上的很多切割并不发生在批判的状态之中,就像"鸳鸯蝴蝶派"文学与中国古典文学那样;很多的批判并不发生切割,就像"五四"新文学与"鸳鸯蝴蝶派"文学那样。

(原载《新文学史料》2009年第3期)

论中国当代通俗小说的语境和批评标准
——以近十年中国通俗小说创作为中心

内容提要 城市的发展、大众媒体的繁荣、市场化的推动和影视剧的影响是当下中国通俗小说创作如此繁盛的社会原因。市民视野、题材模式、媒体痕迹、大众互动是当下中国通俗小说创作的美学要素。中国通俗小说有着自我的创作语境和美学语境。中国通俗小说自有的创作语境需要建立相适应的小说批评标准。

关键词 当代通俗小说 语境 批评标准

在当下中国小说的创作和阅读市场中,通俗小说(主要是流行小说和网络小说)最少也要占据半壁江山,这是客观事实,也几乎是一种共识,在此不加赘叙。本文所要论述的问题是为什么当下中国对通俗小说的批评如此滞后于通俗小说的创作和阅读,是那些通俗小说作家和读者创作水平、阅读水平低下,入不了论家们的"法眼"呢,还是论家们的评论脱离现实呢?我看问题还是出在后者身上。问题的核心是论家们对中国当代通俗小说的语境认识不够,总是用既有的批评标准批评通俗小说,因此他们对通俗小说总是不屑一顾。所以,认识当代通俗小说的语境和建立当代通俗小说的批评标准是深入研究通俗小说的前提。

一

通俗小说是相对于"精英小说"(这个术语很不科学,姑妄称之)而言的。通俗小说是中国现代都市扩展的产物,主要反映和表现都市社会中市民的思想情绪和阅读趣味。通俗小说的繁荣总是与城市的发展紧密相联。

中国现代城市发展集中在三个时期,一个是清末民初时期,一个是20世纪二三十年代,另一个就是当下。城市的发展越是迅猛,通俗小说的创作就越是繁盛,其根本原因就是市民阶层的迅速扩大。① 庞大的市民阶层构造了当下中国特色的都市大众文化氛围:他们接受的是中国传统文化的教育,很多人从"乡民"转向"市民",在价值观念上以传统的伦理道德衡量人物、评判是非,而不愿对传统的价值观念进行更多的怀疑和思辨;他们大多在城市第一线工作,对影响个人和家庭稳定和发展的事件的关心要大于对人生价值的思考;他们的工作单调、重复而又紧张,需要精神上的愉悦和松弛;他们不满于政治黑暗和社会风气堕落,却又很少愿意站出来大声反对……当下繁盛的通俗小说就是这种浓郁的都市大众文化氛围的文学表述。当下中国通俗小说繁盛的另一个原因是精英小说读者的转移。精英小说的主要读者是具有人生使命感的青年们。鲁迅在总结他的小说为什么会在"五四"时期受到那么大的欢迎时说得很清楚,是"颇激动了一部分青年读者的心"②。"五四"新青年们使得新文学登上文坛并受到热捧。这种状态在上世纪80年代也出现过,以人生问题、社会问题的思考为使命的青年们对那些"伤痕小说"、"反思小说"等各类精英小说再一次表现出热情。在商品大潮的冲击下和自我中心的人生观的支配下,当下具有人生使命感的年轻人越来越少,他们对精英小说所表现的问题意识感到沉重并且隔膜越来越深。精英小说不缺作家,但缺读者,在当下这个时代中萎缩势成必然。发展趋势还在于,相当多的人生使命感淡漠的年轻人努力地享受着现代生活,小说阅读是他们人生现代享受的一个标志,通俗小说的愉悦性与他们的精神追求相合拍,成为他们追捧的对象。原有的精英小说读者层向通俗小说读者层转移是近十年来中国读者队伍的重大转变。它直接影响了中国读者队伍性质的变化和小说创作的发展走势。

严格地说,中国古代只有民间文学没有通俗小说,那些标有"通俗演

---

① 以上海为例,1843年开埠的时候,人口只有20多万,1949年时已达到546万,到2000年时是1300多万。材料来源:《上海通史》第1卷,上海人民出版社1999年版,第1页。这样的人口扩张速度举世罕见。
② 鲁迅:《中国新文学大系·二集导言》,《中国新文学大系小说二集》(影印本),上海文艺出版社1980年版,第1页。

义"字样的小说,实际上都是文人根据民间创作整理而成,例如《三国演义》、《水浒传》、《西游记》等。民间文艺主要依靠口传和民间曲艺节目保存和流传,无论是否识字都可以成为一个民间艺术家。通俗小说是以现代大众传媒为平台的文人创作,是伴随着大众媒体出现、成长、繁荣而发展变化的小说文类,没有了大众媒体也就没有通俗小说。中国现代大众媒体的出现也就百余年的历史,一直到上世纪90年代,中国现代大众媒体都是以纸质媒体为主导,尤以报纸媒体为中心。这个阶段的通俗小说创作同样以报纸连载的形式出现,从晚清的李伯元、吴趼人,到民初的"鸳鸯蝴蝶派"作家,到上世纪二三十年代的张恨水等人,再到上世纪五六十年代的金庸等人,他们几乎都是报人和通俗小说作家双重身份。报纸的繁荣促进了纸质媒体的通俗小说发达。近十年来,中国现代大众媒体的重心发生了转移,成为以电子媒体为主导,尤其以网络媒体为中心。中国的网民数量更是裂变式地发展,达数亿之多。当下中国那些走红的通俗小说无不是网络小说文类,例如玄幻小说、悬疑小说、穿越小说、网游小说几乎都是网络小说专栏,而那些在当下中国走红的通俗小说作家无不与网络有关系。纸质媒体的通俗小说创作并未衰竭,网络小说则更为发达,并逐步成为中国通俗小说创作的中心,这是当下中国通俗小说创作的一个重要特征。

通俗小说具有群众性,但却不是群众文化的产物。根据美国学者约翰·费斯克(John Fiske)的解释,群众文化是统一生产出来的强行施加在大众身上的文化。① 通俗小说是大众文化背景下的市场文学,它是由作者自由创作、读者自由选择的文化现象。文化乃至整个社会的市场性越强烈,通俗小说创作就越繁荣。事实上中国现代文学中那些著名的通俗小说作家,如李伯元、吴趼人、徐枕亚、包天笑、周瘦鹃、张恨水等人都是职业作家,都是依靠市场的拼搏获取生存的经济资本。近十年来,中国文化机构正经历着1949年之后最大的体制改革,民营出版机构允许成立,全国事业编制的出版社、报社、期刊基本上转为企业性质,各大网站更是企业化运行,可以这么

---

① 约翰·菲斯克说:"群众文化作为一个术语,其使用者乃相信,文化商品是由种种工业生产出来并进行分配的,而这种工业,能够消除所有的社会差异,为一群被动的、异化的乌合之众,生产出一种统一的文化,从而被强行施加到大众身上。"约翰·菲斯克(John Fiske)著,王晓珏、宋伟杰译:《理解大众文化》,中央编译出版社2001年9月版,第208页。

说，中国文化出版机构的市场化转型风头正健。对市场化了的出版机构和各大网站来说，为了小说阅读的利益最大化，通俗小说无疑是最好的选择。另一方面，出版机构和网站的市场化运作使得写手们的能量得到了极大的释放。过去由于小说创作准入门槛过高，很多写手被挡在小说创作之外，现在只要你有才，有吸引读者眼球的能量，你就有人追捧，乃至有人承包。任何人都可以一试，似乎也敢于一试，使得近十年来中国通俗小说的创作队伍数量之大前所未有。怎样看待通俗小说创作的市场化行为呢？小说创作市场化必然会媚俗，媚俗必然有庸俗的现象（这是世界各国通俗小说创作的共同现象，非中国独有）。但是媚俗中有没有积极的因素呢？我认为还是有的。通俗小说正因为媚俗，使得作品内容和思想情绪始终贴近大众，优秀的通俗小说的素材、形式和感情倾诉、语言表达一定是生活化、现实化的，而且生动鲜灵。优秀的通俗小说作家为什么能始终保持这样的状态？道理很简单，在市场的压力下，通俗小说作家要保持活力和知名度就必须时刻关注市场的变化，市场逼迫着他们不得不变化和创新，否则就要被市场淘汰。所以说市场化的创作不仅仅给通俗小说泥沙俱下的数量带来了最大化，也是促使通俗小说创作能够良性循环的动力机制。

由于市场化运作和审美情趣的趋同性，通俗小说与影视剧创作有着先天的血缘关系。上世纪20年代包天笑、周瘦鹃等人都是著名的电影编剧，他们参与的商业电影为外国引进的电影能够在中国本土立足起到了关键作用。近十年来，中国最强势的文化艺术是电视剧。与电影相比，电视剧更加要求生活化、通俗化、情趣化，更加依赖于通俗小说的创作。只要稍微思考一下就会感觉到近十年来中国电视剧与通俗小说之间的密切关系，《亮剑》与军事小说、《金婚》与家庭伦理小说、《潜伏》与谍报小说、《神话》与穿越小说等等，那些热播的电视剧几乎都是通俗小说的电视版。通俗小说给电视剧热播提供了绝佳的剧本，热播的电视剧则给通俗小说创作带来了一波又一波的创作热潮，几乎每一部电视剧热播都会使得同名小说成为畅销书并且带动同类题材小说的创作热潮。近十年来军事题材创作热、家庭伦理小说创作热、谍报小说创作热、穿越小说创作热等，此起彼伏，热播的电视剧都是通俗小说走红的最有力的推手。

二

　　中国通俗小说产生的原因造就了中国通俗小说自有的美学要素。
　　通俗小说特别关心社会热点事件和大众热点话题,并常常站在"民间立场"上去启蒙民众、臧否是非。这些事件和话题为什么会产生,背后又有什么样的内幕?究竟应怎样面对,究竟有什么样的感想和评判?通俗小说要想获得很好的市场效果,就必须追逐、描述、表现这些问题,因此,通俗小说就有了当代社会现实的反应或历史事件的当代表述的特点。如果说精英小说是现代中国文化思想的思辨者,通俗小说就是现代中国社会生活的记录者。清末民初中国社会的移民和都市化扩展、共和国的成立和反袁运动、军阀混战和社会动乱、现代金融市场的成立、抗日战争、反饥饿反内战的市民波动等,这些在精英小说中很难看到的事件在现代通俗小说中都有比较完整的文学描述。到了当下,国际移民成了一种趋势,官场腐败考验着人们承受的底线,家庭和谐成为人们生活的基本追求,职场的拼搏成为人们生存的平台,历史的阅读成了人们的精神探求,于是那些国际移民、官场描述、家庭伦理、职场炎凉和那些真实的古代史、民国史的题材就成了近十年来中国通俗小说最热衷于表述的对象。具有鲜明特征的是,对这些表述对象的思辨和评析,通俗小说不同于精英小说的文化思考、政治思考,更多的是道德思考。例如近来十分红火的官场小说写官员腐败,小说很少有官员如何走向腐败的文化分析,几乎不对体制作深入思考,而总是写腐败官员如何道德败坏,将道德好坏视为官员是否清廉的评判标准,将做"好人"然后才能做"好官"视为小说劝诫的启蒙意识。这样的小说的思考深度当然比不上精英小说,却很受中国大众的欢迎,几乎每出版一部都会成为畅销书,因为它最契合中国大众的精神文化状态,传统的道德标准是中国人普识的价值判断,更何况要写官员的道德又必然涉及很多官场内幕和官员的隐私,这就能够满足大众的好奇心。市民视野、市民关注和市民思考是通俗小说重要的美学要素。
　　如果将人性分成社会人性和自然人性,通俗小说显然侧重于表现自然人性。例如穿越小说是近年来读者很追捧的小说类型。所谓的穿越小说是将时间交错,将接受了现代文明、具有现代生活技能的现代人通过时间隧道送回古代生活的小说。这种小说的故事情节看似荒诞,却很能满足人的自然本性。由于主人公是个现代人,他的观念和本领都高于古代人,于是他就无往而不胜、无处而不利,想要爱情就能得到最理想的爱情,想做英雄就能征服最凶猛的敌人,成为一个时代的超人。人的生命和生活都是有限的,人的欲望是无限的,无限的欲望在穿越小说所构造的虚拟世界中能够得到补偿和满足。武侠小说与人的英雄情结、侦探小说与人的好奇情结、爱情小说与人的情欲情结、历史小说与人的考据情结、科幻小说与人的想象情结……通俗小说实际上就是人的自然人性的释放、满足和畅想。传统的文化观念使得通俗小说作家很少参与那些文化思想交锋,"草根"出生和"草根"心态又使得他们没有能力或没有意愿介入那些政治斗争,通俗小说作家不像精英小说作家那样将小说创作看得那么沉重和深重,在他们看来小说创作就是一种愉悦的劝诫或者愉悦的满足。当然,决定通俗小说侧重于表现自然人性的根本原因还是市场的驱动。只有建立在自然人性基础上的创作才能获得最大的市场和最多的经济效益,这是一个很简单的道理。

近几年来有一部小说一直占据着各大畅销书榜前列而不衰,那就是《鬼吹灯》。这部小说能够如此畅销就因为小说的盗墓题材惊悚而刺激,情节的描述曲折而离奇。曲折的情节、生动的故事,这部小说将中国通俗小说的美学特点发挥到极致。中国现代通俗小说的创作模式受中国传统小说的影响很深。中国小说有两个源泉,一个是话本小说,一个是传奇小说。话本小说来源于"说话","说话"以民间传说为素材,传奇小说是文人加工,其素材同样是民间传说。说话人和传奇作家们为了吸引人总是将故事编得相当生动,民间性、故事性和传奇性是中国传统小说的特点。中国现代通俗小说延续着这样的特点并将它发扬光大。听众的兴趣和口味不同,说话人就根据题材将"说话"分成了四大门类:小说、说经、讲史、合生;说"小说"中又分为说"银字儿"、说"公案"、说"铁骑儿"。到了清末民初,中国现代通俗小说同样依据着题材分类,如历史小说、政治小说、侠义小说、侦探小说等等,到"鸳鸯蝴蝶派"时期分得更细,就是一种言情小说也分成悲情、惨情、怨情、苦情等等。近十年来随着网络小说的繁盛,一批新的小说文类开始出现,悬疑小说、玄幻小说、惊悚小说、网游小说、职场小说等等,新的小说文类不断出现。既然以题材作为小说分类的标准，要想吸引读者，追求曲折的情节和生动的故事就势成必然。题材小说特别容易形成小说创作的模式化。题材小说在长期的创作中会产生一些套路，这些套路又被实践证明特别能够吸引读者，并屡试不爽，小说的模式化也就产生了。武侠小说"争霸"、"情变"、"复仇"、"行侠"、"夺宝"五模式，官场小说的"腐败—较量—惩治"三过程，侦探小说"报案—侦案—说案"三段论，言情小说"言情—变情—悲情"三波段……当下那些新的小说类型模式正在形成，悬疑小说的探求历史、玄幻小说的修真世界、惊悚小说的地界坟场、网游小说的网络漫游、职场小说的偶遇艳情……模式化是通俗小说最为人诟病之处，却不能简单否定，因为模式化实际上是每一类小说自我的一套招式，是通俗小说美学上最鲜明的特点。否定了一种模式就没有了这一类通俗小说，否定了模式化也就没有了通俗小说。

大众媒体与通俗小说生死相联，盛衰与共，也给通俗小说带来了"媒体性"特征。通俗小说在报刊上占据的是副刊的位置。副刊对于正刊的作用是扩充正刊的内容和提高正刊的吸引力。正刊追求的是人物和事件的新闻性，副刊追求的是人物事件背后的故事以及人们在阅读新闻时的愉悦性，因此副刊又被称为"软性新闻"。从这个角度出发，我们就可以理解社会小说、历史小说为什么喜欢揭黑、揭秘，武侠小说、侦探小说为什么充满离奇的想象力；言情小说、家庭小说为什么夸张地煽情。在副刊上刊登小说就要受到"副刊意识"的制约。在网络上写小说不仅有着"副刊意识"，还要受到"网络功能"的制约，网民们的民间立场、草根心态、狂欢意识和网络操作中的键盘语言必然渗透于当下中国通俗小说的创作中。一种新的大众媒体的出现和红火必然会带来通俗小说创作的繁荣和新的"媒体烙印"。通俗小说的"媒体烙印"主要表现在两个方面，一个是小说结构，一个是小说语言。纸质媒体占主导地位的时期主要受报纸的影响。中国现代通俗小说的结构是传统的章回体，但是章回体的那种"有诗为证"式的人物介绍和事件铺垫显然不适合以"日"为单位的报纸的连载，于是故事情节的描述开始紧凑了起来，将张恨水的小说与包天笑的小说一比较就可以看到现代通俗小说情节描述上的进步。但是仅仅是故事情节紧凑还不能使得副刊连载的效果发挥到最佳状态，于是以"千字文"为单位的情节悬念就成为现代通俗小说情节描述中的又一次进步,将金庸的小说与张恨水的小说进行比较就能感受到现代通俗小说的结构的变化。① 用报纸语言写作小说,包天笑等人就有,到了张恨水更甚,他们的小说语言可以称为"报章语"。不过,金庸小说的语言是另一个境界,他的小说语言除了有"报章语"之外,还有他精心打磨的"新小说语"。近十年来,网络对通俗小说的冲击更加强烈。报纸毕竟还是纸质媒体,网络是电子媒体,它对通俗小说结构和语言的改造已达到伤筋动骨的状态。网络阅读以屏幕为平台,读者对内容稍不满意立刻跳过。为了留住不停翻动屏面的读者,紧张、生动、有趣的故事情节在网络小说中几乎是没有过渡地铺排而来,纸质媒体中的环境描写几乎没有(恐怖的环境除外),细腻的心理分析根本不写(离奇变态的心理除外)。在语言表达上,追求的是快捷和新奇。网络小说中很难找到挂满"定状补"的长句,均是短句和短节(那些有意的语言游戏小说除外)。一些网络小说的语言中还有不少令人难懂的网络语言和键盘语言。②

大多数精英小说作家创作时对小说的思想、故事乃至结构有一个大致的思考,有些作家还有提纲(例如茅盾创作《子夜》),通俗小说作家大多只有一个有趣的题材,情节的发展和小说的结构都是在写作中逐步清晰并得以完成,例如张恨水写小说,一般都是在一些社会新闻中寻找有趣的小说题材,在每天的连载中逐步形成故事的框架。故事框架的形成与调整一方面是根据作家的生活积累,另一方面就是根据读者的反应,因此与读者的互动就成了通俗小说作家创作过程中特有的写作现象。张恨水每连载一部小说都要在连载报刊上开设一个"读者问答"的栏目,既能够与读者拉近关系,又能够将读者的很多意见吸收到小说之中,引起读者更大的共鸣。金庸也是这样,他的小说多次修改都是根据读者的意见进行的修整。这种现象在近十年的通俗小说创作中越发突出,网络要比报刊来得更加即时、便捷,只要是一个能够受到网民们关注的好题材,小说连载时间不长就会收到大量的反馈,无论是"踩"还是"顶",大量的跟帖都影响着、甚至是支配着小说创

---

① 金庸后来推出的《金庸作品集》与他最初的小说连载在情节描述上有很多变化。《金庸作品集》是金庸对连载本多次修改后的版本。

② 例如东东(东西)、挂掉(死去)、巨像(极像)、扁(打)等等网络语言满篇皆是。除此以外,小说中还有"#"、"*"":~"等等键盘符号,它们都表达了一种感情,相当新奇,很有趣味。

作的情节和结构,有些小说可以说是作者在众人的智慧中写作完成的。这样的创作状态会给小说创作带来结构松散、情节枝蔓的问题,但是其中的大众姿态和亲和作风却是精英小说作家所无法比拟的。

三

有着鲜明特色的中国通俗小说在当下中国面临的问题不是作者,更不是读者,而是如何评价。要说文化、思想的深刻性,它不如精英小说,只能被批为:浅薄;要说人物形象、人物性格的生动性,它也不如精英小说,只能被批为:肤浅;要说情节、结构的完整和创新,它更不如精英小说,只能批评为:雷同。这些批评听起来都有道理,仔细推敲就有问题,因为文化思想的深刻性、人物形象性格的生动性、情节结构的完整创新性都不是通俗小说的特征,明明是"驴头",偏要套一个"马嘴",当然不合拍了。所以,要使得中国通俗小说批评具有合理性,就必须建立中国通俗小说的批评标准。

朱自清先生曾经对清末民初到"五四"时期中国文学的标准和尺度变化作过这样的描述:"这时候的文学是语体文学,开始似乎是应用着人情物理、通俗那两个尺度以及自然那个标准。然而人情物理变了质,成为了打倒礼教,就是反封建,也就是个人主义这个标准,通俗和自然也让步给那欧化的新尺度,后来并且也成为了标准。"①朱自清是说中国文学的标准和尺度在这个时期从传统转向了新文学,因为中国新文学登上了文坛。如果我们延续着这样的思路继续推演,就能看到中国新文学的标准和尺度后来逐步地被政治的标准和尺度所替代。到了上世纪80年代新文学的标准和尺度又一次回归,到了上世纪90年代以后一些外国的文化思潮和文学流派的思想体系开始充实、混杂在中国新文学的标准和尺度之中。大致描述一下近百年来中国文学的标准和尺度我们可以清楚地看到一个问题,那就是中国传统文学的标准和尺度在清末民初的时候就已经停止使用了。传统文学的标准和尺度当然并不完全等同于通俗小说的批评标准和尺度,特别是当下

---

① 朱自清:《文学的标准与尺度》,《朱自清古典文学论文集》,上海古籍出版社1981年版,第11页。

的通俗小说创作有着很多新的要素，但是作为继承着众多的中国传统文学美学特征的通俗小说来说，传统文学的标准和尺度的停止使用，就迫使中国通俗小说创作面对着新文学标准、政治文学的标准以及当下的夹杂着外国文化文学概念的批评标准。近百年来，在这样的批评标准和尺度下中国通俗小说一直处于被批评（甚至是批判）的地位，似乎也就理所当然。

中国通俗小说需要客观、科学的批评标准和尺度。它需要文化思想上的深刻性，但并不是将小说故事和人物作为文化思想的分析形象模本，而是将文化思想的深刻性在"人情物理"的描述中浸染渗透出来。文化思想的深刻性不仅仅是对传统文化思想的思辨和质疑，还有对传统文化的继承和改良，不仅仅是精英文化思想的焦虑和愤怒，还有大众文化的诉求和期待。它需要人物性格的生动性，但人物性格的刻画除了通过社会矛盾冲突表现外，自然人性的表现也是重要的途径，既有人类的社会想象，也有人类的本能想象，那些描述人类社会生活的小说应该给予肯定，那些"超现实"、"超社会"，甚至是荒诞不经的生活情节，但凡承担着合理合法的人类本能想象，也应该给予理解。它需要小说情节结构的完整和创新，但是并不等于小说情节结构的完整创新就是作家的独创，只要在既有模式中有了新的变化就是创新，就如体育项目，规定动作已经决定了相同的程式，创新表现在运动员完成这样的程序中的不同招式，过程大于结论。它需要对市场的作用科学地理解，市场会使小说创作受到"金钱意识"的冲击，但是市场又是小说创作变化翻新的动力。它需要合理地分析大众媒体对小说创作的影响，大众媒体确实会削弱小说创作的"小说性"，但是削弱的过程也许就是新的"小说性"出现的过程，报章之于"报章小说"、电视之于"电视小说"、网络之于"网络小说"，媒体性就是这些小说的美学特征之一。它需要从"大众意识"、"草根意识"的角度理解小说创作中的很多表现方式，可以批评很多小说创作方式的不严肃，但是其中的愉悦性、参与性而形成的小说创作世俗性难道不正是一种优势吗？当然，文学的批评标准和尺度除了分析作用之外，还有鉴别和指导功能。鉴别和指导同样需要客观、科学的态度，例如当下的通俗小说批评，就应该特别警惕小说创作媚俗所带来的庸俗、市场所带来的金钱唯上、大众参与所带来的狂欢泡沫等倾向。文学的批评标准和尺度建立在文学创作的实践中，脱离了文学实践的批评和尺度只能是自说自话、自娱自乐罢了。

  根据不同的文学现象采用不同的批评标准是很多优秀的评论家进行文学批评的思路，1923年、1924年鲁迅在北京大学讲授中国小说史，作为新小说作家的鲁迅并没有用新小说创作理论评判中国古代小说，他以题材分类，将中国古代小说分成"神魔小说"、"人情小说"、"讽刺小说"、"侠义小说"等加以评析。在论述到《金瓶梅》这部小说时，他认为这是部"世情书"，特点是："大率为离合悲欢及发迹变态之事，间杂因果报应，而不甚言灵怪，又缘描摹世态，见其炎凉，故或亦谓之世情书。"①1935年鲁迅写《中国新文学大系小说二集导言》评析"五四"以来的新小说，就是从人生、人性等角度分析这些新小说。在论述到自己的小说时，他说得很明白："从一九一八五月起，《狂人日记》、《孔乙己》、《药》等，陆续出现了。算是显示了文学革命的实绩，又因那时的认为表现的深切和格式的特别，颇激动了一部分青年的心。然而这激动，却是向来怠慢了绍介欧洲大陆文学的缘故。"②"表现的深切和格式的特别"以及"绍介欧洲大陆文学"显然是鲁迅评判新小说的思路。朱自清同样如此，他在评判"鸳鸯蝴蝶派"文学时说："鸳鸯蝴蝶派的小说意在供人们茶余饭后消遣，倒是中国小说的正宗。"③朱自清说"鸳鸯蝴蝶派"小说是中国小说的"正宗"，看到的是其中具有传统小说的特征。认识到批评对象的属性，批评才能有效，只有建立了通俗小说的批评标准，通俗小说的批评才能有效。

  朱自清将"标准"分为两类：不自觉的标准和自觉的标准。不自觉的标准是传统标准，自觉的标准是由于时代变化对传统标准所进行的那些修正。为了区别，他将不自觉的标准称为"标准"，将自觉的标准称为"尺度"。④朱自清这样区分，也就是强调文学标准既有原则性，也有时代的适应性，总

---

① 鲁迅：《中国小说史略》，见《鲁迅全集》第9卷，人民文学出版社1981年版，第179页。
② 鲁迅：《中国新文学大系·二集导言》，《中国新文学大系小说二集》（影印本），上海文艺出版社1980年版，第1页。
③ 朱自清：《论严肃》，《朱自清古典文学论文集》，上海古籍出版社1981年版，第111页。
④ 朱自清的原话是："不自觉的是我们接受的传统的种种标准。……自觉的是我们修正了传统的种种标准。……本文只称不自觉的种种标准为标准，改称种种自觉的标准为尺度。"朱自清：《文学的标准与尺度》，《朱自清古典文学论文集》，上海古籍出版社1981年版，第5页。

结的是中国文学批评标准的发展历史。中国现代通俗小说创作实践同样要求其批评观在建立原则性的"标准"之外,还要有发展性的"尺度"。清末民初时期报刊为主体的纸质媒体影响了通俗小说创作,此时通俗小说的批评就应该有大众媒体的"尺度";张恨水时期新小说对通俗小说创作产生影响,此时的通俗小说批评就应该有新小说的"尺度";金庸小说时期除了新小说之外,中国的传统文化与外国的优秀小说(如法国大仲马的小说)都成了通俗小说的影响源,通俗小说批评的文化"尺度"就不应该仅仅是独尊传统,还需要更加宽广的眼光,甚至是"世界眼光"。近十年来中国的通俗小说创作无疑进入了一个新的时期。这个时期网络媒体是创作的中心平台,通俗小说的批评当然要有网络媒体的"尺度"。这个问题前面已经论述较多,不加赘叙。我要强调是当下这个时期的通俗小说创作还是与世界大众文化和世界通俗小说全面接轨的时期。举个例子说明。悬疑小说是当下中国通俗小说走红的小说类型。中国悬疑小说能有如此的发展与丹·布朗的《达·芬奇密码》在中国热卖有着很大关系。丹·布朗的《达·芬奇密码》给中国人开了眼界,但是在欧美,这部小说只不过是上世纪五六十年代普遍流行的"黑色悬疑小说"中的一部优秀作品而已。所以当我们要批评悬疑小说的时候,就不能仅仅考虑到中国因素,还要有世界大众文化、世界通俗小说的"尺度"。没有传统标准就没有了小说的文类特点,没有发展的"尺度"就没有了小说的时代特点。与其他各种标准一样,通俗小说的标准也是静态和动态的平衡。

  文学是以生动形象和情感表现人类生活和感情的语言艺术,表现人类生活和感情的文学表现方式则是多种多样。文学创作目标的终极性和表现方式的多样性构成了文学的特性和表现过程的丰富性。文学批评也是这样,在确立文学创作的终极目标的前提下,文学表现过程的丰富性决定了文学批评路径的各有不同。"条条大道通罗马"讲的就是这样的道理。

(原载《文学评论》2010 年第 3 期)

论新类型小说和文学消费主义

内容摘要 本文将新类型小说与老类型小说进行对比,并从中论述新类型小说的美学特色。本文认为,新类型小说主要接受世界流行文学和当下流行的影视片的影响,是世界流行文化的中国文本,也是网络时代的电子文学读本。新类型小说的美学特色和流行折射出当下中国的社会理念和青年人的生活状态,是一种消费文化形态中的文学消费主义。

关键词 新类型小说 文学 消费主义

所谓新类型小说是指玄幻、悬疑、穿越、惊悚、新武侠等小说,它们与中国传统的类型小说社会、言情、侦探、历史、传统武侠等小说相对,是当下中国流行的新兴的类型小说。所谓玄幻小说主要指写修真世界的作品。例如萧潜的《飘渺之旅》、萧鼎的《诛仙》。所谓悬疑小说主要指那些以悬念或悬疑事件作为小说情节发展推动力的小说,至今为止,影响力较大的作家作品有蔡骏及其小说、那多及其小说。所谓穿越小说是指那些时空倒置、古今穿越的小说,例如金子的《梦回大清》、晓月听风的《独步天下》、桐华的《步步惊心》。所谓惊悚小说实际上是玄幻小说的延续,只不过将修真世界写到古墓之中,因此它有时被称为"盗墓小说",影响较大的作品有天下霸唱的《鬼吹灯》、南派三叔的《盗墓笔记》。所谓新武侠是指金庸之后活跃在大陆的武侠小说作家群体,他们又被称为"大陆新武侠",代表作家有沧月、小椴、凤歌、步非烟等人。

类型小说与精英小说(这个名称并不科学,姑妄称之)本就有着不同的美学观念和美学表现方法,在它们之间寻找不同没有什么新的学术价值,倒是从与老类型小说的比较研究中发现新类型小说的变化,从中探索出社会和文化风气的迁徙,将提供我们更多的学术思考空间。

一

老类型小说是中国传统小说在现代中国的延续,包天笑曾说他们创作文学的宗旨是:"拥护新政制,保守旧道德。"①这句话基本概括了老类型小说的政治观念和文化观念。他们拥护当时的共和制度,维护的是中国传统的文化思想和道德观念。中国传统的文化思想和道德观念就是老类型小说的价值判断和褒贬标准。社会小说揭露社会黑暗、批判统治者的腐败,更多的是抨击社会风气的恶劣和统治者的道德败坏,他们要说明的是社会风气今不如昔,要揭露的是恶劣社会风气制造者的腐败和虚伪;言情小说中不管是三角恋爱还是多角恋爱,不管主人公怎样移情别恋或者别恋移情,有情人终将成为眷属,一切终将化为平静;侦探小说中好坏之分同样那么分明,善恶之报的情节设计甚至置法律于不顾;历史小说感叹沧桑无定,顺应天时、民意者昌,逆天而动、独夫者亡;武侠小说中的侠客们再怎么叛逆,再怎么有个性,最后的英雄一定是个君子。老类型小说实际上就是中国传统的文化观念和道德标准的宣扬书。新类型小说就不一样了,它们是人的基本欲望的宣扬书,玄幻小说、穿越小说都在现实世界之外创造出一个虚幻的世界,让现实世界的人在虚幻世界中产生故事、实现理想。人的生命是有限的,人的生活是有范围的,但是人的欲望是无限的,虚幻世界的设计就是人的生命的延长和人的生活的扩展;悬疑小说和惊悚小说刺激的是人的好奇心和窥私欲。有时为了欲望张扬的效果,新类型小说的情节设计甚至有违中国传统的文化观念和道德标准。例如当下风行的那些盗墓小说充满着离奇情节,极大地满足了阅读者的好奇心和窥私欲,但是这是掘人家祖坟的事情,中国传统文化与传统道德将这些人和事视为不入流的下三滥,君子从来不为。可是当下的新类型小说却津津乐道、迷恋其中。传统武侠小说从现实世界走入江湖世界,尽管神乎其神,还是一种生活形态的描述,新武侠小说从江湖世界走入人的意念世界,什么生活形态并不重要,君子小人很难划

---

① 包天笑《钏影楼回忆录》,香港大华出版社1971年版,第391页。

分,它们只是人的各种欲望的传导体和人的不同的表现形态而已。

小说创作总是要经过艺术加工,老类型小说不管怎么艺术加工,还是会告诉读者故事发生的社会和时代(或朝代),表现小说的客观性,在小说中努力地申诉故事的真实性。新类型小说则不顾小说创作的客观性,显现出一种"去真实化"的形态。它们不说故事发生在什么社会和时代(或朝代),而是说"有一座山"、"有那么一件事"或"有那么一个朝代"。它们毫无顾忌地将主观意念凌驾于客观表述之上,毫不掩饰地将虚构的形象呈现给读者。以穿越小说为例,历史事件和历史人物完全是根据作者主观意念设计的,七国争霸的胜败完全取决于是否得到一位当代英雄的帮助(黄易《寻秦记》),董卓成了重情重义的美男子(梦三生《美人殇》)、康熙成了同志(李歆《独步天下》)、雍正成为恋爱高手(金子《梦回大清》)。如果"穿越小说"也算得上是历史小说的话,那么它既不同于那些"红色经典"和"帝王历史小说",也不同于追求民间叙事的"新历史小说",而是"主观历史小说"。它是作者用自己的主观想象解构历史。其实,历史小说都是解构历史,但"穿越小说"的解构不是对历史本体的质疑,也不对历史价值立场否定,而是直接质疑历史的真实性、客观性,其实质是想象历史。作品中很多历史人物、历史事件、历史场景都来自于作者的想象,历史在作者心目中已成为他们心灵张扬、放飞、寄托或休憩的场所。再例如玄幻小说更是深深地带有设计者的主观烙印,整个故事都建立在超越人间的另一个世界,其中的场景安排、是非判断、正邪真伪、神魔转换、鲜花与毒药等等完全来自于设计者的价值观念、个人爱好,甚至是性格脾气。这样的小说就是一种主观意念小说。无根的漂浮悬游构成了新类型小说最为突出的美学特征。

与这样的欲望化表达和主观化书写相联系的是对情节离奇化的极端追求。新类型小说已经不满足于老类型小说的事件离奇和人物离奇,因为这些事件和人物再离奇都是发生在现实社会中的事和人,只是不同于常事、常人而已。新类型小说开辟了另类空间、玄幻小说开辟了神魔的空间;悬疑小说开辟了灵异空间;穿越小说开辟了历史空间;惊悚小说开辟了幽冥空间;新武侠小说开辟了意念空间……发生在这些空间里的任何事情和人物都离奇至极,因为它们不仅不同于常事、常人,而且不同于凡事、凡人。很有意味的是这些空间似乎很有市场,细细探究起来都存在中国人的历史想象和现实推理之中,中国民间流传的那些神怪故事早已在我们心灵中建立起一个神魔世界;超现实、超理性的感官预警和预测常常令人不可思议;从小就阅读的那些历史故事给我们带来满足和"替古人担忧"的感叹;盗墓及其鬼怪之事一直刺激我们好奇的神经并警戒着我们做人做事的原则;意念空间中的事和人虽然是为了需要而组合,可是每一种障碍、每一种力量似乎都是我们现实生活中邪恶和正义的延伸。于是,新类型小说的另类空间与民族非理性的潜意识联系了起来,那些似是而非、似真似幻的人和事似乎都有了心理根据,情节的离奇似乎也就有了合理存在的依据。

二

老类型小说是中国传统小说在现代中国的延续,它们在现代中国主要接受中国新小说的影响,逐步形成雅俗共赏的美学形态。新类型小说则主要接受欧美、日本流行小说的影响,并逐步地中国化、本土化。放在世界流行小说谱系中,中国这些新类型小说其实都不新鲜。在欧美,玄幻小说又称为"幻想小说",20世纪最有代表性的作家作品有英国作家鲁埃尔·托尔金(Reuel Tolkien)的《指环王》、美国作家林·卡特(Lin Carter)的《剑客柯南》、《巫师赞歌》等,激起中国读者对英美幻想小说阅读热情的是英国作家罗琳的《哈利波特》,这部小说自2000年进入中国后不仅给孩子们带来了阅读快乐,也给当下新类型小说的写手们开拓了巨大的玄幻想象空间。悬疑小说在欧美又被称为"黑色悬念小说",它起源于英美的"硬汉派"侦探小说,发展于20世纪五六十年代,至今还绵延不断,康奈尔·伍尔里奇(Cornell Woolrich)、吉姆·汤普森(Jim Thompson)等人是代表作家。不过激起中国人对悬疑小说阅读和创作热情的还是美国"黑色悬念小说"作家后起之秀丹·布朗(Dan Brown),他的《达·芬奇密码》自2004年引进中国后,很快就引起了中国人的阅读热潮。欧美流行小说有两个永恒的主题,一是惩治邪恶,一是爱情幻想。在表现方法上欧美流行小说作家们都很推崇西格蒙德·弗洛伊德(Sigmund Freud)的学术思想,幻觉等超自然现象构成了作家们的想象空间,梦幻、暗示、预警和惊悚成为作家们最喜欢运用的表现方式。根据这样的思维,正义与邪恶的对抗、民意与独裁的较量、美好与丑恶的选择、善良与恶毒的彰显常常成为小说的主题；冒险的探宝人、邪恶的巫师、私利的商贩和冷血的科学家常常成为小说的主人公；大漠、古墓、海底与极地常常成为演绎故事的最好环境。当然，那种超越时空、超越历史的今古、人鬼爱情就不断地被演绎，形成一种奇幻的"穿越传奇"。欧美、日本的流行小说打开了中国作家的创作视角，延续着欧美、日本流行小说的思路，他们开始在中国历史、原始文化、民间传说中寻找创作资源，于是中国悠久的历史、丰厚的典籍、灵异故事、神怪传说被广泛地汲取和自由地穿越。生死轮回、阴阳交错、灵魂附体、神怪显灵等很多民间传说和禁忌成了中国作家们常用的手法①，中国戏曲（例如傩戏）中的人物脸谱、服饰、道具、曲调以及诗词歌赋、经典乐章成了中国作家们常用的"关目"②。中国本土化的文化艺术也就成了这些新类型小说的"中国化"的元素。中国本土化的文化内涵在欧美、日本流行小说的表现手段的支配和调度下，被赋予了新的生命和新的表现形态，洋为中用、古为今用，中西文化杂糅在一起，呈现于中国当下新类型小说的美学形态上。当然，有些作家觉得中国文化和西方文化还不够，他们甚至将触角伸向了印度文化（例如新武侠小说作家步非烟的作品）。从这个意义上去思考，中国的新类型小说实际上是世界流行文化的中国文本。

这样的美学形态又借助当今的影视艺术和网络平台得到了强化。小说是语言艺术，欧美和日本的流行小说再怎么大众也还是一种精英阅读，真正让这些类型小说在中国形成大众化影响的还是影视剧。流行小说本来就是欧美影视热衷于改编的小说题材，在欧美几乎所有有影响的流行小说都被拍成了影视剧，而且在欧美产生了广泛的影响。这些影视剧也成了中国引

---

① 例如，在中国吊死是一种并不罕见却又笼罩着神秘色彩的死法，吊死鬼要"求代"，就是哄骗另一个人吊死以获得自己的解脱，这在国外是极少见的。周德东在此基础上创作了一个非常典型的心理悬疑故事——《吊》。荒僻的野外，被无意识反复提及的"吊"、无端落下的石头、偶然发现吊在树上的人体、被误触的禁忌等等都是典型悬疑小说的基本元素，而成功的灵异氛围的营造，让这个故事具有了特殊的东方神秘色彩。

② 最有代表性的作品有蔡骏的《幽灵客栈》。作者用一套戏装作为贯穿故事始终的道具，并且大胆地虚构了一种地方戏曲——"子夜歌"。虽然我们永远都不可能听到这种戏的唱段，看到这种戏的演出，但作者生动逼真、神秘可怖的描写让读者永远不会忘记那种服饰、那种唱腔和隐藏其中的那个人。

进欧美大片的主要片源,它们在中国创造着高票房收入的同时,其表演形态同样给中国观众留下了深刻的印象。于是,中国的导演们(主要是大陆和香港)也开始了此类影视剧的拍摄,如《古今大战秦俑情》、《神话》、《新倩女幽魂》,特别是周星驰主演的《大话西游》、《功夫》等影视剧几乎都在运用欧美大片的思路演绎着中国故事,这些影视剧同样受到中国观众的热捧。与小说相比,影视剧以生动的形象将正邪争斗和爱情玄想的主题表现得更为鲜明突出,将超越时空、幽冥飘渺的构思表现得更为淋漓尽致。影视剧将很多美学特征形成模式,并且深入人心,形成时尚和潮流。小说创作与影视创作从来就是互为影响、相辅相成的。中国那些新类型小说作家深受这些影视剧的影响,他们的很多作品实际上是影视剧的小说表述,他们创作的小说的很多章节都可以当做影视剧本来阅读,其中周星驰式的表演风格和语言更是渗透于各个方面。① 随着这些新类型小说的走红,一些优秀作品反过来又被一些影视剧的编导们所看中,它们被拍成了影视剧,例如《宫》、《步步惊心》等等。这些影视剧的热播更加刺激了新类型小说的创作。

给新类型小说更大助力的是网络。老类型小说主要是报纸写作,新类型小说几乎都是网络写作,那些有影响的新类型小说都是先经过网络写作,然后再纸质化和影视化,当然更多的网络小说也就止步于网络。报纸与网络最大的区别是,报纸是主要承担着社会宣教责任的纸质媒体,网络主要以娱乐为主的电子媒体;报纸是精英编写、大众阅读的写读媒体,网络是写手为主,众人参与的互动媒体;报纸是有着明确分工、明确责任的集团媒体,网络是连接千家万户、各自为政的个人媒体。网络媒体的特点使得新类型小说的价值观念不可能理性化,因为理性化代表着原则性,原则性总是要束缚住一些人的需求。网络媒体使得欲望的释放有了最好的平台,使得娱乐化有了最畅通的渠道。欲望和娱乐是人的需求的最大公约数,在欲望和娱乐

---

① 例如《梦回大清》中茗薇与四福晋关于女人地位的对话就颇具周星驰风格:
"男人的事儿咱们女人不懂,都说兄弟如手足,妻子如衣服,这衣服不穿也罢了,女人对他们而言,也不过如此,是不是?"四福晋面带笑意却目光炯炯然地看住了我,我用手指揉了揉耳边的翡翠坠子,若有所思地说:"是呀,所以我早就决定做胤祥的裤子了。"
"什么……"四福晋一愣,不明所以地看着我。我呵呵一笑:"衣服可以不穿,裤子总不能不穿吧。"

的释放上网民们可以取得一致的利益共享。新类型小说实际上也就是网络平台生成的具有网络特点的文学形态，它受制于网络要求，也表现着网络特征。值得特别指出的是，网络上欲望和娱乐的释放并不代表欲望和娱乐的泛滥，在人的本性上的且具有积极倾向的愿望和标准还是大多数网民们共同认可的价值标准，成了制约各种欲望和娱乐的最大的民意。惩恶扬善、美好爱情是人类永恒不变的美好愿望，网络既给新类型小说释放欲望和娱乐的渠道，也以愿望和标准制约着新类型小说无限制发展的欲望和娱乐。网络是公共平台上的个人写作，要获取网民们的认可，写手们需非常注意民意和点击率，并且根据民意和点击率不断地调整自己的写作思路，一部有影响力的新类型小说最后的完成实际上是众人意见的综合体。这样的创作过程很容易造成小说创作中的狂欢化，众人拾柴火焰高，越是被人关注的小说网民们越是给力，越是给力的小说就越是能成为有影响力的小说。同样，由于是众人参与，不管意见多么分歧，最后一定会取得一个大众接受的平衡点。这就使得新类型小说越来越模式化和同质化，以惊悚小说中的盗墓题材来说，《盗墓笔记》《鬼吹灯》等类作品极多，但是只要稍微对比分析就会发现其情节基本相似，只不过换了人物和地点而已。网络通达古今、连接中外，网络的神奇给了新类型小说最好的启发和发挥，神游八骜，漂浮沉潜，网络给新类型小说的创作最充分的施展空间。同样，肤浅化、泡沫化、模式化和无厘头，这些新类型小说常被人诟病的缺点也是网络媒体的一些特点，在所难免。

三

小说当然不等同于政治社会理念，但是小说确实离不开政治社会理念，何况是表达欲望情绪的新类型小说。与其指责这些小说是"垃圾"、"泡沫"，不如深入地思考一下这些新类型小说背后究竟表达了什么样的政治社会理念。以穿越小说为例，穿越小说在清末民初的中国文坛就曾流行。吴研人的《新石头记》写贾宝玉和林黛玉穿越时光隧道，到一些文明国家领略现代西洋文明。陈冷的《新西游记》写唐僧师徒四人穿越到当时的上海，虽然他们本领非凡，但在上海的物质文明面前却显得那么地愚笨，孙悟空的筋斗被电线给弹了回来,猪八戒想钻地却怎么也钻不下去,因为路面上有了水门汀……有意思的是当下中国那些穿越小说与吴趼人、陈冷小说中的穿越路径正好相反,吴趼人、陈冷是让中国古人、能人穿越到现代社会中来,显其落后;当下中国的那些穿越小说是让现代人穿越到古代社会去,显其才能。路径相反的穿越显示了不同的时代情绪和不同的时代心态。清末民初的中国社会动荡,却正处于除旧布新的时代转折点上,充满期待地展望未来是时代的主流情绪,在一个新国家中做一个文明的新国民是时代的主流心态,再聪明的人、再有能力的人不适应现代文明都要被淘汰。当下的中国越来越强盛,现有的国家机器和社会体制越来越显示出强势,个人的社会地位由于个人的社会背景、家庭出身的不同越来越被先天注定,个人的奋斗和努力在强盛的国家机器和体制面前显得那么渺小,又充满着无奈。可是理想规划以及为实现理想的奋斗又是人的天性。既有理想的追求,现实社会又少有途径,于是穿越到古代去就成为满足自我、释放情绪的最好途径。当下的那些穿越小说(包括影视剧)大致上分为两类,一类是穿越到先秦,这类作品又被称为"秦穿";一类穿越到清朝,这类作品又被称为"清穿"。"秦穿"作品中的主人公往往是男性,到了那个群雄争霸的动乱社会,具有现代文明和现代技能的男主人公当然也就成了傲视群雄、一统天下的大英雄,写作者和阅读者都会在主人公的经历和奋斗中体会到英雄气概;"清穿"作品中的主人公往往是女性,清朝皇宫中王爷、贝勒、格格特别多,情感纠葛也特别多,在钩心斗角的清朝后宫中,具有现代智慧和现代美貌的女主人公当然是化险为夷、众人拱捧的大美女,创作者和阅读者同样会在主人公的争宠、受难而又胜利的过程中得到愉悦。虚拟世界中的得意和满足反映出了现实社会中的失意和不足,神采飞扬的抒写渗透出了个人欲望的缺失和令人心酸的苦涩。这是当下穿越小说之所以盛行的社会心态。

新类型小说的创作者和阅读者主要是青年人。他们是当下中国社会中的最进取者,也是当下中国社会中的最焦虑者,新类型小说的创作和阅读成了他们的进取和焦虑心态很好的释放渠道。在现有的中国教育体制中(政治教育、社会道德教育和国民教育),青年人一直处于被压抑的状态。被压抑状态的背后是个性的羸弱、欲望的退缩。中国传统的小说创作还是以现实主义为主,那些有"现代主义"称谓的小说常常是很晦涩的、个人理念的表达,青年人实在是看多了(从小学课本开始)和看不懂(或者不愿意动脑筋)。关公战秦琼、仙界与冥界、盗墓与掘宝,谁说历史不可以这么写呢?修真界、玄真界照样打得天昏地暗、爱得死去活来,谁说人间的悲喜就一定发生在凡世之中呢?新类型小说有着创作者和阅读者随心所欲的惬意和洒脱,有着创作者和阅读者新鲜传奇的快感和发泄。青年人在传统的教育体制之外和在传统的小说创作之外似乎找到了一个属于自己的精神领域。青年人永远是文学阅读的主体,他们的阅读取向往往决定着文学发展的方向。"五四"以来的新文学之所以能够取代中国的传统文学成为文学创作与阅读的主体,与当时中国大中学校的青年人的阅读和追捧有很大的关系。而当下的中国青年人却逐步远离新文学的传统,其中的原因自然很多,但有一点相当明确,那就是当下中国社会的主流文化体现的价值观和表现形态确实与青年人的追求发生了偏差。

生活节奏的加快和闲暇时间的碎片化,使得通过网络看世界成为当下中国青年人认识世界、感知世界的主要方式,电子阅读正在挤压和取代纸媒阅读。新类型小说正是电子阅读的文学类型,它让生活在快速节奏中的青年人有了阅读的欲望,让闲暇时间碎片化的青年人有了阅读的可能(最有说服力的是正在流行的手机网络阅读,其中下载的小说几乎都是新类型小说)。新类型小说寄生于网络阅读,而网络阅读又产生于当下的生活状态,新类型小说也自然成为当下青年人最适合的阅读对象。

四

评价一部小说的水平高低关键在于如何设立评价标准。如果用精英文学(这个名称不科学,姑妄称之)的标准评价这些新类型小说,其水平确实不高,人性刻画浅薄、情节模式老套、场面描写无聊、情感描写轻浮等等,这些评价语言都用得上。而且这些评价都有道理,它们有鲁迅小说那么深刻的人性刻画么?有80年代小说那么犀利的批判色彩么?这么一比,新类型小说简直是无地自容。但是如果我们反过来考虑,如果新类型小说注重刻画人性,注重批判色彩和人文内涵,能称得上是"新类型小说"么?它还会有那么多读者么?它还能流行于当下社会么?其结果令人怀疑。所以,对新类型小说不应从精英文化角度评判之,而应从消费文化角度考虑之。

　　新类型小说是一种文学消费主义的表现。在消费文化的视野中,文学创作根本就不思考人的终极价值,也不去思考什么文学的内在规律以及自我特性,它就是将文学当做时尚生活消费品一样看,它是一种商品。新类型小说只不过是按我所需地将小说的一些元素拿了过来作为一种时尚商品消费,借着文学形式表达自己的社会理念和宣泄自己的思想感情的一种文本。由于是商品消费,当然就没有什么思想的崇高性、生活的真实性的追求,有的是一种商品消费过程中必然出现的消费快感和大众性狂欢。既然是商品,也就可以复制,可以批量生产,新类型小说的模式化显而易见,而这些模式又都是刺激人们购买阅读的"卖点"。当然,只要有人消费,商品就有生命力。当下中国的新类型小说属于热卖的商品,而且还将热卖相当长的一段时间,因为在一个以GDP的增长作为主要发展动力的社会里,主流文化的取向和传统文学的追求与青年人的追求存在偏差,有着消遣娱乐的消费文化就自然会成为人们(特别青年人)主要的文化选择。只要消费文化盛行,文学作为商品就不可避免,有些新类型小说过段时间也许不再热了,另一个名称的更新的类型小说必将取而代之。

　　消费文化有着很强的集体主义大众狂欢意识,满足着自我最基本欲望的释放。新类型小说的作者大多来自于草根阶层,它的读者也大多来自于平民,创作和阅读构成了中国平民社会的集体愉悦。由于这些作者和读者以青年人为主,愉悦之中自然就充满着青春气息,有一种自恋的罗曼蒂克的气息。新类型小说最吸引人和最有价值的部分也就是小说所表现出的这种充满着青春气息的"草根心态"。这种"草根心态"具有两种表现形式。一是社会心态。新类型小说都是从老百姓的视角看世界,它区分和表现好坏善恶的标准就是老百姓日常生活中所坚守的道德标准,基本上不做世界观和人生观的宣教,而是直截了当地告诉读者什么是好人,什么是坏人,什么是正义,什么是邪恶,并且一定是好人战胜坏人,正义战胜邪恶。它没有精英小说那么沉重、厚重和更多的余韵,几乎是与读者处于同一水平线上思考问题。正因为如此,读者知道作家笔下的生活与现实相差千里,也知道其中很多的情节并不合理,破绽又那么多,但是却能够表现出巨大的容忍和宽容,就因为小说的草根视角与他们的观感相一致。消费文化要求作家站在大众文化的立场上看问题,新类型小说做到了这一点。二是自然心态。新类型小说除了社会视角与大众相一致之外,情节的设计和场面的铺排还刺激着读者的潜意识。那些离奇的环境、绝色的美女、惊天的阴谋、古怪的语言刺激的是读者无限的欲望,好奇心、好胜心、窥私欲和情欲与神乎其神的故事情节和青春浪漫的气息搅拌在一起能产生巨大的吸引力。故事模式虽然老套,却没有疲态,因为这些潜意识是人的自然心态,不但具有普遍性,而且永远处于更新的状态。

就如商品有精品一样,新类型小说也有精品,当然,它需要一个发展的过程。新类型小说的创作需要规范,但应该明白,就如商品的生命力在于热卖一样,新类型小说的生命力在于流行。当下中国的新类型小说充塞于各个书店的书柜,而大多数作品粗制滥造,很多评论家忧心忡忡,认为这是浮躁的阅读现象。其实大可不必如此忧虑,这是类型小说发展过程中的正常现象,也是类型小说的生命力所在。稍微梳理一下各种类型小说发展起伏的历史就会发现,类型小说发展的基本态势是"先导引领"、"群众运动"和"英雄辈出",并循环往复。所谓"先导引领"是指某类小说类型变革;所谓"群众运动"就是我们所说的"跟风"阶段;所谓"英雄辈出"是指在"跟风"中出现了具有个性的流派。例如中国现代武侠小说的发展是由1923年平江不肖生的《江湖奇侠传》为先导,接着是各种人等在中国文坛上掀起一股武侠小说创作狂潮,这是群众运动的阶段,然后在群众运动中产生了以李寿民为代表的"剑仙派"、以王度庐为代表的"侠情派"、以白羽为代表的"人生派"、以朱贞木为代表的"历史派"。用这样的发展态势看当下中国的新类型小说,很多类型小说正处于"群众运动"阶段,例如以黄易的《寻秦记》为先导,一股玄幻、穿越小说创作的"群众运动"正在进行中;以美国作家丹·布朗的《达·芬奇密码》为先导,悬疑小说也正在中国掀起创作旋风。处于"群众运动"阶段的类型小说创作,其形态是粗放型的、泥沙俱下的,但是这些粗放型的小说创作却充满激情、充满着青春的气息,其中蕴藏着强有力的生命的跳动点。我们很难说在中国就不会出现玄幻小说大师、悬疑小说大师、穿越小说大师、惊悚小说大师和新武侠小说大师。类型小说的优秀与否不在于创作形态是否精致、是否"高品位",而在于它是否被大众所认可、所追捧、所模仿。类型小说的魅力在于流行,作品流行多了、时间长了,作家就成了大师。粗放的流行本来就是类型小说发展的自然阶段,有生命力的部分会沉淀出类型小说的精品,没有生命力的部分会自然淘汰,相信市场,市场的扬弃要比那些自以为是的褒贬有用得多。

(原载《文艺争鸣》2012年第3期)

第二辑

中国当代通俗小说讲稿

引言:批评方式和角度

进入20世纪以后中国通俗小说就一直处于被批判的状态。批判的声音来自两个方面,一个是正统的文艺政策将通俗小说视为不正经的小说,甚至是"黄色小说"或者"黑色小说"。直接体现这种文艺政策的是对通俗小说的多次整肃,其中最彻底的是20世纪50年代。1951年大陆对武侠、言情等通俗小说开始整理、整肃。1955年大陆开始用发文的方式对通俗小说进行清理、查禁。(1955年中共中央、国务院先后签发《中共中央关于处理反动的、淫秽的、荒诞的书刊问题和关于加强对私营文化事业和企业的管理和改造的指示》(5月20日)、《国务院关于处理反动的、淫秽的、荒诞的书刊图画的指示》(7月22日)、1956年1—3月,文化部连续发布《关于处理反动、淫秽、荒诞图书工作中的一些问题》、《关于一些反动、淫秽、荒诞图书的处理界限问题》和《关于各省市处理反动、淫秽、荒诞书刊工作中的一些问题》等文件)北京、上海等地大量通俗文学作品在民间基本上被销毁一空。有意思的是几乎是同时,海峡对岸的台湾也开展了"暴雨专案"。据史料载,"暴雨专案"是台湾当局在文艺管控政策下,专门针对坊间流传的通俗文学展开的一次扫荡行动。项目实施于1959年12月31日,由"警总"负责规划执行,据1960年2月18日《中华日报》第三版刊载,"警总"于当月15日至17日,于全省各地同步取缔所谓的"共匪武侠小说",一天之内就取缔了97种12万余册之多,许多武侠小说出租店,几乎"架上无存书";而《查禁图书目录》所列"暴雨项目查禁书目"则高达400多种,其中九成以上是大陆"旧派"及香港金庸、梁羽生的作品,显见此一行动,持续颇久。

批判的另一个声音来自"精英文学"(这个称呼并不科学,但是找不到更好的称呼,姑妄称之),它们视通俗小说为不入流,是低俗的小说。以50年代出版的北京大学、复旦大学、山东师范大学编写的中国现当代文学的史学著作为例,毫无例外地将通俗小说视为中国现当代文学的"逆流"。进入新时期以来,这样的局面发生了重大的转变,但是通俗小说的"文学地位"并不稳固。中国现当代通俗小说与中国现当代文学史的关系研究不够。对现当代通俗小说的美学特征的研究几乎没有触及。通俗小说与大众文化的关系、通俗小说的大众审美观念、通俗小说阅读群体的研究等等问题没有深入的论述。现当代通俗小说的史学研究还处于与新文学"争名分"的阶段，对现当代通俗小说的史学地位的认识在学术界分歧较大。

但是与我们的文学政策和文学批评的状态相背离的是文学创作的实际状态。不管通俗小说如何受到批评，现当代通俗小说创作就是那么红火，特别是当下中国的创作界，说现当代通俗小说创作占每年创作总量的半壁江山，还是个保守的说法；说现当代通俗小说的读者占现有的小说读者群的一半，还是个保守的统计。为什么会出现这样的背离呢？是现当代通俗小说创作者的趣味低俗和读者欣赏水平低下，还是一些批评家的批评视角出现了问题？我认为指责作家和读者是没有道理的，应该反思的是批评家们。其根本问题是这些批评家的文化、文化观念以及相关的文学批评标准出了问题。这些批评家们总是以他们心目中那一套理论（往往是教科书上的新文学理论）批评现当代通俗小说，常常是"驴头不对马嘴"，他们对中国现当代通俗小说的历史渊源、文化特征、美学特征并不了解，只是在观念上本能地认为是低俗的，听到是通俗小说马上将其排斥。令人难以接受的是，他们中间的有些人还往往以文学正宗的捍卫者自居，嘲讽和挖苦通俗小说。当下文学评论脱离现实、脱离读者需求的状况十分严重，按图索骥、自说自话、自鸣得意，令人哭笑不得。

根据这样的状态，我认为应该明确现当代通俗小说创作观念的合理性和科学性，并在此基础上建立"通俗小说的语境"和批评标准。文学是人类精神生活和物质生活的形象反映，形象反映的深刻性、生动性是文学创作和批评的终极标准，但是"条条大道通罗马"，不同的"道"有不同的路径，不同的路径有不同的风景，只要能通到罗马都是好道。就像下棋一样，围棋、象棋有不同的套路和规矩，虽然它们都是棋。所以真正合理地批评现当代通俗小说就要了解中国现当代通俗小说具有什么样的"路径"，究竟有什么样的套路和规矩。

中国现当代通俗小说是中国传统小说的延续。在中国古代文学中小说本来就是"俗文学"的一个种类。"通俗小说"是1917年新文学登上文坛之后，新文学作家为了表明自我的创作是"新小说"，而将这个名称赋予中国文坛业已存在的传统小说。经过了近百年的发展，中国现当代通俗小说在文化内涵、生产基础和创作手法上都有了很大的变化。在文化价值取向上，现当代通俗小说是传统文化、中国新文化、世界流行文化的混合体；在生产基础上通俗小说是商品经济导向下的市场文学，对现代大众媒体特别地依赖，说现当代通俗小说就是大众媒体小说也未尝不可；在创作手法上，中国现当代通俗小说以中国传统小说为主，融合了新小说和世界流行小说的众多要素。这就是中国现当代通俗小说所特有的"路径"。

了解了这一"路径"，我们就能以欣赏的态度看待沿途的"风景"。

我们应该了解现当代通俗小说的创作观念是中国传统小说的"写实主义"。什么是中国传统小说的"写实主义"？1920年鲁迅在分析《红楼梦》时作了这样的解释："盖叙述皆存本真，闻见悉所亲历，正因写实，转为新鲜。""总之自有《红楼梦》出来以后，传统的思想和写法都打破了。"①自《红楼梦》之后，中国传统小说的"写实主义"就开始形成，那就是：通过人情世故的"写实"，表现社会、体验人生。中国现当代通俗小说就是这样的"写实主义"的现当代延续，那种以新文学的"启蒙主义"观念要求和看待现当代通俗小说的做法都是不切合实际的、偏颇的视角。

既然现当代通俗小说是市场的小说，追逐社会的热点就少不了。当下读者最关心的是什么事情，当下的读者又喜欢读什么类型的小说，都是通俗小说创作中的特点。正因为如此，通俗小说自然具有大众文化氛围和草根阶层的心态。当下中国文坛上"官场小说"走红，《蜗居》式小说被热捧，都可以从这样的角度来理解。你可以批评这些小说媚俗，但不可以用"经典化"、"陌生化"、"距离感"、"人物中心论"等要求批评它浅薄，因为根据那一套理论根本就创作不出来通俗小说。

中国传统小说本来就是讲故事，特别善于编故事是中国通俗小说的特点。既然是讲故事，传奇乃至于离奇就必不可少，否则就不会有《西游记》、《镜花缘》，所以我们不必用"荒唐"、"荒诞不经"、"胡编乱造"来指责它们。既然是讲故事，模式就不可少。各种类型的通俗小说有各种类型的模式，这些模式是各种类型的通俗小说在长期的创作实践中积累下来的美学结晶，去掉这些模式这些类型的通俗小说就没有了特有的"趣味"。我们应该欣

---

① 《鲁迅全集》第9卷，人民文学出版社1981年版，第234、338页。

赏的是作家们怎样变化这些模式,就像玩变形金刚,都知道最后会变成什么模样,但它的趣味就在于怎样的扭来扭去。因此,要求通俗小说创作"个性化"、"创新化"根本就不可能,甚至不能做。

中国的小说创作与大众媒体联姻是个传统,中国古代最大众化的媒体莫过于戏曲和评话,中国古代小说因此都有"戏曲气"、"评话味"。现当代通俗小说几乎是伴随着大众媒体的产生和发展而亦步亦趋。清末民初之际,现代报纸产生,此时的通俗小说也就是新闻体小说;以后杂志开始流行,通俗小说开始注意结构的完整;20世纪20年代以后,电影逐步成为中国人欢迎的大众媒体,中国的通俗小说将很多电影的表现手法吸收了过来。到了当下,网络成了大众的媒介平台,通俗小说的网络化自然就会产生。因此,要求通俗小说摆脱媒体的影响,根本就做不到;指责通俗小说语言"新闻化"、"网络化",根本就没必要。

批评的标准建立在批评对象的适应性上,否则就是"驴头不对马嘴"。本文是对60年来中国当代通俗小说的史学评论,是中国期刊上第一次如此完整、全面地论述处于边缘却十分耀眼的中国当代通俗小说。本文运用的批评标准就是"通俗小说的语境"。

通俗小说是一种体裁小说,每一种体裁都有各自的特点。基于此,本文根据体裁论述60年来的中国通俗小说。

一、社 会 小 说

小说都要写社会生活,因此仅以社会生活的描述来分雅俗是没有道理的。这里所分析的社会小说是根据既定的惯例,指那些运用大众化的创作手段,在题材上主要集中或者侧重描述、反映、批判现实社会热点问题的小说和社会世情的小说。

中国大陆的当代社会小说起步于1991年8月出版的曹桂林的移民小说《北京人在纽约》。这部小说试图告诉读者一个事实:美国是一个天堂与地狱并存的社会,中国人在美国拼搏可以成功,但是失去自律的中国人却可能堕落、破产,甚至是家破人亡。在同名电视剧的推动下,这部小说在中国大陆走红并引发了一系列的移民小说创作。这些移民小说引领着读者向纵深处思考问题。

1992年出版的周励的《曼哈顿的中国女人》就不仅仅是告诉中国人美国是什么,而且还试图通过女主人公的生活经历对祖国和移民国的文化作出自认为是客观的评价。作家并不反感美国,甚至还对自己美籍华人的身份怀有某种优越感,小说中她言必称"在美国",俨然以主人的身份向国人介绍美国社会,但是她也并不贬低中国,而是强调中国文化自有其特点,因为那毕竟是自己的故乡,童年的记忆、初恋的重温、北大荒生活的纪实,处处流露出恋家的情感。与她这种"客观性"的评价相适应的是小说的文体也尽量客观化。周励曾经做过记者,小说中不断穿插着新闻笔法,努力地告诉读者,她的这些所见、所闻、所感都是真实的。

与周励这种两种文化并列共存的态度不同,之后出版的移民小说都开始写两种文化的差异和冲突,其中集中地表现在两种题材中,一是育婴、育儿,一是婚姻与性。王周生的《陪读夫人》通过中美两国育婴的不同习惯说明两国的文化差异,又由于两种文化的差异造成了夫妻关系和家庭关系的紧张。几乎是同一个题材,王小平的《刮痧》就写得更生动了,刮痧是治病的方式还是虐童的表现,小说不仅仅是写文化差异造成夫妻、家庭的矛盾,还触及社会的观感、评价,甚至是社会的法律。两部小说都写文化差异,但是在情感的处理上不一样,《陪读夫人》中的女主人公蒋卓君最后回到了家,但是心态似乎永远是孤独的,《刮痧》中的许大同在圣诞夜装扮圣诞老人的举动感染了法官,表演了一场中国温情战胜美国呆板的喜剧,两国的文化似乎在亲情的基础上得到了融合和统一。不同的情感处理表明了作者不同的文化观念。在以婚姻与性为题材的移民小说中,作者都强调中国人从来都是将婚姻与性结合在一起的,性就是爱情和责任,美国人则常常将两者分开。这种模式的思路在移民小说中普遍存在。在这类小说中,骁麒的《重返伊甸园》最有代表性。小说中的男主人公吴为分别与日本女人、欧美女人和中国女人产生感情并发生了性关系,日本女人是奉献,欧美女人是索取,只有中国女人不仅有温情,还有责任。虽然概念化的痕迹很深,却将问题说得再清楚不过了。

域外小说创作与阅读的社会背景是中国要进入世界,趣味性和生动性来自于不同的人生观、文化观的对比,随着中国开放程度的不断深入,原来在对比中寻找陌生感的新鲜和差异感的刺激逐步地被平常化所取代,域外小说也就逐步地淡出人们的视野。

90年代之后中国大地上涌动着商业大潮,与普通老百姓生活密切相关的就是股票、股市和波动,以此为题材的小说层出不穷,也成为最有市场吸引力的商战小说。这类小说有一个共同的特征,就是在股市的平台上写金钱与道德、爱情之间的搏杀,小说的结尾几乎都是主人公在取得巨额金钱的同时,也拉开人生悲剧的大幕。徐俊夫的《股海搏杀》、《股海亡灵》,杜建平、戚克强的《赢钱前后》,易迪的《股海遗梦》,园静的《股海情殇》,钟道新的《股票大亨的儿子》等等都是比较有影响的小说。在商战小说中颇受好评的是钟道新的另一部长篇小说《非常档案》,这部小说同样写金钱如何毁灭人性,同样写商界、官场的勾心斗角,但是令人称道的是小说描写了中国的经济改革所留下的大量漏洞,让那些不法分子有隙可钻,例如股份制改革,国家是想通过此举将企业推向市场,但是大量的国有资产却在改制的过程中流进了很多私人的腰包。更为深刻的是小说告诉我们,在这样的制度下,想洁身自好都不可能,势大于人。

90年代描写都市人生存状态和精神状态的都市小说独树一帜。它们所表现的问题具有特有的"都市味",这些"都市味"又都布满了当代社会的神经末梢。

大款生活是都市小说最引人注目的题材。1993年白天光写了两部小说《大款奶奶》和《大款爷们》。小说笔走"极端",尽写些大款们的奇事。小说用语调侃,笔锋机智,读之令人忍俊不禁。但是,如果仅限于叙述奇人奇事,还只是反映了一群社会寄生阶层荒唐和空虚的生活,只能满足读者的某种好奇心而已,这两篇小说的成功之处在于通过这些荒诞行为的描写,对社会风气施以狠狠的针砭,给读者留下弥久的回味。

显示当代都市生活特征的另一个话题是"白领阶层"的婚姻爱情问题。表现"白领阶层"婚姻爱情的小说数量极多,其中的核心话题是如何对待"第三者"。几乎所有涉及"第三者"的小说都将其看做是悲剧,但是对这些悲剧的思考又流露出作家不同的价值观念。洪都的《遭遇外遇》写的是妻子有了外遇而被丈夫杀害的悲剧故事。虽是妻子"越轨",却得到了小说作者的深深同情。对这一问题的思考更为深刻的是王葳、夏洛特的《甜蜜的折磨》。这部小说的情节并没有多少新意。少女爱上了已婚男人,已婚男人为了摆脱这种尴尬的境地,就将少女介绍给自己的儿子。把小说搅成婚外恋和多角恋是言情小说常用的手法,因为这样的关系最容易写成感情的磨难。小说的结尾同样是在社会的压力之下男女主人公分手了,这是现有的"第三者"小说的必然结局。小说的深刻之处在于,它通过一则平常爱情生活的描述,引发对当前爱情婚姻形式的思考。在当今社会中,男女之间的感情随着婚姻形式的确定被锁定下来,在已婚男女之间再出现移情别恋均被视为非分之想,被指责为不道德。这部小说却提供了另一条思路,已婚男女之间的移情别恋是客观存在的,而且是美好的,真正丑恶的东西是那些束缚移情别恋的有形和无形的绳索。作品中的每一个人都是善良的,他们的冲突来自各自的思维习惯。小说的结尾暗示着生活又将恢复正常,但是感情的伤口真的能愈合么?这给读者留下了深深的思考。

当代都市小说也反映了生活在都市中的边缘人。都市边缘人主要有两种形态:一是生活在都市社会底层的人;一是来自农村的打工者。当代都市小说一般依据"人穷志不短"的原则写他们的传奇人生。邱伟鸣《巅峰的枪手》、孙少山的《垃圾箱里的女人》、张晓东的《死亡瞬间》、安之的《跟狐狸们游戏》等作品可视为其代表作。

通俗小说一直在追逐社会热点,并以此来吸引读者的眼球,因此一些亦真实亦虚构的纪实小说很是流行。90年代初期,纷纷创刊的通俗文学期刊,像《今古传奇》、《章回小说》、《民间故事》、《通俗小说报》、《中国故事》等都相继开辟了纪实小说专栏,使得纪实小说成为通俗文学期刊版面的重要组成部分。

最初,纪实小说多为一些中短篇,内容主要是回顾已故历史名人轶事和揭示一些社会黑幕。90年代中后期,纪实小说作家们直接面对现实生活、关注当下社会问题,并表现出强烈的社会使命感。中国的改革从农村开始,经过近二十年的改革,很多曾经辉煌过的人和事都进入了历史总结阶段,此时的纪实小说中农村纪实小说写得最有深度。它在反映改革开放政策下农村的新气象、新变化的同时,还探讨了农村改革的新走向、新问题。1997年《今古传奇》第5期上发表的冯治的《中国三大村》是一部典范的农村纪实小说。小说共分为"风雨大邱庄"、"人间天堂华西村"、"红旗不倒说刘庄"

三个部分,分别对天津的大邱庄、江苏的华西村、河南的刘庄三个小村子成功改革的历史进行了真实记录,进而对中国农村改革的深层次问题提出思考。张宇的《新鲜的神话》、向华的《中国第一"包"》、解永敏的《多事的乡野》、魏得胜的《敲起锣来打起鼓》等一系列作品,总结农村改革成功典型的经验教训以及对农村改革模式的反思,提出了农民的素质、农村基层组织建设、司法体制建设、民主选举机制建设等一系列问题。

所谓"官场反腐小说"就是描写、揭露官场生活和官场腐败现象的小说的总称。官场题材贯穿整个中国文学史的创作历程,但集中描写官场现象的小说潮流却只有两次,一是晚清的谴责小说,一是20世纪90年代的官场反腐小说。

90年代初,官场反腐小说多为一些中短篇和小小说,如梁寿臣的《花脸县长》、李继华的《绑票》、胡飞扬的《破产》等作品,这些小说往往在一个相对封闭、稳定的结构模式中展现官场规则的一角,表现官场规则的某一侧面、某一具体现象,情节十分简单,人物模式化、概念化,通常在单一权力网络中考察腐败的滋生。90年代中后期,官场反腐小说以长篇为主,创作倾向也开始多元化,概括一下大致有三种类型:

第一种类型表现的是官场中现实与人性、道德的冲突。身在官场就得遵照官场的生存法则来建构主体,个体的思维、言语、行为方式都要符合官场规范。浑浊的官场现实,其冷漠无情的规则,对以接受传统教育的人文知识分子为主体的官员群体而言,是残酷的挣扎,面对现实,他们做出了各自的抉择,一部分人固守自己的道德理想,另一部分人在经历了抗拒、挣扎、动摇之后最终走向了道德的阴暗面。90年代官场反腐小说对各类官员在善恶抉择中丰富复杂的内心世界进行精确描写的是王跃文的《国画》、《梅次故事》、《苍黄》等,阎真的《沧浪之水》和王晓方的《驻京办主任》等。这类官场题材的小说主要描写艰难而沉重的官场现实生活,作品中极少有鲜明的反腐宣言,反腐的主题被虚化处理了,小说实写官场生活中冷漠、黑暗的一面,反对腐败的态度隐含在对官场污浊的描写之中,所以从文本表层来看,这类小说更确切的表述是"官场生活小说"。

第二种类型表现的是官场中权与法的较量。这一类型的反腐小说往往以侦破案件为贯穿全文的主线索,围绕案件的侦破来逐步展示权力与法律的正面交锋。代表作家主要有张平与陆天明。张平笔下的官场就是一个"场","场"就是关系,平级关系、政敌关系、同盟关系、裙带关系、官商关系、官民关系等,林林总总的关系纵横交错便形成了官场这张密不透风的网,在这张网的庇护下,非正义、不公平、无视法纪一次又一次重演着。张平小说的内涵在于揭示中国官场之所以形成腐败网的文化根据,作者显然认为中国的宗法制度和人治传统是形成官场腐败网的原因,反对腐败就是要反对几千年来形成的官场陋习,与集体无意识斗争任重道远。但是张平小说中那种"清官收拾残局"以及"大团圆结局"的模式却恰恰表现出作者的人治观念和理想色彩。同样是写反腐英雄,陆天明小说中的人物不仅仅是收拾残局,他们还冲在斗争的第一线。《苍天在上》中的代理市长黄江北生动的形象不是他最后怎样战胜了腐败,而是与腐败分子的直接斗争。《苍天在上》写反腐英雄,《大雪无痕》则写腐败分子堕落的过程。小说试图告诉读者,周密成为腐败分子不是他本性恶劣,而是性格和所处的官场环境造成的。侧重于写官场中的人性,使陆天明的小说有着更多的余味。

第三种类型表现的是对官场体制的思考与探讨。腐败的本质说到底就是权力的腐败,权力的膨胀、失衡、滥用都将导致腐败。在描写腐败与反腐败的过程中,作家们开始对官场体制进行认真思考,代表作家是周梅森和田东照。周梅森的小说比较大气,他直面官场的现实,以人文知识分子的眼光来观照现行的官场体制,对官场体制弊端的抨击尖锐深刻。《人间正道》、《中国制造》最能代表90年代周梅森反腐小说创作的这一特点。田东照对当代中国官场体制的思考,主要表现在他的《跑官》、《买官》、《卖官》三部中篇小说中。这三部小说通过描绘官场黑暗的现实,在关系交错的背景中对现行的国家干部选拔和任命制度的弊端进行深刻反映。官职之所以能像商品一样随意买卖,实际上还是中国官场人治的弊端造成的畸形现象。田东照的三部小说可谓是当代官场的现形记。

吏治题材的作品中国古已有之,公案小说和晚清谴责小说均有精彩之作;政坛腐败的批评,外国小说作家也津津乐道,很多有关丑闻、揭秘的小说常常引起人们的关注,但是出现如此密集、多角度的官场反腐小说确实是当代中国文坛一个值得重视的文学现象。中国改革开放的成就举世瞩目,党内腐败的问题客观存在。党和国家对腐败分子的惩治力度不断加强,反腐是人们普遍关心的社会热点。生活素材和读者的关注是作家创作的源泉和动力。与这样的社会需求相呼应的是这些官场反腐小说几乎一出版就成为畅销书，丰厚的商业利润回报，也刺激了官场反腐小说的规模生产。

中国现当代通俗小说流行着一种以历史名人的生活为背景进行虚构的"人物世情小说"，例如自传性很强的徐枕亚的《玉梨魂》、毕倚虹以包天笑、苏曼殊等人的生活为背景的小说《人间地狱》、包天笑以梅兰芳生活为背景的《留兰记》等等。上世纪90年代后期"人物世情小说"再一次流行起来，在众多的作家作品中，陈丹燕和虹影的小说最有代表性。

陈丹燕代表性的小说是《上海的风花雪月》、《上海的金枝玉叶》、《上海的红颜遗事》。从这三部小说中，我们可以看到很多上海艺术界、文化界知名人士的影子。这三部小说都有一个共同的特点，写的都是"被深藏在日常生活之下的记忆里的故事，被遗忘和不忍擦去了的故事"，是由"一次又一次的谈话，一段又一段地证实，旧了的照片，黄了的信纸"逐步完整起来的。人物是过去的人物，时代是过去的时代，再加之纤细婉约地娓娓道来，使得她的小说散发出浓浓的怀旧风。小人物、大背景，是作家的创作视角，也是作家知时论世的一双眼睛。滚滚红尘、恩恩怨怨都将被时代掀过（或者遮蔽），纤细的情感之中有着历史的记忆，使得陈丹燕的小说表现出众。在《上海的红颜遗事》结尾，1975年9月23日，小说主人公姚姚被卡车撞死。作家将笔锋一转，写了这一天《解放日报》上的大小新闻：黎笋同志率越南党政代表团到达北京，上海铁路分局的工人正在评《水浒》，朝鲜劳动党中央宴请张春桥，天气预报是"局部有小雨"……这些新闻的记述，说明姚姚死时的时代气氛，说明时代根本不可能将姚姚这样的小人物的生死记在心上。社会环境和人文环境的刻意渲染散发出的是怀旧的情绪，将人与社会环境和人文环境映衬起来表现出的是作家对主人公心境的把握和深深关怀。

不仅是时代的思考，还有文化的思考，虹影的"人物世情小说"显示出了独特之处。《K》发表之后，读者反应强烈。人们在小说中追寻中国文化名人的影子，据说虹影还为此事打了官司。其实，虹影只不过是借历史名人的影子写了自己的文化观念。小说的两个主人公都是文化的符号。林是英国布鲁姆斯勃里（英国伦敦一个街区的地名，此街区住过很多名人，特别是范奈莎和弗吉妮亚·伍尔芙姐妹等自由主义者)的中国传人,朱利安却是英国布鲁姆斯勃里的正宗传人,英国自由主义文化的第二代的骄傲。朱利安来到中国标志着正宗的英国自由主义文化进入中国,他的逃离标志着正宗的英国自由主义文化在中国根本无法立足。他与林的悲剧,与其说是爱情悲剧,不如说是文化悲剧。他与林从聚合走向消散,与其说是小说情节的跌宕起伏,不如说是英国自由主义文化的消解过程。从这个层面上看,也就能看清小说所包含的更深刻的内涵。东方女人与西方男人的爱恋,情与欲、血与泪交融的情节,死亡的悬念和结尾,东湖和珞珈山的山湖滟影,是一套通俗小说创作模式。在通俗小说模式中讲述了一个文化的沉重的故事,是作家的聪明。《K》之后,虹影推出她的《上海王》。这部小说当然夹杂着当时上海各位江湖人物的影子,但是小说的侧重点显然从文化思考转向了人性的诡秘、恩仇的快意和痛苦、情节的曲折和复杂,通俗小说的创作在小说中得到了充分的展示。

二、言情小说

　　1949年以后中国大陆在相当长时期内并没有纯粹的言情小说,因为言情被打上了小资产阶级的情调和个人主义的标签。但是言情因素却始终没有断过。林道静和余永泽、卢嘉川、江华之间的爱情婚姻选择(杨沫《青春之歌》)、少剑波与小白茹之间的情感纠葛(曲波《林海雪原》)、江玫和齐虹之间的情理冲突(宗璞《红豆》),这些小说中的故事虽然都是革命的理想战胜了小资产阶级的言情,但其中那些情感片段的描述还是激动了很多人的心。从中说明了一个问题:作为人的基本情感之一的爱情实际上是管不住,也关不住的。

　　1949年以后中国大陆第一次出现真正意义上的言情小说是70年代末80年代初以后登陆的台湾作家琼瑶的小说。琼瑶的小说创作始于1963年出版的《窗外》。琼瑶小说曾经风靡海峡两岸,至今余韵犹在。琼瑶小说为什么能产生如此深广的影响,我认为应该从社会、美学两个角度上去思考。

　　50年代台湾地区的文坛相当僵化,统治文坛的是一些歌颂国民党政府、反对大陆的"政治文学"。这些概念化的文学作品为读者所厌倦。60年代初以余光中为代表的"现代文学"作家,将西方的现代文化与中国传统文化相结合,创作了大量的诗歌、小说,给当时台湾地区的文坛吹了一股清风。但是余光中等人的作品毕竟属于"精英文学",普通的老百姓感受不深。此时琼瑶等一批通俗文学作家登上文坛,他们以感受得到的情感表达和看得懂的文字描述向台湾地区的读者吹来一股股软软的风。与那些宣教性的文艺作品相比,琼瑶等人的言情小说实在太好看了,怎么能不被读者所追捧呢?历史几乎是重复,琼瑶小说70年代末80年代初来到中国大陆时同样给中国大陆的读者带来了惊奇。1949年以后中国大陆的读者在接受感情教育的时候,都是讲阶级的情操高于血缘关系。现在突然看到琼瑶小说就会感到原来世界上还有这样生动、感人的情感,就如甘露点滴在干涸的心田,觉得很滋润,所以也同样追捧琼瑶小说。所以说,海峡两岸的读者虽然是在不同时期接受琼瑶小说,但是同样热捧琼瑶小说,其根本原因是社会背景。同时,我们也应该看到,琼瑶小说虽然在海峡两岸不同时期出现,但是都起到了软化当时僵硬的文坛的作用,这应该是琼瑶小说的最值得肯定历史价值。

琼瑶小说的美学价值,我认为有四个方面值得一说:

一是琼瑶小说宣扬"性格决定爱情"的爱情观念。这种观念宣扬的择偶标准不是金钱,不是社会地位,不是显赫的家庭,也不是迷人的外表,而是一种与自己相投的性格,用当今流行语言来说,就是"是否来电"。以这样的标准选择的爱情在别人看来也许非常怪异,难以接受,但是却彼此投缘,活得舒畅。根据这样的标准,不论对方是老师还是学生,是有夫之妇还是有妇之夫,只要性格相投爱情就有可能产生。

二是琼瑶小说总是写一个女人和几个男人的故事,是多角恋爱的模式。与众不同的是她小说中的多角恋爱的中心不再是男性,而是女性。男性为中心的多角恋爱,女性处于被动地位,或者被接受,或者被抛弃,爱情的悲剧往往表现在功利性污染了纯洁的感情,从而产生对感情赞美、对功利性批判的阅读效果;女性为中心的多角恋爱,女性处于主动的地位,付出与索取并存。她的恋爱过程有情感的付出,或者是错误的付出,或者是正确的付出,不同的付出有不同的效果。但是错误的付出之后却还可以索取回来,因为主动权在女性手中。这样的角色变换最为积极的效果是给她的小说带来了女性的现代意识。另外,它还给琼瑶小说带来了两大阅读效果:小说中的爱情波折往往表现为感情的磨难,经过磨难后的感情再得到某种归属,感情就显得更加纯洁和可贵。事实上这就是琼瑶设计故事情节的常用手法。在多角的恋爱线索之中必然有数角是写感情磨难的,在数角的感情磨难衬托之下,那正确的一角必然让人读得荡气回肠、唏嘘不止;女性的情感世界得到了充分的释放和细腻的表现。那种隐秘的、奔放的、迟疑的、热情的、悲痛欲绝的、激动人心的、女性的情爱心理和情爱生活伴随着曲折的故事情节,在琼瑶小说中得到了最生动的展现。

三是琼瑶小说是言情的,但决不写性;对爱情的追求虽是执著、坚韧的,却是含蓄的、温柔的;人物的观念是现代的,甚至是前卫的,但故事往往在一个传统的大家庭中展开。在现代和传统之间琼瑶非常准确地把握着一个度。这个"度"使得琼瑶小说既有现代气息而又不违背传统。在《我的故事》中,琼瑶说:"我想,在我的身体和思想里,一直有两个不同的我。一个充满了叛逆性,一个充满了保守性。叛逆的那个我,热情奔放,浪漫幻想;传统的那个我,保守矜持,尊重礼教。"琼瑶"身体和思想里"的两个"我",恰如其分地交融在她的小说之中,而且我们看到那个叛逆的"我"是显形的,那个保守的"我"是隐性的,隐性的"我"支配着显形的"我"。琼瑶小说中的恋爱和感情实际上是分开的,恋爱可以多角,但感情却是一角的;恋人的身份地位无关紧要,但感情必须是真挚的;男女主人公也许不能终成眷属,给小说留下遗憾,但男女主人公的感情一定会有一个归宿,无论满意不满意最后总有一个交代,从一定程度上说,感情的磨难是以喜剧告终的。看似热情奔放、浪漫幻想的琼瑶,骨子里却是保守的。

四是琼瑶的小说是"诗意小说",人物是理想型的。男主人公都有英俊的外表、坚韧的性格和宽广的爱心;女主人公无论泼辣还是含蓄,其内心都是温柔的,都有丰富的感情世界。环境描写是有意境的,无论是现代的、古典的,室内的、室外的,自然景观、人文景观,都很整洁优美,而且都与人物感情的起伏相协调,很有韵味。书写的文笔充满了诗情画意,不仅是小说的名称诗意十足,就是叙述语言、人物语言也满是诗画气息。这种风格给琼瑶小说带来了正负两面的效应。从正面看,说明作家有很高的中国文学修养;从负面方面看,她的小说减少了叙事作品应有的生活气息,生活气息减少了,小说的现实社会性自然就不够了。

就生活的挖掘程度来说,很多作家作品都比琼瑶的小说深刻,例如丁玲的《莎菲女士的日记》。很多作家写的是爱情,目的是在爱情之中阐释人生,阐释文化,爱情生活只是一种题材。琼瑶小说的思路正好相反,她也写人生,写文化,但根本目的是写爱情。她从正面明确地回答爱情是什么。她认为"真的爱情"是有的,而且是美好的;她认为爱情是一种真实的感情,而且是纯洁的;她认为爱情是要经过磨难的,而且磨难后的爱情的价值是超乎一切的。她的这种爱情诉求对很多人来说,觉得像梦一般,觉得苍白无力,但是她却满足了人们对爱情是什么的心理探求,满足了人们对"真的爱情"美好模式的心理期待,满足了爱情遐想的浪漫情怀。所以说,琼瑶小说真正的价值是对读者心灵的慰藉,而不是对现实生活的指导。

进入20世纪90年代以后,台湾地区又出现了一批年轻的言情小说家,席绢、于晴、林晓筠、沈亚被认为是写作界的"四小名旦"。这四位作家中以席绢在大陆的影响最大。琼瑶的小说描述的是纯情,这一纯情又往往来自于感情的磨难。"四小名旦"的小说也写纯情,却抽去了感情的磨难,她们的小说就像一块蛋糕一样,香喷喷、甜蜜蜜,没有丑恶,没有压抑,只有美好生活的憧憬和令人陶醉的情感关怀,作者是用自己的青春体验,向读者诉说着青春情怀,所以她们的小说是纯真中的纯情。

香港的言情小说也有些感情磨难,但是与琼瑶小说的感情磨难内涵很不相同。琼瑶小说的感情磨难最后总是回归于好,好事多磨,赞美感情;香港言情小说的感情磨难不仅仅停留在情感层面上,而是触及婚姻以及人生命运,以惨情告终,批判感情。所以,琼瑶塑造出来的女主人公往往是受过磨难的"白雪公主",而香港言情小说塑造出来的女主人公往往是在磨难中成型的"女强人"。

香港言情小说的代表作家是岑凯伦、亦舒、梁凤仪,她们的小说见证了香港言情小说"女强人"模式的发展轨迹。

岑凯伦是最早进入中国大陆的香港言情小说作家,80年代中后期她的小说曾经风靡神州大地。她的小说中女性的强势基本上表现为两种形态,一是通过自己的奋斗,提高自己的含金量,获得美满的婚姻,例如《春之梦幻》中的梦诗,《野玫瑰与郁金香》中的宋玉妮;二是千金小姐爱上一个"寄居公子",有些下嫁的意味,例如《但愿人长久》、《澄庄》等等。从小说的价值取向上说,她的小说仍属于纯情小说,因为她的小说还是围绕着男女主人公的感情纠葛展开,女性的强势只是在追求爱情的过程中表现出来。从主人公的身份看,她的小说属于"豪门小说"。小说中的爱情故事基本上发生在富贵显赫的家庭之中,男女主人公几乎都是"富二代"或者"富三代",故事的发生地几乎都是都市中高级消费场所,再加上小说语言中常常夹杂着英语,以至于岑凯伦的小说能够产生影响,除了言情的描述之外,让当时刚刚步入改革开放的中国开了眼界也是重要的原因。

真正体现女性独立性的是亦舒的小说。岑凯伦的小说是写女性强势带来美满的婚姻,亦舒的小说是通过爱情婚姻的描述写女性人格的尊严,因此,亦舒的小说有着更多的女性生活观和人生观的阐释。亦舒小说中的女性人格基本上可以用 16 个字概括:才貌双全、独立自强、人格至上、批判父亲。亦舒小说中的女主人公不但有着令人难以忘怀的美貌,大多数怀里都揣着一张名牌大学的文凭,因为要完成学业,当然大多是 30 岁左右的成熟女性(如《曾经深爱过》中的邓永超、《银女》中的林无迈等);当感情受挫的时候,她们并不怨天尤人,而是努力奋斗出自己的一番天地(如《我的前半生》中的子君、《玫瑰的故事》中的苏更生等);她们需要爱情,但是决不迁就爱情,当爱情和人格的维护发生矛盾时,会毫不犹豫地选择独立的人格(如《曾经深爱过》中的邓永超、《玫瑰的故事》中的玫瑰等);她们对父亲的所作所为常抱着批判的态度,并认为他们是造就子女们情感危机的根源(如《胭脂》、《喜宝》等)。才貌双全是条件,独立自强、人格至上是目的,批判父亲是寻源,爱情婚姻的描写只是一个平台,因此亦舒的小说常常将笔触伸向那些女性的内心深处。亦舒指出,别看她们表面上那么风光,性格那么刚强,她们的内心深处其实是很寂寞的,因为她们毕竟是女人。她的不少小说是用"寂寞"命名的,如《寂寞小姐》、《寂寞夜》、《她比烟花寂寞》、《寂寞的心俱乐部》、《寂寞鸽子》等等。

亦舒的女性独立还只是人格的坚守,那些女性总是以忍耐面对那些负心的男性和势利的社会,梁凤仪就不一样了,她笔下那些受到损伤的女性总是用行动报复男性、对付社会。她的小说往往是两条线索,一条是缠绵的爱情线索,一条是残酷的商场争斗,爱情是内核,争斗是平台,因此她的小说总是爱恨情仇交杂在一起，可读性极强。这样的叙事格局造就了她的小说的两大特点：一是"女强人"的形象相当鲜明。在梁凤仪看来，女性的幸福爱情生活必须以自己成功的事业为前提，而成功的事业又需要坚强不屈的性格和独立自主的精神。《九重恩怨》中的江福慧、《誓不言悔》中的许曼明、《今晨无泪》中的庄竞之、《花魁劫》中的容璧怡、《风云变》中的段郁雯等等都是些职场女性，是些自强自信、外秀内慧地掌握自己命运的女人。二是小说中穿插着大量的商场实战案例和商场知识。事务洽谈、人际关系、往来应酬，一系列的商场交往随处可见，一些故事情节完全可以作为经商指南来看待。自强不息的职场女人、浓浓的商场气息，再加上节奏明快的小说语言，梁凤仪的小说被称为"现代财经小说"，名符其实。

　　强势的婚姻到独立的女性，再到拼搏的女性，从岑凯伦到亦舒，再到梁凤仪，她们笔下的女性形象越来越强大（坚强），读来却真实可信，因为她们的小说背景是香港地区的都市社会。都市社会带来了眼花缭乱的丰富的都市生活，也带来了激烈的商品竞争，在这样的生活环境中，琼瑶小说的那些闺秀们多愁善感的生活态度显然是无法适应的。所以说，香港的言情小说实际上是一种都市言情小说。

　　90年代后期，由于李碧华的《青蛇》、《霸王别姬》等小说的出现，香港的言情小说再次受到人们的关注。李碧华的小说不同于那些都市言情小说，她善于在历史的变迁中（个人成长史或者社会变动史）写凄美的爱情，男女不分、人戏不分、神鬼不分、生死不分，爱情在她那里不仅是一种境界，而且是生存的动力。显然，李碧华对小说形式相当重视，在小说的情景描述上侧重于影视化，在小说语言的选用上又充分利用了现代汉语的特点。例如《霸王别姬》中的程蝶衣与师兄段小楼唱了一曲《思凡》，把师兄看做自己的"夫"了。小说就将对程蝶衣的称呼从"他"改为了"她"。从此之后，程蝶衣男女不分，生活和舞台不分了。

　　上世纪八九十年代中国大陆虽然有些模仿台港言情小说的作品，例如"雪米莉"的系列小说等，但大陆的言情小说基本上不成规模。跨世纪之初，卫慧的《上海宝贝》、棉棉的《糖》、九丹的《乌鸦》、春树的《北京娃娃》等小说在社会上广为流传。中国大陆的言情小说开始形成气候。可是，与读者的阅读热情相比，评论界对这些小说相当冷漠。这些作品刚一露脸，众多评论家就用"身体写作"或者"情欲小说"的封条将它们打入了"冷宫"。其实,任何一部文学作品的内涵都不能一言以蔽之,而况这些小说在那个时期出现自有其文化背景和文学渊源。

卫慧在《上海宝贝》中显然是想说明一个问题:什么才是真正的女人。在作家看来真正的女人应该是身心都得到满足的女人。倪可身边有两个男人,东方男人天天是她的男朋友,没有正常的性能力,行为怪僻,但是感情细腻,可以看做倪可感情的符号;德国男人马克是她的情人,身材魁梧,行为粗鲁,但却直截了当,可以看做是倪可的身体符号。对于天天,倪可"天天"少不了他,不管她行为如何放肆,如何出格,她对天天的感情始终没有变,至死不渝。但是,天天只能给她感情上的慰藉。马可成了她生活中不可缺少的一个组成部分。倪可常常抗拒马可的诱惑,但每次都情不自禁地迎合他。为了说明身心的健全对一个女人来说多么重要,作家还设计了另外两个女人的感情生活,马当娜(麦当娜,性感的象征?)婚姻不幸福,是因为她只追求身体的满足;朱砂(贞洁的象征?)的婚姻之所以破裂,是因为她只要求感情的满足。这两个女人感情生活的残缺衬托出倪可感情生活的健全。但是现实生活中"健全"的生活是难以实现的,小说的最后,天天死了,马可走了。这样的结局意味深长。《上海宝贝》是"健全女人"的正面展示,棉棉的《糖》则将这样的展示建立在挑战姿态中。九丹的《乌鸦》让女性向生存的方向发展,春树的《北京娃娃》更多的则是青春挥洒和青春消费。如果只是一般性地翻一翻这些小说,感受到的只是浓浓的咖啡气息和怪怪的肾上腺素的味道。但如果仔细地阅读,就会发现仅仅用"身体写作"、"情欲小说"加以概括似乎太简单了些,在身体的摆弄之中它们还有人生价值的思考,所以严格地说,它们应是"身心写作"。

这些小说确实有一定的思想内涵,但是它们面世之后为什么受到大多数读者的鄙视和批评呢? 首要原因是作家在性的描写上出了问题。小说中的性描写不是不可以存在,关键在于怎么去写,如果仅仅停留在动作行为的层面上,渲染的只是动物性,那是很卑俗的;如果提高到文化层面和精神层面上,强调文化性和精神状态,那就有了美学价值。这些小说表现出文化性和精神状态的性描写实在太少,而那些停留在动作层面上的性描写实在太多。有些描写是不必要的,如女性的一些性的生理特征和一些性行为的具体描述，它们没有什么美感，但是作者却不厌其烦、津津乐道。这些描写极大地冲淡了小说的思想表达和情感抒发。

　　问题还出在人物形象的塑造上。这四部小说毫无例外地都写了所谓的"另类人类"。这些"另类人类"由"真伪艺术家、外国人、无业游民、大小演艺明星、时髦产业的私营业主、真假另类、新青年"组成。"另类人物"不是不可以写，但是"另类人物"的表现应该建立在深度的思想表现上。《上海宝贝》等小说要表现的"另类人物"缺少的是对社会、国家问题的深度思考，于是"另类人物"就只剩下"另类"的"自我意识"了。更重要的是，当失去了社会意义和积极的人生意义之后，行为的自私性也就表现了出来。他们似乎都有人生的创伤，但绝对富有；他们游移于公众的视线以外，自己形成一个圈子；他们的绝对人数并不多，但始终占据城市时尚生活的绝对部分。由于他们的生活就是展现欲望和享受欲望，行为的注脚是人生苦短和及时行乐，自然就洋溢着一种"世纪末"的情绪。又由于他们只对自己负责，与社会无关，对小圈子负责，与公众无关，他们表现出来的自然是"凡俗伤感而神秘的情调"。

　　为什么在跨世纪之际，中国大陆会出现这样的言情小说呢？我认为是由三个因素造成的：一是消费主义的文化思潮夹杂着世纪末的情绪，将生活当做人生消费和生命挥霍，"找不着北"所带来的现时享受，构成了这些小说创作和阅读的氛围；二是80年代以来女性小说创作逐步个人化的情绪为这些小说的出现起到了推动作用。80年代的女性小说追寻女性的社会价值和人生价值（如王安忆的《荒山之恋》、《小城之恋》和《锦绣谷之恋》等作品），90年代的女性小说则将小说的价值取向转移到性别的对抗或对比之中，并追寻女性的性别价值（如陈染、林白的小说），卫慧、棉棉、九丹、春树等人的小说只是这条创作道路的延续。她们持有将男性作为自我的一个部分的攫取式的女性意识。相比较而言，卫慧等人的女性意识要比陈染、林白等带有病态的女性意识似乎更完整，也更舒展。三是80年代后期在中国兴起的女性主义文化思潮和法国作家玛格丽特·杜拉斯（Marguerite Duras）《情人》等小说潜移默化的影响。20世纪80年代后期兴起的女性主义追求的"性别解放"，以男性作为参照系追求性别的独特性和性别的平等性，它的核心词是"社会性别"（gender）。这种以"社会性别"为中心的女性主义文化思潮自 80 年代后期一进入中国本土就受到了很多女性评论家的追捧，并很快向各个学科蔓延。女性创作占重要地位的文学学科自然就成了女性主义重要的实验地。在这样的文化背景下，杜拉斯的《情人》又提供了一个绝佳的文本模式。杜拉斯的《情人》在欧洲刮起了强烈的旋风。这股旋风漂洋过海，结果之一就是中国文坛上出现的那些"女性主义小说"。尽管她们写得没有《情人》那么感情炙烈，难以使人灵魂战栗，但她们都在写自己的"广告"，写一个女人的感情，一个女人的性和一个女人深藏于心底的那个情人。

三、武侠小说

武侠小说是中国的"国粹"。中国传统文化的演绎、江湖人士的刻画、中华武术的美学化为武侠小说的基本内涵。这些美学内涵为中国文学所独有。武侠小说古已有之，但是成就最高的武侠小说却在当代中国。

一般认为，1952 年梁羽生创作的《龙虎斗京华》是当代武侠小说创作的开始。如果以惯常的 1949 年为界区分现代文学和当代文学的话，这样的说法没错。如果从武侠小说的美学风格上区分，这种以历史为背景描述江湖争斗的"历史武侠小说"在 1940 年代已经开始，以《七杀碑》为代表作的朱贞木的小说在 1940 年代已经成为阅读热点，从这个意义上说，梁羽生的小说是现代武侠小说的继续。从 1952 年到 1984 年，他创作了 35 部武侠小说，从唐代一直写到近代义和团运动，几乎涵盖大半个中国文明史。梁羽生的小说有其独到之处。他的小说有着明确的历史观：国家为上、汉族中心。他小说中的矛盾大致上归纳为三种："江湖—庙堂"冲突、民族冲突、正邪冲突。他演绎的矛盾冲突的基本思路是：当江湖的正邪矛盾与庙堂的国家矛盾发生冲突时，江湖利益服从国家利益，例如小说《萍踪侠影》中的情节描述；当国家矛盾与民族矛盾发生冲突时，国家利益服从民族利益，例如《七剑下天山》中的情节描述。梁羽生十分强调武者以侠为宗，宁可无武，不可无侠。真正的侠客一定是重情重义、道德完善，所以梁羽生是武侠小说作家中对女性比较尊重的作家，例如小说《白发魔女传》；他也是最讲究中国传统伦理道德的作家，例如《飞凤潜龙》中的情节描述。梁羽生的中国传统文化修养相当高,语言古朴、文采飞扬,有浓郁的书卷气,特别是他常用古典诗词写人物命运和概括故事情节,沉郁而有余韵。梁羽生的小说端庄古秀,因此他有"武林长者"的美称。当然,他的小说也存在着灵动不够、部分作品结构显散乱等遗憾之处。

迄今为止,武侠小说影响最大者当然是金庸,金庸有"武林霸主"之称。从1955年用"金庸"的笔名创作第一部武侠小说《书剑恩仇录》到1972年创作《鹿鼎记》后封笔,金庸一共创作了15部武侠小说。1982年,经过10年的修改,金庸推出了他的作品集。为了便于读者辨认,除了一部中篇小说《越女剑》之外,他取每一部小说的第一字写成一副对联:"飞雪连天射白鹿、笑书神侠倚碧鸳",分别指《飞狐外传》、《雪山飞狐》、《连城诀》、《天龙八部》、《射雕英雄传》、《白马啸西风》、《鹿鼎记》、《笑傲江湖》、《书剑恩仇录》、《神雕侠侣》、《侠客行》、《倚天屠龙记》、《碧血剑》、《鸳鸯刀》。

金庸的小说是"文化武侠小说"。爱情、江湖、市井、妓院、食品、茶酒、地理、诗词等各类雅俗文化的描述让读者惊喜不已,当然也愉悦不止。不过,金庸小说最有价值的还是他确立和描述的文化价值观念。

金庸小说是最规范的中国道德文化的小说。就武林世界的构造来说,金庸小说是最规范的。师弟、师兄、师傅构成了各种帮派;各种帮派构成了一个完整的武林世界。在各种帮派中师兄大于师弟,师傅统领徒弟,德高望重者统率全帮派,被推举为"掌门人";在整个武林世界中帮大于会,派大于帮,少林、武当统率各种帮派,此为"武林领袖"。这样的构造在金庸小说中不但规范,而且相当权威,长幼不容颠倒,尊卑不容侵犯。杀兄弑师者绝没有好下场;向少林、武当挑战者都是身败名裂。在金庸小说中只有一个例外,那就是《笑傲江湖》中岳不群和令狐冲的关系,但责任不在于令狐冲不尊师,而在于岳不群自己为师不尊。中国传统的道德文化实际上是一种自我规范、自我约束的自省的文化。金庸小说中的英雄不管如何个性张扬,只要被看做英雄,他就一定是个君子。因此金庸小说中的英雄都是英雄和君子的结合体。依此类推,金庸小说正是以这样的文化为标准来区分小说人物的正邪是非,反过来,也正是通过对这些人物的褒贬来弘扬道德文化。表现和宣扬传统的道德文化是武侠小说的基本特色,没有这样的特色,也就没有了武侠小说,金庸小说也不例外。

金庸小说独特的贡献在于，他将中国传统的文化、中国"五四"以来的新文化以及世界流行文化融合起来构成小说的文化价值取向。如果把人的生命的阐释、个性的追求、孤独的情绪、离别的伤感等观念和情绪看做现代意识的话，金庸小说同样表现得淋漓尽致。只不过，金庸并没有将这些观念和情绪与传统道德文化割裂开来，而是把它们作为传统道德文化的一个部分在小说中加以表现。当然也有不同的地方，他的人物不像新小说那样在肯定和要求人的价值的同时，对既有的文化提出疑问或抨击，从而达到改变既有文化的目的；而是在肯定和要求人的价值的同时，依据既有的文化进行人格的自我完善，其目的在于维护和宣扬既有的文化。因此，金庸小说实际上解决了现代文学长期困惑的一个问题，即：中国的传统文化与人的价值的实现是否矛盾？中国的传统文化是否束缚人的价值实现？"五四"以来的新小说理论一直持肯定的态度。金庸小说告诉我们并非如此，关键是如何看待人的价值的内涵。如果将人的价值的实现看成是完全解除一切束缚的个性的自我实现，中国的传统文化显然是格格不入的，如果将人的价值的实现看成是道德的自我完善，中国的传统文化就是最好的标准。金庸小说中人的价值的实现就是人的道德的完善，人的道德的完善并不抹杀人物的个性，相反，它使人的个性得到更合理的张扬；人的道德完善并不是不表现人的欲望，而是使人的欲望更富有理性。

中国长篇小说长期以来一直存在着结构不完整的问题，要么是前面严谨，后面松散，如《三国》、《水浒》、《西游记》，要么是中短篇小说连缀，如《儒林外史》等，甚至曹雪芹写《红楼梦》都难以结尾。金庸小说结构相当完整，其根本原因是金庸小说依据一种"成长模式"来写人，即：以人物的成长作为小说的创作中心。"成长模式"也确立了小说以写人为中心的创作观，不同的"成长模式"表现出人物不同的成长道路，不同的成长道路写出了不同的人物个性，表现出不同的人生欲望来。于是，金庸小说能够塑造出不同的人物形象，能够化解武侠小说的各种模式，能够把人和事都写活了。既然是以人物成长为创作中心，小说的结构就围绕着人物形象展开，人物形象塑造完整了，小说结构自然就完整了。

与梁羽生、金庸同时期的台湾地区也活跃着一批武侠小说作家，如卧龙生、司马翎、柳残阳等。卧龙生发表了五十多部作品，代表作有《飞燕惊龙》、《玉钗盟》、《天香飘》、《金剑雕翎》、《飞花逐月》等；司马翎发表了五十多部作品，代表作品有《关洛风云录》、《剑气千幻录》、《剑神传》、《剑胆琴魂记》、《圣剑飞霜》、《帝疆争雄记》、《纤手驭龙》、《八表雄风》、《剑海鹰扬》等；柳残阳发表了八十多部作品，代表作有《玉面修罗》、《鹰扬天下》、《修罗七绝》、《渡心指》、《神手无相》、《天魁星》等。与梁羽生、金庸小说相比较，这些武侠小说作家作品有两大独特之处：一是他们构造了一种"女性江湖"。虽然梁羽生小说中也有一些女英雄，但基本上是男性中心，金庸小说中的女性只是情感的符号，是为了表现男性英雄气概中还有儿女情长的一面而存在。这些台湾作家则将女性作为小说的主人公加以塑造，将女性的情感世界作为故事的情节加以渲染，因此在他们的小说中，无论是女侠，还是女魔，是弱女，还是超女，女性的江湖世界都在他们的小说中得到了充分的展现。值得一说的是，不管这些女性江湖写得多么精彩，这些女性还是属于"被看"的状态，因为她们的喜怒哀乐都是为了一个男性的情感归宿而展现，她们的喜剧或者悲剧的结局还是以得到或者失去一个男性为标志。因此说，这些小说虽是写的女性，却还是在男性话语的笼罩之中。二是除了武功的描述之外，他们的小说还相当注重布阵、机关等玄机的设计。这些设计显然是中国明清时期公案小说的延续，却不太合现代人的阅读胃口。

台湾作家古龙被视为武侠小说的改革者。古龙大约创作了六十多部作品，他的创作大致上可以分为三个阶段，1960年开始创作第一部小说《苍穹神剑》到1965年左右是第一阶段，这个时期的作品大致是学习模仿金庸、梁羽生的小说。他最有成就并被认为开创了武侠小说新境界的小说创作主要在第二阶段，主要作品有《武林外史》、《绝代双骄》、《楚留香传奇》、《多情剑客无情剑》、《萧十一郎》、《陆小凤传奇》、《七种武器》等等。1976年以后到他1985年去世的创作是第三阶段，这一阶段并不被人看好，被认为是古龙创作的衰退时期，代表作品有《白玉老虎》等。

既不同于梁羽生小说那样注重历史，也不同于金庸小说那样注重道德文化，古龙把世界文化之中的现代意识和现代情绪引进了武侠小说，从而大大拓展了中国武侠小说的文化空间。没有什么历史背景，古龙无须为是否违背历史的真实而拘束；没有道德束缚，古龙无须为他的人物担负什么国家大业、民族复兴的重任。他的人物有着很强的个性，介入江湖纠纷相当程度上是由于自我的兴趣,随兴所至,显得特别潇洒;伴随着这种个性的是人物的孤独感和寂寞感,同时裹挟着苍凉感。李寻欢、萧十一郎、楚留香、陆小凤,这些古龙笔下的英雄人物无不是这样的风格。"暮春三月,羊欢草长,天寒地冻,问谁伺狼?人心怜羊,狼心独怆。天心难测,世情如霜……"《萧十一郎》中的这首凄凉的歌夹杂着更多伤感和无奈。也许是与这世界格格不入,古龙的小说对死亡也就看得很轻。死亡在他们看来只不过是一个正常的人生归宿,他们所需要的是快意的生活、快意的人生,"今朝有酒今朝醉",古龙的小说夹杂着一股世纪末的情绪。从这样的思维出发,古龙显然对女性不够尊重,在他的小说中,女性只是一个符号,代表了情欲和淫欲,甚至只是男性享受生活的一个侧面。

古龙小说在情节推理和神秘恐怖描述上颇显特色,他将日本推理小说、欧美的"硬汉派小说"的一些美学要素引入到武侠小说中来,形成了一种"古龙结构"。在武侠小说作家中,武功写得最轻松的大概要数古龙了。他似乎不愿意在纸上摹画武功,干脆不写武功的招式而只写武斗的结果。于是"快刀"成了古龙小说标志性的招式。与这样层层推进的故事情节和讲究速度的武功招式相合拍的是小说语言,推理并尽量哲理化,短句并尽量连环化,是古龙小说语言的特色。

延续着古龙小说创新之路的还有香港作家温瑞安和黄易。1970年温瑞安以《四大名捕会京师》而成名,以后他创作的一系列小说中以《神相李布衣》和《说英雄,谁是英雄》系列最有名。现代意识和现代情绪、推理式的小说结构、神奇的武功招式、散文化的语言叙述,温瑞安的小说显然受到了古龙小说的影响。温瑞安的小说个性主要表现在两个方面,一是同是写浪子形象,温瑞安主要是写平民浪子,因此他的小说人物有着更多的世俗风格和平民色彩,李布衣、王小石是代表人物。二是在语言上,不仅追求散文的效果,甚至将诗歌语言也纳入其中,因此,他的小说语言似乎很美,却也很飘。黄易真正的成名要到20世纪90年代以后,他的小说主要有两大系列:异侠系列和玄幻系列。异侠系列的代表作有《荆楚争雄记》、《大唐双龙记》、《边荒传说》等等,玄幻系列的代表作有《寻秦记》、《星际浪子》、《大剑师传奇》等。黄易小说以《寻秦记》最有代表性。小说写一个生活在21世纪的中国特种部队的精锐战士被高科技送到了公元前的战国,以广博的知识和非凡的功力揭破阴谋、战胜敌人,成为一个超人,这样的构思和写作为武侠小说前所未有。穿越时空、跨越时代;真身不坏、武功非凡;征服野蛮、彰示文明;俊男美女、谈情说爱……这些元素后来都被网络小说放大,成为网络上的穿越小说、玄幻小说、惊悚小说、情爱小说的先导。在这些神奇的情节中作家还努力用"道学"的原理阐述生命的价值和武学的境界,并不断穿插历史、天文、医学、科学、宗教等知识。在渲染趣味性的同时加强了小说的文化性和知识性,增强了小说的阅读内涵。

古龙、温瑞安、黄易都是中国武侠小说的创新者,但是这样的创新充满风险。武侠小说毕竟是中国的国粹,它是建立在中国传统文化和中华武术之上的,排除了中国传统文化和中华武术,"中国式"的武侠小说就难以成立了,或者就不能称为"武侠小说"。严格地说,他们的创新思维是与武侠小说的传统文化要求相背离的。他们的一些作品还能注意到武侠小说的特色,有些小说已经很难说是"武侠小说"了。但是武侠小说不创新就显得十分老旧,因此怎样创新就成了武侠小说创作者始终面临的难题。

1980年代中国大陆也有一些武侠小说创作,较有影响的有戊戟的《武林传奇》、《江湖传奇》、《神州传奇》、《奇侠传奇》、沧浪客的《一剑扫江湖》(这部出版于1990年的小说在1995年与金庸、梁羽生、温瑞安等8人获得首届"中华武侠文学创作大奖")、独孤残红的"江湖四部"、青莲子的《威龙邪凤记》、张宝瑞的合称《京都武林长卷》的9部小说等。这些小说虽然各具特色,但是总体上说都有中国现代武侠小说和台港武侠小说的影子,其影响当然都不如原作,甚至还不如一些现代武侠小说的改编本,例如1983年聂云岚改编自王度庐《卧虎藏龙》的《玉娇龙》,其市场反响的热烈程度大概是1980年代中国大陆武侠小说的出版之最了。

1990年以后中国大陆开始出现了一些新的作家,他们围绕着《今古传奇》、《武侠故事》、《新武侠》等刊物进行创作,特别是2001年《今古传奇·武侠版》创刊,大陆创作的武侠小说颇成气候。这些作家主要有沧月、王晴川、凤歌、小椴、步非烟、沈璎璎、红猪侠、时未寒、杨叛等。他们之中还没有出现台港武侠小说式的大家,也还说不上哪一部作品能成为武侠小说的经典之作,但是他们以其大量的作品在中国建立了比较稳定的创作阅读圈,成为新时期武侠小说重要的生力军。他们似乎都努力地以新的姿态区别于前人,因此,他们称自己的作品为"大陆新武侠"。如果结合当下台港地区武侠小说的创作状况,这批"大陆新武侠"作家的崛起标志着中国武侠小说创作的话语权将重新地归于中国大陆。

中国大陆崛起的武侠小说作家群,有着"新武侠"的风格。首先,这批作家大多具有高学历,接受过比较完整的学院式教育。他们接受教育的时期正是中国大陆改革开放的时候,开放的国际视野使得他们的文化熏陶更为广阔而庞杂,表现在:他们接受中国传统文化的教育,但是并不侧重于儒、墨、道、佛哪一家,他们受到现代外国文化的影响,却是感觉多于理性;他们生活在中国社会,却又努力地感受西方社会的生活态度,并从中归纳出自己的人生哲理,注重的是生活在当代社会中的"活法"以及感觉。他们的文化构成具有改革开放以后中国大陆那一代人共有的特征。这样的文化特征在他们的小说中纤毫毕露地表现了出来。我们可以在金庸等人的小说中分析出什么是"儒家之侠"、"道家之侠"等指归型的结论,对他们小说中的人物却很难做出这样的指归和结论。沧月的小说(例如《镜》系列)、步非烟的小说(例如《人间六道系列》)、沈璎璎的小说(例如《琉璃塔》等)常常被认为是表现了中国道家的文化观念,可是仔细分析就会发现,她们小说中的人物行为看起来似乎有道家的气息,但是小说人物评判是非的标准却是中国传统的道德文化。再仔细分析那些小说人物的行为动力,似乎真正的推动力又不是中国传统的"理念",倒有不少是西方文化中的"意念"。再例如凤歌、王晴川、红猪侠、时未寒、杨叛等人被认为是"大陆新武侠"的"传统派"。他们的小说走现实主义的路子,中国现实主义小说一般以儒家的文化思想作为小说的价值判断,但是他们小说中的人物同样充满着现代人生的情绪。金庸等人的小说中人物再孤独也有几个朋友,凤歌等人的小说中人物的孤独却是很彻底的,因为感叹人生的无定和世事的感伤完全是个人经验,是无人可以理解的。可以这么说,大陆新武侠小说的文化构成实际上是一个结合了中国传统文化与当代西方文化的混合体。正是这样的文化混合体,使大陆新武侠创作群体实现了与金庸等人的小说的切割,呈现出了自己的面貌。

大陆新武侠的作家都是编故事的高手,情节传奇、故事生动,几乎每一篇小说都能刺激和满足读者的好奇心,但是他们的故事都没有"根"。金庸等前辈的小说都很注重事情发生的人文环境的描述,写大山就写出是哪一座山(例如李寿民《蜀山剑侠传》等小说);写历史就写出是哪一个朝代(例如金庸、梁羽生的小说)。大陆新武侠也写山,但是并不指明是哪座山,而是"有那么一座山";大陆新武侠也写历史,但是读不出是哪一个朝代,而是"有那么一个皇帝"。金庸等前辈们编故事是要在传奇之中突出故事的真实性,那些真实的人文环境是故事的"根",传奇故事似乎是从"根"中生发出来的"果";大陆新武侠作家追求的不是故事的真实性,他们需要的是传奇性,需要的是那些"果"。正因为这样,大陆新武侠的小说故事显得很飘逸,主体色彩很浓。这样飘逸的主体色彩有时还蔓延到小说文字的描述中,小说人物(或者是作者)的主观感觉和对客观事物的描写混合在一起,这样的文字在沧月等女性作家的作品中特别突出。看得出来,大陆新武侠作家们根本不耐烦金庸等前辈作家作品中的那些铺陈,而是迅速地切入小说的主要情节,迅速地将作者的思想感情传导给读者。

四、公安法制小说

这是一个特有的文学现象,在1949年的各个时期,公安法制小说的创作都没有中断过,即使是"文化大革命"期间公安法制小说都始终繁荣地发展着。为什么公安法制小说就这么常青呢?这与公安法制小说的时政性特点有很大关系。公安法制要求对外保证国家安全,对内保证社会稳定。国家安全和社会稳定是任何时期的统治阶层都要追求的统治目标,只要公安法制小说不挑战统治阶层,任何时期的统治阶层就都需要公安法制小说为其增色。当然,起增色作用的公安法制小说也就只剩下政治宣传的功能了。

相当长时期内,中国公安法制小说都是作为政治宣传品存在的。1949年到1966年"文化大革命"开始的时期,中国公安法制小说的主题是:"肃反"、"反特"。"肃反"要求国内的政治安全,"反特"要求国家的政治安全,这个时期的代表作有白桦的《山间铃响马帮来》、《无铃的马帮》;公刘的《国境一条街》、《祝你一路平安》;史超的《擒匪记》、《黑眼圈女人》等等。"文革"十年,中国公案法制小说的主题是:"反敌"、"反苏"。"反敌"要求擒获那些破坏"文化大革命"成果的敌人,这些敌人既有隐藏很深的阶级敌人,也有刚刚被打倒的"走资派",例如伍兵的小说《严峻的日子》。"反苏"提醒人们苏联对我们国家的破坏,特别是1971年"珍宝岛事件"之后,"反苏"小说出现了一股创作热潮,代表作有尚方的《斗熊》等。

由于政治宣传目的非常明确,这些小说的政治使命感非常突出,它体现在两个方面:一是小说无一不是围绕着国家安危、人民安全的重大事件展开,国境的安宁、国庆节的安乐、国家的机密、重要机构的安全等等都是小说常用的题材;二是小说主人公行动的内驱力无论敌我都不是为了自我,而是政治利益。

小说的结构比较单纯,总是一个敌人企图破坏并制造了很多假象,公安战士拨开种种迷雾,捉住了敌人。小说在"藏"与"揭"、"逃"与"捕"之中完成。

小说人物有明显的脸谱化倾向。公安战士一般都是严肃认真、坚忍不拔、无比坚强,当然有时还有一些儿女情长;犯罪分子一般都是凶狠歹毒、阴险狡猾,但内心一定十分虚弱。在形象塑造上,公安战士都是英雄形象,相貌堂堂、精神抖擞、智勇双全(如《一件杀人案》中的丁处长、《一件积案》中的陈飞);敌人一般都长相猥琐,如胖子、瘦子、瘸子、麻子、断指等等(如《"赌国王后"牌软糖》)。最令人不可思议的是知识分子往往被塑造成隐藏最深的罪犯,如《一件杀人案》中的袁横、《一件积案》中的吴济仁、《"赌国王后"牌软糖》中的李曼华、《国境一条街》中的唐殿选等等。

为什么会出现这样的创作状态呢?我认为原因有四:

一是政治氛围。新政权刚刚建立,巩固政权是当务之急,最适宜表现国家安全的小说当属公安法制小说,它责无旁贷地告诫人民必须警钟长鸣;1949年以后国内政治斗争不断,土地改革、镇压反革命、"三反""五反"一直到"文化大革命",每一次运动都会产生一批不同类型的敌人,地富分子、美蒋特务、坏分子、知识分子、苏修特务等等,公安法制小说既是运动的宣传者,也是运动的记录者,充分表现出了小说的政治敏感性。

二是小说模式。从历史渊源上说,公安法制小说从侦探小说发展而来,但是小说模式已经发生了根本性的变化。侦探小说中的警察、侦探和罪犯的三极关系变成了公安法制人员与罪犯的两极关系。私人侦探消失了,探案中的个人利益和正反两极中的缓冲地带就消失了。公安法制人员代表了国家利益,国家利益的代表者形象怎么能不高大呢？力量怎么能不强大呢？他们与罪犯之间的关系当然只能是猎手与猎物之间的关系,狐狸再狡猾也斗不过好猎手。小说的故事情节只能是老鹰捉小鸡似的"藏"与"揭"、"逃"与"捕"的游戏。

　　三是苏联影响。上世纪50年代苏联的侦探小说在中国很流行,其中阿达莫夫的《形形色色的案件》、别列耶夫的《水陆两栖人》、沃斯托柯夫和施美列夫的《追踪记》以及影片《侦察员的功勋》等,都是中国人耳熟能详的作品。这些作品向中国人演绎着苏联版的公安法制小说。

　　四是作家队伍。面广量大的公安法制小说大多出自业余作家之手,他们大多来自工作的第一线,他们熟悉自己的生活,也熟悉自己和对手,但是缺少文学创作的素养。在时代的使命感和创作模式的潮流中他们很难有独特的创作风格。

　　回首历史,我们尽管能看到这个时期的公安法制小说的不少遗憾之处,但是也应该指出小说确实激动了一代人和教育了一代人。对历史的评价还是要有历史现场的要求。

　　上世纪70年代末80年代初,王亚平连续出版了《神圣的使命》、《刑警队长》等小说。从小说的主题上说,他的小说与当时的"伤痕小说"、"反思小说"一样,都是"拨乱反正"。"拨乱"要求对"文化大革命"的乱象进行整顿,"反正"要求对历史错案进行正本清源。从公安法制小说的角度看,这两部小说具有转折性的意义。其中有三点特别值得一说:小说中对抗的双方不再是两个阵营中的阶级敌人,而是同一个阵营中共产党内部的政治集团;情节中心不再是国家和人民财产的安全,而是个人的冤假错案;小说的结局并不是胜利的欢呼,而是更残酷的斗争的开始。《神圣的使命》中王公伯在与帮派势力的坚韧斗争中终于揭开了省委书记秘书毒死案的原委,可是他也被撞成了昏迷,看来斗争还在继续。

　　80年代中后期中国文学开始摆脱政治性思维,向人性化拓展。同时,封闭式小说模式也被打破,融入世界文学的潮流成为了中国文学创作的发展方向。此时欧美、日本的很多侦探小说再次进入了人们的视野。不仅是《福尔摩斯探案集》这类传统型的侦探小说不断被重印,二战之后出现的欧美的"硬汉派小说"、日本的社会推理小说更成了中国市场上的畅销书。谢尔顿的《天使的愤怒》、《午夜情》；罗宾科克的《昏迷》、《狮身人面像》；杜伦马特的《诺言》、西默农的《玻璃笼子》，以及日本作家森村诚一、松本清张、水上勉等作家作品在中国大陆非常走红。在这样的社会文化背景下，中国的公安法制小说开始向两个路向发展：一是"去政治化，重生活化"；二是"去英雄化，重情节化"。

"去政治化，重生活化"主要是写民警的生活。代表作品当属1986年张卫华、张策出版的《警察生活录》。民警生活化描写在50年代的电影文学中也曾出现过，例如李天济的《今天我休息》就曾产生过广泛影响，但是社会主义信任的歌颂主题和喜剧表现方式使得这样的生活化文学都变成欢乐颂。《警察生活录》的特点是将创作触角伸向了民警丰富的情感世界和复杂心态之中，努力写出一个民警真实的生活状态。这部小说集由六部中短篇小说组成，其中以《女民警的坎坷经历》为最。小说告诉我们女所长刘洁不仅是位工作勤恳、能力出众的优秀民警，而且是一个被卷入生活杂事圈子的女人，夫妻矛盾、婆媳矛盾直接引发了工作矛盾，好胜心、责任心和痛苦、焦虑、煎熬等复杂心态交织在一起，构成了一个很生活化的真实女民警形象。上世纪80年代后期，中国小说界"新写实小说"出现，重生活化的公安法制小说也可以看做是这些"新写实小说"的一个侧面。

"去英雄化，重情节化"主要写刑警的生活。这类小说明显地受到欧美小说的影响。欧美传统型侦探小说（如柯南·道尔的《福尔摩斯探案》）虽然还有余绪（例如英国作家克里斯蒂的小说），但在20世纪下半叶之后引领世界侦探小说创作潮流的是欧美的"硬汉派小说"和日本的"推理小说"。与传统型侦探小说不同，"硬汉派小说"和"推理小说"不再在生动复杂情节中塑造智勇双全的私人侦探形象，形成英雄情结，而是将侦探人物视为普通的人，他们大错不犯、小错不断；使命感没有、责任心却很强；在他们手上案件侦破了，侦破的原因并不一定是他们个人的素质，往往是各种因素的综合推动，甚至是偶然性因素。在这样的小说中，英雄没有了，小说的情节却加强了，因为人物以及人物的行为已经构成情节生动紧张的一个部分；侦破的痕迹淡薄了，小说的内涵却丰富了，因为追寻证据的目的不仅仅是破案，而是要展示人与人的关系网和暴露事件的真相。从构思的角度看，中国公安法制小说一直受传统侦探小说的影响，这种影响一直延续到"文化大革命"

中的那些手抄本,例如《一只绣花鞋》、《梅花党》等等。上世纪80年代后期中国式的"硬汉派小说"出现了,作家有钟源与魏人,其中又以魏人的《刑警队长与杀人犯的内心独白》、《刑警队长的誓言》最具代表性。魏人这两部小说中的刑警队长都是普通的人,普通人的性格和脾气渗透到了他们的个人生活和工作中去,造成了他们生活和工作上的双重紧张,加强了小说情节的生动和惊险。特别是小说主人公对一个刑警的生活提出了价值论的思考,这就更有些哲学的意味了。在小说风格上,主人公的幽默、调侃的自我打趣颇似那些"硬汉派"小说中的个人英雄的做派。

上世纪80年代以后,世界侦探小说的创作开始向心灵化发展,小说中的多重力量(不仅仅是正反两极)较量的不再是案件破还是不破,甚至不再追究事件的对与错,侦探小说情节中的追与捕、刑侦对证中的问与答只是心灵交战的平台,国家和行政的力量基本退出,几乎是个人的智与力在一个平面上搏杀。代表这股创作潮流的是北欧的"犯罪小说",其中瑞士作家杜伦马特的《诺言》最有代表性。这股创作潮流也很快被中国作家所接受,李迪的《傍晚敲门的女人》和张策的《无悔追踪》代表了中国作家尝试心灵化写作的成果。人的心灵是多层面的,情感、理智、责任、诺言等等多维的角度决定着人的心灵不同的起伏,《傍晚敲门的女人》中预审人员和涉嫌人员的17次对证就是多层面、多维度的心灵交战。特别值得一说的是,小说为了加强气氛,设计了明暗两条线索。明线是梁子追踪欧阳云的心路历程,暗线是知青时的梁子追捕秃耳母狐的故事。小说结束时是明暗两条线索交汇在一起,母狐咬死自己以保护公狐,欧阳云在得知心上人丁力被判死刑后自杀身亡。心灵之战以悲剧而告终。《无悔追踪》中的警察老肖追踪国民党特务冯静波40年之久,已经不是什么任务的要求,更不是敌我的立场,而是一种精神,一种对自己逻辑推理的论证。

虽然与世界侦探小说的创作潮流割断了相当长一段时间,但创作思维一旦被打开,中国的公安法制小说很快就跟上了时代的步伐。不过这种创作势头很快被海岩的小说所取代了。

海岩的小说创作可以分为前后两期。1985年他创作的《便衣警察》在当时众多的公安法制小说中相当突出。从写案转为写人,《便衣警察》与其他作品一起完成了中国公安法制小说的创作转型。具有特别贡献的是《便衣警察》将写人与重大的时事政治问题结合在一起考虑,小说人物周志明也被塑造成了一个平凡英雄的形象。之后,海岩搁笔将近10年,从上世纪90年代中期开始,他陆续推出了《一场风花雪月的事》、《永不瞑目》、《玉观音》、《拿什么拯救你,我的爱人》、《河流如血》、《五星大饭店》等,并与电视剧联袂而行,几乎每一部作品都产生了广泛的影响。

　　与他的《便衣警察》相比,海岩90年代的小说风格发生了根本性改变。首先是英雄人物的塑造。公安法制小说就是要塑造英雄人物,这是小说的性质决定的。90年代海岩小说中的英雄人物已经没有周志明那样的理想主义色彩,甚至缺少起码的传统伦理道德的支撑,因此人物身上的使命感、社会责任感、正义批判感都很模糊。这些英雄人物都不是完人,根据既有的社会标准,他们甚至缺陷多多。杨瑞(《玉观音》)、肖童(《永不瞑目》)等人后来之所以成为英雄,其动力来自个人的需求、个人的性格,甚至是个人的爱情。作家试图用个人化的色彩和生活化的举止来证明英雄人物的平凡和真实。其次是小说的叙事结构。侦破故事构成小说的纵向结构,爱情故事构成小说的横向结构,时尚故事构成小说的风格面貌。以《拿什么拯救你,我的爱人》为例,它有着完整的侦探小说叙事模式。先是设谜:是谁将女工祝四萍奸杀于工地的工棚里?然后破谜:是龙小羽?还是张雄?说谜:龙小羽为什么杀了祝四萍。整个案件扑朔迷离、曲折多变,山穷水尽疑无路,柳暗花明又一村,丝丝入扣、前后铺垫,作家的思路相当缜密。它是一部言情小说,有着惯常的言情小说的叙事模式:三角恋爱。韩丁、龙小羽,两个男人疯狂地爱着罗晶晶,可以为她活,可以为她死;罗晶晶,对这两个男人一样地爱恋,一样地痴迷,为了他们可以奉献自己的一切。三位爱得你死我活的痴情男女,有着不同的社会身份。于是这场爱情故事就有了更多的感情内涵。与这个大的三角恋爱相对的还有个小的三角恋爱,它们是由张雄、祝四萍、龙小羽所构成的罪恶的三角恋爱。在这个三角恋爱中是财富的贪婪,是自私的占有,是个人的得失。

　　同样是一个时尚的故事:小说人物不是俊男就是靓女,他们或者掩人耳目私下偷情,或者别墅公寓里卿卿我我,或者超市中疯狂购物,或者网络上互传信息。追求的是如电的感觉,讲究的是一见钟情、冲动、任性、感情至上,小说之中弥漫着强烈的青春气息。独立起来看这三个故事并不出色,事件的安排和情节的发展是通俗小说常见的模式。但小说的突出之处在于将这三个故事糅合起来,于是,生死之谜中有了爱情的选择,感情的弥漫中有了人生价值的探求,轻松浪漫中有了严肃的逻辑推理,既愉快又痛苦,既轻快又沉重,不同维度的思考空间和多种内涵的情绪的倾诉夹杂在一起,形成了这部作品的厚度,也形成了这部小说的与众不同。王朔曾将海岩的小说称之为"披着狼皮的羊"①,这样的评价相当准确。

海岩的小说显然是上世纪90年代以来中国大众文化盛行的直接产物,平凡人的生活、好看的故事,精神的愉悦,大众文化要求小说创作大众化,连一直崇尚英雄、崇尚使命感和描述重大题材的公安法制小说都发生了如此的变化,可见在中国盛行的大众文化潮流的强大。海岩的小说有如此的影响力显然与影视剧的推动有很大关系。影视剧扩大了他小说的影响力,也使得他的创作越来越剧本化,特别是他的一些后期小说是可以作为剧本来读的,例如《你的生命如此多情》等等。

海岩式小说流行的同时,社会批判式的公安法制小说的创作还是有人坚守着,蓝玛是其代表作家。1992年蓝玛首次推出了"侦探桑楚"系列小说5部,1994年他又推出了"侦探桑楚"系列侦探小说6部。他的小说中的追捕对象不仅仅是社会破坏分子,还有更多的腐败官员,从中显示了作家社会批判的敏感性。在创作风格上,他还保持着传统侦探小说的风格,塑造了一个幽默而充满智慧的小老头侦探形象:桑楚。当然,他只能是一个官方侦探。

在通俗小说的系列之中公安法制小说是最"政治化"的小说,"政治化"是其重要的美学特征,取消了公安法制小说的"政治性",小说存在的思想价值就会消失,所以"海岩之路"并不值得提倡。小说的表现方式可以多种多样,但是作家还需要文学创作方式的创新,所以"蓝玛坚守"也不值得推崇。中国公安法制小说最需要的是独立的政治思考和深刻的文化思考,而不是随着社会政治气氛变化自我的价值取向;最需要的是具有中国特色的表现手法,就如欧美有"硬汉派小说"、日本有"推理小说"一样,而不仅仅是

---

① 王朔:《与其当披着狼皮的羊不如直接当羊》,海岩:《我笔下的七宗罪》,文化艺术出版社,第57页。

跟在别人后面翻新花样。

沉寂了一段时期后,当下的中国公安法制小说出现了新的创作势头,其中有两部作品最引人注目,一部是麦家的《暗算》及其系列小说,一部是荷南作家高罗佩作的《大唐狄公案》。麦家的小说实际上是将"心灵化较量"的侦探方法推到了极致,在他的小说中"心灵化较量"不仅仅体现在敌我、同事、同僚之间,甚至是人物与自己从事的工作之间,而密码以及密码的设立和破解为小说的"心灵化较量"提供了绝好的平台。高罗佩的《大唐狄公案》实际上是一部用欧美侦探小说手法写的中国公案小说,公案小说只是一个壳,侦探小说才是它的核。他的小说给我们一个重要的提示:想要重复历史根本就不可能,原封不动的所谓跨文化迁移也只是理论上的设想而已。但是历史可以翻新,文化可以变异,翻新和变异往往就是一种进步。严格地说,麦家和高罗佩的小说都难以用公安法制小说概括,既然不能概括,就有新的因素出现,这是否预示了中国公安法制小说正在发生前所未有的变化呢?我想应该是的。

五、历 史 小 说

历史小说是中国传统小说文类,从古至今历史小说的创作一直绵延不断,佳作迭现。历史小说为中国读者所喜欢的根本原因是中国是一个有悠久文化历史的文明古国,它给后人留下的不仅仅是历史事件,还有更深刻、更奇妙的文化思考。但是历史小说的创作始终有两个问题纠缠不清,一是历史小说是否要完全依据历史事件进行,即"贵真",还是"贵虚";二是历史小说是否要完全依据历史史实进行,即"贵古",还是"贵今"。尽管评论家和作家在这两个问题上争论不休,但作家照样根据自己的理解进行创作,不同的理解创作出不同的风格也就形成了当代历史小说的不同特征。

在表现新社会新人物的创作方针要求下,新时期文学之前的中国历史题材的文学创作都很羸弱,历史剧还有郭沫若、田汉、曹禺等著名作家的几部剧作,历史小说除了几个短篇外,只有姚雪垠的《李自成》尚算是标志性作品。姚雪垠的《李自成》共分5卷,从1963年第1卷出版(1955年开始构思写作)到1999年第5卷出版,时间跨度很大。从第1卷到第5卷,作家的创作观念已经发生了重要变化。虽然他的小说中不乏精彩的地方,但基本采用的是"两结合"的写法,即"革命现实主义加革命浪漫主义"的创作原则。这种创作原则的核心内容就是把历史事件提炼出来为社会发展规律服务,也就是把历史、情节、人物重新塑造,通过典型化使之符合某种社会观念。在写作《李自成》的时候,作者采用了中国历史上"官逼民反"的模式,同时借鉴了工农红军成长的历史,影射和表现了中国共产党领导下的军队一步步成长和发展的过程。小说虽然写的是历史人物,但参照的标准则是中国老一辈革命家,根据他们的成长故事进行人物和情节的加工使之成为英雄人物的英勇事迹。譬如说,李自成召集他的十三个兄弟议事,这个形式就很像现在党支部开会,由各党小组汇报工作情况。一定程度上说,可以把这本书看做是革命传奇的历史化。当然,对小说的评论不能脱离历史现场,在那个"厚今薄古"、"古为今用"的时代规范下创作,留下时代的痕迹十分自然。

这种创作思路在70年代末80年代初新时期文学开端时的历史小说中还在继续,如冯骥才、李定兴的《义和拳》、刘亚洲的《陈胜》、杨书案的《九月菊》等等。1982年姚雪垠的《李自成》第二卷获得第一届茅盾文学奖,可以看做一个时期一种特色的历史小说告一段落。

如果把1985年以后中国社会的文化思潮大致上分为大众文化、商业文化、精英文化和"主流"文化的话,历史小说几乎是"合拍"而行,在每个文化层面都留下了痕迹。

大众文化背景下的历史小说有凌力的《少年天子》、《倾国倾城》、《晨钟暮鼓》,它们合称为"百年辉煌"系列,其中《少年天子》获得了第三届茅盾文学奖。二月河(凌解放)的《康熙大帝》、《雍正皇帝》、《乾隆皇帝》,它们合称为"落霞三部曲"。它们是当代中国历史小说创作中最繁荣的一个层面,最受电视剧的青睐,影响也最大。

这一层面的历史小说之所以会如此吸引读者,是作者真正将历史小说当做通俗小说来写:以说故事的形式来讲述历代皇室背后的历史和悲欢离合。第一,小说讲的是皇帝的故事。因为皇帝和老百姓的生活太远了,充满了神秘、传奇甚至悬念,对老百姓而言是陌生的,越是这样,他们越是想了解。而作家笔下的这些历史小说恰恰能从一个侧面印证和解释历来流传在民间的各种传说。在写这些皇帝的时候，作家努力写出他们身上的人性，这些人性相当平凡，与普通的老百姓一样。既神秘又平凡，既遥远又贴近。其次，作家遵循一条原则"帝王之道"，即国家安定是核心，国泰民安是王道。只要是在国泰民安这个前提下，就可以容忍其幕后种种令人不齿的行径，包括皇室之间的勾心斗角，皇子之间的倾轧争夺，官吏的贪污受贿等等。雍正皇帝大概是民间流言最多的皇帝了，要从民间的角度论其罪状，可以列数十条。作者相当巧妙地利用了这些"民间罪状"构思小说情节，使得小说的可读性很强。但是，他又很明确地表明了自己的历史观，那就是国泰民安。这是国事、公德、公论。承认雍正有这样的政绩，即使那些"民间罪状"是真实的，雍正也应该是一个好皇帝。正如电视连续剧《雍正王朝》主题曲里所唱："得民心者得天下，看江山由谁主宰。"最后，小说的故事性极强。这类小说一般都是大故事里套小故事，使整部小说成为一个故事的连环。每部小说写一个君王，这是一个大结构，然后又把每部小说分成若干个小部分，每个小部分再分成多个故事。以《雍正皇帝》为例，它分三部分，第一部分叫"九王夺嫡"，讲了九个皇子争夺皇位，第二部分叫"雕弓天狼"，说的是雍正如何治国，第三部分叫"恨水东逝"，三部分合起来写成一个雍正王朝。在这三部分里，又是由多个故事组成的，像"九王夺嫡"就写了太子的废立，几个皇子之间的倾轧争夺。这种写法，有它独特之处，其最大的优点就是它符合中国读者听故事的阅读习惯，在大悬念中套上小悬念，再以小悬念贯穿整体。第二个优点就是在保证大结构大故事真实的前提下，小故事存在虚构的成分，这种真实和虚构的融合，既使故事变得好看，又使得读者能够接受。

　　台湾作家高阳创作了八十多部历史小说，但是他最有影响的小说当属《胡雪岩全传》。《胡雪岩全传》在他那么多的小说中最被看好，显然是因为它迎合了当下社会的商业大潮和人们的经济思维。这部小说诠释了中国商业文化中的一个核心问题：在中国怎样做商人以及商人的地位。小说通过晚清红顶商人胡雪岩一生的沉浮说明了一个道理，中国商人的成功和失败除了个人的努力之外，主要靠官场。商人不管多么成功，永远是官场的附属。小说除了展示胡雪岩个人的机遇、魄力、眼光、手段之外，还写了商场中的各种"潜规则"，因此很多人是将这部作品当作中国商场操作宝典来阅读的。胡雪岩是浙商,讲究的是一个"显"字。成一创作了一部有关晋商的小说《白银谷》,第一章就是"莫学胡雪岩"。小说说道:做生意最大的关节处是个"藏"字。《白银谷》写晋商的发迹,试图说明商人就要守着商人的本分,明明是商人偏要把自己看成官,不败才怪。其实不管是"显"还是"藏"都说明中国商人缺乏独立的、强势的社会地位。

20世纪80年代之后中国社会发生了巨大变化,文化思潮迭起,呼唤人性回归,在重大的社会历史转型中展示人性的纯真和挖掘人性的复杂成了新时期小说创作的标志。这样的创作思潮同样影响着历史小说的创作。不过,与那些要求个性解放的精英小说相比,历史小说表现人性有其特色:它是在现实社会政治得失的取舍中展示传统文化背景下人格坚守的痛苦和执著。最有代表性的作品有唐浩明的《曾国藩》和杨书案的《白门柳》。

《曾国藩》写的是湘军和太平军战斗的故事,但是作家的创作兴趣显然不在于此,而是要通过战场、官场写出一个中国知识分子的才华和人格,并从中展示曾国藩的性格。小说写了曾国藩在三条战线上作战。第一条战线是和太平军的作战。在这条战线上曾国藩领导的湘军打败了太平军。这条战线最为激烈,场面也写得很惨烈,作家是要通过这些战争场面写出曾国藩的人格魅力和才华。曾国藩是以一个知识分子的形象出现的,他的人格魅力就在于他是中国传统文化的维护者,他的胜利实际上是中国传统文化的胜利。小说强调太平天国失败的一个重要原因是没有获得知识分子的支持。曾国藩是个文人,并不是个军事家,他曾四次败给太平军,但每次失败又不是完败,他作为主将虽然失败了,但他的手下却都打了胜仗。这就说明他十分善于用人。曾国藩的用人思想也是传统的道德标准,即"忠孝为先"。第二条战线体现在他如何处理官场上的关系。他十分本分地坚守着一个汉臣的身份。有一个十分明显的例子,每次曾国藩打了胜仗后,皇帝和皇太后都要给他颁发嘉奖令,但曾国藩并不是满心欣喜,而是十分惶恐,每次接旨都会一身冷汗,而且他会逐字逐句地揣测琢磨皇帝的每字每句是什么意思。所以,他的官场生涯是提心吊胆的,为了获得皇上的信任和巩固官场上的地位,他不得不对朋友痛下杀手,内心却充满着警觉、痛苦和无奈。第三条战线则是曾国藩对自身欲望的斗争。这种欲望最强盛的时候是他攻陷了南京,战胜了太平军以后,凭他个人才能和手中所掌握的精兵,他当时完全可以自立为王。但他没有,他是这样想的:我之所以能够打败太平军,靠的全是程朱理学,而程朱理学讲究的就是君君臣臣的纲常伦理,如果我当了王,就是把自己的信念推翻了。当我为朝廷效力打拼的时候,很多人会支持,但是我当皇帝就不会得到别人的支持。自己能称王,别人也会这么想,这样必然会引起天下大乱。在这一点上,曾国藩确实考虑得很远。事实上,他没有称王是明智的,因为中国历史走到民国的时候,就有了一个袁世凯证明曾国藩当年的选择是对的。袁世凯的失败正是因为他做了皇帝而弄得众叛亲离,他自己也得到了应有的下场。可以说这部小说写了曾国藩心灵交战的三条线索,军事和官场上的才能都是外在的,而战胜自我欲望则是内在的,成为一个知识分子入世的典范,既能干又不篡权,这才是统治者最喜欢的臣子。所以在很长一段时期内,人们都把曾国藩当作为官的榜样看待,自有其中的道理。

杨书案的《白门柳》曾获得第四届茅盾文学奖。解读这部小说的关键词是:社会转型、知识分子和大众视野。与中国其他朝代更替不同的是,明清的交替还夹杂着种族问题,于是传统文化中气节的是否坚守也就成了衡量人格是否完善的根本标准,这对那些整日读圣贤书、宣扬圣贤思想的知识分子来说更是一场严酷的考验。这部小说以此作为切入点展开了作者的人性思维。小说重点写了钱谦益、冒辟疆、黄宗羲等生活在明清转型期的知识分子的心路历程,无论降清还是反清似乎都能在人性中找到答案,作者试图说明复杂的人性并不是单纯的人格能加以概括和评判的。小说能够吸引人还在于雅事俗写。这些知识分子都与当时的秦淮歌伎关系极深,他们之间的故事在民间流传了几百年,将这些故事加以通俗的演绎很能满足读者的阅读欲望。小说中的这些人物都是当时的名士、名妓,清高自不用说,作者的用力处却是这些清高的名士、名妓内心世界的世俗平凡,生活化的名士、名妓给读者新奇感、新鲜感。

出版于2000年的熊召政的《张居正》可以称为"改革历史小说"。这部小说共分四部,它们是《木兰歌》、《水龙吟》、《金缕曲》、《火凤凰》。小说获得了第六届茅盾文学奖。小说写的是明万历年间张居正改革的始末。张居正改革中的种种措施、手段以及效果、得失很容易让人们联想到当下中国正在发生的变革,所以将这部历史小说看做是当下"主流"文化的历史呼应未尝不可。呼应当下中国社会的政治、经济改革,作者对这样的创作意图并不讳言。值得肯定的是作者并没有借张居正改革的成就让读者推演出对当下中国社会改革的赞扬,而是在肯定张居正改革成就的同时注意到改革过程中的负面性,甚至是残酷性,并且从最后的改革失败中寻找社会、文化原因,显然作者强调的不是"居安",不是"盛世",而是"思危"和"危言"。张居正人物形象的刻画是小说的重点,作者同样更多地从两面性上做出深入的思考。宏图大志、呕心沥血、励精图治、埋头苦干,作者并没有停留在这些改革家形象的刻画上,而是将笔伸向了张居正的另一面,得宠得志、不计后果、联络内宫、勾连太监,于是张居正的形象具有了立体感,张居正改革的成败得失也都有了根据。为了突显小说的历史现场感,作者对明代的史籍典章和民俗民风运用描述得相当娴熟,一些文言书面语确当地穿插选用也增加了小说的历史氛围,看得出来,作者在书外下了一番功夫。

在台湾地区,高阳当然是历史小说第一人,其历史地位至今无人撼动。除高阳之外,还应该提及三位作家和一种文学现象。南宫博是当代台湾地区较早产生影响的历史小说作家,他在1960年写的《杨贵妃》、《江山美人》、《武则天》、《风波亭》等小说在台湾地区产生过很大影响。南宫博的小说很大程度上是借这些在民间广为流传的名人轶事写言情故事,所以有"艳情历史小说"的称号。也许是对南宫博小说风格的不满,政论作家李敖创作了《北京法源寺》。这部小说实际上也是以历史为背景说事,只不过说的是政事。小说以北京法源寺作为贯穿线索,写了梁启超、谭嗣同等人在戊戌变法前后的活动和心路历程,突显的是中国知识分子忧国忧民的情怀和敢于牺牲的精神。小说带有明显的李敖式的论政风格,因此说这部小说是"论政历史小说"也未尝不可。与南宫博和李敖不同的是,林佩芬更加注重历史史料的整理,从中演绎故事性和挖掘趣味性,代表作品有《天问》、《两朝天子》等。1980年代以后台湾地区文坛上出现一种写本土历史的文学现象,被称为是"大河小说",代表作家作品有东方白的《浪淘沙》、李乔的《寒夜三部曲》、钟肇政的《台湾人三部曲》等等。"大河小说"以本土人、本土事、本土情吸引人,但是他们的小说历史感并不强,小说的历史追述最远也不过是台湾的日据时代,更多的内容是写国民党政府退居台湾之后的事情,所以"大河小说"虽然在台湾地区的学术界被称为历史小说,但在我看来,其历史身份还值得商榷。

六、科幻小说

科学幻想小说（Science-fantastic Fiction）是中国对科学小说（Science Fiction）的称呼。在欧美，科学小说与幻想小说有着明显的区分，他们认为"小说"本来就有虚构和幻想的成分，科学小说就是以科学为依据展开想象的小说，简称"SF"，而幻想小说则是与科学没有关系的纯粹幻想小说。最初这类小说在中国也被称为"科学小说"。科学幻想小说是1949年以后逐步约定俗成的对科学小说的称呼。中国传统文学中没有科幻小说，只有神话故事、怪异小说等幻想小说，所以说，科幻小说是外国引进的小说类型。

1949年以后中国大陆的科学幻想小说大致可分为三个阶段。第一阶段是1949年以后到70年代末期，这一阶段可分为"少儿科普期"；第二阶段是70年代末期到80年代后期，这一阶段可称为"爱国强国期"；第三阶段是80年代后期到现在，这一阶段可称为"人性探索期"。

1950年天津知识出版社出版的张然的《梦游太阳系》是20世纪中国科幻小说创作历程中重要的转折点。这部标明"新少年读物"的科幻小说开了中国少儿科普型科幻小说的先河。以后的二十多年里，中国科幻小说创作时断时续、时急时缓，基本上是这种创作思路的反复。科幻小说作家萧建亨对这样的创作思路作了这样形象的概括："无论哪一篇作品，总逃脱不了这么一关：白发苍苍的老教授，或戴着眼镜的年轻工程师，或者是一位无事不晓、无事不知的老爷爷给孩子们上起课来。于是误会——然后谜底终于揭开；奇遇——然后来个参观；或者干脆就是一个从头到尾的参观记——一个毫无知识的'小傻瓜'，或是一位对样样都好奇的记者，和一个无事不晓的老教授一问一答地讲起科学来了。参观记、误会记、揭开谜底的办法，就成了我们大家都想躲开，但却无法躲开的创作套子。"[①]

为什么就躲不开这样的"创作套子"呢？可以从两个方面分析。

---

① 萧建亨：《试谈我国科学幻想小说的发展》，黄伊主编：《论科学幻想小说》，科学普及出版社1981年版，第24页。

一方面是时代的要求,1949年以后中国科幻小说的发展有两个波段相当明显。50年代末和60年代初是第一个波段,新中国的很多科幻小说都发表在这个时期。此时之所以能出现一系列的科幻小说,与1955年《人民日报》发表《大量创作、出版、发行少年儿童读物》的社论与中共中央发出"向科学进军"的号召是分不开的。1978年中共中央召开全国科学大会,在欢呼"科学的春天"来到的社会环境中科幻小说迎来了创作的第二个波段。可以看到,1949年以后中国大陆科幻小说创作的潮起潮落,根本动力不是科幻小说特有的魅力,而是时代的需要。在相当长时期内,中国大陆的各类小说创作都与时代的需求紧密相连,在科幻小说身上表现得尤其突出。

另一方面与长期以来中国科幻小说的"科普观"有很大关系。这是更深层的原因。二十多年的科幻小说创作一律是少儿科普作品。不是说科幻小说不能创作少儿科普作品,科幻小说创作少儿科普作品的确是其长项。但是,当科幻小说完全与少儿科普等同起来,而这类少儿科普又以传授科学知识为主要目的,就成了科幻小说发展中的极大束缚。处于这种状态下的科幻小说强调的是少儿科普观:科学进步总是和美好的生活联系在一起,作品一律是科学畅想曲;人生观念总是一片灿烂,不是充满幻想的天真烂漫就是满腹知识的谆谆善诱;情节的构思和故事的编造只有一个目的,就是将作家心目中的"科学知识"有效地传递给小读者。结果,造成作品的文学性淡薄,难以深刻地反映社会现实。

1978年童恩正在《人民文学》上发表了《珊瑚岛上的死光》,小说被评为"全国1978年优秀短篇小说奖"。这篇小说的创作思路是晚清以来中国科幻小说创作的延续,人物形象并不生动,马太教授、布莱恩、陈天虹还是些类型化的人物。但是这篇小说对中国大陆科幻小说的发展具有重要的意义:它使得中国大陆的科幻小说创作从二十多年少儿科普的模式中摆脱出来,使得科幻小说再次与"成人"联系了起来,与中国科幻小说的"爱国强国"的传统连接了起来。童恩正的《珊瑚岛上的死光》被拍成了电影,影响就更大。之后,一批"爱国强国"的科幻小说出现在文坛,代表作品有郑文光的《飞向人座马》、王晓达的《波》、金涛的《月光岛》等。

在"爱国强国"逐步取代"少儿科普"成为中国大陆科幻小说创作主流的同时,一场科幻小说姓"科"还是姓"文"的大讨论就在70年代末展开了。

作为科学文艺重要文类的科幻小说是一种文学作品。这个问题本没什么异议，就像武侠小说不是武侠，侦探小说不是侦探一样，其角色和定位相当明确。但是它触及了长期以来"少儿科普"的创作模式，于是在文坛上引起了争论。争论并没有什么结论，但是显示了中国科幻小说的创作正在发生变革，尽管这样的变革相当缓慢。

1980年代中国的科幻小说可谓是"惨淡经营"，全国只有四川的《科学文艺》和上海的《少年科学》还有"科幻小说"的专栏。这种局面一直到90年代一批新生代科幻小说作家出现才得以打破。这批新生代科幻小说作家主要有吴岩、星河、杨鹏、韩松、王晋康、刘慈欣等人，还有偶一涉足科幻小说的毕淑敏。

这批新生代作家最引人注目的突破是打破了中国科幻小说惯有的"少儿科普"和"爱国强国"思维，他们将科幻小说与人类的终极关怀联系了起来。他们的小说除了从科学的原理中阐述人类的潜能和本能之外，还将人类的这些潜能和本能与某种力量对抗起来，在悲剧之中展示人性的伟大，代表作有王晋康的《天火》、《生命之歌》等作品。人与大自然既是征服与被征服的关系，也是认识与被认识的互相协调的关系。仅仅依靠某些理念，人并不一定能胜天，这批新生代作家给中国科幻小说展示了一个新的自然观，代表作有刘慈欣的《地火》、杨鹏的《恐龙少年》等作品。这批新生代作家与高科技日新月异的发展同时成长，高科技的描述自然成为他们小说的主要题材，其中电脑是他们故事描述的主要对象。在很多写网络的小说中，星河的《决斗在网络》、吴岩的《鼠标垫》最为出色。中国有着悠久的文化传统和众多优秀的文学作品，借传统文学作品的"壳"展开现代科学想象也就成了这些作家常用的创作手段。韩松的《春到梁山》、潘海天的《偃师传说》、何夕的《盘古》、苏学军的《远古的星辰》等作品均是这些借"壳"想象的佳作。

与大陆的科幻小说创作相比较，台湾地区的科幻小说有着更高的成就。一般认为1968年9月张晓凤在《征信新闻》上发表的《潘渡娜》是台湾科幻小说的起点。在这以前虽有赵滋蕃所写的《科学故事丛书》，但也只是介绍科学知识的常识书。在张晓凤发表《潘渡娜》以后，1968年10月，张系国的《超人列传》在《纯文学》杂志上发表。黄海1969年出版了他的科幻小说集《一〇一〇一年》。这些作品开辟了台湾科幻小说创作的新天地。

从1975年开始到90年代初是台湾科幻小说创作的高峰期,表现在:(1)《明日世界》、《宇宙科学》、《少年科学》、《新生副刊》、《明道文艺》、《幼狮文艺》、《宇宙光》等杂志开辟专栏刊登科幻小说,在数量上保证了科幻小说的创作。1978年美国经典科幻电影《星际大战》和《第三类接触》在台湾上映,1980年倪匡的25部科幻小说由远景出版社出齐,这些电影和小说对台湾的科幻小说创作更是一种强有力的推动,台湾的科幻小说创作也是高潮迭起。(2)为了保证科幻小说的创作质量,从1984年到1989年,《中国时报》连续举办了六届科幻小说征文,并评奖出版。(3)1991年举办了首届"世界华人科幻艺术奖",奖项有科幻短篇小说奖和科幻漫画奖两种。

90年代以后台湾的科幻小说创作走向了衰退,其中一个重要的标志就是张系国为主导的《幻象》杂志的停刊。这部创刊于1990年的科幻小说的专门杂志几乎集中了台湾科幻小说创作的所有作家,可是只办了8期就由于销路不好而停刊了。虽然张系国将其转移到网络上去,但科幻小说创作的颓势已经明显地暴露出来。

台湾的科幻小说有相当多作品属于"宇宙探险"类型,代表作家是黄海,他的代表作品有《一〇一〇一年》、《新世纪之旅》、《银河迷航记》等。这些小说都是从物理层面上的时空观念论述和评析道德层面上的人类生活,以科学论证、神奇之旅、人性批判而吸引读者,很像美国那些科幻灾难性的影片。"宇宙探险"不管怎么从海底转向太空,还是19世纪以来传统的科幻小说创作的延续。60年代以来,美英等国开展了科学幻想小说的"新浪潮"运动,开始将科幻小说向人道、人性等更深层次的思考空间开拓,更加关注人类的生存状态。人口膨胀、环境污染、能源危机、基因变异等各类困扰当今人类发展的问题往往成为作家展开科学想象和思考社会现实的主要创作题材。张晓凤的《潘渡娜》就是这个时期世界科幻小说转向在台湾的表现。张晓凤的小说实际上提出了一个人类生存问题:人类的发展是否就要像科学那样做到完美无缺呢?小说告诉我们并不一定。小说中那个无性繁殖人潘渡娜从形象到行为无可指责,科学家却在其面前精神崩溃,潘渡娜也在"究竟缺少什么"的自责中死去。什么是人类最好的生存环境?是一切依据自然规律办事,否则科学发展也会给人类的发展带来害处。这是张晓凤小说中的答案,也是英美科幻小说"新浪潮"所要倾诉的理念。台湾专攻科幻小说的作家并不多,他们往往是社会小说兼科幻小说作家,例如黄凡等人在创作社会小说方面取得的成就也许更高。正因为这样,这些作家笔下的科幻小说社会性、时代感都很强烈。黄凡的《皮哥的三号酒杯》在神奇的幻想中批判社会的势利和人性的沦丧,同时也透露出工商业蓬勃发展的时代气氛。

1982年台湾作家开始了科幻小说的理论探索。这一年《联合报》举办了科幻小说座谈会,提出了"中国科幻小说"的观念。什么是"中国科幻小说"呢?理论倡导者们提出从中国传统文学中培养出"中国科幻小说"的方向,的确是很有价值的思路,问题是怎样使传统文化与现代人文精神以及现代科学技术交融起来。从台湾作家的创作实践中看,他们做了很好的示范。

在台湾的科幻小说作家中,张系国是一位很有成就的作家。

张系国从20世纪70年代开始进行小说创作,主要作品有《皮牧师正传》、《棋王》、《昨日之怒》、《黄河之水》、《香蕉船》、《不朽者》、《孔子之死》等众多作品。科幻小说以1980年结集出版的《星云组曲》最有名,除此以外,还有《城》三部曲。

《星云组曲》一共收录了10部小说,分别是《归》、《望子成龙》、《岂有此理》、《翦梦奇缘》、《铜像城》、《青春泉》、《翻译绝唱》、《倾城之恋》、《玩偶之家》、《归》。这部作品集既有世界、台湾科幻小说的特色,又有张系国科幻小说创作的个人特色,代表着台湾科幻小说的创作成就。

张系国小说的特色在于他不是写科技给人类带来什么"幸福生活",而是对科技发达造成的人性衰退表示深深的忧虑。张系国显然对人类自私、虚伪的劣根性深恶痛绝。《玩偶之家》中的人之所以沦为机器人的宠物,是他们的劣根性使然;在《翦梦奇缘》中,他之所以反对那些"反天视联盟",是因为这些人打着恢复人类本性之名,行争名夺利之实。张系国甚至要求将这些自私、虚伪的物种逐出星球。在《翻译绝唱》中那些盖文族人为了满足自己的欲望竟去吞吃自己的同胞,此为自私;明明是自私残暴的民族却把自己打扮成爱好和平的民族,此为虚伪。作者指出那个包含着"特别好"的意思的口头禅"盖"字就是"吃"的意思。对于这样的民族,张系国给予他们全体气化灭族的处分。

更能体现他小说特点的是"中国味",其中写得最精彩的作品是《望子成龙》。小说辐射出的各种层面都从中国传统文化观念的剖析中产生：望子成龙。奇巧的构思与中国世俗意识相融合，构成了一部中国式的科幻小说。在中国传统文化中，来世和转生同样是影响很大的世俗观念，它有着人的永生欲望追求和满足，可以精神延续、音容永驻；它也包含着道德自律，要求现世的人积善积德、祈求善报。张系国根据来世和转生的内涵，在《青春泉》、《翻译绝唱》等小说中创造了"转世中心"，并展开了对生命、青春、爱情等人生问题的思考。文学体裁的民族化是此类文学题材是否成熟的重要标志，特别是对科幻小说这样的舶来品来说，民族化显得特别重要，张系国完全明白其中的道理。

香港是一个商业气氛十分浓厚的社会，出现在其中的科幻小说发生了基因变异。一种追求商业价值的科幻小说在这里诞生了，那就是奇幻型的科幻小说。说其是"奇幻型"是指小说中的幻想达到了离奇的状态；称其为"科幻小说"是因为它还披着一件"科学"的外衣。香港奇幻型科幻小说的代表作家是倪匡。

倪匡最初创作武侠小说，后以卫斯理为笔名创作科幻小说。从人物角度上说，倪匡的科幻小说分为三个系列："卫斯理"系列、"原振侠"系列、其他人物系列，其中以"卫斯理"系列最有名。"卫斯理"系列开始创作于20世纪60年代初，第一部小说为《钻石花》。经过三十多年的创作，以卫斯理为人物的小说、散文、随笔达到一百多部（篇）。

倪匡的科幻小说根本就不顾及作品中有多少科学的成分，那些枯燥的科学原理在作者看来可能还会影响小说的趣味性。科学在他的小说中只是想象的代名词，他只是依据故事情节创作出一些科学因子，并凭借这些科学因子大胆、充分地发挥出想象。卫斯理的想象空间有两个延伸点，一个是纵向型，它往往将过去、现在、未来连成一线；一个是横向型，它往往在人类社会之外，开辟一个充满超验色彩的灵异世界。纵横交错，使得他的小说有了特有的表现空间；前因后果，使得他的小说情节有了很强的神秘性。这两个延伸点使他的小说往往达到奇幻的地步。这样的小说有其优点，那就是小说悬念丛生、情节完整流畅，有很强的可读性。但是缺点也相当明显，那就是那一点"科学"根据无力或无法解释那些疯狂的想象时，小说的故事情节就沦为了荒诞。由于是为"稻粱谋"，倪匡的小说写作速度极快，质量也良莠不齐,学术界从各自的价值标准出发对他的小说评价也高低不等。不管怎么评价,倪匡确实为中国的科幻小说提供了另一种思维。

严格地说那些正宗的科幻小说在香港并不多见,也没有形成什么气候。当然,这些正宗的科幻小说在香港也不是无迹可循。在倪匡、黄易的奇幻型科幻小说盛行之时,1987年至1988年间,杜渐在《商报》上开辟了《怪书怪谈》专栏,推广正宗的科幻小说,之后,他编辑了一套《世界科幻文坛大观》,向香港读者介绍什么是正宗的科幻小说。90年代初,杜渐、李伟才、黄景亨、潘昭强等人协力创办《科学及科幻丛刊》。李伟才还编撰了《超人的孤寂》,夹叙夹议地介绍了一些世界科幻小说的经典之作,并阐述了自己的科幻小说观念。然而,香港除了这些介绍和评价之外,至今尚没有一个正宗的科幻小说大家,也没有一个刊登正宗科幻小说的杂志,与红红火火的奇幻型科幻小说相比,这些正宗的科幻小说的声音实在是太弱了。

由于当今人们更加关心自我的生存状态,更多地思考人类的生存价值,再加之影视剧的煽动,科幻小说创作在当今世界显得十分红火。相比之下,中国的科幻小说创作明显地滞后。中国科幻小说创作滞后的原因是多方面的,其中两点十分明显,一是科幻小说创作的土壤不够丰腴。在一个占有自然而不是与自然相协调的物质时代,科幻小说只能被视为与现实脱节的梦想。二是缺乏产生重大影响力的作家作品。没有引人注目的作家作品就难以吸引主流媒体的关注,也就只能处于边缘化的状态。

七、网 络 小 说

网络小说是根据文学的载体、而不是小说题材划分出来的概念。载体只是一种工具,小说又是用语言来说故事,严格地说,这样的划分并不符合小说创作的原则,如此划分是不得已而为之,因为网络载体和网络小说的美学特征实在是密不可分。

一般认为少君1991年4月在北美中文网站《华夏文摘》上发表的《奋斗与平等》是全球第一篇中文网络小说。中国大陆产生影响的第一部中文网络小说是1998年出现的痞子蔡的《第一次的亲密接触》(中国大陆的读者接触这部小说主要是1999年出版的纸质媒体)。这则爱情故事是相当传统的：偶尔邂逅、甜情蜜意、身患绝症、撒手人寰、睹物思人、无尽哀思。作者将这样一个被古今中外众多言情小说家无数次搬弄过的情节拿过来，加上《泰坦尼克号》的浪漫，演绎了这则爱情故事。小说不仅情节传统，很多表现手法也不新鲜。以形象的活泼、鲜亮展示其光彩照人的一面，以日记的叙事、寄情展示其真实的形态，以遗书的抒怀、示爱展示其内心隐秘的世界。这也是众多言情小说家多次搬弄过的女主人公感情表达法。但是这部小说却是以全新的美学情趣和表达方式呈现在读者面前的：一是强烈的青春气息。校园背景以及大量看似嬉皮笑脸、玩世不恭的"爱情知识"和"生活知识"的摆弄，符合年轻人的审美情趣；二是构造了"网络"小说的情节结构。网络是大众信息传播的手段，它具有大众性和相对的自由度，它可以每天写一段，让读者可以参与和评述小说故事情节，可以提供自己的意见，作者可以根据这样的意见写出下一段。既然网络的主要功能是"信息服务"，那么对话就成为网络小说叙事的主要手段。用对话写小说，而又要吸引人，语言的俏皮和聪慧就必不可少了。小说的男女主人公，一位叫"痞子蔡"，一位叫"轻舞飞扬"，这些本是俏皮的网络用语。他们的对话更是妙语连连，有时令人忍俊不禁；三是制造了一套网络语言，这些语言夹杂着很多英语、数字和计算机符号，例如：)、#、*、~等等，不同的符号表达了不同的感情。《第一次的亲密接触》的走红给大众带来这样一个信息：原来小说可以这样写。

《第一次的亲密接触》很快就警醒并引领着中国大陆的众多写手涌向网络。1999年、2000年的两年间，中国大陆的一些优秀网络写手开始出现，邢育森（代表作《活得像个人样》、《网上自有颜如玉》、《柔人》）、宁财神（代表作《缘分的天空》、《假装纯情》、《网络鬼故事系列》）、俞白眉（1998年开始在网上写东西，代表作《网络论剑之刀剖周星驰》、《网络论剑之大梦先觉篇》、《寻常男女》）、李寻欢（代表作《迷失在网络与现实之间的爱情》、《一线情缘》）、安妮宝贝（《告别薇安》）被称为网络小说创作的"五匹黑马"。李寻欢、邢育森和宁财神还被传统媒体第一次称呼为网络写作的"三驾马车"，安妮宝贝、吴过和Sieg这三人后来又被称作网络上的"小三驾马车"。当然，忽然间还会出现一些"名人"，如慕容雪村和木子美。他们的蹿红与新兴的网络形式——博客，密不可分。我们可以看到榕树下2001年首页上的一串数字:不仅在榕树下,还在其他成百上千的文学论坛上,更多的网络写手和出版社编辑在热切地互相寻找着对方。在这股热潮之后,网络文学不再成为吸引眼球的卖点,却仍以它自己的方式存在着。

在这个世纪的转折点上,网络小说完成了从网上到网下的延伸,并迎来了它充满辉煌泡沫的高潮期。2000年1月,安妮宝贝的《告别薇安》由世界知识出版社出版,是网络小说向纸质媒体转换的成功案例。2001年中文网站"榕树下"的首页上有这样一串数字:签约出版社37家;签约电台46家;已出版图书117本;已发行图书235万册;签约媒体521家;图书出版收入1600万;注册用户160万。

促进网络小说创作的是一些网站举办的网络文学大奖赛。其中影响比较大的主要有榕树下(www.rongshu.com)网络原创文学作品评奖、网易(www.163.com)的网络文学作品评奖、清韵(www.qingyun.com)的网络新文学优秀作品评选活动。尚爱兰的《性感时代的小饭馆》是1999年"榕树下"网站举办的第一届网络文学大奖赛一等奖获得者。2000年"榕树下"第二届网络文学大赛最佳小说大奖是flying-max的《灰锡时代》。参赛作品从第一届的七千多篇猛升至七万多篇。网易首届中国网络文学奖金奖小说,是蓝冰(生长于安徽合肥,本名王斌)的《相约九九》。2000年清韵书院文学网站举办了第一届网络新文学优秀作品评选活动,小说部分评出了长篇小说三名:温雨虹的《斯泰因在上海的秘密生活》、尚爱兰的《永不原谅》和刘峥的《桃花部落》。

2001—2002年,虽然有一些有影响的网络小说,例如蔡春猪的《手淫时期的爱情》、醉鱼的《我的北京》、慕容雪村的《成都,今夜请将我遗忘》等等,但是与前阶段相比较,热度减了不少。2003年以后随着网络在中国大陆高度普及,网络小说创作再度掀起了热潮,至今不息。

网络小说在当代所产生的影响令人惊叹。在"起点"等大型网站上,优秀作品的点击率动辄以十万、百万甚至千万计。2005年初,两大搜索引擎谷歌和百度先后公布了2004年十大中文搜索关键词,一部名为《小兵传奇》的玄幻小说在谷歌搜索关键词中位列第三,百度搜索关键词上排名第十,而且是唯一与文学有关的入选词语。

网络小说如此高的"人气",在出版界逐步走向市场化的今天,自然要被列为"走市场"出版物的首选目标。网络与出版社携手迈向书刊市场,越来越多的网络小说被印刷成集陈列于书店的书架上。台湾城邦集团的"红色文化出版公司"在出版《第一次的亲密接触》获得市场热烈回应后,在2000年一口气推出柯志远的《孵猫公寓》、叶慈的《翼手龙与小青蛙》、琦琦的《晴天娃娃》、王兰芬的《图书馆的女孩》、dj 的《家教爱情故事》、霜子的《搭便车》、酷 BB 的《恐龙历险记》、许宜佩的《邂逅马口铁》、黄黄的《微笑情缘》、微酸美人的《在爱琴海的艳阳》等十余本网络小说。大陆的作家出版社、知识出版社、天津人民出版社、漓江出版社、上海文艺出版社、文汇出版社、时代文艺出版社、上海三联书店、中国社会科学出版社、湖北教育出版社等纷纷出版网络小说的丛书或作品选集。

传统的纸媒作家与网络小说接触并不晚,网易和榕树下第一届评奖委员会包括了传统纸媒作家和当红网络作家。网易请来了王蒙、刘心武、从维熙、刘震云、莫言、谢冕和白烨等高手。榕树下则有贾平凹、王安忆、王朔、阿城、余华和陈村等作家。为了争取更大的市场份额,一些传统文学纸媒刊物也开始刊登网络小说。《当代》、《作家》、《大家》、《山花》从2001年起开辟了专门刊登网络小说的栏目《联网四重奏》。2000年,大型文学期刊《当代》推出《网事随笔》栏目(2001年第1期《当代》又将"网事随笔"改为"网络文学")。具有标志性事件的是2009年10月《人民文学》第600期推出了"新锐专号",除了郭敬明外,还收了春树、蒋方舟、赵松、马小淘、吕魁等80后网络作家的小说。

网络小说也逐步向电子媒体蔓延。《第一次的亲密接触》被拍成了电影;《悟空传》被拍成了电影版、电视版和动画版。电视剧《武林外传》更是成了经典。连手机也成了网络小说的载体,例如获得手机小说大奖的《墙外》。

网络小说的流行当然与网络普及有着密切的关系。在当代社会网络已成了众多人的工作载体、信息载体,甚至是居家过日子的生活载体,须臾不可离。创作和刊登在这种载体上的小说当然会受到人们的关注。不过更值得我们思考的是,网络小说之中的社会文化原因和美学原因。

在商品经济大潮成为社会中心时,消费文化自然成为当下中国主要的文化形态之一。消费文化制约下的文学作品被要求的是消闲和趣味,并成为紧张、快节奏生活的一种解压剂。既然是一种消闲和趣味的解压剂，文学创作就应该是一种人人可以创作、人人可以阅读的消费方式，只不过它属于精神领域。问题是中国的文学创作领域和这样的消费文化要求存在相当大的差距。文学创作被视为一种精神启蒙工作时，文学创作是引导读者的。寄希望于文学消费的读者对这种启蒙和引导性质的文学作品只能是敬而远之，进而畏而避之。体制中的文学期刊的准入方式又使得那些有意于消费文学创作的作家作品无法进入，消费文学就只能在民间流传（或者是手抄本）。网络的出现满足了消费时代的小说创作与小说阅读的要求。网络上有两句话："谁也不知道我（你）是一条狗"，"人人都可以当作家"。这两句话充分显示了网络小说的消费心态和自由度。

  从消费心态和自由度出发，网络小说建立了一套自我的美学结构。首先网络小说几乎都是情节小说。环境的独特、故事的曲折、人物的个性、事件的离奇、语言的调侃是小说追求的基本要素。原因很简单，创作者必须以令人匪夷所思的情节和意有所指的语言始终吸引读者，任何作深沉状的写作读者都不会买账。网络小说是一种参与性小说。作者和读者即时的互动常常使得作者仅仅起到"船长"的作用，而船的航行是由众人合力完成。因此，网络小说具有很强的"狂欢意识"和"草根意识"。由于参与性很强，小说的情节发展不断地变化，网络小说的情节大多比较松散，但是每个情节单元一定很新奇。网络小说是一种信息小说，语言简短，但很生动；语句简短，却很灵动。

  网络小说的社会文化背景和自我的美学结构要求我们的阅读和评析必须从网络小说的角度出发。如果仅仅从阅读传统纸质小说的角度论述网络小说，将无法理解所面临的阅读对象。网络小说的类型很多，除了传统的武侠小说、言情小说、科幻小说等类型之外，还有校园小说、玄幻小说、悬疑小说、惊悚小说、网游小说、穿越小说等等。我选择几部近年来影响比较大的小说来分析。

  2000年萧潜的《飘渺之旅》在网络小说的排行榜上名列第一达半年之久，在竞争极其激烈的网络小说界，如此的成绩并不多见。小说构造了两个世界，一个是现实世界，一个是超现实的修真世界。修真世界以星球系为背景，根据修真者的修炼形成境界和等级。小说让主人公在现实世界受挫，到修真世界得到真修,再到现实世界展示超人的本领。写的是一个虚构的故事,但是创作者那种社会的征服心、支配心暴露无遗,而读者正是在获得社会成功感的焦点上与小说产生了共鸣。小说的构思显然是多种要素的综合体:小说人物是个轻喜剧人物,轻松搞笑、油腔滑调,甚至偷奸耍滑,但却是个英雄,遇到是非之事从不糊涂,并且侠胆义胆、扶危济贫,颇具电影演员周星驰的表演风格;小说结构上有着李寿民《蜀山剑侠传》的痕迹,奇山异景之中飘忽着一批亦人亦仙的真修者;情节故事则又有《荷马史诗》的影子,如"冤魂海"的旅行与奥德赛的回归之旅很相似;当然还有当时正在热播的电视剧《越狱》的片段,例如"黑狱争锋"。《飘渺之旅》给网络小说带来了一个"修真模式":魔法修真、异世幻想。最初这样的小说被称为"仙侠修真小说",现在名称基本确定为"玄幻小说"。在这个系列中,后来产生影响的作品还有《诛仙》等。

香港作家黄易的《寻秦记》曾被众多青年读者所热捧。这部小说时空穿越的构思被网络小说接手,形成了网络小说的一个类型:"穿越小说"。2006年一部名为《梦回大清》的穿越小说很引人注目。小说让一个在现实社会中总感到很失落的白领女孩回到了大清,成了满族贵族的女儿。经过层层选秀来到皇宫,以其美貌和聪明成为众位阿哥追捧的对象,女孩子的娇媚、虚荣、浪漫、幻想等等都得到了充分的展示和满足。与玄幻小说相似,穿越小说能够得到众多网民的青睐,根本原因在于创作者和阅读者在现实层面的失落和心理层面的争胜形成的巨大反差,小说创作和阅读的过程就是一次弥补这种反差的精神愉悦之旅。凭着现代人的智慧和技能回到古代社会去随意地实现自我渴望的一切,虽然有些阿Q的意味,却能够调剂当代人生活和精神的单调和枯燥。由于有了穿越时空的构思,穿越小说常常将现代生活思维和历史文化理念、现代人的语言与古人的行为举止穿插交织,在反差之中制造新奇、生动,是现代人过于聪明,还是古代人过于愚笨?小说情节和语言常常令人忍俊不禁。

传统的武侠小说、言情小说等虽然是网络小说的常备文类,也有稳定的读者,但是始终平稳发展,"火"不起来。但是在2006年一部赵赶驴创作的《和美女同事一起被困在电梯一夜的故事》大大地吸引了网民的眼球,以2006年4月上网算起,短短一个月阅读人数便超过了1000万人次,到了8

月份,点击率已超过 1 亿人次。9 月份中信出版社就以"赵赶驴电梯奇遇记"为名推出了纸质的完整版。小说虽说是言情,却不同于传统的纯情、悲情、惨情,而是写感情的心态。小说主人公赵赶驴的感情全部来自奇遇,一次电梯意外,他喜欢上了同事白琳;一次偶遇,他又被白琳的妹妹白璐喜欢上了;一次手机信息的错发,他和女上司蒋楠有了暧昧关系。他究竟爱谁呢?作者和读者一起为赵赶驴着急。小说的结尾赵赶驴当然谁也没有爱上,但是作者和读者在他的爱情生活中都得到了满足,因为赵赶驴那种初涉异性的不知所措、既想纯正恋爱却又有猥琐念头的冲动、既要爱情专一却又抵挡不住美色的到处游离,将当代社会现实中的恋爱状态表现得淋漓尽致。小说不仅情感表现时尚,语言运用更是充分网络化,东东(东西)、挂掉(死去)、巨像(极像)、扁(打)等网络语言触目皆是。整部小说的情感、情节、语言均很时尚,是当代人写当代人的时尚,展现了网络小说的一种重要风格。

2006 年网络上出现了一部引人注目的惊悚小说:《鬼吹灯》。小说从上网之日起,点击率与日俱增。破网成书后,第一次印刷就达到 50 万册。其后,小说被改编成漫画,10 天不到就有 13 万人阅读、跟帖 2200 多条。《鬼吹灯》俨然成了近年最有影响力的网络小说。从美学传统上说,惊悚小说《鬼吹灯》是玄幻小说的发展,玄幻小说故事发生的环境是"天上",惊悚小说故事发生的环境是"地下"。天上说"仙",地下只能说"鬼"。惊悚小说就是以盗墓为线索将读者带到鬼的世界,在这个世界中有活动着的鬼怪,有硕大的尸虫,还有奇异的生物植物。《鬼吹灯》以盗墓探险为线索将这个鬼世界中的各种形态呈现在读者面前,就像游历一个恐怖博物馆一样,让读者在应接不暇、前所未闻的恐怖事物面前始终惊悚不安。为了表明故事的可信度,小说采用了两种手法,一是写家族史,让现在发生的事情有个历史根据;二是写大量的盗墓知识,让每个行为动作有个知识根据;三是写沙漠边陲的奇异风光,让事实的发生有个环境根据。在这样的小说中人物只是故事的叙述者和情节的贯穿者,所以性格、情感等形象要素都是可有可无的。《鬼吹灯》将网络小说"情节化"的特点发挥到极致,极大地满足了读者的窥私、猎奇和寻求刺激的心态。

网络小说的出现打破了传统纸质小说一统天下的局面,也打破了长期以来僵化的小说创作的准入制度,其积极意义应该给予高度肯定。但是网络小说的缺陷也相当明显,特别是当下的网络小说创作状态。首先网络小说的一些网站正在建立"VIP"制度,让一些成名写手享受贵宾级待遇,让读者通过付费的方式阅读他们的作品,从而使网站和这些写手获得经济利益。让网站和写手获取一定经济利益似乎无可厚非,但是它在重复纸质媒体准入制度的老路,牺牲的是网络小说引以为傲的自由、随意和不功利。事实上一部产生重要影响的网络小说往往产生在写手不知名的时候。二是精品太少。我们不必指责网络小说的泡沫化和浮躁化,也不必指责网络小说的欲望化写作和情节化追求,这些都是网络小说自有的特点,抹去了这些特点就不能成为网络小说。但是我们希望网络小说的精品更多一些,因为根据现有的创作量和阅读量,网络小说的精品实在是不成比例、令人惋惜。

第三辑

中国现当代通俗小说的"双子座"
张恨水、金庸讲座稿

自是人生长恨水长东

——张恨水讲座

第一讲　成长之谜

张恨水原名张心远。为什么叫张恨水呢？有一种说法很流行,说是张恨水爱上了冰心,冰心不理睬他,他"恨水不成冰",就取名张恨水。这种说法是没有根据的。张恨水是他的第二个笔名。他的第一个笔名叫"愁花恨水生",是他在苏州读蒙藏垦殖学校的时候,学习当时的"鸳鸯蝴蝶派"作家给自己取雅名的习气,给自己取的笔名。1914年,张恨水回到他的出生地南昌进入南昌补习学堂,可是不久又失学了,他就到汉口一家小报做编辑,有时也在小报写几句诗文。写诗文要有笔名,他想起了南唐后主李煜的词《乌夜啼》的最后一句:"自是人生长恨水长东"。他觉得这一句含义要比"愁花恨水生"丰富得多,与他当时的丧父、失学、到处找口饭吃的心境很相似,于是他给自己取名为张恨水。这个时候冰心还是一个在福州读中学的女学生,他们之间连彼此的名字都没有听说过。

不管怎么说张恨水的名字确实脂粉气很浓,所以新文学作家批评他是"鸳鸯蝴蝶派的坯子"。抽去那些贬义,说张恨水是"鸳鸯蝴蝶派"并不为过。问题是他是怎样形成"鸳鸯蝴蝶派"气息的呢？这就与民国初年上海、苏州的文学风气有关了。

从张恨水的家庭出身和少年时期的生长环境来看,别说与"鸳鸯蝴蝶派"离得远,就是与小说也很难挂上钩。张恨水是安徽潜山人,却是1895年5月18日出生在江西广顺县(现在的上饶市)。一个安徽人怎么就出生在江西呢？这还要从他的祖父讲起。据说张恨水家是做面条生意的。到了他的祖父张兆甲的时候,正闹太平军,安庆、潜山成了清军和太平军拉锯战的地方,也成了最混乱的地区。张兆甲有一身好武艺,据说14岁的时候就能"挥舞百斤巨石,如弄弹丸"。他的祖父还有一招给张恨水留下了深刻印象,就是用筷子夹苍蝇,据说每筷夹的都是苍蝇的翅膀,所以夹下来的苍蝇还是活的。乱世之时,张兆甲集结了一些乡丁成立自卫队抵抗太平军和土匪的扰民。后来这个自卫队被湘军收编,他就参了军。张兆甲一战就是十多年,凭着军功得到一个"参将""正三品"的虚衔,驻守江西。后来他的把兄弟任江西提督,大为不平,为他寻了一个实缺,他就当了协镇(相当于旅长),驻守广信。张恨水的父亲是张兆甲的第三个儿子,叫张联珏,由于从小在军队里混,练就了一身好武艺,后来当上了一个税官。给张恨水留下深刻印象的是一次乡民械斗,正当大规模的流血事件就要发生时,张恨水的父亲带着一批税警出现了,他先发表了一通演说,然后挥舞一通丈八蛇矛,露出一身好武艺,再向天鸣枪,硬是把这场械斗压了下去。这个事情,张恨水后来写进小说《北雁南飞》中,到了晚年还常对晚辈们提起。照理说,出生在一个尚武之家的张恨水应该习武。张恨水有没有学武的细胞呢?还是有的,他的祖父活着的时候有一次问他愿意当英雄么?他的回答是:"愿意学爹爹(安徽人称祖父为爹爹,父亲为爷爷)骑高马,佩长剑。"他祖父非常高兴,专门找了一只羊,制作了佩鞍,一把竹刀和一把芦苇做的小弓箭,还让两个老兵跟着,于是张恨水就骑在山羊上做起了将军。但为什么张恨水没有成为将军,而成为了小说家,则与他父亲对他的教育有很大关系。

张恨水的父亲虽然尚武,但有一个情结,就是认为在中国学武当不了大官。于是他一定要张恨水走严格的科举之路。为了达到这样的心愿,他对张恨水管教极严。当时新式学堂已经建立,但是张恨水的父亲坚持让他读私塾,10岁以前的张恨水没有接触过一点新式教育。他甚至不让张恨水看四书五经之外的任何书籍,张恨水长到10岁还不知道世上有小说这类书。但是,压迫得越深,反弹就越强烈。就在他10岁那一年,张恨水的父亲由南昌调往新城,由水路前往。张恨水与他的四叔同在一条船上,看到他的四叔在看一本有插图的书,他也伸着脖子看,谁知一看就缩不回脖子了,这本书太好看了,于是他趁四叔不看的时候将书一口气看完了,这就是张恨水看的第一本小说《残唐演义》。魔盒打开了就再也关不上了。到了新城之后,他就到处找小说看。他的父亲着急了就骂他,但是他实在挡不住小说的诱惑。于是私塾先生就加大了作业量,可是不管作业有多少,张恨水都能按质按量地完成。在这样的情况下,他的父亲做了一个重大让步,允许他白天看小说,但是所看的小说只能是《儒林外史》《三国演义》等等。虽然是一个有条件的让步,却成就了一个小说家。虽有管束,但是父亲又怎么能管得住。张恨水开始大量地看小说,在大量的阅读中,最吸引张恨水的是魏子安的小说《花月痕》。《花月痕》是一部才子佳人小说,小说中充满了大量的词章。对张恨水的人格气质和文学追求都有很大影响。13岁的时候他开始写小说,第一部小说是部武侠小说,写一个侠客在庄前打虎。他还画了一个老虎的插图,可是他的弟妹们都说不像虎,像狗。这么痴迷于小说,以至于他的父亲给他取了一个外号:"小说迷"。

张恨水17岁时,他的父亲去世。他的母亲带着他的兄弟姐妹回到了老家安徽潜山。退了学的张恨水与周围的人无法交流,苦闷极了。这时,一个机遇降临了。他的堂兄张东野从日本留学回来,在上海浦东当一个警察局的局长。张东野认为他的这个堂弟很有才,窝在家乡实在太可惜了,就写信叫他来上海求学。1913年春天张恨水来到了上海,正好孙中山筹办的蒙藏垦殖学校招生。张恨水报考了这个学校,并被录取。学校的校址在苏州阊门外盛宣怀的家祠里,就在留园的隔壁,离虎丘、西园、寒山寺都很近。由于经费紧张,学校根本就开不了什么课,于是张恨水这些学生们就看一些文学杂志。这个时期正是以上海、苏州为大本营的"鸳鸯蝴蝶派"最盛行的时期,"鸳鸯蝴蝶派"的文学杂志相当多。张恨水等人不仅看得多,而且深受小说人物的影响,做诗填词,互相唱和。张恨水写诗填词的水平很高,很大程度上就是在这个时期练出来的。终于有一天,张恨水熬不住了,他开始自己写小说了。他模仿着"鸳鸯蝴蝶派"的风格创作了两部小说《旧新娘》和《梅花劫》,写好后,寄给了当时的《小说月报》。当时的《小说月报》是"鸳鸯蝴蝶派"的顶级刊物之一。张恨水寄完稿子就没有想到过会有反应。可是不久,《小说月报》的主编恽铁樵给他回信了,信中说:稿子很好,意思尤可钦佩,容缓选载。一个刊登过周瘦鹃、包天笑等重要作家的作品的顶级刊物的主编给一个在校的学生回了信,还给予如此夸奖,张恨水简直不敢相信自己的眼睛,他反复地看,还在同学中请了客。他很恭敬地给恽铁樵回了信，等待小说的发表。虽然后来《小说月报》换了主编，张恨水的小说始终没能发表，但是这次投稿对他产生了重要的影响，不但让他看到了自己的水平，鼓足了写小说的勇气，更重要的是他的小说风格开始向"鸳鸯蝴蝶派"靠拢了。

张恨水在苏州蒙藏垦殖学校没有读成书，倒沾染上了浓厚的才子气。后来他的才子气又得到进一步强化，他成了一个演员。1914年年底到1915年年底，再次辍学的张恨水又一次在堂兄的召唤下，参加了"文明进化团"并演起了文明戏。文明戏是中国现代话剧的雏形，最初来自日本留学生。民国建立之前，文明戏多以政治社会题材为主。民国建立之后逐步转向了家庭爱情题材。在表演形式上，为了吸引观众，文明戏多用噱头，多用巧合、误会等手法。张恨水开始只是写写说明书，跑跑龙套，后来的角色越来越重，最重要的角色是在《卖油郎独占花魁》中担当男主角。张恨水的气质实在不适合当演员，但是这段演员生活却对他的创作产生了影响。误会、巧合等手法以及煽情对话的大量运用以后在他的小说中常常见到，那些戏剧性的故事情节简直就可以当作剧本来读。另外，他还把演戏当作写人物的手段，他自己说过，他写小说时喜欢在墙上挂上一面镜子，"当我描写一个人，不容易着笔的时候，我便自己对镜子演戏，给自己看，往往能解决一个困难的问题。"

张恨水先后两次外出演文明戏，不但没有成名，还在上海得了病，他只能一事无成地回到家乡，闷闷不乐地等待机会。终于，机会来了。他的好朋友郝耕仁推荐他到芜湖《皖江日报》做副刊编辑。张恨水走上了报人的道路，时间是1918年2月。张恨水对《皖江日报》的副刊进行了重大改革，他一改地方性报纸只是剪接北京、上海等地新闻的做法。自己在报纸上写了文言短篇小说《紫玉成烟》和长篇爱情小说《南国相思谱》以及大量的诗词。《皖江日报》的销路直线上升，老板很高兴，将他的月薪从8元涨到10元。如果就这样下去，张恨水的日子也过得不错，但是他不愿意，因为有一件事情对他触动很大。那就是1919年5月在北京爆发的"五四"运动。张恨水觉得要有大的人生奋斗目标就要到北京去，到北京就要到"五四"运动的发源地北京大学。想到就干，他立刻向《皖江日报》的老板辞职。他当掉了母亲为他准备过冬的皮袍，还向一个卖香烟的桂大爷借了10元钱，拎了一只藤箱，一个人就跑到了北京。这次北京之行使他吃尽了苦头,却也成就了一位小说大家。

第二讲 北漂之谜

张恨水在1919年秋天辞掉《皖江日报》的工作到了北京。他到北京的目的是想进北京大学读书。到了北京之后,他先住在怀宁会馆里,后搬到潜山会馆里。为了能挣到上学的钱,他进入北京新闻界工作,做起了新闻记者。他的工作相当忙,简直就是"新闻苦力"。最初他接了两个活,第一个活是为《时事新报》编四条新闻稿,时间是上午10点到12点、下午2点到6点,月薪10元;第二个活是为《益世报》看清样,时间是晚上10点到清晨6点,月薪30元,每天工作14小时。他每天除了工作睡觉外,还要抽出时间读外语。这样辛苦的局面很快就有了改善。怎么回事呢?他因祸得"福"了。张恨水当时住在《益世报》集体宿舍里,同一个院子里住着报社新婚的经理和他的太太。张恨水每天早晨6点钟下班,就在院子里读外语。说实在的他的英语语调不准,又怪腔怪调的,再加上嗓门特别大,听起来确实不太好受。经理夫妇受不了,就将他外派到天津做《益世报》驻天津记者去了。这一下使他摆脱了上夜班的痛苦。为了多赚钱,他又接了芜湖《工商日报》驻北京记者的活,于是他就在北京、天津两地奔跑。操着一口混杂着江西话和安徽话的京腔到处跑,凭着他厚厚的嘴唇、粗粗的眉毛表现出来的憨厚像和聪明、机敏的心计,张恨水在北京独自打拼,其中的酸甜苦辣自不言说。

等到他挣够了钱,准备报考北京大学时,他的朋友郝耕仁来了封信,告知他家中情况。信中说到张恨水的堂兄张东野将他的两个妹妹接出去上学的情况。张恨水接到这封信,震动很大。他想起了父亲临终的重托。他的父亲临终前曾经将他叫到床前嘱咐他孝敬母亲、抚养家庭,他在痛哭中立誓要承担起长子的责任。他又想起自己几次一事无成地回到家乡,被人奚落为读书无用,被称为"呆子"、"戏子"、"大衣包"(乡下人生孩子,将衣包扔掉,意指废物),都是他的弟妹们安慰他。拿着信,张恨水失声痛哭,他决定放弃报考北京大学,将家人从老家接出来,承担起长子和长兄的责任,并决定自己更努力地写作让家人的生活过得好些。壮志未酬心先死。张恨水的痛哭之中有人生责任的沉重，也有自己人生奋斗愿望落空的痛苦。他接下了《世界晚报》副刊《夜光》主编的职务。《世界晚报》是他的朋友成舍我创办的，成舍我一直叫张恨水主持副刊《夜光》，张恨水因为要上北京大学而一直没有答应。现在既然做了这个副刊的主编，他就要做一些事情。他决定为这个副刊写一部小说，这就是1924年4月16日在《夜光》上连载的《春明外史》。

《春明外史》刚开始连载就引起了人们的关注，很快就有了强烈的反响，成为人们茶余饭后的一个话题。每天下午两三点钟，报馆门口就排起了队，看今天故事有什么新的进展。《春明外史》为什么会有这么大的影响呢？我们看这部小说写了什么。

小说写一个叫杨杏园（请注意张恨水的原名叫张心远）的皖籍报人在北京5年，最后客死在北京的故事。杨杏园住在安徽会馆，整日埋头写作，他要用一支笔养活家里的八口人。从个人素质上来说，杨杏园为人正直、洁身自好，对社会邪恶势力非常不满，却无力抗争，只能腹诽心谤；他痛恨官场腐败，不愿意与堕落文人为伍，但有时又不得不与他们周旋，内心苦闷疲惫；他满腹词章、孤芳自赏；他不甘与世俗合流，却又随遇而安；他多情善感，情场上却屡屡失意；他要赡养老母，培育弟妹，终于累病。这是一个洁身自好的才子气的文字苦力。如果将张恨水个人在北京的生活与杨杏园对照起来看，可以看到其中张恨水的影子。后来张恨水成名了，作品也多了，人们总喜欢问作者你最喜欢自己的哪一部小说，张恨水总回答是《春明外史》，如果有人说不如《金粉世家》或者《啼笑因缘》的时候，他总是说：你没有用心看。是的，这是张恨水用"心"写的小说，是一本最能体现他人格的小说。

《春明外史》是北京20年代的风俗画和黑幕图。北京的大杂园、酒楼、妓院、赌馆、会馆，还有特有的政治文化环境议会、豪门、高级酒店等都在张恨水的笔下细腻生动地描述了出来。特别吸引人的是小说中的很多故事就是当时发生的很多社会热点事件，很多人物就是当时活跃在中国社会的热门人物。现在有些张恨水研究者们曾经将这些事件和人物的原型揭示了出来，什么人是徐志摩（时文彦），什么人是陆小曼（余兰痕），什么人是张宗昌（鲁大昌），什么人是胡适（何达）等等。事实上，当时很多人花几个钱买一份《世界晚报》就是为了看这些新闻事件背后的新闻。例如当时徐志摩是全国有名的风流才子,他与原配夫人张幼仪以及林徽因、陆小曼的故事是当时人们很关心的才子绯闻。其中究竟有什么人们不知道的香艳的秘密,张恨水从新闻的角度娓娓道来(很像现在报纸的娱乐新闻),人们怎么会不喜欢看呢?

当然更吸引读者的还是小说中的杨杏园与两个女人的感情纠葛,前一个是妓院里的雏妓叫梨云,杨杏园深爱着她,却无钱为她赎身,只能为她送终;后一个是位知识女性叫李冬青,他也爱着她,但李冬青身有暗疾他们不能成婚。最后李冬青为杨杏园送了终。这两条线索,一横一纵,构成了整部小说的结构。张恨水很擅长写言情,而且写得十分煽情。我读两段,一段是梨云的死,杨杏园哭灵,一段是杨杏园的死,杨杏园作挽联。

> 杨杏园赶到梨云房间的时候,梨云已经死了。他看见躺在薄皮棺材里脸上盖着纸的梨云,想到平日与她种种的交往,十分伤感。再一看梨云的枕头旁边有一小枝梅花。这枝梅花是他前日给她摘的。于是,杨杏园拿着梅花就替梨云插上,一边插,一边泪流满面地笑着哭灵:"老七,我给你戴上,好不好?戴了梅花,就有人替我们做媒了。板上睡着可冷啦,我扶着你上床睡罢。哈哈,你已经嫁给我了,她管得着吗?胡闹,新娘子的脸上,只盖红手巾,没有盖纸的。"

再看杨杏园的死。

> 李冬青两只手捧着纸,杨杏园撑着身体写下了一副挽联:生不逢辰,空把文章依草木!死何足惜,免留身手涉沧桑!写完之后,长叹一声:"可以去矣!"旁边的李冬青已经是泪流满面,大声喊着:"哥哥,你去不得啊!"可是看看杨杏园已经身穿白布小衣,靠着叠被,赤着双脚,打盘坐着,两手合掌,双目微闭,面上红光,完全收尽。他已经去了。

这两段文字的煽情自不必说,我要说的是煽情中作者还写出了人物的身份和意愿。作为妓院中的雏妓,梨云最在乎的是身份,所以杨杏园哭灵强调的是梨云就是他的妻,是人生的知己。杨杏园壮志未酬身先死的名士,所以杨杏园作挽联强调的是感叹与无奈。如此大规模写社会生活的小说在当时的上海并不稀奇,包天笑等人的《上海春秋》就有很精彩的描述。如此煽情的小说在上海的"鸳鸯蝴蝶派"那里也不稀奇,徐枕亚的《玉梨魂》、周瘦鹃的《此恨绵绵无绝期》都是佳作。但是北京没有。20年代的北京是新文化、新文学的中心,以鲁迅小说为代表的新小说显示的是社会批判和文化批判,正在北京的知识阶层中流行。张恨水的《春明外史》实际上是南方"鸳鸯蝴蝶派"小说的北移,它填补的是北京市民小说的空白。而且在北移过程中,张恨水对"鸳鸯蝴蝶派"小说做了重大的改革。他将原来分离的社会小说和言情小说合在一起,形成了以"社会为纬、言情为经"的社会言情小说模式,这是张恨水对中国通俗小说的重大贡献。作为中国现代通俗小说引领到北方的第一部作品,作为中国现代通俗小说的革新之作,张恨水是知道《春明外史》的地位和贡献的。

《春明外史》使张恨水成了名,他几乎成为北京地区家喻户晓的人物,给他带来了巨大的声誉。小说连载时他每天就收到很多读者来信,还会接待很多读者,有些是为了给梨云请命的,有的读者是给李冬青送偏方的,张恨水都要做很多解释。所以他干脆就不到报社去,躲在家里。可是躲在家里也不行。那一天,他正在家中写《春明外史》的续集,忽然来了三个人。两个军人拥着一个穿着白色西装和白色皮鞋的年轻公子。他们的到来把张恨水吓了一跳。当时张恨水已经与他第二个太太胡秋霞结婚了,胡秋霞正在门口洗衣服,一看来了当兵的,吓得直往后跑,语无伦次地叫张恨水快躲起来。老百姓都是怕兵的。张恨水当然不会躲,不过也吓了一跳。一看对方送过来的名片,更是一惊,原来是张学良拜访。张学良来干什么呢?是与他交流阅读《春明外史》的心得。张学良不仅称赞他的小说写得好,还称赞他的诗词写得好,甚至还能背出他书中的几句诗。张学良的造访让张恨水当然很感动。但是感动归感动,他不愿意与权贵们多结交,后来张学良又来了两次,是请他出去做官。他拒绝了张学良,连张学良送他的两罐茶叶也拒绝了。有人知道了这件事情,专门写了一条新闻《张学良三请张恨水,张恨水婉辞不就》,发表在报纸上。

《春明外史》给他带来的最直接影响是他的经济宽裕了。最大的变化就是他在北京的未央胡同买了一个有五个院子、十几间房子的庭院,将全家从芜湖迁到北京。他不仅承担起全家十多个人的吃住,还将他的弟妹送到大学读书。张恨水的生活开始安定下来,可是刚刚安定下来的张恨水却在感情上发生了波澜。

第三讲 情感之谜（上）

言情小说家的言情经历一定为人们所关心。张恨水的言情经历确实有话可说。他一生共娶了三个太太。人们常常好奇,张恨水为什么娶三个太太呢？为了说明这个问题,我先讲述一下张恨水的爱情婚姻观。

在《春明外史》中杨杏园与他的朋友何剑尘有一番关于爱情婚姻的对话,可以看作是张恨水的爱情婚姻观。何寄尘说："要主持家务,是旧式的女子好。要我们精神上得到安慰,是新式女子的好。若是有个二者得兼的女子,既有新知识,又能耐劳处理家务。那么,一出门,不致为孤独者,回家来,又不至于一团糟,那就是十足美满的婚姻了。"杨杏园道："这其间还有一个必备的条件,女子须要性格温和,不能解放过度。"这是一个不新不旧而又十分圆满的标准。既要有"家庭观念",又能够"红袖添香"；既要活泼开朗,又要性格温柔。张恨水得到了这样的爱情和婚姻了么？他得到了。不过不是体现在一次婚恋中,而是体现在三次婚恋中。

张恨水的第一个太太叫徐文淑,是张恨水堂婶的家乡徐家牌楼的人,是张恨水母亲戴氏包办的。张恨水的母亲36岁守寡,一心要将自己的儿女培养成人。她看见张恨水要么整日拿着书看,要么就到处跑,心里很着急。与族里几个当家的女人一商量就决定为张恨水找个老婆,成个家,可以拴住他的心。要说张恨水的母亲做这事不是不慎重。她知道张恨水是个读书人,就一定要找个书香门第。徐文淑祖上做过官,父亲徐海山是个私塾先生,这似乎符合了她的条件。徐家有两个姑娘,为了慎重起见,她决定亲自为儿子定一个。那一次徐家牌楼演戏,她借着看戏的机会和张恨水的堂婶的去定媳妇。那里的人知道她的用意,特地安排了一张长凳放在戏台的一侧,然后指着另一侧看戏的两个姑娘说,那就是徐家的两个姑娘。她看见那两个姑娘,年纪大的丑些,年纪小的漂亮。她就与她的弟媳妇讲,就定年纪小的一个。她还不放心地问当地人,她们是否识字。当地人说,徐家的两个姑娘不仅识几个字,还绣得一手好花。张恨水的母亲心满意足地回去了。张恨水根本就没有想到他要结婚了,他当时虽然失学在家,理想还没有破灭,他还不时地往岭头镇邮政代办所跑,看有什么信。所以当他母亲提出给他成亲的时候,他一口就回绝了。但是母亲坚决要求他结婚,要他完成张家传宗接代的任务。张恨水无法,一是他从来不违背母亲的意愿,二是看看自己确实一事无成,答应了这门婚事。

1913年的腊月初八,这一年张恨水18岁,他结婚了。可是结婚的第一天就出事了。张恨水听母亲说新娘如何的漂亮和贤惠,也就接受了。可是到了新房,打开新娘的头盖,张恨水惊呆了,眼前的这位姑娘与他想象中的情形差距太大了。姑娘的门牙露在外面,嘴巴难以合拢,由于哭啼的缘故将脸上的粉冲得一道白、一道黄,头上的红头绳扎得紧紧的,高高地翘着一个粑粑头,下面还有一双裹过又放开的小脚。这是一个乡下的丑姑娘。眼前这位姑娘的形象与自诩为才子的张恨水心目中的佳人形象差距实在太大了。他坐在新房里心中有说不出来的滋味。突然他又听到躺在床上的新娘大声喊叫,原来新娘在说梦话。张恨水实在受不了,他逃出了新房。新娘等等他不回来就哭了。新娘的哭声惊醒了张恨水的母亲和弟妹们。大家都知道张恨水跑了,全家人以及张氏宗亲们都起来找张恨水,结果在五里外的天明寨石壁寺的后山上找到了他,将他拉了回来。

原来是徐家使了一个调包记,那天看戏的时候让张恨水的母亲看的是一个姑娘,送到张家来的是另一个姑娘。眼前这位姑娘不但不漂亮,而且都没有大名,家里人都叫她大毛。张恨水的母亲既后悔又内疚,让张恨水的妹妹张其范给她起了一个名字叫徐文淑。

徐文淑的人品性格都很好,孝顺婆婆、伺候弟妹、脾气温柔。她知道张恨水不爱她,却只能认命,安分守己地在婆婆身边做好媳妇。张恨水与她产生不了爱情,但是也承担起抚养她生活的责任。张恨水有了钱总是分成几份,母亲的赡养费、弟妹的学费,还有徐文淑的生活费。后来,他还在家乡给徐文淑置办家产。1926年,张恨水将全家迁到北京,徐文淑也一起来到北京,一起住在一个大庭院里。抗日战争爆发后,她就再没有与张恨水一起生活。1949年张恨水的母亲在芜湖去世,徐文淑已经与娘家侄女住在安庆。1949年后,徐文淑没有生活来源,张恨水也十分窘迫,但是仍然给她生活费。1958年,徐文淑在安庆脑溢血去世,张恨水和他与第二个女人胡秋霞所生的儿子张晓水前往料理后事。

张恨水的第二个太太叫胡秋霞,来自北京的贫民习艺所。当时的贫民习艺所收养了很多孤儿。女的到了婚嫁年龄就拍一张照片,供人选择。张恨水也是听别人的介绍到那里去认养了一个姓马的女孩。到了那里,张恨水与这个姓马的女孩见了面,这个女孩人也机灵,还识几个字,比较满意,可是这个姓马的女孩已经被人认了。没有办法,张恨水认了所里推荐的另一个叫胡招娣的女孩。胡招娣的名字实在太土了,实在不符合他的才子品性,他就根据唐代诗人王勃的诗句"落霞与孤鹜齐飞,秋水共长天一色",将她改名为胡秋霞。张恨水与胡秋霞1924年结婚,当时《春明外史》正连载到第5回。胡秋霞是四川人,父亲是挑江水卖的苦力,她是被人骗到北京做丫头的。人还漂亮,为人憨直、爽快,从不与人耍手段,这一点很受张恨水赏识,可是当时她不识字,从气质上说是不符合张恨水的婚姻标准的。胡秋霞一直与张恨水一起生活,直到抗战爆发。1949年以后虽然与张恨水分居,但是一直关心张恨水的生活。胡秋霞1981年去世,当时张恨水已经去世14年了。一个小说家从贫民习艺所认养一个妻子,这件事本身就有传奇色彩,张恨水为什么会这样做呢?张恨水没有直接谈论过这个问题,我只能从他的生活经历和作品中做一点推测。

从芜湖到了北京之后,张恨水相当的忙,他要学习、要采访,工作最忙时一天要辛苦15个小时。可是他是一个客居北京的单身汉,他身边的朋友回到家里都有一个温暖的家,他回到宿舍里只能填填词、做做诗。此时他才30岁出头。这样孤独寂寞的生活对他这样一个多愁善感的才子来说是很痛苦的。特别是到了节假日的时候,别人都欢欢喜喜度假了,他一个人冷居客馆、流浪街头。他曾经写了一首诗描述自己的生活状态:"宣南车马逐京尘,除夕无家著此身,行近通衢时小立,独衔烟草看行人。"为此,他不止一次地到过妓院,才子去妓院也没有什么,但那是众人皆去,喝酒胡闹,显示的是名士风度。但是张恨水去是一个人去,仅仅是喝闷酒找异性,打发无聊和苦闷。他实在需要一个家。

那他为什么到贫民习艺所去找妻子呢?这可能与他的恋爱挫折有关。从张恨水的回忆录中隐隐约约知道,他这个时候大概谈过两次恋爱,但是这两次恋爱都没有成功。这两次恋爱的情境在《春明外史》中分别演化为杨杏园与梨云、李冬青的爱情。从小说的情节看,梨云属于"小鸟依人"型,李冬青属于"红袖添香"型。杨杏园在梨云面前,感情可以任意挥洒,他们两个人的感情纠葛中杨杏园处于支配地位。杨杏园在李冬青面前虽然很愉快,可以更多地交流自己的才情,但是总难以任性,还多多少少表现出一点自卑。小说中杨杏园与梨云的爱情以梨云的死为结局,杨杏园与李冬青的爱情以杨杏园的死为结局。更有意思的是,杨杏园的死状是"穿着白布小衣,靠着叠被,赤着双脚,打盘坐着。两手合掌,比在胸前,双目微闭,面上红光,完全收尽"。这是一种涅槃,既是肉体上的解脱,也是一种精神上的解脱。此时,他的身边只有一个人,那就是李冬青。如果将小说中杨杏园的爱情悲剧看作是生活中张恨水的两次爱情挫折的话,第二次爱情挫折对张恨水的打击很大,他对像李冬青这样品貌皆好、有旧式女性风度、很有才气的女性很是向往,但是却无缘接近。既然无缘接近,那就干脆解脱了。这个解脱的结果就是使得这个已经颇有名气的小说家、新闻家到贫民习艺所去寻找自己的爱情。他的目的很明了,找不到"红袖添香",不如去找"小鸟依人"。

张恨水毕竟是一个才子,随着名声越来越大,他越来越渴望有一个"红袖"知己。胡秋霞能给他生活上的安慰,却不能与他作精神上的交流。于是,张恨水就又有了第三次的感情追求。

第四讲　情感之谜(下)

张恨水的第三个太太叫周南。张恨水与周南交往算得上是第一次真正意义上的谈恋爱。

如果按照时间顺序阅读张恨水的小说,就会发现一个重要的现象,30年代前的小说男女主人公,才子佳人的气息都很重,30年代以后的小说男女主人公当然还是一见钟情,当然还是少爷小姐,但是人物气质发生了变化,不但平民意识明显加强,人物的生活目标也显得现实和实在。造成这种变化的一个重要原因就是张恨水的情感漫游有了归宿。这个归宿就是周南。

周南闯进张恨水的生活是《啼笑因缘》正在连载时。1930年3月张恨水的《啼笑因缘》开始在上海《新闻报》上连载,迅速红遍大江南北。有一次北京教育界和新闻界举办一个联欢活动,活动中有一个节目是表演京剧《女起解》。活动组织者让张恨水演戏中的崇公道的角色,也没有告诉他演苏三的女演员是谁。他只听到主持人宣布:下一个节目是由著名小说家张恨水与春明中学的女学生京剧票友周淑云表演《女起解》。在雷鸣般的掌声中,他被推上了舞台。这时他慌了,他到现在还不知道这个周淑云是谁,就大声呼唤起来:"苏三在哪里?"正在他慌乱之时,一个少女来到了他的面前说:"能与张先生同台演出,真是荣幸。"张恨水会表演但是不会唱,而周淑云则是一副好嗓子,张恨水在台上听到周淑云唱得这么好,都听呆了,两只眼睛只盯着她看。下了台后,周淑云对张恨水说:"你怎么只对着我看。"听到这话,张恨水才回过神来说"你唱得让我醉了!"听了这话,周淑云的脸都红到脖子了。接着他们开始交谈。张恨水知道了周淑文是《啼笑因缘》迷,而且也知道了她是他的妹妹张其范任教的春明女中的学生,知道了她还认识自己的妹妹。这是张恨水与周淑云的第一次交往。虽然只是一次演出和一次短暂的交谈,却给他留下了深刻的印象。这个印象在他脑海中越来越深,怎么都挥不去,以致影响他写不了字。终于有一天,他实在忍不住了,拿出一本《春明外史》,在扉页写上"送给周淑云小姐",又写了一张纸条,约好她周末到北海公园五龙亭茶肆见面,亲自到邮局寄了出去。张恨水第一次尝到了恋爱的滋味。

周淑云的老家在云南,父亲是旧军阀的一个营长,死了好多年。家里除了一个母亲外,还有一个傻弟弟。她没有什么经济来源,完全靠一点积蓄,生活十分拮据。母亲和傻弟弟以后的生活完全指望她的婚姻。自从看了《啼笑因缘》之后,周淑云就将自己当成了沈凤喜,希望有一个樊家树似的人物来救她。结果她没有等到樊家树,却等到了樊家树的塑造者张恨水。那天,她赴了张恨水的约。也就在这次约会中,张恨水告诉她,他已经有了两房太太,并且还向她求婚。也就在这次约会后,张恨水马上就到周淑云家向她的母亲提亲。周淑云答应了,并且在她的坚持下,母亲也同意了。于是周淑云成了张恨水的外室。这一年张恨水36岁,周淑云17岁。

周淑云知书达理,懂得词章,喜欢京剧,还善于交际。更重要的是,周淑云还会烧一手好菜。张恨水非常喜欢这位如夫人,他取《诗经·国风》第一章"周南"的雅致之意,给她改名周南。从张恨水的角度上说,娶了周南,终于达到了"红袖添香夜读书"的境界。可是对他的家庭来说,无疑是一颗炸弹,因为胡秋霞坚决不同意。

开始张恨水是瞒住家里的。他与周南的婚礼也只有几个知心朋友参加。女人是敏感的,胡秋霞看到张恨水总是托故不回来,心中就有了疑问。终于有一次她跟踪张恨水发现了真相。知道真相的胡秋霞坚决要求离婚。张恨水坚决不同意,一是他与胡秋霞此时已经有了女儿,他不愿意一家人被拆散;二是离婚要登报声明,他此时已经是个名人,他受不了别人拿他的事情作为街头巷尾的谈资。他再三说服胡秋霞不要离婚。虽然最后胡秋霞答应不离婚了,但是这件事对她打击很大。从此以后,胡秋霞开始拼命喝酒,并且达到了酗酒的程度。

不管家庭怎么样,周南的确是张恨水的最爱,周南当然也深爱着张恨水。在以后的人生旅途中,他们两个人可以说是相互扶持,携手同行。他们有这样几个感人的事情很值得一说。

第一件事是千里寻夫。1938年1月10日,张恨水只身到达重庆。就在他一个人在山城孤身奋斗的时候,突然有一天周南带着他们的两个儿子来到了他身边,这真让他欣喜若狂。在如此混乱的时候,自己的亲人突然来到了他的身边,张恨水喜极而泣,他先是一怔,然后忽然拥抱他们。他完全能想到此时周南带着两个孩子来到他身边是多么地困难,因为他来重庆时就是冒着生命的危险。确实当时从安徽来重庆是困难重重,上面有飞机轰炸,下面有日军和土匪。周南的这份情谊,张恨水一直铭记在心。

第二件事是"待漏斋"的生活。张恨水在重庆的生活相当困苦。他开始还租两间房子居住,后来因为没钱被房东赶了出来,只好搬进"国难房子"里居住。每逢下雨,大家赶紧接水,家里的锅碗瓢盆全部用上,书桌也赶紧用油布盖上。张恨水给自己住的破草棚起了一个名字叫"待漏斋"。在这种环境里周南与他同甘共苦,总是想方设法地让他生活得好一点。为了吃到肉,周南居然养起了一头猪,天天赶到后山放养,一直养到一百多斤给杀了。直到张恨水发现家里的伙食改善了,才知道这件事。更让张恨水高兴的是,张恨水的那些朋友经常来家里做客,每到这个时候,周南总是变戏法一样地拿出几个菜来,而且相当可口。八年抗战期间,他们就这样相依为命地生活着。

第三件事是为张恨水的中风奔命。1949年是张恨水的大厄之年。1月,大中银行经理王锡恒将他存在那里的十两黄金给卷走了。这十两黄金是张恨水一个字一个字换来的,是留给全家的保命钱。他这时是北京《新民报》的代经理,可是在北京刚刚解放的3月1日,报纸被工会接管,并且登了《本报职工会重要启事》一文宣布解除他的代经理职务。这还不算,3月2日的报纸头版刊登了现任总编辑王达仁的一篇文章《北平新民报在国特统治下被迫害的一页》。张恨水一看浑身都冒冷汗,上面还说到他如何与国民党新闻官员和某大报社社长来往,如何散发许多反革命言论,几乎将他说成是国民党特务。这篇文章给他的打击很大,他的头发很快就白了。不久,老家传来消息,说家乡正在土改,在家的徐文淑被定为地主。他知道这个地主成分是应该定给谁的。家乡还传来消息,他留在家里的两箱书和一些手稿,被乡人付之一炬,小部分手稿还被乡人当成了手纸。他听到这个消息时,泪流满面。在痛苦中张恨水提出了一个疑问。如果要判地主应该是他的母亲,他的母亲才是家长呢! 他问这个问题,得到的答案更是沉重的打击。原来就在他3月份收到那篇文章批判的时候,他的母亲去世了。家里人看见他那样的神情恍惚,不敢告诉他。此时他问起,家里人也不敢说,于是他就写信回家问,老家来信,他才知道了母亲的去世。张恨水是个孝子,听到这个消息,再也挺不住了,1949年6月,张恨水突然失去了知觉。他中风了。胡秋霞和周南都在张恨水身旁,胡秋霞主要照应张恨水生活上的事情,周南则主持着这个家,她做了两件事情:一是将砖塔胡同的房子卖了。此时的张恨水根本不能写作,张恨水不写作,全家就不能生活。在这个关键的时候,周南的英雄本色又一次体现了出来。她知道要张恨水的病好,首先经济上要挺得过来;第二件事她努力使张恨水有文章发表。她知道要使张恨水的病真正好起来,能够发表文章是关键。她请朋友们帮忙,把张恨水的《五子登科》换了一个名字《西风残照》在《亦报》上发表。张恨水部分改编自民间文艺的作品在香港《大公报》上发表了。这两件事情终于使张恨水缓过气来。特别是张恨水看见自己又能写小说了,这是他最大的欣慰。

　　可就在张恨水逐步恢复健康的时候,周南却得了乳腺癌,于1959年10月4日去世,那一年她才44岁。周南去世,张恨水极度悲伤,他写了很多悼诗,其中有这样的诗句:"对镜秋霜太瘦生,纳凉细想别离情;四更眉月窥窗久,不觉思人坐到明。"

就在张恨水的后两次婚姻中,张恨水完成了两部重要的社会言情小说《金粉世家》和《啼笑因缘》。这是两部轰动一时的小说。这两部小说为什么产生这么大的影响,小说创作的背后有什么故事么?

第五讲 《金粉世家》的畅销之谜

先说说张恨水创作《金粉世家》的动因。其实张恨水创作《金粉世家》是被逼出来的。他当时正在创作《春明外史》。这个时候,奉系军阀闯进了北京。为了控制言论,他们把邵飘萍和林白水给枪毙了,又把张恨水供职的《世界日报》主编成舍我抓了起来。成舍我与张恨水的关系非同一般,后来他们虽然翻过脸,但他是张恨水的恩人,张恨水初来北京工作无着落的时候是成舍我赏识他,将他拉进了北京新闻界。同样,成舍我办报的热心和大胆的风格也吸引了张恨水,此时他们成了很好的朋友。成舍我被抓,张恨水能不帮忙营救么。在张恨水等人的营救下,由当时的国务总理孙宝琦做保,成舍我被放了出来,可是《世界日报》的风格变了,全是官方的新闻,连稍有一点批评色彩的社论都没有了。于是《世界日报》的销路每况愈下,很快就要倒闭。在这样的情况下,成舍我请张恨水写一篇能吸引人的小说。为了朋友两肋插刀,尽管《春明外史》还没有完,张恨水又开始了《金粉世家》的写作。从 1927 年 2 月 14 日到 1932 年 5 月 22 日,这部小说整整连载五年多,是张恨水的小说中连载时间最长,也是篇幅最大的一部小说。小说的连载使得《世界日报》的销路不断上升,也培养了众多的"金迷",其影响力超过了《春明外史》。举个例子,鲁迅是新文学最著名的作家,但是他从来不把自己的小说给自己的母亲看,他推荐的反而是张恨水的《金粉世家》。

《金粉世家》写了什么内容呢?前几年的电视剧写了金燕西与冷清秋的爱情故事。其实在小说中它只称得上是一条副线。《金粉世家》的核心思想是"空"。这个"空",不是一无所有,而是看"空"一切。小说的原序中有这样的话:"嗟夫!人生宇宙间,岂非一玄妙不可捉摸之悲剧乎?吾有家人相与终日饮食团聚,至乐也。然而今日饮食团聚,明日而仍饮食团聚否?未可卜也。吾有吾身,今日品茗吟诗,微醺登榻,至逸也。然则今日如此,明日仍如此否？又未可知也。"人生无定，空为上，这是《金粉世家》的思想。金家贵为总理，可是又有什么呢？还不是散的散、败的败；金燕西与冷清秋的爱情那么热烈，最后还不是各奔东西。在书的111回，写金太太上了西山，临走前对大儿子说："我老实告诉你罢，我今年54岁，中国外国，前清和中华民国，无论哪一种繁华世界，我都经过了，如今想起来又在哪里？佛家说的这个空字，实在不错。"一片白茫茫大地真干净。小说快到结尾的时候，张恨水的两个女儿，大的叫慰儿，小的叫康儿，在20天内染上猩红热相继去世。张恨水刚开始写《金粉世家》的时候，慰儿才4岁，她还踮着脚送水果盆子，每一次张恨水都摸摸她的头，总是说："别打搅父亲，父亲在作《金粉世家》。"小说前后写了5年，慰儿9岁了，却死了，张恨水很痛心。所以小说越写越凄凉，到了结尾一片肃杀：曾经车水马龙的金府门庭冷落，秋风残照，何等凄凉。读这样的小说可以感叹人生的不定。在这个思想上《金粉世家》与《红楼梦》是相通的。其实这部小说不仅在思想观念上，在小说结构以至于人物性格刻画和情节细节上，都有《红楼梦》的影子。很多人称《金粉世家》为民国《红楼梦》。可是张恨水偏偏不这么认为，他认为他的《金粉世家》就是《金粉世家》，不是什么《红楼梦》。明明《金粉世家》有那么深的《红楼梦》影子，张恨水为什么不肯承认呢？在我看来就是因为有了冷清秋。

　　冷清秋是才子气加上平民性格，金燕西是才子气加上纨绔气息。他们俩的相同点是都有才，这是他们两人能够在一起的基础。但是冷清秋的素质是平民，这倒不是她出生在平民家庭，而是她知书达理、平等待人，她为人质朴，看不惯那些公子哥们或姐们的所作所为。金燕西的素质是公子哥，说他不爱冷清秋是不对的，但是他对冷清秋的爱有很多好奇新鲜的成分，以及在追求之中产生的快感和冲动。这样的爱难以长久，随着好奇新鲜感消失，追求变成了得到，爱情也就没有了，他玩坤角、玩交际花，成了一个典型的纨绔子弟。他们两个人在一起，作者与其说写他们谈恋爱、结婚，不如说是进行人格素质的对比。对冷清秋，作者还写了她的平民性格的坚守，她坚持这样的观点："一个人只应该受人家钦仰，不应该受人家的怜惜"，强调的是人格的独立。为了保持这样的人格，先是带着儿子自闭于小楼学佛，又在一场大火中悄然离去，离开了丈夫，离开了家庭，去过自己自由清贫的生活。特别应该指出的是,像这样走出家庭离开丈夫的妇女形象在过去的通俗小说中是没有的,倒有些像"五四"新女性了。冷清秋是一股叮咚作响的清泉,她在小说金粉斑驳的大墙中虽然弱小,但始终顽强地前行着。在这个人身上,我们看到了张恨水的精神素质和精神追求。如果说,学习《红楼梦》只是一个壳,冷清秋的形象才是这部小说的核。从这个意义上说,完全可以理解张恨水为什么不愿意人家称《金粉世家》为民国《红楼梦》。从普通读者来说,一方面可以看到一个贵族家庭的日常生活是什么,从而满足了猎奇的心理(就像我们看《红楼梦》可以知道中国人的豪华生活是什么),另一方面也得到了一些人格上的尊严,因为大多数读者还是平民。

不过最吸引人的地方还是小说中金燕西与冷清秋的爱情故事。这个故事写得既浪漫又时尚。大家都会记得电视剧中金燕西在楼上挂条幅、地上摆图案的镜头,这个镜头与《泰坦尼克号》中杰克和露丝在船头展翅翱翔一样,成为人们称颂和模仿的经典镜头。这个镜头是编剧和导演想出来的,小说中没有,但是它所表现出来的浪漫和时尚与小说的思路一致。我们来欣赏一下作家是怎样写金燕西追求冷清秋的:

惊艳。时间是三月下旬,早春。金燕西带着家人到西直门外的颐和园。他骑在马上忽然闻到一阵阵香味,原来是一群姑娘坐着四辆胶皮车来游园。金燕西被最后一个姑娘吸引住了:这个姑娘穿着一套青色的衣裙,雪白的面孔,微微放出红光,一双灵活的眼睛,一望而知,是个玉雪聪明的女郎。看惯了红粉堆中的女性的金燕西一下子就被吸引住了。要命的是这个姑娘似乎还对他这里笑了一下。为什么呢?原来金燕西手上的马鞭子不知道什么时候掉在地上了。

盯梢。金燕西弄清楚了这个姑娘叫冷清秋,住在落花胡同。他就跑到这个胡同口去等。终于看到冷清秋了。冷清秋看见一个人呆傻傻地看着她,又那么一笑。这一笑将金燕西的魂都笑没了。他回到家里就发傻:

一个人坐在书房里呆想,那人在胡同上那微微一笑,焉知不是对我而发的?当时可惜我太老实了,我就回她一笑,又要什么紧?我面孔那样正正经经的,她不要说我太不知趣吗?说我不知趣呢,那还罢了,若是说我假装正经,那就辜负人家的意思了。他这样想着,仿佛有一个珠圆玉润的面孔,一双明亮亮的眼珠一转,两颊上泛出一层浅浅的红晕,由红晕上，又略略现出两个似有似无的笑涡。燕西想到这里，目光微微下垂，不由得也微微笑起来。

接近。他将冷清秋家旁边的房子买了下来，做了人家的邻居，还将两家相邻的那堵墙给推倒了。做了邻居就要送礼，他送了三次礼：一是点心，二是酒席，三是绸布。接受了人家的礼就要还礼。于是他与冷清秋家有了来往。那堵墙也不砌了，变成了一扇门让两家互通。

好感。金燕西拜冷清秋的舅舅为师学诗，办了个诗社，还开了诗会。总理的儿子办诗会，他身边的人是真的要写诗吗？不是的，想巴结他在其他方面有所发展。诗会中金燕西也写了诗，诗很臭，但所有的诗人都说这首诗最好。为什么呢？他要让冷清秋知道，他是有学问的。这个目的他达到了。

旅游。这一段写得特别浪漫。这是一个秋天，景色很好，金燕西将冷清秋带到西山游玩。在那个金色的环境里，金燕西向冷清秋求婚。冷清秋当然很害羞，于是金燕西用英语说"I love you"，要冷清秋回答"yes"。冷清秋答应了以后，金燕西就进一步提出要求，说：按照欧美人的习惯，女人答应了之后，就要……冷清秋将他的话打断了，说："就要什么，走喝茶去。"这样的求婚方式放在现在也不落伍，在当时是很时尚的了。后来他们来到山上，在山上过了一夜。这是冷清秋第一次瞒着妈妈在外面过夜，更重要的是，她还说谎，对母亲说是在同学家里过夜。一个女孩子为了爱对自己的母亲说谎的时候，说明她已经属于那个男孩子了。

定情。为了让冷清秋的母亲放心，冷清秋向他要定情之物。金燕西解开了他贴身系戴的小玉牌子。其实冷清秋的母亲要这个定情之物只是个心理安慰，对金燕西来说也只是履行个手续而已。

新婚。到了新婚之夜，冷清秋也没有直接同意金燕西上床，还要考他做诗。一个急得要上床，一个态度坚决要考诗。情急之下，金燕西居然做起了这样一首诗：紫幔低垂绛腊明，嫁衣斜拥不胜情。檀郎一拂流苏动，唱与关雎第四声。双红烛夜如何……他这么一念让在窗外听房的人听得大笑。大家一起朗诵：窈窕淑女，君子好逑。弄得冷清秋很不好意思。

如果仔细分析金燕西和冷清秋的爱情过程就会发现，作者实际上把很多中国民间的浪漫故事穿插其中了，有唐伯虎与秋香三笑的故事，还有苏小妹三难新郎的故事，但是作者都将它现代化了。所以即使现在的读者也被其中的情节所吸引。

张恨水是个小说创作的革新者,最为人称道的还是《啼笑因缘》。这部小说可称为中国现代小说史上的经典之作。请听下一讲:《啼笑因缘》背后的故事。

第六讲 《啼笑因缘》形成之谜

《啼笑因缘》是张恨水影响最大的小说,也是张恨水在上海的重要报纸上发表的第一部长篇小说。能在上海发表小说一直是张恨水的心愿,早年他曾投稿《小说月报》却未能发表。上海也是现代通俗文学的大本营,在上海发表小说不仅是完成自己的夙愿,也是取得全国影响的重要途径。此时的张恨水虽然已经发表《春明外史》、《金粉世家》等小说,在北方成为最受欢迎的作家,可是由于交通不便,加上军阀混战不断,在上海张恨水并没有多少名气。

机会来了。1929 年 5 月,阎锡山邀请上海的新闻代表团访问北京,上海《新闻报》副刊总编严独鹤也在受邀之列。在北京,严独鹤了解到张恨水声名之盛,看到了他的文笔,就通过朋友钱芥尘认识了张恨水。严邀请张恨水为新闻报副刊写一部长篇小说,张恨水自是当场答应。后来严回到上海,又来信催稿,还提出了两个条件,一是不能太长,上海人不喜欢太长的长篇小说,没有耐心;二是要多加一点"噱头",南方人喜欢看。

应该说张恨水对这篇小说相当地重视。答应下来以后,他就一直苦思冥想地寻找素材。想了几天就是想不出来,于是他就到天桥转转,路过钟楼的时候,在台阶上他看见一个面目憔悴的中年男子在弹三弦,一个不起眼的姑娘在那里打着鼓唱,听众也不多。看见这样的场景,张恨水很有感慨,生活艰难啊。回到家中在床上辗转反侧,他想起了一件事情,1925 年的时候,有一次朋友门觉夫约他和好友张友鸾到四平海升园听高翠兰唱大鼓戏。过后没几天,听说高翠兰被军阀田旅长抢走了。当时张恨水就猜测,高翠兰可能是自愿的。果然,不幸被他言中了。不久,田旅长和高翠兰笑眯眯的照片被登了出来。由于这是被"抢"的,高翠兰父母不愿意就这样失去一棵摇钱树,双方讨价还价,没能谈成,就与田旅长打起了官司。田旅长被判一年,高翠兰被父母领回。可是高翠兰并不高兴,再也不愿意上书场,整日在家哭哭啼啼。他对这个题材很满意,但怎么写呢?他想到了他的小说《天上人间》的结构。在《天上人间》中,他让一个大学教授与两个女人谈恋爱,这两个女人一个是富豪的女儿,一个是缝补工的女儿,这样的故事情节一方面是大众喜欢看的三角恋爱,另一方面也写出了不同社会阶层的现实生活。他又想到了严独鹤叫他在小说加"噱头"。他看到当时的上海小说界,武侠小说大行其道,于是决定在小说中再增加一组侠客形象。故事情节想好了,他就想小说名称了,他想到名字不能太雅,太雅没人看,又不愿太俗,太俗不合他的风格,也不是有些知识水平的上海读者所愿接受的。他想起了刚刚结束的《春明外史》最后的两句诗"欲除烦恼须成佛,各有因缘莫羡人"。便给小说取名"啼笑因缘"。整个故事情节想好了,他与一些好友交流,大家都说好。于是张恨水写好了提纲,从 1930 年 3 月开始了《啼笑因缘》的写作。

小说的第一批稿子寄给了严独鹤。严并没有马上发表,一放就是几个月。《啼笑因缘》终于发表了,一开始也没有多少人注意,随着情节的发展,一股《啼笑因缘》的旋风开始吹刮起来。《新闻报》的销路直线上升;商人抢登《啼笑因缘》版的广告;读者中出现了一批"啼笑因缘迷"。

张恨水知道上海是新文学的中心,因此他很明确地要求自己"跟上新时代"。小说中写了军阀的强暴,写了平民的遭殃。但是他又不是概念化地写人物,而是真实地描述他们的形象。最为精彩的是沈凤喜形象的塑造。沈凤喜出身贫寒,纯真、羞涩,但是这个人性格中有一个毛病,比较爱虚荣、爱攀比。这个毛病使得她喜欢钱。她的叔叔沈三弦,是个心计很坏的典型的小市民,他把沈凤喜推给军阀刘将军做小老婆。沈凤喜与刘将军第一次见面就打牌。牌桌上有很多门道,今天这四个人坐下来打牌,其实中心人物只有一个,就是沈凤喜。其他三个人都有数的,今天要输钱给她。于是,第一次打牌的沈凤喜糊里糊涂地赢了四百大洋。沈凤喜一生都没有见过这么多钱。小说是这样写的:"赢了多少钱,她不知道,因为当着很多人的面她不便点钱。一回家了,她把门一关,赶快喊妈妈快出来,干什么呢?点钱。沈凤喜兴奋地点过钱后把钱包了起来,放在自己躺在床上能看见的地方,睡觉之前看一看,醒来以后再看一看。"这么个情节,说明沈凤喜太爱钱了。这为后来的情节发展打下了一个重要的伏笔。沈凤喜屈服于刘将军,一方面是刘将军的压迫。她被刘将军抓到公寓里，不让她走；另一方面也有沈凤喜性格的缺点。小说的情节是这样演绎的：樊家树走的时候，将沈凤喜托付给他一个朋友，就是关秀姑的父亲关寿峰。沈凤喜被刘将军关起来，关寿峰组织了一群人去救她。关寿峰趴在屋檐上，看下面，就是沈凤喜一个人在那里，按照原来的计划，可以把她救出来，但是他没有救，为什么？他准备救的时候，门开了，刘将军进来了。不要以为刘将军进来就是施暴，他并没有，而是往地下一跪。如果仅仅是跪，可能对沈凤喜来说都没有用处，因为沈凤喜心里确实还有樊家树的影子。她一看这个刘将军不单跪在那儿，手上还举了一个账簿子，那个账簿里有很多支票，上面有二十万。她眼睛就盯着这个账簿上的二十万元，然后轻轻地一笑说，将军还跪在这里干什么呢？然后把账簿子拿了过来。看到这个地方，关寿峰走了，礼仪已尽，不可能救她了。这部小说的情节发展到这里开始由纯情转向惨情，推动情节如此变化，沈凤喜的性格起了很重要的作用。即使是军阀刘树德，也没有被脸谱化地写。刘树德的残暴、霸道、狡猾，当然是作者精心描述的一面。可是仔细分析这个人物的所作所为，还是能发现其中有一些"人之常情"。他把沈凤喜看作是一个漂亮女人，是漂亮女人他就应该得到，他不允许自己的女人与别的男人有暧昧关系，他把沈凤喜打疯了，是因为沈凤喜偷偷与旧情人相会，自己的女人与旧情人相会，大概是绝大多数男人所不愿意的；沈凤喜疯了后，他也有后悔之意，将她送到最贵的医院去治疗。虽然这些表现对他来说只是一瞬间的闪念，他很快就会忘记沈凤喜，去找别的女人。但是就当时的作家们来说，能够捕捉到这么一瞬间的人性味，很不容易。张恨水为什么能这么写，这就是他的创作特色了。他的小说创作几乎全部来自于生活。他为什么不愿意拿高翠兰的真实故事写《啼笑因缘》呢？因为他知道这不符合时代潮流，而且军阀强占民女的事情的确时常发生，当时就发生过军阀张宗昌在北京街头抢一位老官僚的两个女儿的事件。但是他又不会从观念上去编故事。生活给了张恨水很多生活素材，也制约着张恨水的小说写作。

其次，是精彩的人物描写。《春明外史》《金粉世家》都是一百多万字，1930年写作的《啼笑因缘》二十万字不到，但是这部小说却是张恨水的成熟之作。其成熟的标志是小说中的人物描写。传统的通俗小说写人物有个习惯的方法：生活起居注式的人物介绍。例如，门一开，进来一个人。通俗文学作家一般都这么写：某人、某者、某也，头上戴什么帽子，身上穿什么衣服，脚下穿什么鞋子，从什么地方来，到什么地方去，面面俱到，十分详细。这种写法很吃力，但是很不讨好，茅盾先生在批判鸳鸯蝴蝶派时曾经说过一句话，他说，这是写小说么？这叫生活起居注。这种生活起居注式的人物描写在《春明外史》中还有，到了《啼笑因缘》面貌大变。

且看《啼笑因缘》中四个人物的出场：

> 见他穿了一件蓝湖绉夹袍，在大襟上挂了一个自来水笔的笔插。白净的面孔，架了一副玳瑁边圆框眼镜，头上的头发虽然分齐，却又卷起有些蓬乱，这分明是个贵族式的大学生。

这是樊家树，袍子是知识分子的象征，自来水笔是洋学生的象征，头发梳得很分齐，但是有点蓬乱，有点贵族气息，蓬蓬松松很潇洒。再看：

> 这时出来一位姑娘，约莫有十八九岁，挽了辫子在后面梳着一字横髻，前面只有一些很短的刘海，一张圆圆的脸儿，穿了一身的青布衣服，衬着手脸倒还白净，头发上拖了一根红线，手上拿了一块白十字布，走将出来。

这是关秀姑。梳着一字横髻、刘海、红绳子，处处都透露出关秀姑是山东人，是来自农村的一个小姑娘。我们再看：

> 说话时，来了一个十六七岁的姑娘，面孔略尖，却是白里泛出红来，显得清秀，梳着复发，长齐眉边，由稀稀的发网里，露出白皮肤来。身上穿旧蓝竹布长衫，倒也干净齐整。说着，就站在那妇人身后，反过手去，拿了自己的辫梢到前面来，只是把手去抚弄。家树先见她唱大鼓的那种神气，就觉不错，现在又见她含情脉脉，不带点些儿轻狂，风尘中有这样的人物，却是不可多得。

白里泛出红来，显得清秀，穿旧蓝竹布长衫，倒也干净齐整，拿着辫梢含情脉脉地躲在一个妇人后面偷偷地看樊家树。这是一个单纯清秀的小家碧玉形象，这是写沈凤喜。再看：

> 这个时候，有一个十七八岁的女子，穿了葱绿绸的西洋舞衣，两只胳膊和雪白的前胸后背，都露了许多在外面。以为这人美丽是美丽，放

荡也就太放荡了……

不用多说,这是何丽娜。再也不是从头到脚地写人物,而是抓住最传神、最能体现人物形象特征的那些地方勾勒几笔。按照鲁迅的话说,这是白描手法。此时的张恨水,人物描写已经相当娴熟了。

小说发表后,电影、话剧、评弹、鼓词、说书等各种曲艺纷纷改编《啼笑因缘》。当然也闹出很多纠纷,其中最著名的是两家电影公司还为了小说的电影改编权打起了官司。这是怎么回事呢?

1931年明星影片公司买到了《啼笑因缘》的版权,由严独鹤为编剧,准备拍有声电影6部,并且在报上发表启事,不准他人侵犯版权。可是当时上海的广东大舞台正在改编同名京剧,明星影片公司就通过律师发出警告,不准对方上演。可是人家已经快改完了,即将上演,只好请黄金荣出面调解,京剧改名为"成笑因缘"上演了。这个时候,与明星影片公司一直处于竞争状态的大华电影社气不过,就与黄金荣勾结,从政府的内政部得到了《啼笑因缘》的版权,然后又用高薪的方法挖明星影片公司的主要演员。明星公司没有办法就赶进度,想先放映,占领市场。终于在1932年6月,开始放映第一集了。当时剧院里座无虚席。正要放映的时候,大华电影社不知用什么手段从法院弄来一个"通令",不允许放映。明星影片公司措手不及,只好交了3万元罚金,影片到下午5点才开始放映。电影放映之后就很火。大华电影社很不舒服,黄金荣从幕后转到了台前,说大华电影社拍的电影是他要拍的,并且要大华电影社到南京内政部去告状。明星影片公司害怕了,只好请与黄金荣地位相当的杜月笙出面,并按照杜的指示,请章士钊做法律顾问。最后是黄、杜调解,敲了明星影片公司10万元巨款,双方才算"和解"。这就是民国时期轰动一时的"啼笑官司"。

纵观张恨水的小说创作,就会发现以1931年为界,之前几乎都是言情小说,之后都是"抗战小说",为什么会这样呢?请听下一讲"张恨水的抗战情结"。

第七讲 张恨水的抗战情结

张恨水第一次与日本人打交道遇到的就是大名鼎鼎的日本关东军特务

头子土肥原。1935年6月,已经占领中国东北的日本人将自己的势力扩展到华北。日本特务头子土肥原来到了北平。为了拉拢一些中国名人,到处活动。他看中了张恨水,就差人买了《春明外史》和《金粉世家》两本小说请张恨水题字。此时的华北日本特务遍布,不签字是不行的,但是叫他给土肥原签字实非所愿。他想了一个办法,将送来的两本小说收下,换了一本刚出版有着抗战故事的小说《啼笑因缘续集》送给了土肥原,上面的题词是:"土肥原先生嘱赠,作者时旅燕京。"他没有写自己的名字,"嘱赠",不是赠送,是你索取的,不签名是不愿意与你为伍。这件事情弄得土肥原很不开心,但是他还是忍住了。1936年初,当时张恨水在上海办《立报》,正准备回北平将自己的家人接到上海来。他突然收到家里的两份电报叫他不要回来。原来当时的北平流传着一份北平文化界抗日人士的名单,据说这些人都是要被捉拿的,上面有张恨水的名字。张恨水知道是土肥原要算旧账,自己当然不能回去了。

抗战爆发后,他准备上山打游击,还差一点当上游击队司令。这是怎么回事呢?张恨水将家人接到南京,正在南京办了《南京人报》。在报纸上,张恨水一直宣传抗战。这份报纸一直办到南京沦陷前两天才停刊。南京沦陷后,他的四弟牧野运送《南京人报》的资产到达武汉,张恨水也从潜山赶到武汉会合,准备将《南京人报》的资产运到重庆。可是当张恨水来了以后,大伙儿又改变了主意。他们认为这个时候写些文字又有什么用呢?现在是用枪杆子的时候。他们要推一个德高望重的领头,回自己的家乡打游击。这个时候安徽潜山已经成了抗日的前沿阵地,而且潜山这儿与大别山相连,可守可攻,民风也很剽悍,有战斗力。听到这样的建议,张恨水浑身发热,准备做这个部队的带头人了。这个时候张恨水43岁,大病初愈,两鬓已经霜白。部队组织起来,正准备开拔,张恨水又犹豫了起来。张恨水毕竟经过了很多社会历练,他知道有队伍就要有军火,有军火就要向当时的政府报备,否则被当作土匪消灭掉怎么办。于是他就起草了一个申请跑去找政府。此时全国各地,小武装纷纷成立,很多就是土匪性质,政府正为这事伤脑筋呢?张恨水这样一个文人现在也要拉杆子、占山头了,政府怎么能同意呢?所以张恨水碰壁回来了。张恨水冷静了下来,他想将部队硬拉出去也可以,但将来说不定不但与日本鬼子打,还要面对官军的围剿,他有这样的军事才能吗？他考虑再三决定继续到重庆去，做一个文人应该做的事情。而这个游击队在张恨水的四弟牧野的带领下，还是拉出去了。牧野自任司令，坐镇司令部，人称文司令；裁缝出身的张凯出任副司令，负责带兵外出打仗，人称武司令。据说他们还真的与日本人打过几次仗。张恨水虽然没有参加游击队，却很关心这支队伍。他的小说《巷战之夜》（一名《冲锋》）中有一支活跃于大别山的游击队。就是以这支队伍为原型的。这支队伍没有被日本军队消灭，果然被政府军当作土匪灭掉了。司令张牧野被关押在梅城镇，据说要被枪毙，多亏张恨水千方百计地营救，才被放了出来。

张恨水来到了重庆，马上就投入了抗战工作之中。他被邀请主持《新民报》的一个副刊。他为副刊取名叫"最后关头"。这个刊名就是从当时蒋介石在庐山的讲话中选出来的。他给这个副刊规定了几个用稿原则：一是抗战故事（包括短篇小说）；二是游击区一斑；三是劳苦民众的生活素描；四是不做空谈的人事批评；五是抗战的文章。从这几条原则可以看出张恨水是全心全意进行抗战宣传了。

张恨水自己呢？他全身心地投入到抗战小说的创作中了。他写的抗战小说，现在学术界统计的数目达数十部，八百多万字。这些小说从抗战开始一直描述到抗战胜利各个时期。张恨水的抗战小说有如此规模，在中国现代文学史上找不出第二人。张恨水的子女张伍说："在抗战作品中，应该说父亲是走在最前列的，也是满腔热情地为抗战奔走呼号的人。他最早写出了反映南京大屠杀的作品《大江东去》，还自费出版了《弯弓集》，他的抗战小说《前线的安徽，安徽的前线》、《巷战之夜》以及写战事的小说《虎贲万岁》，都写得淋漓尽致。他后期的抗战小说，不仅写战争，更重要的是揭发贪污，揭露国民劣根性以及内忧与外患，写出了人性，表现了战争的复杂性。"①虽是出自张恨水亲属之口，但这样的评价符合实际。

张恨水的这些抗战小说最值得一说的是表现出了强烈的"国家意识"。这个国家就是正在遭受磨难的中华民国，这是当时的张恨水和所有中国人的祖国；这个意识就是国家的利益高于一切，这是当时的张恨水和所有中国人的根本所在。在张恨水众多的"抗战小说"中有两部似乎不太显眼的小

---

① 载《张恨水研究通讯》2005 年第 5 期。

说,一部是《仇敌夫妻》,一部是《虎贲万岁》,这两部小说从两个侧面体现出这样的"国家意识"。《仇敌夫妻》写一对彼此相爱的夫妻,偏偏来自于中国和日本两个交战的国家。他们爱自己的孩子和对方,但是更爱自己的祖国。妻子为了自己的祖国窃取了丈夫身边关于义勇军的机密文件。丈夫发现后,同样为了祖国的利益将妻子毒死了。这部小说情节的虚构痕迹很深,同样的情节曾在民国初年周瘦鹃的小说《行在相见》中见过。由于小说的虚构,曾受到钱杏邨的点名批评。但是我认为此时此刻由张恨水写出这样的小说却有着重要的意义。张恨水小说一直有着明确的价值判断,人间的感情重于一切,并以此来构思情节,褒贬人物。而这一部小说却恰恰相反,它显然告示读者,夫妻之情固然是好,但是当它与祖国的利益发生冲突时,就应该牺牲掉它。理智和功利战胜了张恨水一直维护着的感情和理想,意味着作家价值观念的转向,意味着在强烈的现实刺激和推动下,作家的意识发生了转型,对写惯了纯情并正处于饱受称誉高峰的张恨水来说,并不容易。

与《仇敌夫妻》的虚构不同,《虎贲万岁》描述的是一件真实的事情。1944年年初,张恨水在重庆的家来了两位军人,满脸黝黑,风尘仆仆。张恨水看见两位军人先是一惊,再问来人是74军57师的,他马上肃然起敬。他知道这个师被称为"虎贲之师",他们刚刚打过一场惨烈的大战"常德会战"。1943年10月,日本的华中部队横山勇13军,渡过长江和湘江进攻常德。当时守常德的就是"虎贲之师"74军57师的8000多人。他们被包围,形势十分险恶,在师长余程万的带领下,整整守了10多天,后来在援军的合围下,日军退去,"虎贲之师"只剩下83人走出常德。这两名军人就是这83人中的,他们来找张恨水就是要请张恨水将常德之战写成小说。张恨水一开始很为难,他不懂军事呀。两位军人中有一个是参谋,他经常跑过来将战场上的地图、照片、日记、简报拿出几大包给张恨水,还详细讲解战场上的事情,甚至是炮怎么打,子弹在夜里怎么发光等等,有时还做示范动作,张恨水写到哪里写不下去了就问他们,所以这是一部相当典型的纪实小说。当然,由于小说的材料来自第二手资料,小说的艺术性的确乏善可陈。然而,这部小说同样具有重要的意义,它是中国现代文学史上为数不多的描述以国民党军队为主的抗战正面战场的小说。小说材料都有根据,作者说得很清楚:"关于每位成仁英雄的故事,我是根据《五十七师将士特殊忠勇事迹》。""那战事的主要将领,除了书中曾述及的周庆祥师长外,有王耀武、李钰堂、欧震、扬森、王陵基、王赞绪几位将军,这是报纸曾披露过的。"更为重要的是小说完全持赞颂的态度,作者同样说得很清楚:"一师人守城,战得只剩下八十三人,这是中日战史上难找的一件事,我愿意这书借着五十七师烈士的英灵,流传下去,不再让下一代及后代人稍有不良的印象,所以完全改变了我的作风。"这些牺牲的人是为国捐躯的烈士,作者不愿留一点污点在他们身上。大敌当前时,国家的利益为上,国民党的抗战部队代表着国家利益,这是当时张恨水创作"抗战小说"的基本认识。

张恨水在多种场合、多篇文章中说过,一个"文人"、一个"书生"在抗战的岗位上"尽其所能"。就凭这点,我们就应该对张恨水以及他的"抗战小说"高度评价。他前期的社会言情小说展示了他作为一个作家的文学魅力,他后期的"抗战小说"展示的是作为一个作家的人格魅力。一个伟大的作家只有在将他文学上的独特贡献与他高尚的人格素质相提并论时才能显示出他的伟大。尤其是与同时代那些受到后人很高评价的作家相比时,如周作人、张爱玲等人,张恨水身上的光环就显得更加完美和灿烂。

讲到这里我们应该对张恨水做一点总结了,请听下一讲:"张恨水现象"。

第八讲 "张恨水现象"

1945年11月,在重庆的毛泽东接见了张恨水。在两个小时的会见中,毛泽东说,他看过张恨水的不少小说,特别提到了《春明外史》,并且告诉张恨水,他的新作《水浒新传》也在延安印行,他也读了。这是张恨水第一次听说,自己的小说在延安还印行出版,很高兴。于是他们就从《水浒新传》的内容谈起,谈到张恨水的爱情小说和张恨水自己的生活。临走时,毛泽东送他一块呢料、一包红枣和一袋小米。告诉他这是陕北的特产。张恨水对这块呢料相当地看中。他做了一件中山装,不是正式场合他很少穿,后来褪了色,他又将它染了染,存放在那里。1956年1月,全国政协召开第二次全会,张恨水是会议的列席代表,他又穿上了这件染了色的中山装。开会的第一天,周恩来总理就来到了他们这个组。总理与各位代表握手的时候,特地走到他的面前,称他张先生。他们当时在重庆的时候见过面,后来新中国成立,周总理得知张恨水中风,生活有些困难,就安排他做文化部的顾问,每月可以得到600斤米。这600斤米帮张恨水全家度过了那几年最困难的日子。所以周总理一见他就问:张先生生活怎么样。张恨水向周总理表示感谢,说自己的生活没有困难。这个时候周总理将眼光放到他的那件染了色的中山装上说:真的没有困难?张恨水看见周总理面露疑问地看着中山装问。就笑着说:"这是毛主席在重庆时候给我的。"周总理这才笑着说:"您很重旧呀!"也就在这个会议上张恨水还受到了毛主席的接见,当时茅盾在旁边,要向毛主席介绍张恨水,毛主席说:不要介绍喽,我们在重庆就认识。毛主席接着说:听说你写了上百本书,了不得,了不得。这个时候茅盾在旁边插话说:某某书就是他写的。张恨水连忙说:"那本书不是我写的,是别人盗用我的名字写的。"毛主席听到这里哈哈大笑,说:"可见张恨水这三个字很值钱啊。"

张恨水与中共领袖人物的交往,是一个很重要的政治资本,如果说重庆时期,迫于形势不好说,后来共产党执政了,他完全可以张扬出来,但是他几乎不提,即使是自己生活最困难的时候也不提。有一次他的女儿在外面听到别人说了回来问他有没有这样的事情,他也是很淡地说:有。女儿追问他到底与毛主席谈了什么,他也只是很淡的说,只是说说爱情小说。为什么这样呢?倒也不是什么高风亮节,什么为人谦卑,或者思想觉悟多么高,这与张恨水的个人素质有很大关系。张恨水是一个传统的文人,他是以一个传统文人的标准作为自己处世为人的原则的。

传统文人做人的基本素质是"孝"和"忠"。先讲"孝",张恨水父亲去世时,张恨水曾经在父亲面前发过誓,孝顺母亲、抚养全家。他对母亲非常孝顺,几乎做到言听计从的地步;对全家承担了长子的责任,他放弃了自己读书的理想,拼命地写作,将自己的几个弟妹都送进学校读书。再说"忠",民族气节作为人格原则被列为传统文化的核心内容。在民族气节问题上,中国传统文人们是从来不含糊的。他写了很多消闲趣味的言情、家庭小说,也写了很多高风亮节的爱国小说、抗战小说,即使是那些充满了脂粉气的小说,只要涉及国家和民族的问题,他的态度马上就严肃起来,并常常将国家和民族的态度作为小说人物完美人格的一种升华。在这个民族存亡的关键时刻,张恨水表现出中国传统文人高尚的民族气节。

张恨水这些传统文人大多抱有正宗的国家、民族意识。他们大多不愿介入国内的党派之争,并保持着中立的政治立场。张恨水不愿意做官,决无政治野心,当年张学良见他就劝他出来做官,他不愿意。抗战期间,国共两党都争取过他。当时《时事新报》的主编罗敦伟是国民党党员,他们经常在长途汽车站相遇,每次遇到都劝他加入国民党,但每次都遭到他的婉言谢绝。而当时重庆的八路军办事处和《新华日报》也十分注意与张恨水联系,周恩来接见过《新民报》的同人,赞扬过《八十一梦》等作品,《新华日报》还专门发表文章讨论他的小说。八路军办事处曾经希望张恨水写抗日敌后游击队的小说,并向他提供有关资料。但是张恨水没有写,他笔下的游击队都是自发的,与任何政党都没有关系。抗战胜利后,共产党赠送了张恨水礼品,国民党政府也向包括张恨水在内的一千多人颁发了"抗战胜利勋章"。其实,此时的张恨水并没有什么党派意识,国家意识至上、民族大义为重是他最高的价值判断。以此为出发点,他与国民党的高官接触,也欢迎共产党的领袖来渝。对于两党的斗争,他虽不明说,但心中恐怕并不赞成,说不定还将其看作中国社会乱象之一,从他的《八十一梦》之24梦"一场未完的戏"中我们可以有所感觉。在这个"梦"里张恨水提出"家和万事兴",对兄弟不和造成的家庭动乱表示了不满。他利用修改小说的机会,将小说中有关内战的内容都删去了。他明确地说:这样的删节"意义着重在停止阋墙,一致对外",他还说:"将来战后,我们一方面要追叙全国将士无数的可歌可泣的故事,而一方面,我们也不可太忘记了当年内战的祸害,不是长期的内战,国家元气不可过分削弱,抗战时代也许是另一个局面的。"为此,他还专门写了一篇文章《不会再有南北朝》。

保持自己的人格,不做趋炎附势之徒,张恨水的这个态度在1949年之后也是如此。1949年要召开第一次文代会,张恨水和沈从文的代表资格没有被批下来,据说是因为文艺界有人写文章把他说成黄色作家,把沈从文说成是粉红色作家,所以他和沈从文都是全国第一次文代会的特邀代表。应该说1949年以后张恨水是被边缘化了。但是张恨水似乎并不在意,继续保持着自己的性格和品行。举一个例子,因为鲁迅的母亲喜欢看张恨水的小说,所以绍兴和北京建立鲁迅博物馆时,都向张恨水索书,放在鲁迅母亲的房里。能够与鲁迅拉上关系，当时很多人求之不得，但是张恨水断然拒绝，他不愿意沾这个光。这就是张恨水。

张恨水是传统文人，但是如果将其理解为书呆子那就错了。他还是接受现代大众媒体的现代知识分子。他们那一代人没有赶上科举，但赶上了中国现代媒体蓬勃发展的时期，成了中国第一批职业作家。所谓的职业作家就是完全靠自己的稿酬吃饭，用张恨水的话就是"流自己的汗，吃自己的饭"。写作给张恨水的生活带来变革，谈不上大富，却是小康有余。《春明外史》发表之后，他的稿酬已达到千字八元，这可说是当时最高的稿费了，到《啼笑因缘》快结束时，世界书局的老板为了购买《春明外史》和《金粉世家》在上海的发行权，一次就预付张恨水八千元。张恨水用这些钱买了房子，买了地，养了十多口人，自己还能办一份报纸《南京人报》。张恨水个人的爱好大概有三个：一个是买书，一个是买假古董，他认为假古董也不错，既是假古董，也不担心被人骗，一是喜欢种些花草。应该说在相当长一段时期内，他都能够满足这些爱好。与大众媒体的结合，使得张恨水创作小说特别注意生活来源。22岁的那一年，他的朋友要到江苏淮安谋生活，他陪着一起去，两个人为了考察民情，一路走过去，为了学习《老残游记》中的老残，他们也一路买药，一路卖药，而且大路不走，专走小路，走到扬州仪征，当地正在打仗，他们差一点被当作奸细给军队抓起来，后来躲在一只放鸭船上才得以逃生。他一生中东奔西走的报人生活给他提供了不少生活素材。他还认为不够，曾专门自费到西北生活考察。1934年5月，他带着一个工友沿着黄河溯源而上，考察民情。他的小说《燕归来》写的就是这次考察的内容。来源于生活的创作观使得张恨水的创作始终充满了生活气息，更重要的是，在文学创作不断受到政治理念影响的时代，张恨水的小说一直保持着现实、客观的创作态度。市场化的创作是不是让张恨水的创作有些粗制滥造呢？也是有的。《春明外史》和《金粉世家》发表之后，他取得了巨大的声誉，约稿的报纸多了，他几乎同时写八部小说。下面我说一下他的工作表：周一周三：《春明外史》、《天上人间》；周二周五：《金粉世家》、《青春之花》；周四周六：《剑胆琴心》、《斯人记》；周日：《斯人记》。中间还不间断地穿插《春明新史》和《啼笑因缘》的写作。这样的写作，就不可能保证每部作品的质量，事实上，很多是应景之作。这个时候，正是他全家从安徽迁到北京的时候,他实在太需要钱了。他也十分感叹,说自己是"文字劳工"。

　　1966年"文化大革命"开始了,张恨水开始没有意识到这场革命的厉害,他听说可以不花钱就到全国各地去串联,很奇怪还很感慨,就与他的儿女谈起自己当时怎样在全国各地游走的困难,并且鼓励他们都出去见见世面,甚至还为他们规划串联的路线。到了1966年年底,他看见红卫兵开始抄家了。这个时候,他有些慌了,他反复叮嘱家人将书柜里的文史馆聘书拿出来,说:如果红卫兵来了就将它拿出来,告诉他们是周总理让我到文史馆的。1967年1月21日早晨6点53分,家人为他穿鞋子的时候,张恨水向后一仰,脑溢血发作去世。

天下江湖

——金庸小说讲座

第一讲 莫问英雄出何处,恰是年少轻狂时

金庸原名查良镛。金庸是他的笔名,拆的是"镛"字。有人说是取"有钱的庸人"之意,这是不怀好意的人攻击他。金庸于1924年2月出生在浙江海宁袁花镇。2月是阴历还是阳历,金庸没有说过。据孔庆东的资料,这是阴历。根据阳历算应该是3月21日。属鼠。

浙江海宁是个人杰地灵的地方。这里不仅有著名的钱江潮,还出了很多名人。国学大师王国维,军事学家蒋百里,著名诗人徐志摩、查良铮(穆旦)均是这里的人。徐志摩、查良铮还是金庸的亲戚。金庸的母亲是徐志摩的堂妹,徐志摩应该是金庸的堂舅。查良铮则是金庸的族兄。据说茅盾和他们家也有点亲戚关系,金庸说他小时候见过茅盾,茅盾还给他糖吃。查家是浙江的名门望族。康熙曾经给他们家族写过一个题封:"唐宋以来巨族,江南有数人家。"金庸祖上基本上都是读书人,不少人都被牵连到清代的文字冤狱中(这些事情后来在《鹿鼎记》中有描述)。金庸的祖父叫查文清,进士出身,曾经在江苏丹阳做过知县。在历史上那场有名的"丹阳教案"中辞官。当地的教民依仗教堂的势力欺压百姓,老百姓烧了教堂。为了给洋人一个交代,当时的官府要求杀两个为首的人。查文清不愿意,辞官而去。回到故乡,查文清潜心读书、著书,将自己家族的诗词整理出来,名为"海宁查氏诗钞",达九百卷之多。金庸对自己家族的诗钞十分珍惜,在他的小说和散文中多次提及,他的小说《鹿鼎记》的回目就是选用家族的诗歌组成。他对自己的祖父更是十分尊敬。金庸自己说过,祖父对他影响较大,

一是要爱国,一是要读书。后来他与日本著名学者池田大作对话时曾这样评价他祖父:我祖父查文清公,反对外国帝国主义者的武力压迫,不肯为了自己的官位利禄而杀害百姓,他伟大的人格我们故乡、整个家族都引以为荣。查文清在金庸出生之前的1921年去世。祖父去世后,当时的徐世昌大总统,曾经派人吊唁,丹阳也来了十多位绅士,据说当时被查文清救下的两个人闻讯后一路哭拜而来,从丹阳一直走到袁花镇的查家。金庸的父亲叫查枢卿,是当地有名的士绅。金庸的生母去世较早。金庸有四个兄弟,两个姐妹,金庸在家排行老二,小名叫宜生。

　　金庸的少儿生活怎么样,很难查考。他不喜欢别人写他的传记,自己也很少说自己的生活。但是2000年他写了一篇传记小说发表在《收获》杂志上,名叫"月云",谈及自己的少儿生活。这篇传记小说的主人公叫宜官,月云是伺候他的小丫头。从作品中我们可以看到,他们的家庭很和睦,父母对宜官十分疼爱,关心他的吃,关心他的住,每天从学校放学回家都有人接。家中的主仆关系也很融洽。男工每天接他过河时都要挽着他的手。这个男工在传记小说中叫万盛,在实际生活中叫和生,是个残疾人,又是个驼子,是他祖父查文清在丹阳做知县的时候带回来的。和生曾经经历了一场冤狱。有一个地主看中了他的妻子就设计陷害他,他居然被冤入狱,还被打成残疾。后来金庸的祖父将他救了出来,就带回了老家。这件事给金庸很深的印象,后来成为《连城诀》的故事原型,以"纪念幼小时的一位很亲切的老人"。《月云》中,家里的女仆总是想方设法哄宜官开心。月云的妈妈来看月云,家里要留她吃饭,还要包两块肉让她带回去。"待人要和善"、"要平等待人"。作品一开始就说宜官在小学受到的就是这样的教育,还说,宜官就喜欢看巴金的小说,喜欢像觉慧那样对待下人。作品中的宜官既任性又聪慧,并富有同情心。他看见自己的八个小瓷鹅坏了一个,就坐在地上放声大哭,少爷脾气大发,吓得月云不知如何才好。他也知道月云是他的丫头,他可以随意使唤她。他喜欢看书,看到一些世间不平的事就眼泪直流。他看了很多书以后就讲书中的故事给月云听。他可以炸年糕给月云吃,可以将自己的摇鼓儿送给月云的小弟弟。特别是随着年龄的增长,他读了更多的巴金小说之后,更加知道平等的重要,他永远不会打月云,也永远不会骂月云。作品中的月云是个苦命的孩子,家里的孩子太多被抵押出来,弄口饭吃。她一犯错就主动将手伸出来接受打手,她没有吃过糖年糕,所以吃到了就特别满足。她特别想回家,回到妈妈的身边,可是又回不去。可是她也有自己的见解。当宜官讲《西游记》的时候,宜官的同学都说好听,就她说不好听,理由是:猴子只会爬树,怎么会飞上天翻筋斗?猴子不会说话,也不会用棍子打人。猪猡蠢死了,不会拿钉耙。钉耙用来耙地,不是打人的。宜官说她蠢死了,可是她那副天真的样子永远留在了他的记忆之中。在作品的结尾,金庸这样写道:宜官姓查。宜官的学名叫良镛,后来他写小说,把"镛"字拆开来,笔名叫"金庸"。作品还写道:金庸小说写得并不好。不过他总觉得不应当欺压弱小,使得人家没有反抗的能力忍受极大的痛苦,所以他写武侠小说。以后重读自己作品的时候,他常常为书中人物的不幸而流泪。他写杨过等不到小龙女而太阳下山时,哭出声来;他写张无忌与小昭被迫分手时哭了;写萧峰因误会而打死心爱的阿朱时哭得更加伤心;他写佛山镇上穷人钟阿四全家给恶霸凤天南杀死时热血沸腾,大怒拍桌,把手掌也拍痛了。他知道这些都是假的,但世上有不少更加令人悲伤的真事,旁人有很多,自己也有不少。《月云》虽是一部传记小说,但是金庸毫不隐讳地挑明这就是写他自己的家庭和少儿的生活。当时金庸已经年近八十了,家庭和少年的生活可以说是不断地出现在他脑海。这部作品就是他怀旧的结果,而我们却可以从中感受金庸的精神气质,可以追寻他的小说的精神源泉。

　　金庸与武侠小说结缘大概从9岁开始。金庸的哥哥查良铿是个书迷,在上海读书的时候就喜欢买书,常常搞的饭钱都不够。查良铿将这些书都带回家,就成为金庸的书了。金庸整天看书,以至于父母一直担心他的身体。他与池田大作的对话中,说:我年轻时代最爱读的三本书是《水浒传》、《三国演义》以及大仲马的《三个火枪手》。他读武侠小说也应该在这个时候。有一天他无意之中看到了一本顾明道的武侠小说《荒江女侠》。这是一本侠情小说,写的是一个男侠和一个女侠一边谈恋爱,一边行侠仗义。金庸看过这本小说之后,久久不能忘怀,后来他多次说道:想不到世上还有这么好看的书!这本小说所表现出来的故事结构我们在金庸的武侠小说中时常见到。以后他就看当时通俗小说的杂志,如《红》、《红玫瑰》等,在这些杂志上连载着很多武侠小说,几乎每一部小说都深深地吸引着他。

　　少年金庸应该说是一个狂士。他的"狂"基于两点:一是他的学习成绩优秀,据说他每次考试的成绩都是一、二名。成绩好就被人捧着,他也很得意。得意的结果是他初三的时候居然开始写书了,书的内容是教人家怎样考初中,书名是"给投考初中者"。这本书居然很畅销。这给金庸很大鼓舞。推算起来当时他只有15岁。二是他的志向很高。他很想做能够施展自己抱负的事情。他在这个时候曾经写过一篇文章批评李清照的诗歌。他说,大家都喜欢李清照的诗歌,我就不喜欢,"帘卷西风,人比黄花瘦",一个瘦小的女人弱不禁风地站在黄花面前,实在让人提不起精神来(对李清照的诗歌这样解释其实并不准确)。所以他反对凄凄惨惨,要求坚强地面对苦难。金庸的"狂"给他带来了什么结果呢?是两次被勒令退学。第一次是在浙江省立联合高中,他写墙报讽刺训导主任。在当时的中学中,训导主任可是一个特殊的位置,他往往由党部派来的政工人员担任,所以往往校长都让训导主任几分。金庸由于看不惯训导主任到处训斥人,就写了一篇《阿丝丽漫游记》的文章贴在墙报上。文中说一个名叫阿丝丽的小姐来到一所中学,正高兴地参观东方文化,却见一条色彩斑斓的眼镜蛇到处游窜,这条眼镜蛇一边吐着毒液,一边还高声叫嚷着:"如果……你活得不耐烦了,我叫你永远不得超生……如果……"眼镜蛇从操场窜到宿舍,再从宿舍窜到饭厅,学生们见之纷纷逃避。人们一看就知道金庸说的那条眼镜蛇就是他们学校的训导主任。这个人戴着一副眼镜,说话满口是"如果"。学生们给他一个外号就是"如果"。这还得了。训导主任大怒,金庸被开除了。被开除了之后,是不是吸取教训了呢?没有,他换了一所中学(衢州中学)。他对自己被开除的事件做了一个总结,写成一篇文章寄给了当时的《东南日报》。《东南日报》居然把文章发表出来了。这就是他著名的少年文章《一事能狂便少年》。文章开头就引用王国维的话说:一事能狂便少年,可见少年与狂从来就是连在一起的。他接着说:固然,狂可以大闯乱子,但未尝不是某项伟大事业的因素。我要武断地说一句,要成就一件伟大的事业,带几分"狂气"是必需的。这篇文章发表后产生了很大的社会影响,《东南日报》的编辑成了他的好朋友。所以他后来就在这份报纸上发表文章。由于并没有吸取教训,他又被勒令退学了一次。这次是在大学。抗战后期,金庸考取的是设在重庆的中央政治大学的外交系。考这所大学和这个系当然与他想干一份大事业的抱负有关,他想做一个外交官。可是他的外交官还没有做成,他就被赶出了学校。很简单,他看不惯那些国民党的职业学生在学校里横行霸道,看不惯他们殴打那些学生运动的领袖,他就表示抗议,甚至还与学校里的训育长争吵,当然态度"恶劣"。虽然金庸不是什么共产党员,但这是政治态度问题,而且死不悔改。于是他又被学校勒令退学了。

中学退学可以再换一所中学,换大学就不容易了,它需要在固定的时间考试。退学的金庸只能赋闲在家。于是,他一边等机会再上大学,一边找一些闲杂的事情做。他通过亲友的介绍到中央图书馆弄了个闲职。严格地说,这是金庸的第一份社会工作。这个社会工作却给了金庸读书充电的机会。他在图书馆读了很多书,其中就包括法国作家大仲马的《隐侠记》、《基度山恩仇记》等等。这些阅读对他后来的小说创作产生了重要影响。抗战胜利后,金庸随家人回到了家乡。当时他已经21岁了,总不能老待在家里,于是出去找工作,就在他发表过很多少年文章的《东南日报》做外勤记者。这是他第一次与报人生涯挂上了钩。其实金庸内心还是要进大学的。当时他的堂兄查良鑑(jian)是上海市法院院长,兼东吴大学法学院教授。在他的帮助下,凭中央大学的学历,金庸辞去《东南日报》的工作,进入东吴大学法学院插班读国际法。可是他在东吴大学的时间并不长,命运就又发生了变化,他开始了"二进香港"。

金庸"一进香港"是被派来的,"二进香港"是被迫来的。这是怎么一回事呢?请听下一讲"有心栽花花不开,无心插柳柳成荫"。

第二讲　有心栽花花不开,无心插柳柳成荫

1946年秋,上海《大公报》在全国范围内公开招聘三名记者。据说当时应聘者达3000多人。金庸因文笔优美、英语水平高被录取了。这个时候金庸还在东吴大学读书,所以最初他在《大公报》的工作只是一个兼职。但是情况很快发生了变化。当时时局十分动荡,《大公报》上层决定到香港建立一个分社。毕竟是远离家乡,到香港分社的记者都由年轻人组成。当时香港分社需要一个文字翻译,就让一个名叫张契尼的翻译去。偏偏张的妻子刚刚生产,张无法离开妻儿,于是这个工作就交到金庸身上。金庸那年24

岁,是他的本命年。金庸匆匆地结束了东吴大学的学业,来到了香港。据说当时走得匆忙,金庸只拿了飞机票,上了飞机才发现身上居然没有带钱。看见他异样的神情,坐在他旁边的香港《国民日报》的社长潘工弼问他什么事情。金庸将自己的窘况告知。潘笑了,说:借给你10元钱。金庸就拿了这10元钱来到报社。这段经历金庸至今难忘。1993年,他曾写诗说:南来白手少年行。可以说他是白手来香港的。这是金庸"一进香港",金庸后来回忆说:"《大公报》原来是派另一个翻译来香港的……如果我不来,情况可能是完全不同了,我会继续留在上海,在上海《大公报》干下去,但可能在反右中给斗掉了……"

初来香港的金庸担任香港《大公报》国际电讯翻译和国际版编辑。1949年11月9日,北京中央人民政府刚刚成立一个月,中央航空公司宣布脱离国民党政府,接受中央人民政府领导。接着,中央人民政府铁道部衡阳铁路局也发表声明,宣布在港的财产归中央政府。国民党政府当然不愿意,于是派人到香港交涉。当时类似的情况很多,显然是一个重大问题。这个时候金庸以他学到的国际法知识,写了一篇文章《从国际法论中国人民在国外的产权》。这是一个小记者写的文章,在香港并没有什么反响。但却被远在东京国际法庭的一个重要人物看见了。这个人就是时任东京战犯法庭中国首席大法官的梅汝璈。梅汝璈是个爱国外交家。当时新中国刚刚成立,新的外交部正在组建,周总理兼任外交部长,就邀请梅汝璈先生为外交部顾问。到了北京,梅汝璈想要一个助手,他想到了金庸,连发了三封电报邀请金庸到外交部工作。接到电报金庸激动万分,他觉得自己的外交家梦就要实现了,他决定去圆这个梦。为了这个梦想,他付出了很高的代价。他辞去了香港《大公报》的工作,并且还离婚了。这个时候金庸已经结婚了,此时他的太太叫杜冶芬。金庸是怎么认识杜冶芬的呢?这里还有一个小插曲。在《东南日报》的时候,金庸主持一个栏目,叫"咪咪博士答客问"。有一次栏目的题目是:买鸭子时需要什么特征才好吃。报上的"咪咪博士"回答说:颈部坚挺结实表示鲜活,羽毛丰盛浓厚,必定肥瘦均匀。过了几天,报社收到一封人民来信,是质疑"咪咪博士"的,说:贵报说鸭子羽毛一定要浓密才好吃,那么南京板鸭一根毛都没有,为什么竟那么好吃。金庸拿了这封信很开心,他知道这是读者挑刺。但是他很佩服这位读者的聪明机智。在好奇心的驱使下,他想见见这位读者。金庸写信给那位读者要求见面。那位读者回信说:欢迎光临,天天有空。金庸就去了,见到了那位挑刺的读者杜冶秋,也见到了杜冶秋的姐姐杜冶芬,那时杜冶芬17岁。杜父在上海行医,母亲喜欢清净,就在杭州西湖边买了一处房子。儿子杜冶秋一般与父亲住在上海,女儿杜冶芬常和母亲住在杭州。假期杜冶秋到杭州看到报纸才写了那封信。他大概没有想到这封信牵起了他的姐姐与金庸的姻缘。他们都是年轻人,在一起相谈甚欢。第二天金庸又上门了,这一次是送戏票。当时郭沫若编的戏剧《孔雀胆》正在全国巡回演出,因为讲的是国难的事,在全国反响热烈,金庸送票上门,杜家全家都很高兴。假期结束,杜冶秋随父亲到上海上学,金庸也成为他们家的常客。渐渐地金庸与杜冶芬坠入热恋之中。金庸到香港时,他们已经结婚了,没有孩子。据说杜冶芬在香港的日子一直不舒心,金庸忙着干事业,家庭交流很少,感情日益趋淡。再加上杜冶芬不懂粤语,社会交流也很少。这个时候金庸要辞职到外交部,她认为家庭将很不稳定,表示反对。但是金庸执意要去。他们就只能分手了。金庸后来在74岁的时候曾经讲到这段婚姻,很感叹地说:……因为当时的条件下,大家是真心真意的,事后变故,大家没办法知道。

金庸到了北京。梅汝璈见到金庸当然高兴,可是具体落实到他到外交部工作却很为难。梅汝璈打电报给金庸时大概还没有弄懂新中国外交部的性质,他实际上是没有权力安排一个来自香港的记者到外交部工作的。所以建议金庸去找时任周总理的助手、外交部的实际负责人乔冠华。1946年到1949年乔冠华是新华社香港分社的负责人,金庸认识他。此时在北京相见当然高兴,但是谈到进外交部,乔冠华就直言相告了:外交部确实需要人才,但是外交部是一个特殊机构,政治要求很高。金庸的家庭出身和接受的国民党教育都使他无法进入外交部。乔冠华建议他先进入外交学会工作,在那里经过思想改造后再进入外交部。金庸的一番热情被浇了一盆冷水。冷静下来的金庸猛然意识到他此时到北京来太欠考虑了。他后来说:我愈想愈不对劲,对进入外交部的事不感乐观。自己的思想行为都是香港式的,对共产党也不了解,所以未必可以入党。而且一个党外人士肯定不会受到重视,恐怕很难有机会作出贡献。如果就在外交学会,他更不愿意,他是来做外交工作的,怎么能一辈子就当当接待员。他当机立断:再回香港。于是就有了金庸"二进香港"。经过了一番周折,他终于搭上一班到香港的海轮,时间是1950年10月。看着越来越远的大陆的土地,可想而知此时金庸的心境是多么地沮丧。

现在想想,金庸的决断是英明的。如果他真的去了外交学会,就算是平平安安,也只能碌碌无为一辈子,况且他的性格能够使他平平安安么?回到香港,他开辟了一条新的人生之路。这是一条什么路呢?

到了香港不久另一件事再次打击了他,他的父亲被当做"反动地主"在家乡被枪毙了。他的父亲并没有什么工作,只是接受了祖父留下来的3600亩地,有上百户农民租他家的地。土改的时候被划为大地主。后来在抄家的时候,发现他还有一把手枪。于是被认为是反动地主,所以被镇压了。这件事令金庸感到悲哀。

金庸回到香港后,还是到《大公报》工作,但是他从北京铩羽而归,现在又要回到原来的位置,就有了种种议论。恰巧《大公报》要办一个晚报,金庸就从《大公报》转到《新晚报》做副刊编辑。这时与他同做《新晚报》副刊编辑的还有一个人。他不但与这个人同住在一个宿舍,还有三个共同的爱好:都喜欢看电影、下围棋和读评武侠小说。于是他们在《新晚报》上发表了很多影评、棋经和书评。这个人是谁呢?就是梁羽生。梁羽生,原名陈文统,1922年出生,广西蒙山人。他是新派武侠小说的开创者,一生中共创作三十多部武侠小说,被称为"武林长者"。在《新晚报》金庸主持着一个时尚性的栏目《下午茶座》,这个栏目讲究休闲,涉及娱乐生活的各个方面。金庸在栏目谈电影,几乎是每天看一场电影;谈舞蹈,自己还心血来潮地穿上舞衣跳芭蕾舞。他还给自己起了一个比较女性化的笔名,叫姚馥兰(英文your friend的谐音)。这个栏目被他办得有声有色。他的各种文化技艺也有了丰富的积累。看他的小说,涉及中国文化的各个方面,琴、棋、书、画、经、典、乐、章,还有渔、樵、耕、读,还有什么"八卦"、"易经",还有茶、酒、花、食等等知识,在《神雕侠侣》还出现了"美女拳法",上面的一招一式都是一个中国古代美女的故事,什么木兰弯弓、红线盗盒等。他的武侠小说所表现出来的那些知识与他这个时候的积累是分不开的。

这还是一些文化知识,金庸又是怎样写起武侠小说来的呢?说起金庸创作武侠小说,还得从梁羽生说起。梁羽生和金庸都是武侠小说迷,两个人谈起武侠小说来可以不吃不喝地狂吹,梁羽生特别喜欢白羽的小说,讲起《十二金钱镖》就激动万分,据说,他笔名中有"羽"就与他喜欢白羽有关。当然这些都是嘴上过瘾。终于机会来了。

1953年香港武术界的太极派和白鹤派出现了门派之争。开始是文斗,后来发展到武斗,要打擂台比武。由于香港禁止打擂台,而澳门不禁,擂台就设在澳门的新花园。这样的事情当然成为各大报刊追踪报道的热点,结果擂台还没打,就成了市民们街头巷尾议论的事情。《新晚报》的主编罗孚很有商业眼光。他认为这是一个商机,如果趁此机会在报纸上连载一部武侠小说,报纸的销路肯定会增加。他也知道手下的几个编辑都是武侠迷,给他们一个机会他们岂能不愿意。他就找到梁羽生,请他写一本武侠小说。梁羽生一口答应。那一天澳门的擂台赛开始了。一点也不精彩,只几个回合,太极派掌门人就把白鹤派掌门人的鼻子打出血了。市民们大呼不过瘾。也就在这场擂台赛结束没两天,《新晚报》的《天方夜谭》栏目上开始连载梁羽生的武侠小说《龙虎斗京华》。小说一发表,报纸的销路激增。一看武侠小说有这样的效应,各大报纸纷纷跟上,于是各大报纸纷纷刊载武侠小说,于是梁羽生和他的武侠小说就格外吃香。这样一过就是一年多。那一天罗孚来到他们宿舍,想让梁羽生再写一部武侠小说,可是他实在开不了口,因为梁忙得头都不抬。再一看旁边有个人闲得没事,那是金庸。于是他就开口:请查先生也写一部武侠小说。这句话金庸等了很长时间了,便一口答应了。于是1955年的《新晚报》上出现了一部新的武侠小说《书剑恩仇录》,作者金庸,这是金庸第一次用这个名字。小说一开始还没什么反应,连载了一段时间后,人们都开始谈论这部小说了,金庸开始收到很多读者来信。金庸后来说,那些信都是来道贺的,有银行经理、律师、大学讲师,也有拉车的工人,上至七八十岁,下至十多岁,南洋的很多地方开始在广播上连播。人们形容当时的情况是"家家说书剑,户户论金庸"。金庸一炮走红。这一年金庸31岁。从此,金庸走上了武侠小说创作之路,并成为当代武侠小说的"盟主"。

金庸是怎样创作武侠小说的,又有哪些武侠小说呢?请听下一讲"若问秋实何时至,且看春华几多辛"。

第三讲　若问秋实何时至,且看春华几多辛

这一年他又从《新晚报》调回《大公报》。调回《大公报》后,《大公报》请金庸、梁羽生和另外一个武侠小说作家百剑堂主(陈凡)为报纸写散文随笔,号称"三剑楼随笔"。金庸散文随笔的才华得到了充分发挥,这也是他的散文随笔发表最多的时候。金庸后来谈过:我们这个栏目上天下地无所不谈,所以今天我谈一部电影,也许百剑堂主明天谈的是广东鱼翅,而梁羽生谈的是变态心理。这一切相互之间完全没有联系,作为一个随笔与散文的专栏,越是没有拘束的漫谈,越是轻松可喜。这个栏目受到了读者的欢迎,但是突然停止,个中原因也许只有他们三人知道。

金庸一方面很努力地写着他的散文随笔,但是金庸的心思却在武侠小说创作上。他写了《碧血剑》,小说在《商报》上刚刚刊载完,他就写了《雪山飞狐》。这部小说改前两部写历史恩仇为写江湖恩仇,路子变了。作者更是全身心地投入,结果是造就了小说开放式的结尾。小说的结尾是胡斐和苗人凤这对多年的江湖死敌对峙在一座悬崖峭壁之上,没有退路,多少年的恩怨都要在今天了结。这个时候胡斐发现苗人凤的刀法中有一个破绽,胡斐一刀下去就能胜苗人凤了。但是胡斐的刀却没有砍下去,让胡斐把刀悬在半空中,小说却宣布结束了。这样的结局在读者中引起了强烈的议论,一片哗然。人们到处问:胡斐的刀有没有砍下去。金庸没有回答。人们说这是金庸卖关子。是不是卖关子呢?大概有,但更主要的是金庸太投入了。他后来解释说:写到最后,胡斐的矛盾,就变成了我的矛盾,同时苗人凤的痛苦,也成了我的痛苦,这两个人如何了断恩怨情仇,连我也决定不了,所以胡斐那刀到底砍不砍得下去,我无法知道……还在人们议论胡斐的刀的时候,一部宏伟的作品出现在人们眼前,那就是《射雕英雄传》。这部小说以场面的宏大、线索的复杂、人物的众多充分显示了金庸的气魄和才气,中国的武侠小说有史以来也达到了一个新的高度。小说从1957年连载到1959年,可说是"全城轰动"。倪匡曾经说过:在1958年,若是有看小说的人,而不看《射雕英雄传》的,简直是笑话。当时东南亚各国的报纸都争相转载,谁转载了《射雕英雄传》,谁的发行量就上去了。据说有这样的事情:当时曼

谷华人报纸为了抢先几小时转载金庸的小说,让情报员用地下电台将金庸的小说发过去(当时没有电脑)。这部小说奠定金庸"武林霸主"的地位。那一年金庸34岁。

还在《射雕英雄传》连载的时候,金庸离开了《大公报》,到长城电影公司写电影剧本。到长城电影公司写剧本,一方面是金庸喜欢电影,另一方面是电影剧本的稿费较高。当时一部剧本的底薪是280元,但是不管是否采纳,都有3000元的稿费。金庸用"林欢"的笔名写了《有女怀春》、《三恋》等剧本。他当然更喜欢自己执导电影,但是没有独立执导过一部,只与别人一起执导过《王老虎抢亲》,据说放映后口碑还不错。《射雕英雄传》成功之后,金庸开始独立办报。这就是现在香港报业中大名鼎鼎的《明报》。这个时候金庸不是一个记者,而是一个报纸的董事长、主笔,他每天都要关注新闻、写作社评,所以他又是新闻家和政治家。从此,金庸的武侠小说实际上与他的新闻意识和政治意识都紧密相连。香港报业是市场化操作,很容易创办,但也很容易倒闭。《明报》办起来以后首先就要经过市场的考验。为了《明报》能够站稳脚跟,从创刊那天起,金庸就在上面连载《神雕侠侣》,一载就是两年多,接着是《倚天屠龙记》,然后又是《白马啸西风》。为了支撑《明报》,他又为这份报纸办了一个附属刊物《武侠与历史》,在其上连载《雪山飞狐》的姐妹篇《飞狐外传》。(这个刊物上发表了古龙的小说《绝代双骄》,这是金庸与古龙的一次合作和友谊的表现,值得一提。)这几部小说都发表在《明报》最困难的时刻,可以说是《明报》的支柱。后来金庸在修改《神雕侠侣》时曾经十分感慨地说:"重新修改《神雕》的时候,几乎在每一段故事中,都能找到当年和几位同事共同辛劳的情景。"

从1963年9月3日开始,金庸同时在《明报》和《南洋商报》上连载《天龙八部》。这个时候《明报》已经度过了最艰难的创业期。金庸有时间更潜心地构思小说。《天龙八部》的场面、线索、人物的描述完全可以与《射雕》相比,更为重要的是这部小说所体现出来的文化思想在历来的武侠小说中最为浓郁。小说以佛学的慈悲去破孽化痴。武侠小说写中国的道德文化最得心应手,金庸却用武侠来写佛学,给武侠小说赋予了新的内涵,也体现了金庸的文化修养。讲到《天龙八部》就要讲一个小插曲,就要讲到"倪匡代笔",这是一个文坛花絮。倪匡是从给《明报》投稿,而认识金庸的。金庸对他的才华和文笔很赏识。在金庸的鼓励下，倪匡用"卫斯理"的笔名写了很多科幻神秘小说，成为香港文坛上的知名作家。金庸的《倚天屠龙记》连载完后，曾经想叫倪匡接着写续集，倪匡推脱了，说：金庸先生的萧索没有人能够写续集。可是他想推也推不掉。1965年6月，当时《天龙八部》还在连载中，金庸要到欧洲去开会、游历一个月。总不能让读者等一个月，于是就请倪匡代笔一个月。当时说好写一个独立的故事。倪匡答应了。一个月后金庸回来了。倪匡一见到金庸就对他说：金庸，很不好意思，我把阿紫的眼睛写瞎了。金庸苦笑笑，没有说什么，继续写《天龙八部》，对阿紫的眼睛作了很有意思的处理，干脆让它成为小说中的一个"关目"，让阿紫的眼睛复明，再让它瞎掉。倪匡为什么让阿紫的眼睛瞎了呢？这与倪匡的阅读感受有关。倪匡后来评价《天龙八部》时说：《天龙八部》是千百个掀天巨浪，而读者就浮在汪洋大海的一叶扁舟上……全然身不由己，随着书中的人物、情节而起伏。倪匡大概有些把握不住情节的发展了，他觉得阿紫的眼睛应该瞎了。对于为金庸代笔这件事，倪匡是相当得意的，他曾经写过一副对联：屡为张彻编剧本，曾为金庸写小说。可见他是很看重为金庸代笔这件事的。

金庸的小说越到后面越精彩。写完《天龙八部》之后，他又把政治文化融入到武侠小说中来，那就是《笑傲江湖》和《鹿鼎记》。他倒不是有意要写政治文化，实在是环境所逼。如果我们仔细分辨金庸小说中的历史就会发现，《笑傲江湖》中的历史最模糊不清，的确，这部小说的背景不是历史，而是政治。小说从1966年开始创作，连载于1967年。那几年正是中国内地的"文化大革命"最疯狂的时候。内地在搞革命，香港也在进行。金庸对于那些疯狂的行为相当反感，在社评中不断抨击那些人和那些行为。金庸后来说：我每天为《明报》写社评，对政治中龌龊行为的强烈反感，自然而然也反映在每天撰写一段的武侠小说之中。所以《笑傲江湖》就成了"政治寓言"小说。《笑傲江湖》在《明报》连载时，越南的中文报纸等21家报纸同时连载，影响极大。当时越南还没有统一，据说南越的议会中政治人物在攻击对方时常常用岳不群、左冷禅称呼之。1969年10月，金庸开始写他的最后一部武侠小说《鹿鼎记》。这是中国武侠小说史上的一部奇书。这部小说已经不能单纯地说是武侠小说了，它的博大精深很值得我们细细考评。小说在1972年写完。写完这部小说后，金庸宣布"挂印封笔"，不写武侠小说了。对他的这个决定,很多人不理解,因为他此时才48岁,是青壮年时候,写作正处于巅峰状态,为什么就不写了呢?人们有很多猜测,金庸是这样解释的:我第一部写的是《书剑恩仇录》,还算成功,就一直写下去了,写到最后一部《鹿鼎记》,那时在1971、1972年间就写完了,觉得没多大兴趣,就不写了。对这样的回答很多读者不满足,有机会就问金庸,于是金庸又做了这样的回答:任何事物,皆有一个尽头,从理论上来说,甚至宇宙也有尽头。小说创作也不例外,到了尽头,再想前进,实在非不为也,是不能也。再写出来,还是在尽头边缘徘徊,何如不写?如果我们解释金庸这两段话,意思就是:1. 自己的武侠小说的写作动力没有了;2. 该写的都写了,自己对武侠的认识都写完了;3. 写作不能重复自己,重复自己的话就不要写。有的人说,金庸你太谦虚了,你怎么会写不出来呢?我觉得这是金庸的真话。根据金庸小说的演绎,金庸确实写到头了。这个问题在听完我下面对金庸小说的分析后,相信各位都会认同。不过在这里,我要由衷地赞叹金庸的写作态度。他展现了一位优秀小说家的风范。他是把武侠小说创作当作事业进行的,绝不胡编乱造。试想一下,凭他的名声,即使是重复自己写一部武侠小说,也还是一部畅销书。

金庸优秀小说家的素质还表现在他对自己的武侠小说进行了整整10年的修订。从1972年到1982年他几乎是逐字逐句地修订了自己的小说。他的修订主要集中在两个方面:一是当时写作时过于强调市场效应而造成的情节不合理;二是粗糙的文字。当时写作时每天都要写一两千字,印刷工人在旁边站着等,很多文字都是急就章。对此,我要再次由衷地赞叹。武侠小说属于通俗小说,按照金庸的话说,就是"说故事的"。"说故事的"走的都是市场路线,赚了钱就完成了使命,又怎么会再去精打细磨呢?有这个时间不会再弄几本书出来么?像这样具有精品意识,对自己的武侠小说进行修订的,在20世纪的通俗小说作家中金庸是第一人。1982年,金庸一次推出了他的15部小说,共36册。这一年金庸58岁。在推出小说时,他怕人家记不住这些小说的名字,就写了一副对联:飞雪连天射白鹿,笑书神侠倚碧鸳。这副对联讲的是14部小说,它们是:《飞狐外传》、《雪山飞狐》、《连城诀》、《天龙八部》、《射雕英雄传》、《白马啸西风》、《鹿鼎记》、《笑傲江湖》、《书剑恩仇录》、《神雕侠侣》、《侠客行》、《倚天屠龙记》、《碧血剑》、

《鸳鸯刀》,再加上一部短篇《越女剑》,金庸只有这15部小说,其他什么金童、金用的作品都是假的。

仅就小说而言,金庸就可以说是名人了。但是金庸又绝不仅仅是一个小说家。小说是他的精神产品,他真正的社会身份还应该是新闻家。为了更全面地了解金庸的小说和金庸的个性,请听我下一讲"应惜身边痴心人,宜将小心报尘世"。

第四讲　应惜身边痴心人,宜将小心报尘世

金庸真正的社会身份是新闻记者。金庸少年时代就投稿《东南日报》,并且成为《东南日报》的记者,主持"咪咪博士"的栏目。后来又成为《大公报》的电讯记者和翻译。这些只可以说是他新闻记者的"暖身时期"。他的新闻记者生涯真正开始是他创办《明报》的时候。1958年,金庸写了《射雕英雄传》以后就离开了《大公报》,到长城电影公司当编剧。他为公司写了一些剧本但是很少被采纳,被拍摄出来的更少。于是,他动了自己创业的念头。干什么呢?办报。这个时候他遇到了自己的中学老同学沈宝新。沈宝新是当时香港嘉华印刷厂的经理,又在银行干过,是个出版、管理人才。两个人一拍即合决定自己办报纸。金庸出资8万港币,沈宝新出资2万港币。金庸负责编辑和文稿,沈宝新负责印刷和出版。1959年5月20日《明报》创刊了。《明报》在今日的香港是赫赫有名的三大报之一。可是当时只是一张小小的四开版的小报。香港的小报遍地都是,《明报》就像一叶扁舟,随时都有被倾覆的危险。事实上金庸办《明报》之初,就有人预言他顶多一年半载就要倒闭。但是《明报》不但没倒,反而成为香港报业界的一艘大船。为什么呢,原因当然很多。但我认为金庸的第二位妻子朱玫功不可没。

在讲朱玫的贡献之前,稍微讲一下金庸的感情世界。金庸与杜冶芬分手之后一直是单身。后来却传出他与长城公司的当家花旦夏梦的逸闻。这件事很多金庸研究者都提到过,但是金庸从未承认过。我们也只能做一些猜想而已。如果要说他们的直接关系,就是夏梦的代表作之一的《绝代佳人》是金庸编剧,其他没有什么直接的证据。其实,夏梦在金庸进"长城"以前就已经结婚了。所以这些说法也只是说说而已。不过,金庸对夏梦的好

感是明显的,后来他编《明报》,还专门开了一个《夏梦游记》的栏目,专门刊登有关夏梦的游记散文。夏梦息影移居加拿大的时候,金庸还专门写了一篇诗意很浓的社评为她送行。他的小说《天龙八部》中那位被段誉称为"神仙姐姐"的王语嫣,那种气质和美丽大概都可以与夏梦挂起钩来。比如,夏梦是苏州人,王语嫣也是苏州人。

夏梦也许只是个传闻,但朱玫是真实的。朱玫是香港中文大学中文系毕业。金庸发表《书剑恩仇录》之后他们相识。在金庸创办《明报》时他们刚刚新婚,这个时候朱玫已经为一家英文大报工作了。朱玫的贡献突出表现在《明报》最艰难的时候。首先她给予金庸和《明报》精神的支持。最早的时候金庸和沈宝新只是想办一份十日刊,以刊登武侠小说为主,连名字都想好了,叫《野马》,并且登记了名字。还是朱玫提议说,要办就办日报,才改名《明报》。最初的艰难时期,《明报》的工资开不出来,有几次金庸和沈宝新放弃《明报》,宣布停刊了,是朱玫坚持办下去,不断地用"男子汉做事要坚持"的话语鼓励他们。其次是物质上的支持。她可以说是倾其所有支持《明报》。有一年年底就要过年了,工人的工资还发不出来,在金庸和沈宝新一筹莫展的时候,朱玫卖掉了她的结婚戒指帮助他们度过了难关。再次是身体力行。《明报》创刊后,她辞去了原来的工作,来《明报》工作。据说在《明报》最困难的时候,她还自己上街卖过报,当时她已经有了身孕。由于种种原因,金庸最终与朱玫分手了。朱玫于1998年11月8日在香港病逝,享年63岁。朱玫的离开对金庸来说是一次沉重的打击,接着他们的大儿子又因为不同意父母的离异,在美国自杀了。这对金庸来说简直难以承受,金庸的心脏病与这些事有很大关系。对于朱玫的这份情感和贡献,金庸后来也经常提到。

最初《明报》主要靠四个栏目吸引读者:《武侠小说》、《伶星专栏》、《马经》、《狗经》。从这些栏目名上就知道,报纸是面向平民的,只能说是一份街头小报。但这不是金庸真正的志向。金庸要用报纸发表自己的政治社会批评。尽管这个时期是《明报》的生存期,金庸也偶尔露峥嵘。从创刊号开始,他就开始写"社评",最初是每隔两三天一篇,到了年底几乎天天一篇。尽管各位同人都很努力,但此时的《明报》发行量也只有八千份上下。这样下去实在很难维持。但机会来了,金庸抓住了机会,《明报》升腾直上。

第一次机会是1962年。当时由于自然灾害等原因,中国内地的居民开始涌入香港。开始港英政府表示欢迎,后来人越来越多,港英政府就开始封锁边界,于是大量的人滞留在边界。由于这涉及香港与内地的关系,香港各大媒体对此都关注不够。开始《明报》也没说什么。可是3月份以后,难民越来越多。《明报》决定重点采访报道。金庸派出很多骨干记者到第一线采访,并于5月8日用通栏标题刊登有关报道,引起全港的注意,成为当时香港的新闻中心。金庸又在报纸上刊登启事,号召各阶层捐款、捐物,得到了广泛的响应。这一次大规模的采访活动,给《明报》带来了巨大声誉,使它从一个三流报纸变成了一个二流报纸,发行量从八千份上升到三万份,逐步稳定在四万份。更主要的是知识阶层开始关注这份报纸,金庸的社评越来越被人们重视。

第二个机会是1964年。由于《明报》的政治态度比较中立。1964年10月,《大公报》等报纸开始对《明报》展开批评。开始调子还比较平和,后来越来越激烈,甚至出现了人身攻击。《大公报》是金庸的"娘家",是他起家的地方。金庸最初办《明报》的时候,《大公报》对他还是不错的。初期《明报》的很多社会性特稿都是《大公报》提供的。《明报》的财政比较窘迫,《大公报》的记者也邀《明报》的记者同行。1960年金庸的武侠小说在台湾被禁,《大公报》为金庸的武侠小说辩护。所以面对《大公报》的这次攻击,金庸的感情很复杂。但《明报》是全力迎战。《大公报》是个大报,得到很多报纸的声援,《明报》是孤军奋战,但毫不示弱,有一天《明报》甚至用整个版面来反击。这个时候,金庸正在写《天龙八部》,他心中的复杂感情和决然反击的态度在小说中就有流露。梁羽生在评论《天龙八部》时曾经提到萧峰在聚贤庄与旧日丐帮兄弟喝断交酒,随后就是一场生死搏杀,认为只是作者"借聚贤庄中酒杯,以浇心中的块垒"。这场笔仗一直打到11月底,吸引了很多香港人的眼球。《明报》的销量激增,最多时日销量达到七万份上下,甚至还超过了《大公报》。《明报》一下子跻身为香港的一流报纸。后来有人开玩笑说:《明报》之所以有今日,全靠《大公报》的帮忙。虽是玩笑之语,却说出了实情。

第三次机会是1967年。这一年内地正在进行"文化大革命"。当年春天香港出现了大规模的劳资纠纷。到了夏天矛盾愈来愈激化,已经演绎成工人与警察的正面冲突。这就是有名的"六七风暴"。在这场风暴中,金庸的《明报》是站在政府这一边的。他认为这是社会动乱,而社会动乱会影响普通老百姓的日常生活。金庸的《明报》当然就成为那些工人和学生们攻击的对象。他们上街游行烧《明报》泄愤,甚至还要烧《明报》的报馆。他们把金庸称"豺狼镛",并放出风声要置他于死地。他被排在置于死地者的第二位。第一位是当时香港商业电台的播音员林彬。此人被那些人浇上汽油烧死。所以此时金庸躲避到瑞士。他天天打电话回来问情况。据说他曾经授命给当时《明报》的总编辑可以在最困难的时候将《明报》关闭。可有意思的是,《明报》不但没有关门,销量反而直线上升。日销量达到12万份之多,进入了香港报纸的前三名。更主要的是,《明报》的风格形成了。它因其社会批评和政治文化批评而受到读者的重视。

《明报》的规模逐渐扩大,金庸又办了很多报纸、刊物,形成了《明报》集团。在众多的报纸、刊物中值得一提的是两份刊物,一份是《明报月刊》。这是一份文化学术刊物,金庸是首任主编。在他的打造之下,这份刊物因其文化思考、社会批判在知识分子中影响很大,人们称赞它是"保护中华文化中最有价值东西的一堵围墙"。另外一份刊物是《明报周刊》。这是香港的第一份周刊,它的定位是时尚娱乐,在市民阶层影响很大。《明报月刊》不赚钱,打的是知名度,《明报周刊》却是财源滚滚,走的是市场路线。就像《明报》的两只翅膀,使得《明报》集团的事业飞腾起来。

金庸的管理方法很有个性。其中三个方面最有特色。一是"纸条管理"。他布置任务很少说话,而是写纸条。甚至用纸条来回应属下的不满和意见。二是"独裁管理"。他自己说过:我管《明报》其实是很独裁的……我做董事长、社长、总编辑、社评执笔人,什么事都说了算,不用讨论。三是"经济管理"。金庸曾经与日本的池田大作说过,他对金钱是糊里糊涂。其实并不是这样,他对金钱是比较在意的。他曾经说过:我办报几十年,对于一磅白报纸的价格,一英寸广告的收费,一位职工的薪金和退休金,一篇文章的字数和稿费等等,长期以来小心计算,决不随便放松,为了使企业成功,非这样不可。讲一个倪匡向金庸要稿费的事情很能说明问题。那个时候《明报》正在蓬勃发展之中,倪匡与金庸已经相当亲密了。有一次倪匡看到金庸,问起《明报》的经营情况,金庸告诉他发展得很好。其实倪匡就是要他说这个话的。倪匡接着就说:我的稿费是不是可以加一加了。金庸一听知道上了他的圈套。没有马上表态,说让他考虑一下。到了晚上倪匡收到一张纸,上面写道不给倪匡增加稿费,并且列了十大理由。在《明报》工作的记者们的工资并不高,所以《明报》的记者流动很快。不过《明报》的这块招牌很硬,只要是《明报》出身,那些记者们都能找到好的饭碗。

1989年5月20日,在《明报》创刊30周年的茶话会上金庸宣布引退。当年《明报》的盈利接近一亿港币。在引退之前,金庸做了两件大事:一是让《明报》挂牌上市。1991年3月22日,《明报》上市。第二件事是从《明报》退隐,到1994年的时候,他基本卖完了手上的《明报》股份,与《明报》脱离关系了。他为什么这样做呢?他曾经征求过他的孩子的意见,是否愿意接受《明报》。孩子们都有自己的工作,对《明报》兴趣不大。那么是否把《明报》交给社会,他做不到。金庸自己说过,他读佛经,知道无欲无求是最高境界,但是他做不到,第一,他做不到不需要物质财产;第二,他不可能不要妻子、儿女;第三,他不可能不要名利。金庸相当坦诚。怎样既能退休,又能过上体面的日子,同时又使得《明报》正常地发展下去呢?让《明报》上市,然后变成钱确实是最好的方式。功成名就退隐江湖,金庸笔下的那些侠客们如此,金庸自己也是如此。

记者是金庸的社会身份,在他的身上还有一个理想,这个理想有机会就跳出来,那就是当一个政治家或者学者。请听下一讲"从政挥洒自有度,治学游刃笑谈间"。

第五讲 从政挥洒自有度,治学游刃笑谈间

看过金庸小说的人都会记得有一个人物叫周伯通,他有一个外号叫老顽童。他创造了一套武功,叫"左右搏击",就是左手打一套武功,右手打一套武功,互不联系。这说明他脑子里同时有两种思维,互不干扰。这是一个天才。现实中金庸也创造了一套"左右搏击",一手写小说,一手写社评。对文字写作有所了解的人都知道,这是两种思维,小说写作是形象思维,社评写作是逻辑思维。金庸每天各写一篇,而且写得都很好,很了不起。金庸的社评显示的是新闻、政治的敏锐性和分析问题的能力,表现了金庸的政治

才华。他的社评特点在于对事情的判断特别准确。我举两个例子。1964年9月底,美国宣布中国即将进行原子弹试爆,但是具体时间不知道。1964年10月1日,金庸的社评是《中共核爆应在下午举行》。金庸认为中国试爆原子弹是真的,但是在什么时间试爆却是个政治技巧问题。如果在美国的白天试爆,美国就会立即召开记者会,渲染试爆事件。因此他推断:中国试爆原子弹应该是下午三四点钟,其时美国正是深夜,仪器中查到之时,国务卿来不及召开记者招待会,北京电台就可先行广播了。到了美国媒体说话的时候,这件事情已经成为旧闻了。后来的事实证明,金庸的推断完全正确。中国于1964年10月16日下午3时试爆了第一颗原子弹。这种预测来自于金庸新闻的敏感性和判断力。金庸的社评最精彩的时候是60年代后期,当时中国内地正在进行"文化大革命",境外的人都密切关注着发生在中国大地上的这件大事。金庸此时的社评成为人们判断"文化大革命"走势的一个风向标,而这个风向标每每准确。例如他在1966年9月1日的社评《红卫兵的新行动将是什么?》一文中很明确地判断,中国国家主席刘少奇将要被打倒,而中国内地的"文化大革命"将有燎原之势,因为它要"消灭各地各单位中的黑帮黑线"。后来中国"文化大革命"的发展印证了金庸的判断正确。金庸在确立《明报》社评立场时说:不偏不倚、公正无私。其实要发表评论,做到完全不偏不倚是不可能的,作者总是有立场表现。但金庸的这个立场说明他不愿意根据政治力量的消长而改变自己的立场。在那个政治风波起伏不断的时刻,坚持自己独立的判断往往就成了最正确的判断。

金庸不仅"纸上谈兵",而且参加了很多的政治活动。最初,他以《明报》记者的身份参加了很多日本和欧洲新闻界的会议。1972年,也就是《鹿鼎记》完成、金庸宣布封笔的那一年,金庸的政治活动开始扩大了。那一年美国国务卿基辛格访华。金庸敏感地意识到美国的中国两岸政策可能要发生变化。1973年4月18日到4月28日,他到台湾访问考察。在台湾他走访了很多地方,会见采访了蒋经国等国民党高层。他为自己的《明报》受到台湾的重视而高兴,也为自己的小说在台湾被解禁感到兴奋(金庸的小说60年代在台湾被禁,即使此时解禁了,台湾也心有余悸,例如《射雕英雄传》在台湾被改成《大漠英雄传》出版,原因当然是毛泽东有诗句:只识弯弓射大雕。用原名会让人联想到毛泽东)。对这次台湾之行,金庸很高兴,回到香港两个月不到,就写了三万字的长文连载于《明报》,这就是那篇著名的报道《在台所见、所闻、所思》。1981年7月16日,金庸受邀访问内地。整整28年后,金庸再次回到故土。金庸感受很深。但是印象最深刻的是7月18日,邓小平接见他。金庸对邓小平一直由衷地佩服,他在《明报》上一直报道邓小平的事情。关于这次会见,金庸在很多场合描述过(我就听过两次)。在廖承志的陪同下,在人民大会堂福建厅,金庸受到邓小平接见。邓小平的第一句话就是:欢迎查先生回来走走!你的小说我读过,我们就像老朋友了。(邓小平肯定是中国大陆阅读金庸小说最早的一批读者,金庸小说在大陆的阅读史是有一个过程的,先是作为内刊提供给一定级别的官员看,后来是大学教授可以看,再后来才是大众阅读阶段。1981年金庸小说在大陆还属于"官员阅读"阶段。据说邓小平晚年还以读金庸小说为乐。)金庸说:我一直对你很仰慕,今天能见到你,很感荣幸!邓小平对他说:对查先生,我也是知名已久。那天北京天气比较热,邓小平和廖承志都是短衫,金庸为了表示尊重是西装领带。后来一起合影时,邓小平对金庸说:今年北京天气好热,你脱了外衣吧。我是粗人,就穿这样的衣服见客。我们不用客气。对邓小平的接见,金庸相当重视,回到香港以后在1981年9月号上发表了《中国之旅:金庸先生访问记》,在香港引起轰动。对邓小平,金庸充满了尊敬。1997年,金庸与池田大作的对话中曾这样说:邓小平先生肯定是中国历史上、世界历史上一位伟大的人物。在我的心目中,他是一位极可敬的大英雄、政治家,是中国历史上罕有的伟人。1993年3月18日,中国第三代领导人江泽民接见了金庸,江泽民的第一句话还是从金庸小说说起:查先生是久仰了,今天初次见面,我们十分欢迎。你的小说在内地有很多读者,许多领导人也很爱看。然后又专门谈了中英问题和香港问题。接见之后,江泽民送了一套有关浙江文化的丛书给他。

80年代之后,香港市民就特别关注香港回归问题。金庸的《明报》也为此做了很多报道和评论。1985年6月18日,香港基本法起草委员会成立,金庸以新闻记者的身份参加了草委会。1985年7月1日,金庸来北京参加草委会第一次全体会议,这是金庸第一次在正式场合参政议政。1986年4月草委会第二次全委会上,金庸被任命为"政治体制"小组香港方面负责人。"政治体制"小组做的事情是要为回归后的香港规划一套具体的政治体制规划,因此很受香港市民们关注,几乎每一个环节都引起很多议论。身为小组负责人的金庸所承受的压力可想而知。金庸为了制订这个方案花费了很多心血。他的这个方案被香港人称之为"主流方案"。1989年2月21日,在全国人大常委会上获得了通过。1989年5月20日,《明报》创刊30周年,金庸召开记者会宣布退出草委会。他开始从政治圈中淡出了。本来金庸不想谈政治了,但1992年他还是与当时的香港总督彭定康就香港的政治体制问题展开了一场笔战。他写了两篇文章《是否既能"定",又能"康"》和《功能选举的突变》,认为作为最后一任的港督应该更加注重内政,注重平稳过渡。你在这个时候搞一人一票的直选,既违背《基本法》,也不会被即将接管的大陆所接受,"九七"之后肯定取消。后来金庸与池田大作对话说:结果真的取消了,彭定康先生公开宣布的预测全部错误,而我的预测却实现了。1995年,在香港即将回归之际,他又被聘为香港特区筹委会委员。不过,这些活动都是他政治生涯的尾声了。

从政治圈里退出来,金庸进入了学术圈,他所涉足的学术大概在两个方面:一方面是他自己的学术研究,一方面是别人对他以及他的小说的研究。先说第一个方面。1992年快70岁的金庸到英国牛津大学做访问学者半年。1999年出任浙江大学人文学院院长。金庸出任该院长一方面想贯彻自己的教育理念,在大学里推动当今大学教育新潮流的"通识教育",另一方面也是与当时浙江大学学校领导的私交不错。不过,他当院长一事一直到现在都存在各种议论。2007年11月25日,他正式辞去院长一职,成为浙江大学人文学院的名誉院长。金庸先生所获荣衔甚多,包括:1981年英国政府O.B.E.勋衔,褒扬其对新闻事业及小说写作的贡献;1986年香港大学社会科学荣誉博士,表扬其对社会工作及文学创作的成就;1988年香港大学文学院中文系名誉教授;1992年加拿大UBC大学Doctor of Letters;1994年北京大学名誉教授;1996年剑桥大学荣誉院士;以及国内众多大学的名誉教授、博士等。在这些名誉称号中,金庸最看中的是两个,一个是2005年英国剑桥大学授予他的荣誉博士学位。当时他在接过证书的时候,就正式提出读一个真正的剑桥博士学位的请求,圆儿时的一个梦。接着他就付诸实施,成为一名剑桥生。这也打破了剑桥建校800年来一个荣誉博士再念剑桥博士学位的记录，金庸也成了剑桥在校生中年龄最大的一个。要读博士当然要读硕士，金庸就先从硕士读起。他在剑桥旁租了房子，在近两年的学习中，只要不是特别重要的事情，他都坚持上课。2007年5月，金庸正式获得了剑桥大学的硕士学位，他的硕士论文是《探讨从玄武门看早唐皇位继承》。接着他就开始申请剑桥的博士学位。目前金庸已经开始了博士课程的学习。

金庸看中的第二个荣誉称号是1994年北京大学授予他的名誉教授称号。（提示一下北大给的名誉教授称号不是中文专业，而是法学专业，因为当时金庸的最高学历是东吴大学法学院肄业）。这一年12月份北京大学教授严家炎先生在香港《明报月刊》发表《一场静悄悄的文学革命》，对金庸的小说给予了高度评价，认为是20世纪中国文化的一个奇迹。金庸被北大授予荣誉教授，以及严家炎先生的文章在国内外都引起了很多的争论：北大是中国"五四"新文学的发源地，中国的最高学府，严家炎先生当时是中国现代文学学会会长。他们这样对待金庸以及金庸小说是否有拔高之嫌。不管别人怎么批评，金庸和金庸小说开始进入中国的学术界了。对于北京大学聘他为名誉教授，他相当高兴，其中还有一个重要原因：他抗战期间考大学的时候，第一志愿是西南联大。当时的西南联大是由北大、清华、南开三所大学联合起来的一所大学，他考取了。但是由于学校在昆明，路途遥远，再加上没有钱，最终没能去成。所以现在成为北京大学的名誉教授他感到很荣幸。1994年以后，金庸的小说研究开始进入中国大学的课堂，北京大学、苏州大学开始专门开设选修课。虽然有各种议论，甚至还有一些调侃（例如王朔将金庸小说与香港四大天王、成龙电影、琼瑶小说列为当下"四大俗"），学术界开始研究金庸小说，如1998年在美国举办了"金庸小说与20世纪中国文学国际学术讨论会"，海峡两岸很多著名的评论家参加了会议；2000年北京大学召开了"金庸小说国际研讨会"；2003年浙江嘉兴举办了"金庸小说国际研讨会"。这些研讨会对金庸小说进行了广泛深入地讨论。此外，各种金庸的研究著作以及硕士、博士的各种研究论文更是不计其数了。可以肯定地说，要研究中国20世纪文化和文学是少不了金庸及其小说的。

现在金庸的一些小说被节选进中学教材的"课外读物"之中，如《天龙八部》中的第四十一回"燕云十八飞骑,奔腾如虎风烟举"和《射雕英雄传》的三十九回"是非善恶"。当然这也引起很多议论,特别是一些媒体将金庸小说进入中学教材和鲁迅小说《阿Q正传》从中学教材中删除对比起来报道,更是只顾新闻效应不顾事实真相了。其实中学教材每隔一个阶段根据社会发展情况做一些调整是相当正常的。从美学角度上说,《阿Q正传》在大学中讲授更为合适,倒是金庸小说的情节结构、遣词造句更符合中学教育。至于说到思想教育和中学生的识别能力,发出种种担忧声音的评论家们不要太小看我们的孩子和老师的水平。其实,你不让看,中学生们就不看了吗?引导要比视而不见高明得多。

现在为金庸做总结当然为时过早。不过他自己1993年4月在《明报》上发表了《第三个和第四个理想》的短文对他自己做了一些总结。他说:"每个人的理想各有不同。对于我,第一个是,少年和青年时期努力学习,得到相当知识和技能。第二个理想是,进入社会后辛勤发奋,做几件对自己、对他人、对社会都有利的事。第三个理想是,衰老时不必再工作,能有适当的物质条件,健康、平静愉快的心情和余暇来安度晚年,逍遥自在。第四个理想是,我创办了《明报》,确信事业对社会有益,希望它今后能长期存在,继续发展,对大众作出贡献。"如果再将现在的情况加上去,金庸还应该加上第五个理想,拿到剑桥大学的博士学位。这五件事情有些已经做到,有些还在做。这就是金庸为自己设计的完美人生。

第六讲　纸扇长袍鸿儒面,神掌利剑侠士心

陈家洛和袁承志分别来自金庸的第一部小说《书剑恩仇录》和第二部小说《碧血剑》。这是金庸小说中人格最儒家化的两个人物。他们具有什么样的特点呢?

他们生来就被赋予了解国难、报家仇的历史使命。《书剑恩仇录》的故事就建立在一个民间传说上,说乾隆是个汉人,是浙江海宁的陈阁老之后,是雍正为了增强夺取皇位的实力将自己的女儿掉包换过来的。陈家洛是陈家老三,于是他与乾隆是亲兄弟。这当然只是一个传说而已,是中国民间利用那些戏剧情节编出来的故事,充满了被满族统治下的汉族的阿Q精神。

《碧血剑》倒是建立在一个真实的事件上,写的是明朝末年,崇祯皇帝中了敌人的反间计,杀了袁崇焕。正因为这个事件真实,金庸专门写了八万字的《袁崇焕评传》附在小说之后。当然小说写袁崇焕之子袁承志复仇的故事,那是虚拟的了。不管是传说还是真实事件,他们两个人都有共同的特点:出生以后就肩负着拯救国难的使命。陈家洛要让他哥哥乾隆换上汉族的服装,从而显示汉人在坐江山。袁崇焕不仅要报家仇,还要拯救风雨飘摇的中华民族。从这个意义上说,他们要完成的是国家的大业。精忠报国是儒家思想的最高层面,是完善人格的最高境界。要达到这样的境界,需要"修身",陈家洛和袁承志都文武兼修,有着很高的武功和文化修养。这倒容易做到。最困难的是如何摆正个人利益和国家利益的关系。这两个人都做得相当出色。我举两个例子。乾隆为了霸占喀丝丽(香香公主),将她掳进宫来,为了获得她的心,为她造花园、建教堂,但是香香公主就是不从。这个时候陈家洛来与乾隆谈判了。乾隆就让陈家洛做香香公主的思想工作,并以此作为双方谈判的条件。可是陈家洛和香香公主是恋人关系。这等于要陈家洛将自己的恋人亲手交给乾隆。陈家洛当然痛苦,但是,在国家利益与个人利益的取舍中,他选择了国家利益。(有些评论家对陈家洛亲手送香香公主给乾隆的做法很不以为然,从而批评陈家洛的软弱和缺点。这样的评论不准确,没有看出陈家洛身上儒家人格的素质。韦小宝有七个夫人呢,他愿意放掉一个给别人吗?一个都不愿意,因为韦小宝根本就不具备儒家人格特点。)怎么劝香香公主呢?只能从大业出发。于是陈家洛将香香公主带到长城谈这样的大事。长城是中华民族国家的象征,在这个地方谈民族存亡的大事,最为适合。香香公主为了陈家洛,陈家洛为了民族与国家,答应了乾隆的要求。再举袁承志的例子。他的父亲袁崇焕是被清皇太极设计杀死的。因此他立志要杀掉皇太极。他来到清宫,准备下手。正在这个时候,他忽然听到皇太极对他的臣子说了这样的话:你们说,明朝的百姓为什么会造反,崇祯的统治为什么不好。一句话,就是老百姓没有饭吃。将来咱们打下明朝的江山,一定要让老百姓有饭吃,要轻徭薄赋,把一切苛捐杂税都取消。老百姓过得好,咱们的江山才能过得好。趴在屋檐上的袁承志听到这话矛盾了起来,从个人利益的角度看应该报仇,皇太极毕竟是他的杀父仇人啊,可是从人民利益上说,皇太极要比崇祯好得多呀。于是他由衷地感叹,这不是一个好皇帝么,下不了手了。从儒家角度来看,袁承志的人格在这里得到了最高的升华。儒家从来认为,国家是大头,集体是中头,个人是小头,当国家和民族利益与个人利益发生冲突的时候,个人利益服从国家和民族利益。

  第二个特点是儒雅风流。如果要我为陈家洛画一个素描,他的形象应该:身材丰颐,面如冠玉,身穿长衫,(长衫是知识分子的象征,鲁迅的《孔乙己》中描述孔乙己的时候特别强调,孔乙己是站在那里喝酒的唯一一个穿长衫的人。站着喝酒的人都是穿短衫,短衫者,打工者也)手执纸扇,是一个儒雅的书生。袁承志基本面像、身材、衣服相同,不同的是手上拿的不是扇子,而是一把金蛇剑。这点区别很重要,下面我们会讲到。这里先讲陈家洛。陈家洛不仅形象儒雅风流,文化修养也非同一般,琴棋书画样样俱佳。他一出场就是隔空下棋(对着板壁扔棋子)。后来与乾隆在西湖相见,是因为琴声。与乾隆初次相交就弹了一曲《平沙落雁》,还写了一首扇面诗送给乾隆。再说他武功,他跟师傅学的是"百花错拳",但是他最厉害的武功则是从《庖丁解牛》中悟出来的拳掌。没有很深的文化修养怎么能从典籍中悟出武功。陈家洛的儒雅风流最精彩的表现还是他的打斗。且看他与张召重的一场打斗:陈家洛身穿长衫,打的是自己悟出来的《庖丁解牛》的掌法。旁边是十四弟余鱼同吹着笛子,曲子是《十面埋伏》。陈家洛合着节拍,缓步前攻,趋退转合,潇洒异常。……余鱼同越吹越急,只听笛中铁骑奔腾,金鼓齐鸣,一片横戈跃马之声。陈家洛的掌法初时还感到生疏滞涩,这时越来越顺,到了后来犹如行云流水,进退趋止,莫不中击。这是打斗么,不,这是舞蹈。

  大业为重、修身齐家、儒雅风流是儒者内外形象最理想的标准。金庸正是用这个标准塑造陈家洛的。由于作者太理想化了,人物反而有点假,存在严重的缺点。这个缺点表现在两个方面:一个是金庸有意拔高人物的思想素质,而这个思想素质与人物个性产生了冲突。陈家洛这个人身上是两种形象的结合体,一个是江湖英雄,一个是职业革命家。如果将陈家洛的行为梳理一下,你将会发现他留在你印象中最精彩的是打斗和与霍青桐、香香公主姐妹俩谈恋爱,例如,他与她们姐妹俩如何在野狼阵里打斗和被关在山洞里接受磨难。这是江湖英雄的形象。给你印象最不深的,或者说写得最不好的是他作为红花会的大当家如何组织群雄与官军斗争以及怎样争取他的乾隆哥哥恢复汉装。这是职业革命家的形象。职业革命家恰恰是金庸最想表现的人物素质。职业革命家的形象为什么会失败呢？原因是两个：一是江湖英雄与职业革命家形象本身就有冲突，江湖英雄讲究的是个人主义，革命家讲究的是集体主义，它们是合不起来的（《水浒传》也存在这个问题，上梁山之前好汉们个个都是一条龙，这个时候他们都是江湖好汉，上了梁山排了座次之后，他们都成了集体主义的一分子，于是他们都成了虫。事实上《书剑恩仇录》中的英雄就有点"水浒化"）。二是陈家洛本身就缺乏革命家的素质。他之所以成为红花会的首领是因为他是乾隆的弟弟。他缺乏革命的经验，对乾隆认识不足，而且不愿意随机而变，只是一厢情愿地根据老掌门的遗愿办事；他也缺乏革命的才能，他组织的几次革命行动几乎都是失败的。最后差一点将红花会葬送掉。第二个缺点是金庸有意拔高人物形象，有些描写甚至有戏剧化的倾向。陈家洛的很多神机妙算都缺乏性格根据，甚至很多行为都有作秀的倾向。比如写陈家洛进周仲英的铁胆庄："一片静寂之中，忽然厅外脚步声响，厅门打开，众人眼前一亮，只见一人手执火把进来。那人书生打扮，另一手拿着一支金笛。他一进门便向旁一站，火把高举，火光照耀中又进来三人。一是独臂道人，背负长剑。另一人轻袍缓带，面如冠玉，服饰俨然是个贵介公子，身后跟着个十多岁的少年，手捧包裹。这四人正是'金笛秀才'余鱼同、'追魂夺命剑'无尘道人以及新任红花会总舵主的陈家洛，那少年是陈家洛的书童心砚。"这种出场法显然来自舞台上的皇帝或主帅的出场。

　　金庸是聪明的，陈家洛身上的这些缺点到了第二部小说的袁承志身上就消退了许多。袁承志虽然被推为七省武林盟主，但并没有被塑造成革命家，而是被塑造成复仇者。形象的改变给人物塑造带来了很多好处。复仇者是个人主义者，个人主义与江湖英雄是契合的，于是袁承志就少了集体主义的障碍，多了个人主义的光彩。表现在三个方面：一是他不再拘于满汉之争，也不再拘于正统和非正统之争，而是对社会有了自己的见解。最有说服力的例子是小说的结尾。这个时候李自成已经打下了北京城，而且封袁承志做官。如果按照集体主义的思想的话，袁承志应该接受这个官，并且帮助李自成，因为在小说中李自成是被看成革命力量的。可是袁承志拒绝了，因为他看到夺取了政权的李自成私心膨胀，滥杀无辜。他不仅拒绝了李自成，还带领一些人到海外建立了一个社会安宁、人民安乐的社会。他的这种做法,陈家洛能做到么?恐怕不行。二是他身上的江湖气息要浓多了。与陈家洛一样,袁承志最厉害的武功不是师傅教的,而是自己得到机缘悟出来的。但是,他不像陈家洛那样学的是正规的典籍庄子的《庖丁解牛》,而是颇有邪门色彩的金蛇郎君的《金蛇秘籍》。《金蛇秘籍》讲究的是阴狠毒辣,诡秘暗算,这些手法是陈家洛不愿学,也不能学的。所以我说,陈家洛和袁承志外形上大体一致,但是他们一个手上拿着书,一个手上拿着剑。二者隐含着人物内涵上的区别。三是手持金蛇剑的袁承志实际上还暗含着金蛇郎君的影子。金蛇郎君是个放荡不羁的浪子,他的所作所为不符合儒家的要求,但是金庸并没有把他写得多坏,反而肯定了他的个性。让袁承志成为他的后人,金蛇郎君的影子赋予袁承志更多可爱的个性。

从陈家洛到袁承志,虽然大的格局都是儒家,但是人物形象却从道义向人格上倾斜。到了《射雕英雄传》,金庸就塑造了一个完全人格上的儒侠形象,那就是郭靖。请听下一讲"男儿有泪非气短,英雄无奈是多情"。

第七讲 男儿有泪非气短,英雄无奈是多情

郭靖是笨还是忠厚,不同人有不同的解读。金庸在小说中也给了两种答案。他6岁那年,被江南七怪在蒙古大漠中找到,那个笨拙的样子,七怪都"怅然若失"。老二朱聪说:这孩子资质太差,也不是学武的坯子。老三韩宝驹说:他没有一点刚烈之性,我瞧也不成。老七韩小莹看了他一眼发一声长叹,眼圈儿不禁红了。洪七公在教郭靖"降龙十八掌"的时候,也是这样评价他的:笨头笨脑。到了桃花岛,他与欧阳克比武的时候,那个笨相更不用说,黄药师觉得:这个愣小子实是说不出的可厌……想到要将独生爱女许配给这傻头傻脑的浑小子,当真是一朵鲜花插在牛粪上了。郭靖是不是笨呢?似乎是。小说中说:他小时候有点呆头呆脑,直到4岁时才会说话。江南七怪怎么教他,就是长进不大,有几次甚至要放弃他。洪七公教黄蓉"逍遥游"三十六掌,不到两个时辰,黄蓉全部学会,教郭靖一掌"亢龙有悔",几天都学不会,而且教了他第二掌居然将第一掌忘记了。要说笨真是够笨的。大概从这样的认识出发,很多读者认为郭靖笨,很多演员、导演也

认为郭靖够笨,以至于我们看到那些演郭靖的演员都将郭靖演得很笨拙,甚至讲话都结巴。郭靖真的笨么？我认为这不过是金庸的障眼法,金庸还写了郭靖的聪明。我举三个例子,先讲对人生的看法。小说结尾的时候,郭靖与成吉思汗论英雄。成吉思汗当然认为自己是英雄,郭靖却说:自来英雄而为当世钦仰、后人追慕,必是为民造福、爱护百姓之人。以我之见,杀的人多未必算是英雄。成吉思汗说:难道我一生就没有做过什么好事？郭靖说:好事自然是有,而且也很大,只是你南征西伐,积尸如山,那功过是非,可就难说得很了。听了这话,成吉思汗茫然若失,过了半晌,哇的一声,一大口鲜血喷在地下。成吉思汗临死之前还在念叨着"英雄"。郭靖这段人生评价是笨拙之人说得出来的么？这是一个对人生有着深刻思考的人才能说出来的话。再举论人之言。郭靖到了桃花岛无意之中遇到了老顽童周伯通。老顽通讲了《九阴真经》的来历。讲到王重阳临死之前,有人去偷经书。让郭靖猜谁会去偷书。郭靖猜是"西毒"欧阳锋,周伯通很奇怪:你怎么能猜到。郭靖对当代的四大高手做了这样的评价:洪恩师为人光明磊落,那段皇爷既是皇爷,总当顾到自己的身份。黄岛主为人怎样,兄弟虽不深知,但瞧他气派很大,必非乘人之危的卑鄙小人。这些人有的他接触过,有的他没有接触过,就凭着自己的感觉,评价得相当准确,难怪让躲在旁边听的黄药师大呼:小畜生还有眼光。再举一个例子说明他临危应变的能力。在蒙古大漠,马道长和江南六怪(已经死了一怪)为了吓走梅超风,扮作"全真七子"。正在双方对峙的时候,被梅超风掳来的华筝醒过来了,看见郭靖就大喊"靖哥哥"。这个时候,郭靖扮演的是小道士尹志平的角色。如果笨,郭靖就会喊出华筝的名字,那样的话,这一场骗局就被揭穿了。郭靖没有,而是装模作样地说:弟子好像听见一个女子的声音。这就是随机应变。如果将金庸笔下郭靖的笨与聪明的描述比较起来看,就会发现,说他笨是他智力开发迟,学武功比较慢;说他聪明则是全方位的,知人论世、随机应变都行。智力开发迟,武功学得慢属于"拙","拙"是可以补的,勤能补拙,别人练一遍,我就练十遍,别人练一天,我就练十天,总能学会的。事实上郭靖就是这样做的。郭靖学武功学得很苦,但是终成武功最高者。但是,知人论世、随机应变则是补不起来的,它需要文化修养、综合思考和脑筋急转弯。郭靖补起他的"拙",发挥了他的聪明,他就能够成为大侠。所以说,写郭靖笨只是金庸的障眼法,那么应该怎样评价他呢?其实金庸在小说中已经做了交代:那天黄蓉到集市上买菜给洪七公吃,路上遇到了穆念慈。她们两人对郭靖有一番评价:黄蓉问穆念慈:姐姐,你不肯嫁他,是嫌他太笨么?穆念慈回答说:郭世兄哪里笨了?他天性淳厚,侠义为怀,我是佩服得很呢……这等男子,原是世间少有。天性淳厚、侠义为怀,这就是郭靖的形象。对人的评价往往需要异性,但是不能是热恋中人,热恋中人会昏了头,"情人眼里出西施",而应该是旁观者的异性。就拿穆念慈来说,对郭靖的评价就很准确,对杨康的评价就很成问题,因为她热恋着杨康。让穆念慈来评价他们兄弟两个,做出了正确和错误的判断,这是金庸的聪明。这是另一个话题,以后再说。

如果将陈家洛与郭靖进行比较,将会感觉到,他们都是道德完善的儒侠,但是一个可敬,一个可亲。为什么呢?这与他们两个人的出身、秉性有关系。陈家洛出身高贵,是乾隆皇帝的弟弟,是红花会首领。这样的出身和地位与一般老百姓有了距离感。郭靖则出身平民,家破人亡,他的母亲被裹挟到蒙古来,就是难民。从出生到成长,多番磨难,几经生死。陈家洛行侠仗义的时候总让人感到有很强的功利性,而郭靖则是出于本性。举例子说明。陈家洛曾经说服喀丽丝顺从乾隆,让个人利益服从民族利益。这多少让人感到,陈家洛在做交易,是为了索取乾隆的回报。郭靖也有一次同样的感情经历。小说的第37回,郭靖率军打下了撒麻尔罕。因为这个城池非常难打。攻打城池的时候,成吉思汗就说,谁打下这个城池,城中的子女玉帛尽数赏他。郭靖将城池打下来了,成吉思汗兑现诺言,将城中的所有的子女玉帛都给他了。他不要。成吉思汗很高兴,问他有什么请求,有什么请求他都会答应。郭靖其实是有要求的,他已经和黄蓉说好,他要当面请求成吉思汗同意解除他与华筝的婚姻,他才能与黄蓉结婚。可是正当他准备提出要求的时候,蒙古兵的屠杀开始了。看见数十万的老百姓四处逃命,数万蒙古兵的疯狂屠杀,郭靖的请求变成了:饶了这数十万百姓的性命。听到这样的请求,成吉思汗先是一愣,然后就是愤怒,因为蒙古兵从来是打下城池就杀人抢物的。他根本想不到,郭靖会是这样的请求,所以他拖着嗓子说:你不后悔。郭靖看见成吉思汗这个形象心里真有些害怕,同时他又想起黄蓉反复关照的叫他辞婚。但是看见眼前数十万老百姓的哀号,他能不救么?他昂然地说:我不后悔。成吉思汗听到他的声音在发抖,又看见他那样坚决的样子，真佩服他，同意了他的请求。可是郭靖呢？却丧失了自己与黄蓉成婚的最好机会。他得到什么回报没有，什么都没有。无私的奉献，这是郭靖最使人可亲可感的地方。陈家洛一出场武功就很高，于是与他打斗的人总是输在他的手上，虽然打得很惨烈，但是武功高强总是一个条件。郭靖不是的，他是天性如此。小时候他不会什么武功，但就是敢救蒙古勇士哲别，被打得遍体鳞伤，就是不说出哲别的藏身之处。当桑昆放出猎豹咬华筝时，他就地滚去，抱起了华筝。当铁木真问他为什么这么勇敢，他的回答很简单：豹子要吃人的。他最初走入江湖时武功不高，根本就不是梅超风的对手，可是在归云庄，当梅超风要与江南七怪报仇的时候，他却站在师傅们的前面，说：仍是让弟子先挡一阵。他不是要逞强，他知道师傅有难，弟子就应该冲在前面。当梅超风不屑与他动手的时候，他叫了起来：你丈夫是我亲手杀的，与我师傅何干。他知道打不过梅超风，根本就不想逃，就想解师傅们的难，于是他说：我不逃，要杀要剐随你的便，但是你以后不能再找我六位师傅啰唆了。他是想用自己的生命换取师傅们的平安，使得在场的人都对他刮目相看。郭靖令人可亲的地方还在于他"认死理"，决不投机取巧。他第一次获得铁木真好感就是"认死理"。当别人逼着他说出哲别的藏身之处时，他就不说。他如果狡猾一点，可以说，我不知道。但是，他却这样说：我不说，我不说。我不知道，是与此事无关。我不说，是明明知道就是不说。他为什么这么说呢？就是他不会说谎，他是明明知道的，为什么不说呢？因为他答应哲别不说出他的藏身之处的。洪七公开始并不喜欢他，说他笨，但是后来答应教他武功了，当然是黄蓉做菜的功劳，也与他"认死理"有关。洪七公答应教他武功，但是要他发誓不将武功外传，连眼前这个鬼精灵的小媳妇儿也不允许。这个小媳妇儿当然是指黄蓉。要是机灵点儿的人，肯定会答应。因为教不教黄蓉武功是以后的事情，现在先学了武功再说。可是他的回答是：那我就不学了。为什么呢？因为他想道：若是她要我教，我不教是对不起她，教了是对不起您。洪七公在惊奇他这样的回答的时候，倒也很佩服他，说：傻小子心眼不错，当真说一是一。当然他这样"认死理"也有吃亏的时候。在归云庄，黄药师因为不满郭靖杀了自己的徒弟，要杀了他。黄蓉当然拼死保他。但是黄药师是个要面子的人，不杀可以，教训是少不了的。一掌下去，郭靖如果机灵一点，就干脆跌个鼻青脸肿倒也罢了，谁知他就是不会装假,他不但不跌,还站稳了脚跟。结果黄药师的面子下不来,又是一掌,这下吃了大苦,膀子给打得脱臼了。人们喜欢郭靖这个形象,首先喜欢的是他的本性,然后才会佩服他的侠客本色。

说到郭靖,有两个人不得不说。一个是杨康,一个是黄蓉。杨康的定位比较清楚,他是作为郭靖的参照系来确定的。他与郭靖是难兄难弟,郭靖天性淳厚,他的资质却相当聪明;郭靖甘于贫寒,他却贪图富贵;郭靖爱国爱民,他却认贼作父。郭靖最后成了大侠,而他却中毒而死,尸体成了毒尸,连乌鸦都不敢吃。金庸告诉人们什么是可感、可亲,什么是可憎、可悲。黄蓉对郭靖来说至关重要。论机警和聪明,《射雕英雄传》中没有一个人比得过她。论对郭靖的帮助,她的功劳最大,可以说,没有黄蓉就没有郭靖。黄蓉有着特殊的地位,书中那些重要人物都与她有关系,黄药师是她的爹;洪七公是她的师傅;段皇爷是她的救命恩人;欧阳锋想要她做侄媳妇。在与这些人的交往中,她都是将郭靖推在前面。于是郭靖就到了江湖的最高平台上,就有机会学到顶尖的武功,就有机会遇到各种奇遇。她又引导郭靖读熟了武穆兵书,一路上斩将过关,再帮助郭靖夺取了撒麻尔罕城,造就了郭靖的辉煌军功。所以说黄蓉是郭靖的推动力,也是事业辉煌的引领者。杨康和黄蓉就像郭靖的两只翅膀,没有他们的抬升,郭靖的形象也不可能灵动起来。

说《射雕英雄传》中的英雄,光说郭靖是不够的,其中还有很多令人难忘的形象。请听下一讲《可笑世人不解情,枉误忠侠仁厚心》。

第八讲　可笑世人不解情,枉误忠侠仁厚心

陈家洛、袁承志为国为民,他们是侠之大者。除了"国"与"民"之外,真正的侠客还应该有哪些人品和素质呢?在《书剑恩仇录》和《碧血剑》之后,金庸写了《雪山飞狐》及其姐妹篇《飞狐外传》。两部小说塑造了胡一刀、苗人凤和胡斐三位大侠。这三位大侠可以视为一个人物,因为他们的所作所为综合起来,就是一个大侠应该具有的人品和素质。

胡一刀和苗人凤最能体现侠客豪气的就是他们在小客栈展开的那场生死决战。他们之所以打起来是田归农这样的小人所为,可是毕竟都是英雄,

他们打着打着,互相仰慕、互相赞赏起来,都把对方看成唯一的对手和英雄,两人不仅同屋而眠,交流起武功,还将自己的武功教给对方,交换武器相互练习。可谓是英雄相惜。他们的这场搏杀让人懂得了什么叫荡气回肠,什么叫英雄豪气。英雄是否就不儿女情长?那倒不是。这两个人对自己的儿女所表现出来的亲情尤其令人感动。在我看来这是胡一刀、苗人凤形象中最为光彩的一面。人说英雄流血不流泪,但是胡一刀流了眼泪,他在生死决战的前夕,抱着自己的儿子,大声地痛哭,不是抽抽泣泣地哭,而是哭声震天,那种儿女之情毫无保留。当得知苗人凤有仇人未杀,他不顾一天厮杀的劳累,来回三百里,一夜之间杀了苗人凤的仇人。为什么呢?就是要换取苗人凤对他妻儿安全的保证。当苗人凤用绣着"打遍天下无敌手"的黄布包起了他的儿子时,他大喜,连声称谢。胡一刀这样的做法多少有向对手讨好的意思,向对手示弱。为了儿子,他愿意做。再说苗人凤,他的儿女之情表现得同样深沉。当他的妻子南兰与田归农私奔的时候,他不是拍案而起,不是如《水浒传》中的那些英雄人物手刃奸夫淫妇,而是抱着女儿苗若兰去追妻,这个时候他不是所谓眼睛里进不了沙子的英雄,也不是那个豪气万丈的丈夫,而是一个充满柔情的父亲,他是用女儿的骨肉之情打动自己的妻子。在商家堡的大厅里,他追上了妻子,他没有说一句劝自己的妻子回心转意的话。他们的女儿扑向了妈妈,喊着:妈妈,妈妈,抱抱兰兰。苗人凤的一双眼睛像鹰一样看着自己的妻子。可是他的妻子没有回身抱起自己的女儿,而是将自己深情的眼光投向了田归农。小说是这样写的:苗人凤的心沉了下去,他不再盼望,缓缓站了起来,用油布细心地妥帖地裹好了女儿,放在自己的胸前,他非常非常的小心,因为世界上再没有这样慈爱、这样伤心的父亲。他大踏步地走出大厅……小女孩的哭声还在隐隐传来,但是苗人凤大踏步去了。他抱着女儿在大风大雨中大踏步走着。这是一个多么凄情、悲壮的图画。英雄未必不多情,儿女情长未必英雄气短。在金庸的小说中很少写到父子之情或父女之情的,他笔下的英雄大多是父亲缺失,即使有父亲也常常是为了私利而牺牲儿女感情,例如《连城诀》中的万震山、戚长发,《笑傲江湖》中的岳不群。所以,胡一刀和苗人凤的儿女亲情就显得特别令人感动。

　　行侠仗义当是英雄本色。胡一刀为什么叫"胡一刀",是因为他看见做坏事的,立马一刀杀了,所以叫"胡一刀"。苗人凤为什么叫"金面佛",是因为他疾恶如仇,见到恶人毫不留情,如果谁做了不端行为,被他知道了,定然找上门来,轻则折损一手一足,重则丢命,绝逃不了。胡一刀留下的遗孤胡斐被平阿四拼死相救,是因为胡一刀救了平阿四一家三口,并且与他兄弟相称。惩恶扬善、拯贫扶弱,这就叫行侠仗义。在行侠仗义的表现上,胡斐的形象要更生动、更丰满些。胡斐没有胡一刀和苗人凤那样正气凛然,他会说谎,会挑拨,例如在商家堡与一般江湖人士打斗,这个时候他看见红花会里的英雄赵半山来了。他知道这些江湖人士都不是赵半山的对手,于是他就挑拨了,说:赵三爷,这些饭桶吹牛,那也罢了。他们却说红花会个个都是脓包,又说八卦掌的功夫天下无敌,说他们门中的老英雄单凭一柄八卦刀,打败了红花会中所有的人物。小的听不过了,因此出来训斥。他们却偏生不服,跟我动手。赵三爷,你说气人不气人。这种无中生有的话是那些大侠们说不出口的。他会吹牛,会说大话,他到了广东佛山,看见有一个酒楼,叫"英雄楼",伙计嫌他衣衫寒酸不让他进,于是他就吹牛了,什么好菜尽管上来,不要怕价钱贵,什么我不吃你个人仰马翻,我便枉称英雄了等等。这个故事情节我们在《射雕英雄传》中见过,当时黄蓉就是这样招呼酒店的伙计的。但黄蓉不是吹牛,她知道旁边那个郭靖有钱会付账,胡斐却没有钱,有骗吃骗喝之嫌。他甚至还无原则,他帮助袁紫衣去抢掌门人的头衔,也不管为什么抢,不管这些门派是正是恶,就觉得袁紫衣看着顺眼,这样的事情做起来好玩。尽管如此,我们还是说他是一个大侠,因为他做了一件大事,并且成为他后来行动的贯穿线索,那就是他要为钟阿四一家申冤报仇追杀凤南天。这件事情很能体现胡斐的素质。报仇可以说是武侠小说的一个模式,但是报仇总是各种恩怨留下来的,都与事主有密切的关系。钟阿四一家与胡斐完全没有关系,完全是抱打不平,完全是行侠仗义。更值得一说的是,在他追杀凤南天的过程中,他知道了他是袁紫衣的父亲,也知道袁紫衣要救他,他并没有因为自己与袁紫衣的感情而放手,没有一点私情。小的事情上似乎并没有多少侠气,但是在大的问题上绝不含糊,那些小问题反而成为丰满他的性格形象的血和肉。因此,胡斐的行侠仗义做得很有真实性。

  胡斐有没有自己的私仇呢?当然有,而且是深仇大恨,他要找杀父杀母的仇人。后来他似乎找到了所谓的"杀父之人",那就是苗人凤。他是有机会杀掉苗人凤的,当时苗人凤的眼睛瞎了,胡斐的身边还有一个完全听他的话的使毒高手程灵素。可是他没有下手,也不后悔医治了苗人凤的眼睛,因为他看见苗人凤的所作所为根本就不像一个坏人,他也不愿意乘人之危报自己的私仇。痛苦万分,却显得光明磊落。报仇从来就是与报恩联系在一起的。与报仇的优柔寡断相比,胡斐的报恩做得相当彻底。他决不允许任何人伤害平阿四,这还可以理解,因为平阿四对他有养育之恩。而他对马春花可以说是滴水之恩,涌泉相报了。胡斐小时候和平阿四一起躲在商家堡。后来被商家堡当作胡一刀的卧底抓住,吊了起来鞭打。商宝震足足打他三百鞭子,打得他皮开肉绽,站在旁边的马春花实在看不下去了,大叫"不要打了"。看见马春花满脸的怜惜,胡斐大为感谢。又看见马春花找金创药给他,更是感动。这个恩情胡斐一直记在心上。为了报这个恩,胡斐可说经历了千辛万苦。他曾经冲进王府救出中毒的马春花。最为感人的是为了满足马春花最后的两个愿望,他想尽了办法。马春花要求:一是要看到自己的两个儿子,二是要看到福康安。这是很有难度的,因为这些人都在王府,一个是见不到,一个是根本不愿意见。为了达到马春花的要求,胡斐居然请求红花会各位英雄帮忙。马春花的两个双生子从王府中被抢了出来,不但让马春花看到了自己的儿子,自己还收了她的两个儿子为义子。他还让陈家洛扮演福康安去让弥留之时的马春花看上一眼。这个时候,金笛秀才余鱼同在屋外吹起了一首缠绵的曲子。就是这样的曲子让马春花爱上了福康安。现在再让她进入这样的环境之中,让她在满足中死去。胡斐为什么要这样做,连程灵素都不理解,可他是这样想的:忆昔年在商家堡被擒吊打,马春花不住出言求情,有恩不报,非丈夫也。他只有一个念头就是报恩,哪怕丢掉自己性命也在所不惜。

报恩、报仇和儿女情长写的都是英雄的素质和性情。一个完整的英雄形象还需要深入到他的情感世界。英雄情是什么,这正是两部小说的另一个侧重点。金庸小说中写情很多,写情歌不多但是在《飞狐外传》里面有。胡斐初见程灵素的时候,曾听到乡人王铁匠唱了这样一首情歌:小妹子对情郎——恩情深,你莫负了妹子——一段情,你见了她面时——要待她好,你不见她面时一天天要十七八遍挂在心。这段情歌唱的是什么呢? 就是男女爱情"情"最重要。胡一刀是英雄之情的正面。苗人凤是英雄之情的反面,胡斐则是英雄之情的迷茫面。要说长相,他们三人长得都不好:胡一刀一张黑漆脸皮,满腮浓髯,头发却又不结辫子蓬蓬松松的堆在头上。但是胡夫人却长得相当地美。他们走在一起,就像貂蝉嫁给了张飞。可就是这样一对夫妻却上演了一场悲剧的英雄之情。他们两人是在山洞里面对着一大堆宝藏定情的。当时胡夫人要胡一刀在宝藏和她之间进行选择的时候,胡一刀哈哈大笑:就是有十万宝藏也不及你。他还将这样的选择写成文字留在山洞里,写道:世上最宝贵之物,乃是两心相悦的真正情爱,决非价值连城的宝藏。而胡夫人呢?她并没有因为胡一刀的丑陋而反感,而是要与他共生死,在胡一刀死了之后,她绝不含糊,将自己的儿子托付给了苗人凤自杀而死。不论美丑重在感情,不求同日生,但求同日死,胡一刀的情爱之事,虽是悲剧,却很圆满。苗人凤的情爱之事也是悲剧,但是不圆满。苗人凤长得也不漂亮:只见他身材极高极瘦,宛似一条竹竿,面皮蜡黄,满脸病容,一双破蒲扇般的大手,摊着放在桌上,说它像蒲扇,是因为只剩下一根根骨头。他的夫人南兰大概是所有的女人中最漂亮的一个。由于南兰家突然的灾难,又由于这场灾难中苗人凤的出手相救,他们结婚了。可是人虽在一起,心却相隔很远。苗人凤重的是情而不是色,他要的是胡夫人这样的女人,所以在新婚之夜他就拿胡夫人与自己的新婚妻子进行对比,说:像这样的女人,要是丈夫在火里,她一定也在火里,丈夫在水里,她也在水里……因为南兰曾经在火烧房子的时候自己先逃出来过。苗人凤虽然是醉话,虽然以后再也不说了,但是他的真实心境已经表露了出来。而南兰为什么爱上了田归农,是因为田归农英俊潇洒,说每一句话都讨人喜欢,每一个眼神都是软绵绵的。可见她是重色不重情的。两人的侧重点不同,分离是必然的。胡斐也不漂亮,生下来的时候:脸上全是毛,眼睛睁得大大的,就是一副凶相,倒像他爹。他身边的两个女人也相貌不佳,程灵素除了一双眼睛外,容貌却是平平,肌肤枯黄,脸有菜色,似乎终年吃不饱饭似的,头发也是又黄又稀,双肩如削,身材瘦小,像穷村贫女,自幼便少了滋养。袁紫衣倒长得漂亮,但却是个不能出嫁的尼姑。这两个女人对胡斐都是真情相待,程灵素甚至为胡斐献出了生命。袁紫衣最后走了,留下伤心的胡斐一人站在那里。《雪山飞狐》的最后是胡斐与苗人凤搏杀,胡一刀那一刀是否能砍下去,读者迷茫,金庸自己也迷茫。《飞狐外传》的结尾是袁紫衣念的一首佛偈(ji):由爱故生忧,由爱故生怖。若离于爱者,无忧亦无怖。英雄究竟要不要情爱呢？弄到最后胡斐迷茫,读者迷茫,金庸也迷茫。

爱国爱民、侠骨柔情,从陈家洛到胡斐,金庸比较完整地打造了一个英雄的形象。金庸小说中的英雄形象逐步发生了变化,请听下一讲"形落邪处邪有正,情到真时真亦假"。

第九讲　形落邪处邪有正,情到真时真亦假

郭靖、黄蓉是《射雕英雄传》中的主要人物,围绕在他们身边的人物中最令人难忘的就是四大高人：东邪、西毒、南帝、北丐。原来还有一个"中神通",是全真教主王重阳。小说开卷的时候他已经去世了,他的形象是从师弟周伯通的嘴里说出来的。虽然只是间接描写,但是他在第一次华山论剑的风采、处理《九阴真经》的思考,以及用一阳指力挫欧阳锋的神功,都已经展示出他一代宗师的形态。可惜他死得太早了,留给读者的印象远不如小说着重要讲的四位。

东邪、西毒、南帝、北丐,四大高人中最有个性的是东邪黄药师。评价这个人,可以用四个字概括。第一个字：邪。邪,并不是说他不走正道,也不是说他作恶做坏事,而是说他所做的事情,让你想不到,其中不乏潇洒和聪慧。举个例子。作为一个学武之人,说不想《九阴真经》,那是不可能的,但是他不会像欧阳锋那样乘人之危去抢,而是用骗的方法取得。为了让过目不忘的妻子能够看到《九阴真经》,他可以与周伯通去打弹子,然后用击碎周伯通弹子的方法赢得了这场游戏。手段是不太光明正大,但是其中的聪明不得不佩服。就这场骗局来说,应该说黄老邪高明,他是针对周伯通的性格设计的,让周伯通无话可说。那种不潇洒的事情他是不做的。后来周伯通来到桃花岛躲在山洞里,他知道周伯通带来了《九阴真经》的上册,但是他绝不硬夺,即使是周伯通出山洞大小便,他也不会利用这个机会去抢。周伯通知道他这个又想拿又不愿硬取的性格,有时有意在山洞外多待一点时间,让黄老邪去难受。第二个字：才。周伯通在桃花岛上被关了15年,说起黄老邪他是咬牙切齿,但是说到他的才,他还是由衷地佩服说：黄老邪聪明之极,琴棋书画,医卜星象,以及农田水利,经济兵略,无一不晓,无一不精。当然,

黄老邪的才,绝不是才子的才,而是武学之才,里面充满了杀机。他的桃花岛所种的桃树就是机关,其巧妙那是不用说了。最令人称奇的是他的吹箫。他一出场是救梅超风,形态超凡脱俗,他坐在松树顶上,松树顶梢在风中来回晃动,这个形象简直就是神仙。然后他吹起了箫,那个箫声让人听了心情极为舒坦,忘乎所以地手舞足蹈,哈哈大笑,一直到笑死为止。后来写他在桃花岛上吹《碧海潮生曲》更是神奇。金庸这样写他的箫声的威力:大海浩淼,万里无波,远处潮水缓缓推进,渐近渐快,其后洪涛连天,白浪连山……于无声处隐伏凶险,令聆曲者不知不觉而入伏。这可不是一般的箫声,里面充满杀机,很像那魔鬼的歌声,让人在快乐之中丢掉性命。第三个字:护。就是护短的"护"。当陈玄风、梅超风偷走他的《九阴真经》、妻子因为背出经书而死之后,他居然将自己的弟子的脚跟挑断,全部赶出桃花岛。有个性的是,他认为这些都是自己家里的事情,不允许别人干涉。所以,他听说自己的大弟子陈玄风让江南七怪杀死了,不是高兴,而是愤怒,要他们自己自杀。他惩罚梅超风的方法也很怪异,要她自断双手,这倒没什么,但是,他却要她杀掉所有看过那本《九阴真经》的人。自己的事情自己处理,即使是坏事也是自己了断,别人只要碰上,不论是非都是别人的错。第四个字:情。人们论及黄药师总是说他邪,往往忽略了他是至情之人。他当然痛恨陈玄风、梅超风偷他的经书,其实他看见梅超风时,他已经原谅了她,否则,他不会处处护着她。他迁怒于他的弟子们,但是早就有了后悔之意,否则,他不会在归云山庄同意陆乘风用本门武功教他的儿子,不会拿出早已准备好的"旋风扫叶腿法",让他早日恢复走路。更能体现他的真情的是他爱自己的妻子和女儿。他将妻子的尸体藏在冰窖里,经常去与她交谈,最后是想与她一起同归于大海。对女儿的疼爱已经达到了不顾身份的地步。按照黄老邪的个性,有失身份的事情他是不愿意做的,但是他有两次失态,一次是他为择婿让欧阳克与郭靖比赛三场,等郭靖赢了两场后,他又悔婚了,这样的反悔不是大师所为,还不如穆易、穆念慈的比武招亲。但是他为了女儿,就可以做,因为他不愿意自己的女儿嫁给一个傻小子。还有一次,为了解除黄蓉感情上的困扰,他居然要出重手打死华筝,这些做法简直连韦小宝都不如,但是为女儿,他做得出。黄老邪的感情流露相当真挚,但表现出来却很怪异。那一次海上大战结束,灵智上人和欧阳锋骗他黄蓉已死。他的感觉是

"胸中一阵冰凉,一阵沸热","但见他双手发抖,脸上忽而雪白,忽而绯红……忽然听他哈哈长笑,声若龙吟,悠然不绝","笑声中隐隐然有一阵寒意,众人越听越凄凉,不知不觉之间,笑声竟已变成了哭声",然后,他居然吟起了曹子建的诗:伊上帝之降命,何修短之难裁……天长地久,人生几何。这样的感情流露摄人心魄。大师的伤心与小人的戚戚就是不同。讲到这里,我要特别讲一下,金庸先生最近修改的《射雕英雄传》将黄药师的形象做了重要的修改,非要加上一段黄药师与梅超风的一段暗恋。理由是黄药师不让陈、梅两位得意弟子结为夫妇以及在他们逃走后迁怒于其他弟子这些情节曾经引起一些读者的疑问,他们认为单单是"性情古怪"并不足以解释黄药师的行径,尤其是无法解释为何陈梅二人私结夫妇之后"情知如被师父发觉,不但性命不保,而且死时受刑必极尽残酷"。于是,金庸先生在新版中做出了"合理"的解释。金庸不仅完整地交代了"黑风双煞"陈玄风、梅超风在桃花岛上学艺、相恋的过程,还借黄药师抄写欧阳锋写给其小侄女的一句词"恁时相见早留心,何况到如今"明确点出了他对梅超风的感情,一改旧版中黄药师对妻子一往情深的形象。正因为黄药师对自幼收养的女弟子梅超风产生了一种超乎师生之外的暧昧感情,他才不许梅与陈玄风结为夫妇。我是坚决反对金庸先生修改他的原著的。因为黄药师的形象没有什么不合理,理由上面分析人物时已经说了。小说写出来是不能改的。对于这个问题,听众朋友们如果感兴趣,可以看我在新浪网的博客。这里不多说了。

　　黄药师形象表现的是真情真性。欧阳锋和洪七公则是一恶一正两极。欧阳锋之恶是表里一致。表象是专门弄些毒。他的那些蛇毒性极大,他只用他的双头蛇杖的怪蛇的小半杯毒液就要了海里千万条鲨鱼的命。他的毒也间接地将杨康毒死。他的内里也是毒,那就是他的心计很毒。举个例子。他在海上即将葬身火海,洪七公救他,他却恩将仇报,不但让毒蛇咬他一口还在背上击他一掌,要洪七公的命。这种事情也只有他欧阳锋做得出来。说他是"老毒物"名符其实。不过,他是一代武学大师,为什么呢?一是他言行一致。金庸是这样写他的:欧阳锋一生恶行干了不计其数,可是说出话来始终说一是一,说二是二,从无反悔,生平也一直以此自负。他曾经多次受困,多次受难,甚至丢掉了自己唯一的儿子,但是从来没有说过软话,始终强悍如一。大师总是坚信自己,只有小人才反复,就凭这一点风范他就是大师了。二是他爱着自己的儿子欧阳克。他还是有着人生真情的,有这样的真情就还有一点人性。三是他嗜武成痴。对《九阴真经》的追求是他一生的梦想,这不算什么,黄药师等人不是也不择手段地要弄到手么。但是谁也没有他那么执著的精神。这种对武学追求的精神的确令人佩服。四是他武功确实是高。他练的《九阴真经》是倒的,内息倒转,血脉倒流,换成别人早已死了,但是他居然练出了一套倒的《九阴真经》,在第二次"华山论剑"中他打败了所有的敌手,不能不承认他是"武功天下第一"。他的身上有着悲剧色彩,儿子死了,自己疯了,晚年的景况可想而知,而这一切都是为了那个"武功天下第一"。这个人物非常毒,但是仔细想想还有一些令人同情的地方,让人有异样的感觉,这就是金庸的人物形象刻画之妙了。洪七公是小说中正直的化身。他唯一的过分之处就是对美食的贪婪。对这一点,他自己也以为恨,否则就不会砍下自己的一只指头,成为"九指神丐"了。他的正直突出表现在两个方面,一是刚正不阿,从不向恶势力屈服,他打的就是英勇威武的"降龙十八掌",就是没有了武功一出手也是威风凛凛。二是他充满爱心。爱国、爱自己的徒弟,甚至还爱敌人。当时欧阳锋在海上漂泊,他看见了,要黄蓉、郭靖去救。要知道正是欧阳锋用卑鄙的手段打伤他的。黄蓉不愿意救。他不同意,说:济人之危,是丐帮的帮规。当黄蓉叫郭靖一棍子打死欧阳锋时,洪七公大怒:乘人之危,岂是我辈侠义道的行径。硬是救起了欧阳锋父子。金庸是把他当作江湖世界的中流砥柱来塑造了。最出彩的一笔是在华山上。当时裘千仞被众大侠逼到了悬崖边,渔樵耕读指责他作恶多端,杀人无数。这个时候,裘千仞说话了:哪一位生平没有杀过人,没有犯过恶行的,就请上来动手,在下引颈就死。听到这话,那些大侠都纷纷后退,就是郭靖也不敢上前,因为,他也想起自己西征时杀过很多人,这个时候只有洪七公挥着绿竹棒,向裘千仞挥去。裘千仞问他:难道你洪七公就是一辈子做好事的大好人。洪七公是这样回答的:不错,老叫花一生杀过二百三十一人,个个都是恶徒……老叫花贪饮贪食,可是生平没杀过一个好人,裘千仞,你是第二百三十二人。这些话说得大义凛然。然后,洪七公开始列数他的罪行,说得他无话可说。小说这个时候是这样描述的:裘千仞听得如痴如呆……一抬头,只见明月在天,低下头来,见洪七公一对眸子凛然生威的盯住自己,猛然间天良发现,但觉一生行事,无一而非伤天害理,不禁全身冷汗如雨,叹道:洪帮主,你教训的是。转过身来,踊身便往崖下跃去。洪七公这种仰天立地的形象在这里显得十分高大。

一灯大师南帝的形象比较单薄。尽管如此,也有几笔描述很精彩,他也会吃醋,为了刘贵妃(瑛姑)与周伯通的私通;他也会为了情发痴,半夜三更在浓霜中去偷窥,结果害了病。如果把这些细节与他后来许愿出家、戒贪、戒欲联系起来,就会发现这些细节都是有生命力的。

完成了《射雕英雄传》以后,金庸实际上完成了一次中国儒家文化的评点。下面怎么写呢?金庸开始从儒家文化中解脱了出来,于是,我们看到了杨过。请听下一讲"俗世翩翩歌一曲,长梦漫漫伴君行"。

第十讲 俗世翩翩歌一曲,长梦漫漫伴君行

如果我们将陈家洛、郭靖、杨过连在一起考虑的话,你就会发现一个现象:他们身上的理念越来越弱了,个性和真情越来越多了。杨过就是一个秉着自己的个性和良知而活着的人。解读杨过首先要了解他的出身和他的青少年生活。他的父亲杨康是江湖上人人皆知的卖国求荣、欺师灭祖的奸人,所以他"成分不好";他11岁的时候母亲穆念慈病故,他成了一个孤儿、流浪儿,住在破窑里,偷鸡摸狗过日子,见人一身流气,满口粗话,所以他"环境不好";黄蓉防着他不教他武功,被郭靖送到全真教去学武,全真教是江湖上的名门正派,可是他又逃出了全真派,躲在古墓,成了"古墓派"的弟子。"古墓派"在全真教的人看来就是邪派,因此,他的"门派不好"。这三个不好,给他一生中打了三个"结"。第一个"结"是自己的父亲是谁,是怎么死的,又为什么死的。这个"结"始终影响和支配着他的思想和行动。第二个"结"是谁是自己最可亲的人,他孤独而又倔强,他需要关怀和呵护。这个"结"同样影响和支配着他如何认人知世。第三个"结"是他与小龙女结下感情,这是比生命还重要的情感世界,它是杨过生命中的灵魂。

杨过又是怎么解这三个"结"的呢?作为一个孩子,在与社会接触之前,在明了是非之前,有谁认为自己的父亲不好呢?他只有一个念头,就是杀害父亲的凶手是谁,他作为儿子应该找谁报仇。杨过也是这样,他隐隐约

约地知道,父亲的死和郭靖、黄蓉有关,他就要追查清楚,就要报仇。这个念头在他被送到终南山全真教门下的时候,就已经冒出。上山的途中,他知道就要与郭靖分别了,他瞅准机会问郭靖:我爹爹怎么死的?是谁害死他的?其实他心中是有答案的,于是他大声地责问郭靖:我爹是你跟郭伯母害死的,是不是?郭靖当然大怒,一掌把石碑打得摇晃了起来。在郭靖的盛怒之下,杨过这个念头被压下去了。可是随着年龄的增长和武功的增强,他的这个念头越来越强烈。当听到傻姑说是郭靖和黄蓉杀了自己的父亲,他心中的答案得到了落实,情绪也到了最激愤的时候,他居然做起了敌人的刺客,要杀郭靖,居然在两军对垒的关键时刻要杀了郭靖。问题在于为什么他有那么多的机会杀郭靖,却没有杀呢?郭靖对他坦诚相待起到关键作用。他与郭靖同居一屋,他怀揣着尖刀假装睡着。郭靖可没有他那么多的心思,教育了他一番做一个"为国为民"的大侠,倒头就睡。等郭靖睡了,他拿起了尖刀对准了郭靖的胸口,可是他没有刺下去,为什么呢?因为他看见郭靖的脸色慈和,意定神闲,睡得极为酣畅。他想到了郭靖对他的种种好处,他怀疑自己了:郭伯伯一生正直,光明磊落,实是个忠厚长者,以他为人,实不能害我父亲。莫非傻姑神志不清,胡说八道。他刺不下去了。其实,他用刀刺郭靖,郭靖岂能不知,但是郭靖并不认为是害他,还以为他是练功走火入魔,不但不怪他,反而助他调剂真气。到了战场上,那么多的高手围着郭靖,这个时候杨过杀郭靖易如反掌,况且他已经答应做内应了。可他还是没下手,为什么呢?因为郭靖处处护着他,自己的生命都不顾。小说是这样写的:杨过眼见他拼命救护自己,胸口热血上涌,哪里还念旧恶?心想郭伯伯义薄云天,我若不以一命报他一命,真是枉在人世了。杨过从杀郭靖到护郭靖,这是一个大的逆转。后来杨过在杨康的墓前听到柯镇恶陈诉他父亲的罪恶,知道自己的父亲确实该死,对郭靖和黄蓉完全释然了。其实没有这段真相告白,杨过也不可能杀郭靖夫妇了。为什么会这样?站在郭靖的角度,是"近朱者赤,近墨者黑"。郭靖曾经评价杨康说:如果他一直待在杨伯伯身边他是不会这样的。这句话的意思是,杨康的本质是好的,是环境把他变坏的。对杨过,他更是这样认为,在自己的女儿砍断杨过的一条胳膊之后,他对杨过有这样的评价:杨过这孩子虽然行事任性些,却是天生一副侠义心肠。他同样认为,杨过的本质是好的。站在杨过的角度,确实是天良的闪光，确实是好的本质。人说：杀父之仇不共戴天。他放弃报仇，说明他知道什么是善良，什么是丑恶。他的父亲是认贼作父，而他是认父为贼，其中起作用的是他的善良本性。

杨过这辈子最缺的是温情，"没爹没娘"是他心中的隐痛，这句话他一直说不出口，只有一次在归云山庄的英雄大会上，全真教的那些人当着郭靖夫妇的面数落他的不是，还要惩罚他，他当着长辈们的面，倍感委屈，终于喊出了：你们这些武林中大有来头的人物，何必使诡计损我这没爹没娘的孩子。说到自己没爹没娘的时候，眼眶都红了。没爹没娘最渴望爹娘的关怀，可是他的性格又相当地倔强，倔强就是不听人话，不听人话就更得不到温情。黄蓉起初不喜欢他，不愿意教他武功，是不愿意他学他爹爹那样坏，还有一个重要的原因就是不喜欢他那个性格。黄蓉与欧阳锋打，他不但不帮着黄蓉，还把她形容为蟋蟀打架，粗话连篇地讽刺她。不知道说些令人讨喜的话，又怎么能得到别人的关爱呢？那么他是不是不需要黄蓉的关爱呢？并不是的。那一次他从古墓出来，再一次见到黄蓉。黄蓉看见他受全真教的人欺负，心里很歉疚，就把他拉到自己身边与他轻声轻语地谈话。金庸写道：杨过从未听黄蓉如此温柔诚恳的对自己说话，只见她眼中充满着爱怜之情，不由得大是感动，胸口热血上涌，不禁哇的一声，哭了出来。黄蓉抚摩着他的头发，柔声地与他说以后教他武功。杨过更是难受，越哭越响，抽抽噎噎，更为伤心。他真的需要黄蓉的爱。还有一个例子，就是他认欧阳锋为义父。欧阳锋是"老毒物"，是公认的武林之恶。此时的杨过是个孩子，说他有不认邪恶，只认真情的思想高度是不可能的，这个高度要到《笑傲江湖》中的令狐冲才有。杨过认欧阳锋为义父，完全是温情所系。起初，杨过是要骗得欧阳锋为他解毒，喊他"爸爸"。后来欧阳锋为他解了毒，他是真心地感动，喊他"爸爸"了。金庸这样写道：这几年来，杨过到处遭人白眼，受人欺辱，那怪人与他素不相识，居然对他这等好法，眼见他对自己真情流露，心中极是感动，纵身一跃，抱住了他的脖子，叫道："爸爸，爸爸"，他从两三岁起就盼望有个爱怜他、保护他的父亲。有必要说明的是，欧阳锋对他也是真情，他听到杨过喊他"爸爸"，眼睛都湿润了，不断地叫他：再喊一遍，再喊一遍。他们这种父子之情来自于天性，令人感动。

当然，最能体现杨过真情的还是与小龙女的关系。他们的爱情惊世骇古,关于他们之间的情感世界,我以后再讲,这里讲杨过的天性。杨过与小龙女之间看起来是天造地设,仔细考虑将发现,他们之间的障碍是非常大的。一是杨过与小龙女的年龄差距,根据书上交代大概是四岁多。年龄不是主要问题,问题在于他们是师生关系。这个问题放在现在不是问题,但是故事发生的背景是南宋时期。宋朝是我国礼教制度最严格的时期,师生恋是不行的,师父是长辈,一日为师终身为父。所以郭靖要把自己的女儿郭芙许配给杨过,一解他不能与杨康成终身兄弟之憾时,是把小龙女当成杨过的长辈,为自己的女儿提出婚姻的。当小龙女说她就是杨过的妻子时,郭靖惊讶万分。二是小龙女被全真教的尹志平玷污了,算是失了节。饿死事小,失节事大。这件事在那个时代同样是不可原谅的。三是他们之间的感情不断地被破坏。破坏者既有他们的敌人,有他们的长辈,甚至还有他们自己。于是他们不断地被分离、被阻隔,分离、阻隔时间最长达到 16 年。这些障碍任何一个都可以使他们分手。为什么他们没有分手呢?杨过的压力要大于小龙女。小龙女说起来不谙世事。杨过就不同了,他要做出选择。在与小龙女的关系上,杨过的表现极为感人,那就是至情至性。杨过开始不懂男女之事,称小龙女为"姑姑",后来懂了男女之事,称小龙女为"龙儿",感情始终就没有变过。其中有几个场面极为感人。一次是杨过和小龙女所谓的"洞房花烛"夜,杨过对龙女做了这样表白:什么师徒名分,什么名节清白,咱们统当是放屁!统统滚他妈的蛋!死也罢,活也罢,咱俩谁也没命苦,谁也不会孤苦伶仃。从今而后,你不是我师傅,不是我姑姑,是我妻子。杨过不是什么怜惜,也没有什么反对礼教制度的思想高度,这是他的天性所在,他认为小龙女就是他的生命,一刻也不能丢。后来他中了情花的毒,当小龙女搏命从公孙止那里抢来半粒解药时,他将解药扔下了悬崖,理由很简单,小龙女也中了毒,他不愿意独活,要死一起死。最感人的是他与小龙女的 16 年之约。好不容易等到了那一天,杨过早早地就来到了悬崖边,等他的心上人,可是一直等到太阳下山都没有等到。这个时候,太阳就要下山,太阳下山了,这一天就要过去了。好一个杨过,他突然站了起来,向太阳下山的地方狂奔,他要留住太阳,只要太阳没有下山,这一天就没有过去,就有可能见到小龙女呀。可是他怎么能留住太阳呢,留不住太阳,他就只能跳崖了。当然在悬崖下他看见了小龙女。

杨过的三个"结",都是他自己打开的。他和郭靖一样,都是在苦难中成长起来的。但是他又和郭靖不一样,郭靖的苦难来自个人的理想与社会的碰撞,他身上有着更多的社会性,是社会之侠;杨过的苦难来自个人的理想与自我的碰撞,他身上有着更多的人性,是人性之侠。举个例子说明他们之间的区别。他们都帮助宋朝守襄阳城。郭靖守城是为国为民,舍个人家庭而不顾。杨过来到襄阳城,某种程度上是为了救郭襄。郭靖和黄蓉最后都与城池共存亡,殉城而死,而杨过完成了他的心愿,就手牵着小龙女,归隐而去了。他们的目的似乎不同,但是他们都是侠。

大师和大侠们都有神奇的个性和武功,似乎都不是常人。并不一定,这种形象到了《倚天屠龙记》中有了变化,请听下一讲"真心真情为真人,无求无欲方无忌"。

第十一讲　真心真情为真人,无求无欲方无忌

将张三丰和张无忌放在一起讲有两个原因,一是金庸的武侠小说中总喜欢将一个武功极高的前辈高人与一个童稚可人的孩童放在一起写,而这两个人物往往是小说中最出彩的人物。二是《倚天屠龙记》中写到了很多人物,其他人物似乎都可以在他之前的小说中找到影子,独这两个人与之前不同。不同在哪里呢?请听我分析。

张三丰是大师辈的人物,是武当派的开山师祖。正卷一开场他已经是90高龄了。其武学地位和武林之尊不下于东邪、西毒、南帝、北丐、中神通吧。但是你见过东邪、西毒、南帝、北丐、中神通流过眼泪么?没有,有什么的遭遇和场面他们也不会流眼泪。但是张三丰就哭过。他过100岁生日,那一天他的第5个徒弟张翠山回到武当山,小说写道:张三丰活了100岁,修炼了八九十年,胸怀空明,早已不禁外物,但和这七个弟子情若父子,陡然间见到张翠山,忍不住紧紧搂着他,欢喜得流下泪来。你见过那些德高望重的大师们与自己的徒弟们随意地开玩笑么,他们在徒弟们面前都是一本正经,高深莫测。但是张三丰就开玩笑。他过90岁生日的时候,居然和徒弟宋远桥开这样的玩笑:我80生日的那天,你救了一个投井寡妇的性命,那好得很啊。只是每隔十年才做一件好事,未免叫天下人等得心焦。你见过一

代武学宗师低声下气地去求人么，他们宁死不屈。但是张三丰却为了救张无忌的命，居然愿意亲自到少林寺学艺救人，他这个举动连少林寺看门的僧人都不信，连问他是不是假冒的。你相信一代大师被人暗算么。在东邪、西毒、南帝、北丐、中神通的故事中，他们也有被人暗算的故事，但是都是武功彼此的大师们之间。而张三丰遇到的是一个武功不如自己的晚辈的暗算，他以为少林有难，去扶起那个跪在他面前的暗算者而遭遇毒手的。张三丰在小说中主要就出了这么4次场。这4次给人留下什么印象呢？第一个印象他是一个慈祥的大师，第二个印象他是一个可亲的大师，第三个印象他是一个有胸襟的大师，第四个印象他是一个心地淳厚的大师。神性少了，人性多了，邪性少了，温情多了。张三丰又被称作为张真人。他的确是真情、真性格的"张真人"。

张无忌给人印象最深刻的地方不是武功，而是医道。我甚至怀疑金庸开始是不是想将他写成一个"医侠"，后来才让他成为一个救国救民的大英雄。如果我们将张无忌学医和学武功的过程比较起来看，就会发现，张无忌学医的过程要精彩多了。他的医道来自于"见死不救"的胡青牛和胡的妻子使毒高手王难姑。小说用两个过程写张无忌学医。第一个过程是写的悟性。自从张无忌到了蝴蝶谷，他似乎就是一个医生了。他听了胡青牛的几句话，拼命地看了几天书，在第6天上就医治常遇春了。开始他也学着胡青牛在常遇春身上扎针。但是胡青牛的针是软金所制，非有精湛的内功，根本就扎不进去，张无忌没有内功，力气又大，所以针不但刺不进去，针头都弄弯。针弄弯了是不是停手了呢？没有，他干脆找了一根竹子，用小刀削成几根光滑的竹签，找到他认为的穴位就这么扎了下去。竹签当然不会弯了，扎了下去，但是病人却满身是伤，大口大口地吐出了黑血。问题在于他这样做有没有效。他抬头看看胡青牛，胡青牛是一脸嘲讽的神色之中还夹带着几分赞许。他开了药方，就让常遇春吃。常遇春吃了以后就拼命地吐血，从黑血吐到红血，病居然好了。这么一个孩子基本上是靠自己的本领治好了常遇春那么严重的伤（虽然折了常40年的寿命。但是总比7天就死强多了）。这么一个盲医治病的故事，除了说明张无忌胆大之外，还说明他有当医生的天分。第二个过程是写医术的高明。这个时候作者让胡青牛夫妇都死了。他们不死显示不出张无忌医术的高明。最高明的医术表现在昆仑山救何太冲的小妾上。何太冲的小妾中了毒，张无忌查出是蛇咬的。一般人的做法是抓住蛇将其杀了，然后给病人疗毒。但是张无忌却是让蛇来疗毒。他把金冠血蛇和银冠血蛇分别用两个竹筒关起来。这两条蛇天性同居，又是吸毒为生。他今天用雄黄制住金冠血蛇，让银冠血蛇去吸何太冲小妾脚上的血救金蛇，明天再制住银蛇，让金蛇如法炮制治银蛇。结果他治愈了何太冲的小妾。张无忌的这一手已经达到神医的境界。因为他不仅治疗病，还知道病源，更主要的是他能够用相生相克的原理思考问题。再看他的学武，则相当简单。张无忌最高明的是两大武功，一个"九阳真经"，一个"乾坤大挪移"。这两个武功张无忌学得都太容易了。学习"九阳真经"是他被困在山洞里，无意中救了一只白猿（还是因为医术高明），从白猿的腹中找到了那包用油纸包的经书，然后用5年的时间学会了那套高明的武功。"乾坤大挪移"是他被困在光明顶的密室里在小昭的督促下学的。金庸写他学武功都相当简单，进来时武功一般，出来时已非同常人了。他不像郭靖、杨过那样都有一番刻苦学习的过程，更不如陈家洛、杨过那样还自创武功。我开始读《倚天屠龙记》的时候，就想不通金庸为什么这样简单地就把两大最厉害的武功给了张无忌，后来想通了，金庸原不是要将他写成如郭靖、杨过那样的大侠，而是要写成医术高明的医侠，写他会高明的武功主要想说明，高明的武功与高明的医术是相通的。这一点我们可以从张无忌在光明顶上与六大门派的打斗中感觉出来。这是张无忌的武功展示得最充分的场面，但是我们仔细分析他的几场打斗就会发现，有的打得精彩，有的打得一般，其中最精彩的当属与崆峒五老比试的那场"七伤拳"。"七伤拳"的厉害在哪里，在伤人经脉在不知不觉之中，让人萎靡而死，所谓"五行之气调阴阳，损心伤肺摧肝肠，藏离精失一恍惚，三焦齐逆兮魂魄飞扬"。这和中国医术中讲究元气经脉是一致的。张无忌一边有崆峒五老打，一边讲解"七伤拳"的原理，这些原理简直就是中国医术的原理讲解。光明顶战役打完之后，张无忌当上了明教的教主，官是当大了，可是张无忌特有的神采却黯淡了。张无忌又成了反抗异族侵略的首领，走上了陈家洛、郭靖的老路。所以我说，如果从张无忌的事业上看，21回光明顶战役之后张无忌的形象并没有新的突破。不过事业形象没有新的突破，不代表这个形象没有风采，那是金庸开始写的情感世界。

张无忌成为明教的首领,带领大家驱除鞑虏。但是他的"革命"的组织能力实在不强,几乎没看到他有什么可圈可点的革命行动,只有一次,他和很多明教的首领被困在光明顶,他带领大家逃脱了敌人的包围。这次逃脱之所以成功,还不是他的智慧,而是依靠"屠龙刀"中的《武穆遗书》。最令人难以接受的是他受朱元璋的骗。小说的最后,朱元璋为了夺取革命即将成功的果实,用药将张无忌麻倒(这本身就不合形象,因为张无忌不仅医术高明,而且是个使毒高手)。然后有意让他听到那些诬陷他的话,激发他不图名利的思想,将义军首领的位置让给朱元璋,自己悄然而去。这样的描写,金庸大概是想说明,朱元璋的狡诈,证明张无忌心系江湖,不要什么位置和富贵。但是给我们的印象是这个人的政治经验实在是太差劲,连这么一个小小计谋都识别不了。更主要的是他听了那些诬陷他的话居然连徐达、常遇春都怀疑了起来。他对这两个人都有救命之恩,都是生死兄弟,就这么一句话就怀疑别人,只能说明他识人的能力不够,不能识就没有政治能力。所以我说,小说的后半部分,写张无忌的革命是小说的败笔,有损张无忌的形象。

后面的张无忌的闪光之处,是他谈恋爱了。很多评论家认为张无忌是个爱情的失败者。我不这样认为,我觉得他的谈恋爱相当地真实,是平常人都有的感情磨难。为什么这样说呢?陈家洛在感情和理智的冲突中总选择理智,郭靖在感情和理智的冲突中理智地选择了感情,杨过则在感情和理智的冲突中义无反顾地选择了感情。不管他们的选择多么痛苦和困难,他们都是在感情和理智中做出选择。张无忌不一样,他的选择完全是感情的选择。他和殷离最早认识,在蝴蝶谷的时候就有婚姻的许诺,而殷离又死死地追着张无忌,他们可以说是青梅竹马;他与小昭一起困在光明顶的密室里,是在小昭的督促和引导之下,学会了"乾坤大挪移",以后小昭就以丫头的身份始终在他身边,他们是患难之交;他与周芷若,同样是少年朋友,周芷若处处关心他,在光明顶战役中,有意口诉口诀,帮他渡过难关,他们是情意之交,所以当周芷若一剑刺来时,他让都不让;与赵敏虽然认识最晚,却最性情相投,他们是性情之交。张无忌对这四个女人都有感情,可以说与其中任何一个女人成婚都说得过去。有的人批评说,张无忌的感情有些泛滥,他已经与周芷若拜了天地,还说了:天上的明月,是咱俩的证人。后来又爱上赵敏,前面说的不是假话么。这样说张无忌不对,前面说的是真话,后面说的也是真话,因为都是真情的流露。要么将四个女人一起娶过来,金庸大概有这个念头,但是此时还不敢这么写,因为这有损张无忌的英雄形象。一夫多妻只有到了后来写小人韦小宝时才好写。金庸又不甘,就让张无忌做了一个娶四个女人的梦。梦后再让他做一个道德谴责:为人须当自足,我意心存此念,那不是太过卑鄙可耻么?不要对张无忌的感情过于苛责,倒是应该赞许他,感情之间的选择要比理智和感情之间的选择难得多。最后他做出了这样的选择,他对周芷若说:小昭离我而去,我自是十分伤心。我表妹逝世,我更难过,你以后怎样,我既痛心,又深感惋惜。然而,要是我一生再不能见到赵姑娘,我是宁可死了的好。这番话说出了爱情的真谛,什么是最爱,那就是生死相许。对于张无忌这样的选择,应该赞许。金庸在小说的后半部分写出了这样的感情,把张无忌写得有血有肉。

就在金庸越来越淡化英雄身上的"革命色彩"的时候,他突然又塑造了一个顶天立地的英雄,那就是萧峰。这个形象背后有什么样的故事,这个形象又有什么特色,请听下一讲"茫茫千里苦追寻,戚戚孤身无知音"。

第十二讲　茫茫千里苦追寻,戚戚孤身无知音

我每一次论述到萧峰的时候都会想到德国作家歌德笔下的浮士德。浮士德与魔鬼靡非斯特打赌:人是否会满足。浮士德认为人类不会满足,而魔鬼靡非斯特认为会,赌注是浮士德的生命。于是靡非斯特就带着浮士德到处追寻。和萧峰打赌的那个魔鬼不是有形的,而是无形的,就是他自己心中的那些疑问,他们也打赌着一个问题:人的价值究竟是什么。萧峰与浮士德一样,也是一生追寻。

萧峰心中有四大疑问:一是自己究竟是汉人还是契丹人,二是自己究竟有没有爱情,三是自己究竟有没有朋友,四是自己究竟爱不爱自己的父母和民族。先讲他的第一个疑问和追寻,开始的萧峰实在不愿意做契丹人。他是丐帮帮主,不但挫败过多次契丹进犯大宋的阴谋,还杀过很多契丹人,如果不是丐帮内讧,他也许就这样做一个汉人英雄了。但是潘多拉的盒子被马夫人康敏打开了,萧峰的困惑、疑问、痛苦溢于言表。其实这个时候很多

证人和汪帮主留下的字谕已经很清楚地表明他的身份了,但是他还是要追寻求证。萧峰要追寻求证的已经不是什么身份了,他是要解决心中的疑惑,他要摆脱契丹人的身份。一直到雁门关上他看到契丹人的胸头都刺着一只狼头刺花时,他才死了心。可是他的情绪绝望、痛苦至极。小说这样写道:他呆呆的怔了半晌,忽然间大叫一声,向山野间狂奔而去。他对追来的阿朱说:我是猪狗不如的契丹胡虏,自今而后,你不用再见我了。这次追求求证的结果是:他是契丹人。他的这个绝望和痛苦是被阿朱的爱情和温情治好的。于是小说他又写他第二种追求。萧峰如果不是感情到了最脆弱的时候,他是不会接受阿朱的爱的。因为他根本不为女色所动。康敏之所以怨恨他,是他在洛阳城的白花会上居然看都不看她一眼,而在那个会上,康敏是最漂亮的女人,不仅那些英雄好汉看她,就是那些出了名的大侠们也偷偷地看她两眼。当康敏这样责问他的时候,他是这样回答的:我从小不喜欢跟女人在一起玩,年长之后,更没工夫去看女人,又不是单单的不看你。(他的三弟段誉可不是这样)这是实话。萧峰之所以爱上了阿朱,是阿朱给了他安慰。萧峰对阿朱是这样袒露感情的:是了!从今而后,萧某不再是孤孤单单,给人轻蔑的胡虏贱种,这世上至少有一个人……有一个人。说到这里,萧峰是一声长笑,腮边却滚下了两行泪水。萧峰对阿朱的爱是感谢、温情、爱情的混合体。从感情的角度上说,他不属于郭靖、杨过、张无忌那样的性格之爱和生死之爱。但是他追寻到的爱情又被他亲手毁掉了,他误杀了阿朱,这成了他的终身遗憾。这次追求求证的结果是:他没有爱情。他有没有朋友呢?有,最好的朋友,是段誉和虚竹。但是他们两人都是他的新朋友,他过去的朋友都离他而去。最令人寒心的是,他在追寻谁是"带头大哥"的时候,遇到的是冷漠,谭公、谭婆、赵钱孙、智光大师死也不愿意告诉他谁是"带头大哥",而这些人都是他做丐帮帮主时候的朋友。这第三种追求求证是:老朋友都没有了。第四种追求求证是一个人生的重大问题,也是他最困惑的问题:他是契丹人,但是以前对契丹如此地憎恨,还杀了很多契丹人,因此不忠,自己30年来认别人为父母,自己的亲生父母被人害死,而不去报仇,这是不孝,不忠不孝,何以为人?可是在雁门关,他看见契丹人杀汉人,汉人也杀契丹人,他看见了契丹人要侵占大宋的土地,大宋也想灭掉大辽。于是他认识到,两国都是自己的亲人,萧远山夫妇、乔三槐夫妇都是他的父母，两国打仗，受苦的是他们的人民，于是，他以死来表露自己的心迹。这一次追求求证似乎也没有答案，他确认不了自己应该站在哪一边，但是他的人生境界却得到了升华。如果我们将萧峰失去的和得到的对比起来看，就会看到，他失去的是"小我"，得到的是"大我"，正因为这样，萧峰被很多人看作是金庸小说中的"第一个大英雄"。舍"小我"表现"大我"，萧峰是在一次次追求求证中完成的，所以说萧峰的追寻求证过程实际上是完成了一次精神洗礼。不同于郭靖、杨过等人是从人物成长中写出人物的英雄气概，而是在追求求证中表现中写出人物的精神追求，既要选择就有舍弃，既有舍弃就有痛苦，因此，萧峰的英雄气概就有了更多的悲剧色彩，更令人感动。

在萧峰的追求求证中，他的性格和形象都得到了很好的展现。可以从共性和个性两个层面来欣赏。先讲共性，所谓的共性是指他身上具有英雄人物共有的性格特征。他具有令人仰视的英雄的豪气。小说中有很多这样的描述，但是最精彩的是萧峰带着"燕云十八骑"来到少室山的那一刻：听得蹄声如雷，十余乘马疾风般卷上山来。马上乘客一色都是玄色薄毡大氅，里面玄色布衣，但见人似虎，马似龙，人既矫健，马亦雄骏，每匹马都是高头长腿，通体黑毛，奔到近处，群雄眼前一亮，却见每匹马的铁蹄竟然是黄金打就。来者一共是十九骑，前面十八骑奔到近处，拉马向两旁一分，最后一骑从中驰出。这是谁呢？这就是萧峰。这样的气势、这样的派头，显示了一个英雄的豪气万丈。他有英雄的潇洒。最令人难忘的是他与段誉结拜兄弟那段描述。金庸先写他们斗酒。段誉凭自己"六脉神剑"的功夫，将酒从小指尖中流出，萧峰则是实打实的一连喝了四十碗酒。喝完酒两个人再比脚力，小说写道：两人并肩而前，只听得风声呼呼，道旁树木纷纷从身边倒退而去。开始时，他以为段誉是慕容复，后来知道不是，只是一个初入江湖的无名小卒。当听段誉讲了自己如何被捉的丑事之后，他主动提出与段誉结为金兰兄弟。这是英雄的洒脱，他与段誉结拜没有一点巴结之意，就是性格相投。更有意思的是，当段誉与虚竹结拜的时候，他并不在场，后来在少室山上，段誉要他追认，他就相信段誉的选择，毫不犹豫地在众英雄面前对拜了八拜，成为兄弟，其行为相当潇洒。他有英雄的责任。他开始并不认识阿朱，但是他觉得阿朱的伤是由于救他而受的，于是他明明知道那些所谓道义上的人正在找他，明明知道他一出面将遇到危险，他还是将阿朱带到了聚贤庄找薛神医。到了聚贤庄他连阿朱的名字都不知道，所以，他的父亲对他这样的举动相当不解，说：她跟你非亲非故，无恩无义，又不是什么倾国倾城的美貌佳人，只不过是一个低三下四的小丫头而已，天下哪有你这等大傻瓜。最令人感动的是他对阿朱的承诺。阿朱临死之前要求他照顾好自己的妹妹阿紫，他答应了下来。以后不管遇到什么风雨，不管阿紫如何地胡闹，他一直照顾着阿紫。什么是英雄，英雄就是一诺千金。他还有英雄的武功。《天龙八部》中写了很多神奇的武功，但是萧峰的"降龙十八掌"还是胜人一筹。在少室山上，萧峰独斗慕容复、游坦之两人。慕容复是与萧峰齐名的高手，各种武功层出不穷，游坦之既练了《易筋经》的内功，又得到了冰蚕寒毒，正邪为辅，水火相济，已成为天下一等一的高手。但是萧峰天生神武，处境越不利，体内的潜在勇力越是发扬，打出了天下阳刚第一的"降龙十八掌"。慕容复和游坦之无法近身。阳刚之人打阳刚武功，确实般配。

虽是英雄气概，但这是共性，可以说只要是英雄形象，都有这样的素质。萧峰的英雄个性在哪里呢？他是最孤独的英雄和最悲壮的英雄。他虽有段誉和虚竹两个兄弟，也与他在少室山与群雄打斗和抗击辽军入侵时联手过，但都是偶遇。萧峰最需要的追寻和求证，他们并没有出什么力。他是孤独地自我追寻。最能体现萧峰孤独的英雄形象的是那场聚贤庄之战。萧峰为了救阿朱，到聚贤庄找薛神医，因为这里正在召开英雄大会，目的就是商讨如何对付所谓武林中的大患萧峰，因为这些英雄们误认为是萧峰杀了自己的养父母和自己的师傅玄苦大师，尽管你不是汉人，怎么能够杀对自己有养育之恩的人呢？简直没有人性，现在萧峰居然送上门来，于是一场打斗不可避免。为了理解这场决斗，我必须再提示一下听众，我在前面讲到金庸办《明报》的时候，说了两个事情，一是金庸是从《大公报》记者出来的，《大公报》是当时香港最大的报纸，可以说是报界的霸主，金庸办《明报》之初也曾得到《大公报》的帮助；二是金庸在办报的过程中曾经与《大公报》带领的很多报纸展开激战，与金庸展开笔仗的人很多都是他从前的朋友，这场激战甚至到了人身攻击的状态。我不是说，小说中的萧峰就是金庸，也不是说，萧峰的聚贤庄之战就是金庸与《大公报》之战，只是提醒大家，金庸写《天龙八部》的时候正是他与《大公报》斗得最激烈的时候，小说中的很多情节和情感表述令人产生很多联想。在聚贤庄与萧峰打斗的是三种人,一是少林寺的高僧,这些人可都是萧峰的师伯辈;一是丐帮的人,萧峰曾经是丐帮的帮主,这些人大多是曾经同生死共患难的兄弟;一种是江湖上道义中人,如薛氏兄弟、游氏兄弟等人。这些人与萧峰都有渊源关系。萧峰实在下不了手,他先要求喝绝交酒,说:这里众家英雄,多是乔峰往日旧交,今日既有见疑之意,咱们干杯绝交。哪一位朋友要杀乔某的,先来对饮一碗,从此以后,往日交情一笔勾销。可是想不到的最先上来的是那些有生死之交的丐帮兄弟。萧峰的武学来自少林,现在要与少林高僧们打,怎么能够出手呢?于是萧峰打的"太祖长拳","太祖长拳"是当时江湖上最流行的武功,就算不会使,看也看熟了。而少林高僧打的是少林武功。萧峰边打边说,我打的是本朝武功,而你打的是来自天竺的武功(少林武功来自达摩老祖,而达摩老祖却是天竺人啊)。金庸这样写的意思很清楚,我出自你们是不错,但是我不用你教我的武功,另外谁是正宗,谁又不是正宗,应该是很清楚的。杀到后来,萧峰抓住了少林高僧玄寂的要穴,可以杀他,但是他停手了,说:我一身武功,最初出自少林,饮水思源,岂可杀戮少林高僧。他站在那里等死,可是就有人在停手的时候杀他,所以萧峰心中悲愤难抑,陡然仰天大叫,声音直似猛兽狂吼。这一番打斗,虽然是和朋友打,但其中的礼节、道义、冤屈、悲愤深深渗透在字里行间,给萧峰抹上了一层悲壮英雄的色彩。

更悲壮的是他用生命来报答他的民族。当大辽的国王耶律洪基讽刺他为大宋立下大功将得到高官之后,他拾起了地上的两截断箭插入自己的心口,说:萧峰是契丹人,今日威迫陛下,成为契丹的大罪人,此后有何面目立于天地之间。这样的举动和这样的话语,可谓悲壮,可是他还是孤独了,因为没有人理解他。请听这样的议论:他自幼在咱们汉人中间长大,学到了汉人的大仁大义;他虽于大宋有功,在辽国却成了叛国助敌的卖国贼,他这是畏罪自杀。至于辽国国王耶律洪基更是茫然:他到底是有功还是有过?摇摇头,苦笑笑,走了。萧峰这样的壮举居然无人知晓,是众人可悲,还是萧峰可悲,真是说不清。

在歌德的《浮士德》中浮士德最后对自己创建的海边王国感到满意,喊出了"你真美呀,请停留一下",按照契约,浮士德死了。但是他的灵魂不属于魔鬼,而是被天使接到天上。萧峰虽然死了,也是带着自己的理想死去的，因此，我觉得他的灵魂不属于任何人，而是被接到了天堂。

《天龙八部》根据金庸在小说中的题解，应该写8个人，当然小说中的人很多，至于哪8个人最突出，很难说了。但是有3个人肯定在最初构思的8个人之内，那就是萧峰、段誉和虚竹。论述了萧峰之后，下面我就讲他的兄弟段誉和虚竹，为了说明他们两人的形象，我把慕容复也带上。请听下一讲："第十三讲：前生后世，命中注定：段誉、虚竹、慕容复为什么叫《天龙八部》？"

第十三讲　今生情缘前世定，前世孽果今生还

金庸在小说的开头有一个《释名》，他是说"天龙八部"是指佛经中的八种神道怪物。八部者：一天，二龙，三夜叉，四乾达婆，五阿修罗，六迦楼罗，七紧那罗，八摩呼罗迦。这些有神怪色彩的姓名，很容易让人以为这是一部神怪小说。金庸特别强调小说只是借用这个佛经的名词，以象征一些现世人物，就像《水浒》中有母夜叉孙二娘、摩云金翅欧鹏。照金庸的解释，小说应该写的是8个有象征意义的人物。但是根据金庸对"天龙八部"内容的解释，我们已经很难与小说中的人物对上号了。这个可以理解，小说家在写小说的时候写着写着就会和开始的构思发生变化。所以我们没有必要拿小说中的人物与八部进行对照。但是我们可以深深体会到，金庸在这部小说中试图用佛学的思想解释武侠人物。最能体现金庸这一思想的小说人物应该是段誉、虚竹和慕容复。

佛学讲究前生后世，认为后世就是前生的延续（如果我们对香港电影比较熟悉，对这样的命题就更有感受）。段誉这个人物体现的就是这样的思想。段誉有两个父亲，一个是养父段正淳，一个是生父段延庆。段正淳喜欢女人，他几乎与小说中所有漂亮的妇人们都有关系，段誉喜欢漂亮的女人，他几乎与书中所有的漂亮女孩子都有关系。为什么这些女人都喜欢段正淳呢？就是因为他对每个女人都是真心相爱，愿意为每个女人献出自己的生命，康敏即使那样折磨他，他也没有怨言。段誉也是，几乎每个女孩子都喜欢他，也是因为他愿意为这些漂亮的女孩子做一切事情。问题还在于段誉所喜欢的那些女孩子都是段正淳的女儿，于是段誉所有的喜欢都化成

了痛苦,老子的风流债由儿子偿还。从这个角度看段正淳和段誉的关系,那就是前生和后世的关系。可是结果并不是这样,段誉与这些女孩子最后都能够成婚,还成了大理国的国王,原因是什么呢?是因为他还有一个前生,那就是段延庆,他是段延庆的私生子,段延庆原来应该是大理国国王,老子做不成由儿子来做。从这个角度上看段延庆与段誉的关系,那也是前生和后世的关系。段正淳在小说中最突出的表现是到处都是他的女人,所以他的形象有着更多温柔的色彩,段延庆被称为"四大恶人"之首,所做的事情邪恶,但是很坚韧,所以他的形象有着更多刚强的色彩。作为他们的后世,段誉是既温柔又刚强。最能体现这个特点的是段誉的武功。他最拿手的武功是两个,一个是"凌波微步",一个是"六脉神剑","凌波微步"是一种步法,段誉从他的神仙姐姐那里学来的,所以跑起来就有一种女人像,这是一种温柔的象征;一个是"六脉神剑","六脉神剑"是将内力从指尖发出,将内力化成剑气,这是一种刚强。有意思的是,他对"凌波微步"是一学就会,而且每一次运用起来都是得心应手,但是他用起"六脉神剑"来却时有时无,为什么呢?道理很简单,在没有明白段延庆是他的亲生父亲之前,他就是段正淳的后世。后来他才得心应手地运用起"六脉神剑"。最后他与二哥虚竹一起冲进辽军擒拿耶律洪基的时候,武功施展开来是那样的随意和潇洒。这个时候,他已经是大理国的国王了,他是段延庆的后世。

  虚竹比段誉具有更多的佛学色彩,他是从前生注定走向命中注定,想不要都不行。先讲他的前生注定。他很小就被萧远山从他母亲那里抢来成为少林寺菜园子里干杂役的小和尚,成了离开父母的小孤童,他受的苦可想而知。但这是前生注定的,因为他的父亲就是少林寺的方丈玄慈大师,而这个玄慈大师就是带领众大侠误杀萧远山妻子的"带头大哥"。萧远山的儿子萧峰从小也离开父母,也被少林寺教授武艺,于是虚竹也要走同样的路。一个偶然的机会,小和尚虚竹被掳离开了少林寺,于是在这个小和尚身上发生了很多奇遇,这些奇遇把虚竹变成了一个当代武学高手,金庸的描述令人瞠目结舌,令人感叹命运的造化。我们先讲那场围棋"珍珑局"。"珍珑局"是"逍遥派"掌门人无崖子摆出的一副棋局,谁破了这副棋,不但能得到"逍遥派"的绝世武功,还能成为"逍遥派"的掌门人。棋局摆了三十年,来下棋的人不计其数,就是没有一个能破这个棋局。这个时候一拨子人来到了棋局面前,这些人聚集了当代的武学高手和围棋高手(金庸的小说中从来都是武学和围棋相辅相成的,武学高,围棋技艺肯定高)。先是段誉下,下了十几手下不下去了,认输,为什么呢?因为段誉什么棋都要,爱心太重,舍不得弃子。用苏星河的话说:这十几路棋水平极高,但是没有能进一步深入下去。接着是慕容复下,他破不了,为什么呢?因为他总是在边角与别人纠缠。鸠摩智说:我不想多耗心血于无益之事,慕容公子,你连我在边角上的纠缠也摆脱不了,还想逐鹿中原么?听到这话,慕容复差一点自杀。再往下面是段延庆下,他开始还走正招,走走就开始走邪招了,越走越偏,难以挽救了。丁春秋等人在旁边不断地讽刺他,段延庆越想越沮丧,居然也要自杀了。在这些人当中,虚竹的地位最低,棋艺也是最低。为了解除段延庆的魔障,他也下棋了。他闭着眼睛,随手将一枚棋子扔在棋盘上,苏星河大喊胡闹,鸠摩智等人哈哈大笑。为什么呢?原来他这一着棋是自己将自己的一块大棋堵了。自己的这一块棋就死了。可是大家再一看眼睛都亮了,原来自己死了一块棋,全盘皆活。当然下面就靠段延庆用密音的方式教他下棋了。真是命中注定,那么多会下棋的人破不了,偏偏让一个不会下棋的小和尚破了。虚竹进入这条命运之流后,后来的命运完全是在冥冥中完成,已经不是自己所能控制的了。他进入密室,见到了无崖子。无崖子一生风流俊雅,他要的传人,当然是长得漂亮一点的,可是虚竹的长相实在是丑陋,浓眉大眼,鼻孔上翻,双耳招风,嘴唇甚厚。所以无崖子一见到他就说:原来是个小和尚,还是个相貌好生丑陋的小和尚,难难难。但是命运又一次惠顾了虚竹,因为无崖子实在是等不下去了,只有将自己的七十年功力传给了他,还让他做了"逍遥派"的掌门人。遵照师命,到大理无量山找师叔学武功的时候,虚竹遇到了天山童姥。这个天山童姥又偏偏到了三十年一次的劫难的时候,童姥劫难之时,当然是她最虚弱的时候,她的敌人都找上门来了,其中最厉害的当然是师妹李秋水,她们俩争风吃醋了一辈子,这个时候正是李秋水向童姥报仇的最佳时刻。于是虚竹的命运又有了变化。在她们姐妹俩拼命的时候,得到了她们的内力和武功,成为当代一流高手,成了灵鹫宫的宫主。更为有趣的是,虚竹是个小和尚,坚守着做和尚的清规戒律,不杀生、不吃荤、不近女色。可是偏偏天山童姥又是一个性格执拗的人,她最看不惯迂腐之人,偏要让他杀生、吃荤,还要近女色。于是就有了"梦郎、梦姑"一说,当然为后来虚竹成为西夏国的驸马留下了伏笔。近了女色,小和尚就开始自暴自弃了。这个情节写得相当精彩,很能体现虚竹的个性。近女色之前,他宁愿饿死也不吃那些荤食,近女色之后他拿起那些鸡肉就吃,只是食而不知其味,一边吃,一边又流下眼泪。吃完之后,又想起了他的梦姑,当童姥问他想不想时,他一声长叹,那种思念之情表露无遗。这个时候的虚竹真情流露,得到了童姥的赞扬:率性而为,是谓真人,这才是个好小子呢!虚竹就应该是一个率性而为的真男子,只是他的小和尚身份给了很多的束缚,但是冥冥之中又让他回到他的本性。

  慕容复是小说中的悲剧人物。他是作为段誉和虚竹形象的参照系塑造的。要说他的条件真是不错,他是大燕国的直系后裔,还有一批家将死心塌地地跟着他。他的武功也非一般人所比,享有"南慕容、北乔峰"的美誉。还有一个美貌的表妹王语嫣跟着他。江山美人似乎都在他的手边,但是他都没有得到,为什么呢?命中没有,命中没有还要去硬要,只能以悲剧告终。小说的最后他疯了,头上戴着纸冠坐在土坟上接受七八个孩子朝拜,那个形象让很多人凄然。他与段誉形象的对应是在感情和帝位的选择上。王语嫣深情地爱着他,但是他却与王语嫣分手了。他抛弃王语嫣有感情因素,他看见过王语嫣赤身和段誉在一起,看见过段誉和王语嫣的互相关心,心里有不舒服的感觉,但是真正的原因还是他要恢复他的大燕国。他要做西夏国的驸马就要抛弃王语嫣,伤心欲绝的王语嫣跳井,他也不救,还假惺惺地说,让她可以与段誉在一起。还是鸠摩智一语点破了他的心机:明明是你逼王姑娘跳井自尽,却还说遂她心愿,慕容公子,这未免太过阴险毒辣了罢。他抛弃了感情,选择了帝位,他得到了西夏国的驸马位置吗?没有,更不用说帝位了。反观段誉,他选择的是感情,根本就没有想过帝位问题。他看到了王语嫣后,就死心塌地地跟着她,他明明知道王语嫣的心不在他的身上,但是只要能得到王语嫣的欢心他就高兴,甚至是王语嫣的一笑,他都兴奋。他对王语嫣说过一句话:只要为了你,不论什么委屈我都甘愿忍受。在慕容复、王语嫣、段誉三人的关系中,段誉是半路硬插进去的,结果段誉得到王语嫣,又得到了帝位。做到了不可能做到的事情,这都是命。慕容复与虚竹的形象对比是无所为与有所为。为了恢复燕国,慕容复不能不说很努力,甚至有很多惊人的举动。他抛弃王语嫣、争当西夏国的驸马、笼络三山五岳那些群豪的感情等等,这些自不必说,他还拜第一大恶人段延庆为义父,改姓段氏。这个时候,段延庆可是在江湖上臭名远扬的恶人,所以他这是认贼作父,他的这一举动连段延庆自己都难以理解。结果跟随着他的那些家将不同意,他就杀了他们,所以他这是六亲不认。为了达到目的,他杀了段正淳的那些情人,甚至自己的舅妈,他这是滥杀无辜。为了他那个所谓的燕国,他不顾国格、品格,甚至是人格,真是很努力,他的目的达到了吗？没有。反观虚竹,他之所以得到一切美好的东西,就是他无所为。有所为反而得不到,无所为,反而得到了。这就是命。慕容复疯了,疯了的人却一副志满意得的样子,他身边还有一个女孩子阿碧伺候他,而且对他柔情无限。有了江山,也有了美人。你说慕容复是不是满足了呢？似乎是满足了,虽然他是疯了。这是慕容复的结局,也是整部小说的结尾。这一笔,金庸又给人留下了佛学的思考,什么是快乐,什么是满足,快乐和满足都在心里。

《天龙八部》之后金庸写了《侠客行》,从人物塑造的手法上看,《侠客行》,可以看作为《天龙八部》的外一章。下面请听"情笃不识天堂路,心慈偏寻地狱门"。

第十四讲　情笃不识天堂路,心慈偏寻地狱门

如果与金庸其他小说中的人物相比,石破天实在不算什么大侠。他始终没有成为一个真正的领袖人物,到侠客岛还是跟着史婆婆一拨人去的;他也没有什么令人佩服的侠道事迹;他的武功也没有达到令人称奇的状态。金庸小说中的大侠,最后要么是自创武功,要么将高强的武功发挥到最高境界。石破天在侠客岛上最后是学到了高强的武功,可是一阵乱打将那些武功的图形都打得粉碎了,没有能够收放自如。那么我们为什么要讲这样一个人呢？因为这个人是金庸心中的一个侠客,金庸是用一种文化理念塑造这个人物的。

围绕着石破天的形象和性格,小说展示的是两重含义。一层是故事情节含义。在情节含义中最吸引人的是这样几个"关目"。一、他大概是石清和闵柔的另一个儿子,叫石中坚,当年被梅芳姑掳去,以为他死了。正因为他与石中玉是兄弟,所以才有相貌相似这一说,才有各种误会和巧合。说明他的身世凄惨。二、他有很多名字,妈妈叫他狗杂种,长乐帮中人叫他石破

天,阿秀叫他大粽子,史婆婆叫他史亿刀。不同的名字有不同的含义,狗杂种说明他来历不明(这里面当然有父母辈的恩怨),说明他的出身卑微;石破天是将他与原帮主混淆而造成的误会,这是小说的主要故事情节;大粽子一方面是说明他与阿秀初次见面的时候被绑得像粽子一样,另一方面也表现出亲昵和爱称;至于史亿刀则是史婆婆为了压住雪山派中以"万"来命名,既然你们的名字中间都有"万",我的徒弟的名字里面就不能有"亿"?这些名字,他自己都弄不清,但是都能接受,说明他性格纯朴和为人忠厚。三、他在侠客岛上得到了绝世武功,而别人在那里参悟了一辈子也没有得到。说明他有灵气,聪明而有奇遇。如果仅仅是这样的形象和性格,我们简直可以说,这是一个失败的人物形象。为什么这么说呢?讲兄弟两人不同遭遇的故事,金庸写的算是多了,《书剑恩仇录》、《射雕英雄传》写得够精彩了。至于说写他们两人长得相像,就产生误会,这不是这个形象的闪光之处,可以说是一个败笔。如果说外人看不出来,连伺候原帮主多年的丫头和与原帮主一起厮混多年的丁珰也分辨不出来那是说不过去的。说到他出身低贱,从一个小乞丐变成了一个武功高强的武林高手,这也不是什么新鲜事情,在杨过身上已经用过了。绝世武功别人拿不到,他却在无意中得到,这更是金庸小说中常见的,前面讲的虚竹就是一个很好的例子。所以从故事含义上分析这个人物,石破天是没有新意的。

  石破天形象的新意是文化含义。什么文化呢?是佛家思想。我前面讲过,这部小说是可以作为《天龙八部》的外一章来看,石破天这个人物是表现出佛学思想的文化人物,主要表现在三个方面:

  石破天是个慈悲为怀的人。得饶人处且饶人,这是阿绣叫他做的,他不但接受,而且成为他做人的原则。最精彩的一幕表现在他与白万剑比试。他听从了史婆婆的话,与雪山派的大弟子白万剑比试武功了。他的武功是打得过白万剑的,而且已经用内功震断了白万剑的三把剑了。但是他想到得饶人处且饶人的话,就用内力将自己的刀震断了,说是打成了平手。看起来他没有赢,可是他的收获不小,要知道白万剑是阿秀的父亲,是史婆婆的儿子,他这样做得到了阿秀的欢心,感到他处处听她的话,处事得体,当然心中喜不自胜。他也得到了史婆婆的欢心,史婆婆叫他向白万剑磕头,喊"岳父"。试想一下,如果石破天就那么逞能,把白万剑打得十分狼狈,他能得到这样的结果么。金庸在告诉我们,做人要爱字当头,要慈悲为怀,不要得理不让人,当你让人之后,你可能得的比让的多。

石破天是个勇于"下地狱"的人物。小说有一个重要的情节,是侠客岛的善恶两使到处给各帮派的掌门发铜牌,请腊月初八到侠客岛上喝腊八粥。多少年来接到铜牌上岛喝腊八粥的人,从来就没有下过岛,于是侠客岛就成了江湖人士的地狱。长乐帮真正的执政者是"着手成春"贝海石。贝海石不是不知道眼前的这个石破天是假的,他不但不说穿,还进一步地弄假成真。原因何在?就是要他代领那块下地狱的铜牌。写得妙的是,当侠客岛的善恶两使来到长乐帮的时候,贝海石的阴谋就被揭穿了,而且带来了真正的帮主石中玉。要石中玉接牌,他当然不肯,帮主不肯接牌,善恶两使就要大开杀戒,长乐帮就要遭到大难。这个关键的时候,石破天接了铜牌,说了这样的话:贝先生,众位一直待我不错,原本盼望我能为长乐帮消此大难,真的石帮主既不肯接,就由我来接罢!他是知道长乐帮的诡计的,但是他愿意为他们下"地狱"。有意思的是,这个时候长乐帮已经知道谁是真帮主,谁是假帮主了。石破天既然解了他们的难,他们就奉石破天为帮主了。两者比较,更显得石破天的形象可敬。另一个下"地狱"的事情是他代石中玉到凌霄城接受雪山派的处罚。原来石中玉是雪山派的弟子,却害了掌门人的女儿,然后就溜掉了,结果他的师傅封万里被掌门人砍下一条胳膊。这次石中玉由他们的父母送上凌霄城,凶多吉少。当丁珰要求他替代石中玉上凌霄山的时候,他答应了。因为他认为别人有难,他就应该勇于承担。他不但代替石中玉到凌霄山受罚,为了不露破绽,还有意弄坏自己的嗓子。这种我不下地狱谁下地狱的精神令人钦佩。结果呢?侠客岛并不是地狱,而是武学的圣地,石破天到侠客岛不但没有死,还学了一套绝世武功;凌霄山也不是地狱,是他展示才华的场地,是他得到阿秀芳心的机会。试想一下,石破天如果没有这种下"地狱"的精神,能得到这样的奇遇么?这个人物告诉我们佛家的那种受难精神,看起来是为别人受的,其实真正的得益者是你自己。

石破天是个"真性"体现者。世界上的万事万物纷繁复杂,真亦假来假似真,我们很难说谁是真的,谁是假的,谁是对的,谁是错的。因为很多客观的、主观的,有意的、无意的障碍阻止着我们认识事物的能力。怎么办呢?

金庸认为没有必要去纠缠那些事情，那些事情是说不清的，只要信奉"真情"就能得到美满的结果。什么是真情呢？就是佛学上的"无着"、"无住"、"无愿"、"无住"，"凡所有相，皆为虚妄"。金庸用石破天这个人物描述了他对这个问题的三重理解。这三重理解不是平行的，是递进的，越来越深刻。

事情的发展很奇怪，最后是什么结果，谁也想不到。小说一开始就写那么多的人去抢吴道通的"玄铁令"，都没有抢到，结果是给一个小乞丐拿到了，这个结果谁也没有想到。这个小乞丐就是石破天，他似乎是命中注定要得到这个"玄铁令"的。石破天与石中玉是那么相像，但是他们性格完全不一样，一个忠厚淳朴，一个道德败坏。作者根本就不在乎这样的情节设计有什么破绽，他就是要说明一个问题，不要看问题的表象，问题的表象有很多客观的相似之处，例如他们两人的长相，也有很多人为制造的假象，例如贝海石有意在石破天身上弄伤疤。要看内容实质，那就是谁有真情。为什么丁珰和侍剑都看不出石破天是假的，是因为她们只看见表面，被爱蒙晕了头脑。为什么阿秀一眼就看出石破天是假的，因她看的是石破天的本性。阿秀说得相当清楚：相貌是有些像的，然而决计不是。她看的是问题的实质。但是光会看问题还不行，还要有行动，于是金庸就写了他的第二重理解。

事物的真假难辨，就不必辨，凭"真情"去做，就有意想不到的结果。"真情"是什么，"真情"就是无私。善恶两使是江湖上的"魔头"，他们的酒是毒酒，但是他觉得这两个人不错，就喝了他们的酒，于是他们成了兄弟、朋友；到侠客岛喝腊八粥是整个江湖的魔魇，让他当长乐帮帮主是长乐帮的私心，但是他就当了，就去了；到凌霄山受罚是石中玉的魔魇，让他顶替石中玉是丁珰的私心，但是他顶替了。要说他无知，他确实不理解其中的隐情，但是推动他这么做的动力是那股为人真诚的真情。

光有真情还不够，真情也许能激起勇气，还需要毫无杂念、贪念地去做，只有这样才能到达真理的彼岸，所以，过程常常比目标还要重要。这样的思考体现在石破天学武功的过程中。石破天之所以学到武功是因为跟随着谢烟客。谢烟客为什么要带着他是因为他承诺过拿"玄铁令"的人可以向他提一个请求，他不能拒绝，可是石破天就是不提问题，不是什么私心、贪念，而是生活环境逼得他天性如此。如果他有私心、贪念，在那么多的诱惑面前早就提出要求了。谢烟客教他练功,根本不安好心,目的要他走火入魔早日死去,他可以早日摆脱。谁知他越练越好,居然让他练成了绝妙的内功。这样的结果连谢烟客自己都想不通,后来他终于明白了:这少年浑浑噩噩,于世务全然不知,心无杂念,这才没踏入走火入魔之途,若是换作旁人,这数年中总不免有七情六欲的侵扰,稍有胡思乱想,便早就已死去多时了。后来他从大悲老人留给他的十八个木偶身上练成了"罗汉伏魔神功",同样是因为心无杂念、贪念。这些木偶都藏在泥中,这些小泥人的身上绘着各种经脉的线条。这些线条既是学"罗汉伏魔神功"必需的内功,也是学这套神功的障眼法。如果贪这套内功,就会保住这些泥,保住这些泥,就不知道里面还有一套绝世武功,事实上这些小泥人已经在十一个人的手上流转过,却没有一个人发现其中的秘密。石破天发现了,而且练成了。他先学了外面的内功,符合循序渐进的要求,但是他又不贪这些内功,剥开了泥,发现了其中的木偶,学会了里面的神功。写得最精彩的是全书的高潮,就是在侠客岛上从李白的那首诗《侠客行》中悟得武功。那么多人,为什么都没有悟出来呢?是他们的水平不够么,显然不是,要知道他们都是各门派的掌门人;是他们的时间不够么,也不是,要知道他们最多的在这里已经四十年。而这个石破天虽说是长乐帮帮主,实际上是个小乞丐,他一字都不识,他刚刚来到这个密室。他之所以学到,正是因为他不识字,不识字就不会从那些诗句旁边的注解中寻找什么微言大义,不识字就会把那些图画和那些古蝌蚪文看作是一些线条(就如他在那些小泥人身上看到的线条一样)。从中,我们又能悟出什么道理来呢?谁叫你识字的呢?谁又叫你从那些字中寻求什么注解的呢?这些字和这些注解都是你接受真理的障眼法。真理不需要借助什么外界的力量,他就是你无私、无欲的"真情"。

金庸很喜欢佛学,他有一段时间专门研究《金刚经》,到什么地方都喜欢与一些高僧谈经说佛,例如在西安华山、河南少林寺,这都是笔者亲身经历的。不过《侠客行》写于1965年,那个时候他对佛学研究还不多。到了在1977年《侠客行》结集出版的时候,金庸专门强调了小说中的佛学思想。这个时候他已经研究过一些佛学思想,他对自己那个时候能写出这种体现出如此佛学思想的人物表示惊讶。我们怎么理解这样的现象呢?只能说是一种心灵感悟吧。

人们常说金庸小说的优秀就在于他笔下人物不雷同,这是有道理的,为什么不雷同呢?其中有一个重要的原因,他小说中的人都与时代社会的变化紧密相连,什么样的时代和社会往往会产生什么样的形象和个性。请听下一讲"逍遥江湖醒人世,拈花一笑万山横"。

第十五讲　逍遥江湖醒人世,拈花一笑万山横

《笑傲江湖》有两个特别的地方,一是小说写作于1967年。1967年是中国内地的"文化大革命"最热闹的时候,"文化大革命"是中国历史上最深刻的政治运动,因此,这部小说具有很强的政治色彩,说它是政治小说也不为过;二是这部小说的历史感不强,我们无法判定这部小说的背景是什么朝代。因此,这里面没有什么侠之大者,为国为民。它是一部地地道道的江湖小说。这两个特点,也是我们分析令狐冲的两个视点。在复杂的政治斗争中和纷繁的江湖争斗中应该具有什么样的姿态呢?应该是率性而为、个性为本。这就是令狐冲形象的意义。

在金庸的笔下,政治有两重意义,那就是掌握权力的终极性和耍阴谋诡计的过程性。令狐冲最大的特点就是没有领袖欲和为人坦荡。小说写了三次争霸,一次是任我行与东方不败争夺日月教教主,二是五大门派争夺五岳门派的掌门人,三是日月教和五岳门派争夺一统江湖的领袖。这三次争斗令狐冲都是主要参与者,他都有机会获得最高权力,但是他都不要。第一次他帮助任我行夺得日月教的教主,可谓功劳极大,任我行要他入教,以后就把教主之位让给他,可是他却悄悄地下山了;第二次他的武功已经达到极高的地步,少林、武当两位在江湖上德高望众的掌门人都希望他出任五岳门派的掌门,应该说他要争取希望很大,可是他根本不想,在打擂台时不是想着怎样战胜对方,而是想怎样让小师妹开心,结果自己还弄伤了。第三次五大门派经过内部争斗已经元气大伤,只有他恒山派力量最强,面对日月教的进攻,他完全可以成为抗敌的领袖,但是他也不做,将总指挥的权力交给了少林寺的掌门人方证大师。为什么他不当领袖呢?因为他从心里就反感为当领袖而做的阿谀奉承的事情和当了领袖接受那些阿谀奉承的事情。小说是这样说他的:他本性便随遇而安,什么事都不认真,入教也罢,不入教也罢,

原也算不上什么大事。但是要他口中说的尽是言不由衷的肉麻奉承，不由得大起反感，心想倘若我入教之后，也须过这等奴隶般的日子，当真枉自为人，大丈夫生死由命，偷生乞怜之事，令狐冲可决计不干。当听到那些教徒们恭贺任我行当了教主的谄媚之声，他心中有说不出的厌恶。要说耍阴谋诡计，他则是个受害者，是个受冤屈者。他一出场人们就将他与采花大盗田伯光相提并论，后来被他师傅认定是偷《紫霞秘籍》的贼，再后来又被他的师傅认定是偷《辟邪剑谱》的贼。如果说第一个冤屈有证人可以帮助澄清，后两个冤屈不但没有证人，而且是师傅说的，也许就成了千古奇冤，无法翻身了。面对这些阴谋和所受的冤屈，他不是喋喋不休地到处申冤，更不是设计报复，而是胸襟坦荡地该做什么就做什么，结果那些阴谋和冤屈都自行暴露了。从仪琳的表述中可以看到他不但不是什么采花贼，还是一个有胆有识的真男子。从真正偷《紫霞秘籍》的劳德诺的自我败露中得知谁是偷书贼，谁是杀师弟的凶手。从岳不群运用辟邪剑法胜左冷禅的举动中得知，谁是真正偷《辟邪剑谱》的人。君子坦荡荡，小人常戚戚，作弊者必自毙，作贼者必被捉。在令狐冲率性坦荡的言行中金庸说明的就是这样的道理。

如果要问金庸小说哪一部写的门派最多，就是《笑傲江湖》，加上那些草莽黑道上的人物，小说中门派不下二十个，即使是一个门派里的人还要再分派，例如华山派中再分剑宗、气宗。有意味的是，这些派别明明斗得头破血流，却还把对方说成邪派，而且正邪分明，绝不混淆。令狐冲小的时候也是以正派自居，也是自信正邪不两立，可是后来他发现左冷禅这些以正派自居的人，其奸诈凶险处，比之魔教有过之而无不及。再看看东方不败和任我行也是用阴谋诡计互相陷害，一旦得志就唯我独尊。于是他就没有什么正邪之分，只有意气和不意气之分。他可以与采花贼田伯光成为朋友，可以和魔教长老向问天结为兄弟，可以将桃谷六怪收在手下，可以娶小魔女任盈盈为妻。交朋友要的是义气，娶老婆要的是性情。由所谓的正派高手刘正风和邪派高手曲洋合撰的曲谱《笑傲江湖》交在他的手上有着深刻的含义。音乐没有正邪，没有贵贱，它来自于天上，是人性的结晶，令狐冲就是这样一个没有正邪、没有贵贱的人性结合体。

别以为率性而为、个性为本和远离政治、远离江湖是件容易的事情。没那么容易，弄不好就会家破人亡。金庸在小说一开始就用刘正风金盆洗手而不得的事情说明其中的难处。刘正风和曲洋并不想伤害什么人,不想伤害什么门派,他们只想隐居起来研究音律。结果得到那么凄惨的结局。那么令狐冲为什么又能够成功呢？所以刘正风的事情又从另一个角度提示我们,要想真正做到率性而为、个性为本,就不能逃离政治、逃离江湖,反而在政治斗争和江湖争斗中才能获得。

率性而为、个性为本还是令狐冲的人生观。这个形象令人感动还在于：他是一个有情有义的男人。小说从师门、责任、色欲三个方面塑造了他的形象。

他是华山派的大弟子,从小就在华山长大,所以他对师门、师傅和师母有着很深的感情。不管师傅怎样打击他、诬陷他,甚至把他开除出华山派,他都对师傅、师母尊敬有加,以重回师门为目标。他的这种依恋不仅使得读者对他产生了极大的同情,对他的人品也表示出极大的尊敬。反过来,对他的师傅岳不群先是打击他,后来又利用他这份感情再欺骗他的做法则有了极大的反感和厌恶。这样的对比在那次少林寺的比武中达到了极点。当时为了救任盈盈,令狐冲要与武当掌门人冲虚道长比武,冲虚道长不打就认输,照理说这事也就过去了,偏偏是做师傅的岳不群喊住了令狐冲,说冲虚道长不肯与你打,我来与你打,他是想在这种场合下露脸,想作为徒弟的令狐冲总打不过我。谁知令狐冲的武功超越他。怎么办呢？他就开始利用令狐冲的感情了,他反复地打华山剑中的三招：浪子回头、苍松迎客、冲灵剑法。冲灵剑法是令狐冲与师妹岳灵珊私下所创的。岳不群在向令狐冲暗示,如果你投降,你不但可以重回师门,还可以娶岳灵珊为妻。果然一看到这三招剑式,令狐冲联想翩翩,神志不清,他以为师傅真是回心转意了。于是一个引诱,一个有意,一个虚伪,一个真情。人们在为令狐冲捏一把汗的同时,又深切感受到令狐冲的有情有义。无意之中,令狐冲击落了岳不群的剑,令狐冲赶忙跪下来赔罪,可是岳不群居然一脚踢向他的心窝,将他踢得昏死过去。令狐冲的这一跪和岳不群的这一踢再一次将他们两个人的性情表露了出来。

真正的男人不仅要有情有义,还要有责任心。令狐冲的这种素质在与小师妹的关系中表现得最为充分。他爱恋着岳灵珊,可是岳灵珊爱上了林平之,只是把他当作大哥哥。他痛苦、委屈、难受,但是他接受了,他认为只要小师妹高兴,他什么都愿意做。命运将他送上五岳争霸的擂台,逼着他要与小师妹动手过招。他只想着怎样让小师妹高兴,可是他的武功实在太高了,居然一下将岳灵珊的剑震飞了。怎么办呢?原想让小师妹高兴,现在居然让小师妹下不了台,好一个令狐冲,看见由上而落的剑居然将身体凑了过去,长剑从他的左肩后直插进去,然后再向前一扑,长剑将他钉在地上。这个时候岳灵珊已经嫁给了林平之,令狐冲为了成全岳灵珊居然连命都不要了。这就叫有情有义。林平之杀岳灵珊,岳灵珊死在赶来的令狐冲怀里。岳灵珊到了这个时候还是爱着林平之,是脸上带着微笑,唱着福建山歌死去的。临死之前,她不但不允许令狐冲为她报仇,还要求他照顾林平之。令狐冲明知道,他只要一答应不但受累无穷,而且要强迫自己做许多绝不愿意做的事情,但是他答应了。既然答应了,他就这样做。后来林平之不断伤害他,但是他都保全了林平之的生命。为什么这样做,这就叫责任。

令狐冲做过一个门派的掌门人,那就是恒山派。恒山派都是一些尼姑,怎么教令狐冲这个大男人做掌门人呢?这里面有两层含义:第一层含义是写他的责任,因为他是亲口答应了定闲师太的,既然答应就要实行,这是责任,这是令狐冲做人的原则。第二层含义是写他的品质。小说一开始人们就将他与田伯光一起看作采花贼,后来他又到妓院养伤,随便与人谈论女人,似乎很轻浮。现在又让他当上尼姑们的掌门。金庸就是要在"色"上面写他的品质。那他究竟怎么样呢?莫大先生的几天窥探和一番话解决了人们心中的疑问。那一次,令狐冲带着一船的恒山弟子们到少林寺。路上他遇到了衡山派的掌门人莫大先生。莫大先生当头就说:令狐大侠,这些日来可快活!然后告诉他现在江湖上议论纷纷,说让一个大男人掌管着这些尼姑,简直是将恒山派的数百年清誉都破坏掉了。令狐冲可是吓得一跳,连忙分辨。莫大先生叹了口气,说出了这样的话:这五日里,每天晚上,我都曾到你船上窥探。我见你每晚总是在后船和衣而卧,别说对恒山众弟子并无分毫无礼的行为,连闲话也不说一句。令狐世兄,你不但不是无行浪子,实是一位守礼君子。对着满船的妙龄尼姑,如花少女,你竟绝不动心,不仅是一晚不动心,而且是数十晚始终如一。似你这般男子汉、大丈夫,当真是古今罕有,我莫大先生佩服。莫大先生接着拿自己进行比较:光明磊落,这才是男儿汉的本色。我莫大先生如年轻二十岁,教我晚晚陪着这许多姑娘,要像你这般守身如玉,那就办不到。

师门、责任和色欲,要比率性而为、个性为本难做得多,因为这是对个人欲望的控制,是品德上的事情,令狐冲做得如此地道,说明令狐冲是一个有君子素质的浪子。

讲了这么多的侠客之后,我们应该讲一下"恶人"了。金庸小说中有很多恶人,他们是怎样的恶,谁又是最恶的呢?请听下一讲:"行事莫怕真小人,为人最忌伪君子"。

第十六讲　行事莫怕真小人,为人最忌伪君子

有大侠就有恶人。金庸小说中写恶人最生动的应该是三部小说,一部是《天龙八部》,里面有"四大恶人"、一部是《连城诀》,这就是一部写恶的小说,一部是《笑傲江湖》,里面有左冷禅和岳不群。恶人有恶相,我将这三部小说中的恶人分成四个档次。

一种是"情有可原"的恶,可以以"四大恶人"为代表。这"四大恶人"中写得最差的是老四"穷凶极恶"云中鹤。他之所以被列入"四大恶人"是因为他是个采花大盗。但是仔细看小说,他的采花罪行也没有多少描述,所以他的罪行与他的形象一样都比较飘忽。"无恶不作"叶二娘和"恶贯满盈"段延庆,一个是喜欢弄死人家的孩子,一个始终谋划着怎样夺取大理国的王位。做得确实过分和偏激,但是追根寻源,叶二娘之所以这样是自己的儿子被别人抱去,有亲找不着,自己的情人是少林寺方丈玄慈大师,有情不能认。她的亲情都没有了,实在是个悲苦之人,最后她与玄慈大师双双自尽,为情而死,令人欷歔。段延庆的身世同样令人同情,他原来是皇位继承人,却由于内乱,变成了一个乞丐,甚至还变成了一个面目可憎的残疾人。最后,他得到了段誉的承认,自己哈哈大笑,显得满足而潇洒,教人佩服。在"四大恶人"中写得最好的,我认为是"凶神恶煞"南海鳄神。这个人不但不恶甚至有点可爱。论长相,这个人实在是长得丑:脑袋大得异乎寻常,一张阔嘴中露出白森森的利齿,一对眼睛却是又圆又小,宛如两颗豆子,然而小眼中光芒四射……中等身材,上身粗壮,下肢瘦削,颔下一丛钢刷般的胡子,根根似戟。这样的长相实在是丑。所以段誉第一次看见他的时候打了一个

寒噤。但是就这么一个号称"凶神恶煞"的人做的事情却天真可爱,甚至令人感动。在小说中,他的所作所为主要是三件事情,一是要段誉拜他为师,他却拜了段誉为师。他要段誉拜师的举动就很可爱,他把段誉浑身摸了一遍,然后就叫段誉拜他为师,说:快快叩头!求我收你为弟子。你一求,我立即答应。毫无心机天真可爱。他答应三招内击倒段誉,但是三十招也没有能击倒,原来段誉学过"凌波微步"。他也就兑现诺言,咚咚咚给段誉磕了八个响头,大声地说:师傅,弟子岳老二给你磕头。说到做到。第二件事情,他总是与叶二娘争夺第二的位置。在叶二娘殉情之后,如果真是恶人,他应该高兴才是,因为他可以名真言顺地成为老二了。可他是这样说的:二姐,你人也死了,岳老三不跟你争这排名啦,你算老二便了。要知道当上老二是他一生的愿望,现在放弃了,就因为他佩服叶二娘的壮烈,感伤叶二娘之死。说明他身上人性的力量还是不小的。第三件事情是他做了段誉的徒弟后就成为段誉以及段誉身边那些小师娘的保护者。最后为了保护段誉的生命而死。这样的举动倒有一些悲壮的色彩。所以说,"四大恶人"之恶,名声大于实质。

第二种是"毫无掩饰"的恶,可以以《连城诀》中血刀老祖、花铁干为代表。血刀老祖这个人真够恶,抢女人、吃人肉,把随意杀人当作家常便饭。问题是他自己并不以为这是恶事,而认为这是个性。他误将狄云视作自己的徒孙,多次对他说:做人就是这样,这就是我们血刀门的做派。可见,他是把恶当作风度了。所以他作恶毫不掩饰。他做人恶,打斗杀人也充满着恶气。请看他的绝杀:忽然间波的一声响,又有一颗头颅在深雪中钻了上来,这一次却是头顶光秃秃的刀血僧,他哈哈一笑,头顶便没入雪里。水岱骂道:贼秃!提剑正要跃下厮杀,忽然间雪中一颗头颅急速飞上。那只是一个头颅,和身子是分离了的,白发萧萧,正是陆天抒的首级。这头颅向空中飞上数十丈,然后啪的一声,落了下来,没入雪中,无影无踪。这就是他杀人的场景,血淋淋的十分怪异。不过,我要在这里说一下。这个恶人的塑造和作恶场面的描述,金庸很大程度上是受还珠楼主的《蜀山剑侠传》的影响。那本小说中有一个极恶之人,叫绿袍老祖。但金庸写得更有灵气。花铁干这个人很有特色。他本来并不恶,否则他也不可能与那些正道中人相处了二十多年,有大侠之名(他与陆天抒、刘乘风、水岱四人合称"落花流水")。可是到了绝地，他不仅向敌人投降，还怂恿狄云去侵占水岱的女儿，自己还吃了他那几个朋友的尸体，到了后来解了围，居然贪天功为己有，还要诬陷狄云于不义。可以说已经恶到了无以复加的地步。一个侠义人士怎么变成这个样子了呢？金庸试图说明，人在善恶之间往往是一念之差，所以人的本质和环境特别重要。

　　第三种是"依仗权势"的恶。这以《笑傲江湖》中的左冷禅为代表。他依仗着"五岳剑派盟主"的地位，做了很多恶事：他不让刘正风金盆洗手，并且杀了他的全家；他支持和怂恿华山派的剑宗到华山夺权，甚至不惜派人蒙面袭击华山派；他伪装成魔教中人攻击恒山派，致使恒山派死伤很多人；他派人到恒山设计害死令狐冲，从而达到吞并恒山派的目的。他搞了一个嵩山擂台赛，要将五岳剑派并成一派。他也弄什么阴谋诡计，但是他的心思是司马昭之心，路人皆知，所以他也不掩饰自己，稍有暴露，他就干脆拉开面纱，依仗权势与你硬干。但是他失败了，因为他遇到了岳不群。嵩山封禅台上争夺"五岳派"掌门人，左冷禅的机会不能说不好，这个时候恒山派的令狐冲已经受伤，泰山派的天门道长已经死去，衡山派的莫大先生也受了伤，华山派的岳不群赞成五派合并。形势大好，就在他自以为是五岳派掌门人的时候，他没有想到，岳不群会出来挑战。这也是有道理的，人家同意五派合并，但是并没有同意你做掌门人呀。起初他也不怕岳不群，自以为武功要高于他，没有想到岳不群使出了绝招，用绣花针刺瞎了他的双眼，他的半生经营为他人做了嫁衣裳。他与岳不群之争是权力之恶和阴谋之恶的相争，最后是权力之恶败给了阴谋之恶。这就是左冷禅留给我们的启示。

　　第四种是"毛骨悚然"的恶，这就是阴谋之恶，当以岳不群为代表。写阴谋诡计，在《连城诀》中就触目惊心（我一直认为金庸小说中的那些小长篇往往是那些大长篇的练笔或补充，例如《书剑恩仇录》《碧血剑》和接着而来的《射雕》三部曲、《侠客行》与《天龙八部》《连城诀》与《笑傲江湖》）。人们都说，一日为师，终身为父，天地君亲师，师徒关系放在很崇高的位置。这部小说中的万震山、言达平、戚长发三个师傅，他们为师不尊，不但不真正教徒弟武功，还有意留下破绽，陷害徒弟；他们为徒不忠，竟联起手来杀了自己的师傅；他们为人不信，互相猜疑、互相争斗，都要置对方于死地。不过，他们的那些诡计与岳不群比较起来是小巫见大巫，因为他们的这些计谋是做给别人看的,是为了不给对方看出得到《连城剑法》的借口,他们的人心之恶互相早已明白,岳不群的阴谋诡计却更加缜密、更有伪装性。岳不群有三大伪装是超过金庸小说中的任何一个恶人的。一是他的长相,简直就是神仙中人:颔下五柳长须,面如冠玉,轻袍缓带,右手摇着一把折扇。他的剑法也彬彬有礼,连刺出来的剑也是让人三分,称为"君子剑"。他一开口就是仁义道德。你看他在刘正风金盆洗手的典礼上说的话多么冠冕堂皇,什么魔教中的人是笑里藏刀,是口蜜腹剑,是设法来投你所好,那是最最阴毒的敌人;什么与魔教中的人交朋友是侮辱了"朋友"二字;什么古人说要大义灭亲,连亲都能灭,何况做不得朋友的大魔头。看到这样的形象,听到这样的话,真是让人起敬,他就是道德的化身、正义的化身。二是他善于示弱,他之所以在嵩山上战胜左冷禅,除了偷学了"辟邪剑法"之外,就是让左冷禅轻视他,对他疏于防范,先是在少林寺的时候当着左冷禅的面,故意在踢令狐冲的时候用内力将自己的腿震断,让左冷禅感到,他的武功不过如此;到了嵩山擂台赛上,他先让女儿岳灵珊显露嵩山派武功十三招,似乎是在暴露自己的武功底线;与左冷禅打的时候还故意让自己的长剑被震飞了。左冷禅果然上当了,当左冷禅轻视他的时候,他用绝招一针中之。三是他的阴谋安排得更为缜密。想获取林家的"辟邪剑谱",他居然派人到林家门口去开店,早就安排好伏线,他与青城派余沧海的区别在于,一个是想巧取,一个是想硬夺,都是江湖上对林家动手最早的人。他不断地诬陷令狐冲,甚至还将他逐出师门,就是要向世人表明他是多么正派,可以掩盖他偷"辟邪剑谱"的行径;他明明知道劳德诺是左冷禅派来的卧底,却不但不揭破,还委以重任,就是要稳住左冷禅。为了达到目的,他甚至愿意牺牲自己的亲人。他为了得到林平之的信任,就叫自己的女儿去教林平之剑法,就是要让他们两个人产生感情,至于女儿是不是幸福,他是不管的。岳不群的伪装已经达到登峰造极的地步。这就是令人毛骨悚然的恶,它能够欺骗世人。当人人都说他好的时候,当人人都不防备他的时候,他突然出击,让你输得莫名其妙、目瞪口呆,但是又无可奈何。岳不群这个形象是金庸小说中最光彩的形象之一,可以给人很多思考想象的空间。

恶人作恶必自毙,这同样是金庸要告诉我们的人生哲理。这些恶人都死了,而且死得很有特色,是以其人之道,还治其人之身。云中鹤,被人一刀砍下头颅,和这个人物形象一样死也简单。血刀老祖死得也怪异,他善于在雪中杀人,于是他是一个倒栽葱,一头扎进雪堆中,这剩下两条腿在上面(他杀水岱就是在雪下砍掉人家的两条腿,现在要他将两条腿还过来)。花铁干变恶之后就是一个野兽,他死的时候也像野兽一样,在那里疯狂地抢着有毒的珠宝,中毒而死。左冷禅死在他组织的一场盲人杀人的阴谋中,聪明反被聪明误,最后是在受伤之后自杀而死。《连城诀》中的三个师傅,善于弄计,可是自己却都死在各自的计谋之中。至于岳不群的死就更有含义了。他先是落在一个地洞里,一跃而起却被一张渔网罩住,但他还是想杀掉令狐冲,就在这个时候仪琳冲过来了,无意之中一剑将他给杀了。地洞、渔网都是陷阱,是耍阴谋常用的手段,仪琳是天真无邪的象征,所以岳不群是落入精心设计的陷阱中,被天真无邪给杀了。很有意思。

不管怎么写,金庸小说中都有一个正直的英雄人物,唯独《鹿鼎记》写的是一个小人,这个人叫韦小宝。这个人又该怎样理解呢?请听下一讲"小节时时见猥琐,大事处处皆练达"。

第十七讲　小节时时见猥琐,大事处处皆练达

《鹿鼎记》是金庸的最后一部小说。这部小说在连载的时候就有人提出疑问,认为它可能不是金庸本人所写,是别人代笔的小说。理由是小说中的主人公不是一个英雄,而是一个小人。这当然不对,这是金庸亲笔写的一部写"小人"的武侠小说。这个小人就是韦小宝。

韦小宝是个什么样的人呢?他出生在扬州有名的妓院丽春院,是个只知道母亲而不知道父亲的人,母亲叫韦春芳,小说开篇的时候已经是一个三十多岁的老妓女了。他的生活知识来自于"三馆一场",即妓馆、赌馆、戏馆,因此他不仅精通各种江湖技艺,还有一身世俗气质。流里流气,一副无赖相。他根本就不想学武功,唯一学的武功是九难师太的"神行百变",之所以学这个功夫是听说这个功夫可以逃命。他与人打架都是一些下三烂的举动,或者躲在桌下用匕首戳人家的脚背,或者用石灰迷人家的眼睛。当茅十八叱喝他不要做这些下三烂的事情时,他的反应是:用刀杀人是杀,用石灰杀人也是杀,又有什么上流下流了?他的"丰功伟绩"全部来自于"赌":

碰运气。那一次他正带领着军队去打台湾,途中遇到了一个无名小岛,手下请他为小岛命名,当时他正在赌博,扔骰(shai)子,口中高喊"通吃",于是就命名为"通吃岛"(后改"钓鱼岛"),是一个精彩的点睛之笔。他的运气特别好,他就用那些下三烂的手法,多次救了茅十八、擒了鳌拜、破了吴三桂的谋反、攻上了神龙岛,等等,成为康熙朝的"邦国柱石",当上了一等鹿鼎公。但是,他做人有他的基本原则,那就是讲义气,决不出卖朋友。他是天地会总舵主陈近南的徒弟,也是康熙皇帝的朋友,他多次营救天地会群豪于危难之中,也不愿意去挖康熙家族的"龙脉"。这样的忠诚成为他左右逢源和每次逢凶化吉的根据,也使得他的形象有了几分可爱。

如果仅仅这样看韦小宝是不够的,他的生动和内涵在于他是一个文化人物。我认为他与康熙应该看成是一个人,他们是一个人的两张面孔和双重性格。当代电视剧《大明宫词》中张柬之有一句话:这个世上最肮脏的地方一个是皇宫,一个是妓院。将这句话用在韦小宝身上正合适。韦小宝从来就是将皇宫看成妓院的。他一进皇宫看见一处处庭院花园,就做出了这样的评价:咱丽春院在扬州,也算得上是数一数二的漂亮大院子了,比这里可又差得远啦,乖乖弄的东,在这里开座院子,嫖客们可有乐子了。不过这么大的院子里,如果不坐满百来个姑娘,却也不像样。他在皇宫中的那些处世为人以及各种手段全是妓院里的那一套。金庸每一次写韦小宝做重大决策的时候,总是说他如何受到妓院工作的启发。再想想康熙,他身上具有典型的"韦小宝性格"。康熙最能体现本性的地方就是与韦小宝打架,这个时候韦小宝不知道他的真正身份,他们两人都是真情流露,互相争斗,又互相倚赖,互相以对方作为争斗的依据。康熙的一生中擒鳌拜、平三藩、定台湾,算是他的丰功伟绩,可是哪一次不是险胜,哪一次不是运用赌徒心理。康熙工于心计,下手狠毒,既有胸怀全局的气概,也有争强斗胜的小肚鸡肠;既有知人善用的才能,也有傲才自负狂妄无知之处。但是,他也讲义气。他在大婚之际召韦小宝回宫吃喜酒的密诏中说:"我就要大婚啦,你不来喝喜酒,老子实在不快活。"倒是真话。小说最后康熙南下寻找韦小宝也是费尽了心机。令人回味的地方是,为什么明明是满身世俗气息的韦小宝能够在皇宫里如鱼得水呢?为什么身为皇帝的康熙能与满身流气的韦小宝成为朋友呢?只有一个答案,那就是韦小宝和康熙本来就是一个人。

如果我们再深入思考韦小宝和康熙所代表的文化含义,就更有意思了。韦小宝代表的是草根文化,康熙代表的是庙堂文化。韦小宝这个人物告诉我们世俗文化本来就是和庙堂文化相通的。在世俗社会中吃得开同样需要上流社会的气质,在上流社会中混得转同样需要下三烂的举动和碰运气的"赌"。世俗社会和上流社会只是生存环境不同,其生存法则是相同的,它们是中华民族这个大文化圈的两个侧面而已。这个含义在小说结尾有生动的演绎:那一天,韦小宝到扬州见他的母亲,问:妈,我的老子到底是谁?韦春芳瞪着眼睛道:我怎知道?韦小宝皱着眉头道:你肚子里有我之前,接过什么客人。韦春芳说:那时你娘标致得很,每天有好几个客人,我怎记得这许多?韦小宝说:这些客人都是汉人罢?韦春芳说:汉人自然有,满洲官儿也有,还有蒙古的武官呢。韦小宝马上问:外国鬼子没有罢。韦春芳怒道:你当你娘是烂婊子吗?连外国鬼子也接?辣块妈妈,罗刹鬼、红毛鬼到丽春院来,老娘用大扫帚拍了出去。韦小宝似乎松了一口气,说:那很好。韦春芳又说:那个时候有个回子,常来找我,他相貌很俊,我心里常说,我家的小宝的鼻子生得好,有点儿像他。韦小宝说:满汉蒙回都有,有没有西藏人?韦春芳大是得意,说:怎么没有?那个西藏喇嘛,上床之前一定要念经,一面念经,眼珠子就骨溜溜的瞧着我。你一双眼睛贼忒嘻嘻的,真像那个喇嘛。这段对话告诉我们什么呢?看来韦小宝不是哪一种人,他就是整个中国国民性的代表。问题还在于他这样的国民性还要延续下去,你看他身边的七个老婆,她们是康熙的妹妹、李自成的女儿,云南沐王府的公主,明末遗民送来的丫头,神龙岛的少夫人等等,他几乎统领了当时中国的各方势力,谁有这样的力量能够统领中华大地,只有中华民族的国民性。韦小宝不仅有代表着各方势力的七个夫人,还与俄罗斯的女王索菲娅来了那么一手,是不是表示着中华民族的国际交往呢?大家可以意会。韦小宝的七个老婆中有三个夫人怀孕了,她们是公主、阿珂和苏荃,这可是当时中华大地上最有力量的三股势力,当朝、在野和江湖,韦小宝都给她们下了种,她们生下的孩子应该都是中华民族的组成部分。

韦小宝形象中的另一个特征就是他是中国侠文化的叛逆者。"侠之大者,为国为民",这是众多武侠小说作家所遵守的原则,也是金庸相当长时期内写大侠的形象标准,陈家洛、郭靖、萧峰等人都是这样一些大侠。但是这样的标准在《鹿鼎记》中却受到了怀疑。陈近南如此辛劳,却显得心胸狭窄,在内地与台岛之间,他根本就没有辨清楚谁是国,谁是藩;他打着反清复明的旗号,实质上是愚忠于一个国姓爷。他收韦小宝为徒是为了便于接近了解皇宫,其动机并不纯。至于顾炎武等人,心胸更为狭窄,他们竟然推举韦小宝做皇帝!韦小宝能做皇帝吗?韦小宝做了皇帝能治理国家么?老百姓能过上太平日子么?顾炎武等人似乎都不顾忌,他们只要有一个穿着汉族服装的皇帝就行了。为国为民是一个相当漂亮的口号,但是常常被个人利益和狭隘的民族利益所污染,特别是在中国这个多民族国家里,其历史内涵实际上有时是很难说清楚的,金庸在《鹿鼎记》中看来是放弃这个标准了。大侠们当然更不是那些武功高超者。小说中具有高超武功者如陈近南、洪教主、海老公等人无一人称得上是英雄,其中一些人甚至是狂妄自大、心地阴毒之人。什么是侠文化,小说告诉我们就是一个"义"字,其余的都不是。韦小宝当然称不上大侠,但是,他"义"字当先,就不得不承认他的身上有侠气。在这一问题上,那些自称大侠的人倒是显得小气了。

讲到这里应该讲一下韦小宝的七个老婆问题,这个问题大概是最招致批评者对金庸小说(乃至对于整个武侠小说创作)非议的了。金庸先生也动了修改的念头:"我经常收到年轻读者的来信,他们都说自己很喜爱韦小宝,还想模仿他。"金庸先生表示,这样的现象令他深感不安,"虽然小说不是社会教科书,但假如社会影响不好也不太好"。出于这样的顾虑,金庸先生想把《鹿鼎记》的结尾重新修改:韦小宝沉醉于赌博,被高手骗得钱财尽失,之后又遭老朋友背叛,险些被抓回北京面见皇帝。而在他人生最灰暗的时期,连过去情深义重的众老婆也接二连三离他而去⋯⋯但是,这个"悲剧下场"却遭到了很多读者的反对,而反对的理由也令金庸先生觉得不无道理:"很多人跟我说,《鹿鼎记》这部讽刺性的小说并不是为了给人教育,而是表现人性和情感的。在全世界有华人社会的地方,其实都有韦小宝这种人,他就像鲁迅先生笔下的阿Q一样,身上一直带着一种精神胜利法。我觉得中国人性格中最重要的就是自己要求生存,只要人家不打死我,我就能生存下去。"据此,金庸先生决定还是"放过"韦小宝,让他一直过着财色兼得的日子,因为"现实中这种人是不太会输的"。虽然还是从教育意义上作想,一度决定在《鹿鼎记》结局让主人公韦小宝人财两失的金庸先生,终于改变了主意,对《鹿鼎记》的修订只改动文词不动内容。

　　读者的议论多种多样,金庸先生大可不必理睬这些非议,更不必根据这些议论修改自己的小说。读者的这些议论有些是感想式的,有些是没有真正读懂小说。就拿对韦小宝七个夫人的非议来说,不管这些非议是什么说法,其出发点都是一个:这是一个陈腐的一妻多妾的模式。用现代法制的眼光看,似乎确实是这么回事。但是韦小宝恰恰就不是一部宣扬法制、讲究道德的人物,而是一部消解既有文化、消解既有道德的反武侠人物。康熙与韦小宝本身就是一种文化的结合体。根据这样的思路,韦小宝有七个老婆就可以理解了,因为康熙的老婆比韦小宝还多。为什么康熙有那么多老婆可以理解而韦小宝就不行呢?那些批评者还是用既有的文化眼光和道德眼光看问题,所以他们没有看到这部小说的文化意义。另外,在正格的"武侠爱情观"中,无论是"众女追一男",抑或是"众男追一女",哪怕爱情写得再热闹,真正的大侠都是对爱情忠贞不贰的,他心中的恋人只有一个。但韦小宝并不是什么大侠,而是一个讲义气、无原则的小流氓,他没有什么爱情,只有满足自我的欲望,他不是恋人一个,而是女人七个。一个小流氓做了武侠小说的主人公,他娶了七个老婆,不正是对正格的"武侠爱情观"的嘲笑和消解吗?这是写得相当合理和精彩的。试想一下,真要让韦小宝像杨过那样对爱情忠贞不贰,挡住众多女性的诱惑,只娶一个老婆,那倒真是滑稽可笑了;再试想一下,如果小说最后让韦小宝的七个老婆离他而去,只留下他孤身一人,以达到惩戒和教育的目的,那么整部小说的创作思路就不顺畅了,其思想内涵也就会稀薄得多了。

　　在讲完了金庸小说中的众多英雄之后,下面我开始讲金庸小说中的女性和情感,请听下一讲"世上惊艳多几许,人间最爱在心中"。

第十八讲　世上惊艳多几许,人间最爱在心中

　　从这一讲开始,我将讲金庸小说的情感世界。武侠小说就是爱情小说。金庸小说中的女人都是情感的符号,她们的存在都与情感密不可分。

　　要说金庸小说中最美的女人大概是三个人,一个是西施,一个是喀丝丽(香香公主),一个是仪琳。西施是中国有名的大美人,也是金庸小说《越女

剑》中的一个人物。西施美到什么程度呢？范蠡借着说湘妃的故事进行了这样的描述：她的眼睛比溪水还要明亮，还要清澈；她的皮肤比天上的白云还要柔和，还要温软；她的嘴唇比这朵小红花的花瓣还要娇嫩，还要鲜艳，她的嘴唇湿湿的，比这花瓣上的露水还要晶莹。她如果站在水边，倒影映在清澈的湘江里，江边的鲜花羞惭得都枯萎了，鱼儿不敢在江里游，生怕弄乱了她美丽的倒影；她白雪一般的手伸在湘江里，柔和得好像要溶在水里一样……这简直就是一个美神。小说还设计了这样一个情节。越军占领了吴国，范蠡把西施接回了自己的家，阿青冲到了范蠡的家要杀西施，因为阿青也爱上了范蠡。阿青的剑术所向无敌，手中挥舞着小竹竿一下子就冲到了西施面前，用竹竿对准了西施的心口。可是她刺不下去了，阿青脸上的杀气渐渐消失，变成了失望和沮丧，再变成了惊奇、羡慕，变成了崇敬。为什么会发生了这样的变化呢？原来她看见西施实在太美了，喃喃自语地说："天……天下竟有这……这样的美女！范蠡，她……她比你说的还……还要美！"在美的力量面前，她退却了，放弃了，离开了。金庸说后来人们认为"西子捧心"是人间最美丽的形象，就是阿青用竹竿指着西施的心脏时西施所摆出来的形象。以后西施经常摆这个形象，这不是西施作秀，而是当时阿青竹竿发出来的劲气已经伤了西施的心脏。美可以战胜敌人，还可以弥合嫉妒，金庸对美的力量推崇备至。在《越女剑》中，西施是一个被描述的对象，是凝固的美。灵动的美是《书剑恩仇录》中叫香香公主的喀丝丽。

请看喀丝丽怎么出场。那是广漠的沙漠中的一片绿洲，绿洲中有一片大湖，湖的南端是一条大瀑布，水花四溅，日光照映下，现出了一条彩虹。湖的周围花树参差，杂花红白相间，倒映在碧绿的湖水之中，奇丽莫名。再往远处看，是与天相接的大草原，草地上是几百只白羊奔跑吃草。草原的西端是一座高耸入云的雪山，山腰以上白雪皑皑，山腰以下却是苍翠树木。这样的景色就是仙境。就在这样的仙境之中，"忽见湖水中微微起了一点涟漪，一只洁白如玉的手臂从湖中伸了上来，接着一个湿淋淋的头从水中钻出……只见湖面一道水线向东伸去，忽剌一声，那少女的头在花树丛中钻了出来，青翠的树木空隙之间，露出皓如白雪的肌肤，漆黑的长发散在湖面，一双像天上星星那么亮的眼睛凝望过来。"这时，陈家洛的反应是：凡人必无如此之美，不是水神，便是天仙了。人不但美，还会用清脆的嗓子唱歌：过路的大哥你回来,为什么逃得快?口不开?人家洗澡你来偷看,我问你哟,这样的大胆该不该。这就是一种感情的交流,充满着情趣(如民歌《敖包相会》)。不但会唱歌,还浑身渗透着香气,原因是她爱吃花。在这样的女人面前一切都是凡人俗物。美不但是一种魅力,还是一种力量。陈家洛和香香公主被数万清兵包围着,只要一放箭,他与香香公主的身上一定是万矢齐至,但是这些清兵就是放不了箭,为什么呢?清军官兵数万双眼凝望着那少女出神,每个人的心忽然都剧烈跳动起来,不论军官兵士都沉醉在这绝世丽容的光照之下。两军数万人马剑拔弩张,本来血战一触即发,忽然之间,便似中邪昏迷一般,人人都呆住了。只听得当啷一声,一名清兵手中的长矛都掉了下来,接着,无数长矛都掉下地来,弓箭手的弓矢也收了回来。将弥漫着血腥之气的战场化为祥和,这就是美的力量。

可是如此美的一个人却被毁灭了。她是怎么被毁灭的呢?是乾隆和陈家洛兄弟俩。乾隆是为了色。乾隆从回族供奉的玉瓶上看到了她的画像,从此以后就神魂颠倒,想方设法也要得到她,但是当她被乾隆掳去的时候,不管乾隆怎样奉承她,她都坚守自己的爱情,甚至将自己的衣服都用针线密密地缝上。陈家洛是为了义。陈家洛不是不爱她,但是他认为爱情应该服从光复大业。那一次在山洞里,陈家洛面对着霍青桐、香香公主姐妹俩就曾拔剑发过誓:"光复大业成功之前,我决不再理会自己的情爱尘缘,她姐妹俩从今而后都是我的好朋友,都是我的妹子。"当乾隆以香香公主的顺从作为条件要挟陈家洛的时候,陈家洛牺牲了香香公主。陈家洛要求她跟从乾隆,为了说服乾隆换上汉人的服装。她向西跪下,请求真神阿拉指点,她无限的凄苦,却又无限的温柔,答应了,说:你要我做什么,我总是依你。后来,她发现了乾隆的阴谋,为了警示陈家洛,她用剑在砖上刻下:不可相信皇帝,然后自杀身亡。用生命完成了爱的颂歌。

鲁迅说过:什么是悲剧,悲剧就是将美的东西打碎了给你看。香香公主是金庸小说中最美的美女之一,她却被"打碎"了。在她的映衬之下,乾隆丑了,那些整日忙于争权夺利的丑了,那些满手沾满血的官兵们丑了,甚至陈家洛也丑了,虽然他承受了巨大的痛苦和有一个冠冕堂皇的理由。这就是香香公主在小说中的作用。

无论是西施凝固的美,还是香香公主灵动的美,都还是在长相上。女人还有一种美,那是心灵美。金庸小说中心灵最美的女性当数《笑傲江湖》中的小尼姑仪琳。仪琳一出场就是天真可爱。她被采花大盗田伯光抓到了,被令狐冲救了出来。她表述令狐冲救她的过程生动极了,一方面说明令狐冲光明磊落,另一方面却体现她天真无邪。其中有三问,问得令人叫绝。一问是令狐冲不愿意告诉田伯光自己的姓名,说:你如此无礼询问,老子睬也不来睬你。仪琳复述到这儿,突然问自己的师傅定逸师太说:令狐大哥又不是他爹爹,却为什么自称是他老子。二问当时令狐冲和她两个人联起手来也打不过田伯光,仪琳又不肯离开这样危险的地方;为了赶她走,令狐冲有意地说:"滚你妈的臭鸭蛋,给我滚得越远越好!一见尼姑,逢赌必输。"仪琳说到这里,突然又问起师傅,令狐大哥后来不幸伤命,是不是因为见到了我,这才运气不好。三问是说到田伯光要她吃荤食,如果不吃就扯烂她的衣服,她问师傅这个坏人为什么要扯她的衣服,还说:这坏人要撕烂我衣服,虽然不好,却不是弟子的过错。仪琳的这三问将她的天真无邪表露无遗,十分可爱。说仪琳的心灵美当然不仅仅指她天真可爱的憨态上,更主要的是指她对令狐冲的感情上。西施和香香公主无论是爱,还是情,都还是两情的事情。仪琳只是个单相思。金庸小说中写单相思很多,但是大多数都成了情疯子,不是丑,就是可怕,这个类型我下面再说。唯独仪琳这个单相思不仅美,而且崇高。她深爱着令狐冲。自从她被令狐冲救了之后,她的一颗心就在令狐冲身上了。那一次在"五岳门派"争霸的擂台赛上,左冷禅与岳不群进行着生死决斗。这场决斗决定着谁是五岳门派的掌门人。它吸引着嵩山绝顶上数千对眼睛,当然包括任盈盈、岳灵珊和受了伤的令狐冲,但是只有一对眼睛对这场比赛漠不关心,这对眼睛自始至终地看着令狐冲,片刻都没有离开过。这是谁呢?就是仪琳。什么争霸,什么掌门人,什么天下第一,她根本就不放在心上,她关心的是令狐冲的安危。这样的深爱她却得不到,放在李莫愁和康敏身上就要变成情疯子。但是仪琳没有这样的占有欲,而是胸怀极为坦荡的奉献精神。她在河边与哑婆婆的那番对白感人肺腑。她说:我日里想令狐大哥,夜里想令狐大哥,做梦也总是梦到他。我想到他为了救我全不顾性命,想到他受伤之后,我抱了他奔跑;想到他跟我说笑,要我说故事给他听;想到在衡山县那个什么群玉院中,我……我……跟他睡在一张床上,盖了同一条被子。……我跟你说一会话,轻轻叫着令狐大哥的名字，心里就有几天舒服。说到这里，仪琳就轻轻地叫着：令狐大哥，令狐大哥。她明白，令狐大哥先前喜欢的是他的小师妹，后来喜欢的是任大小姐，于是她衷心期盼令狐冲与任盈盈结成美满良缘，白头偕老，一生一世都快快活活。她不但祝愿他们婚姻美满，还祝愿任大小姐不要拘束令狐冲的个性，因为她的令狐大哥喜欢快乐逍遥，无拘无束。这样的深爱，愿不愿意做令狐冲的第二个女人呢？也不愿意。她的母亲哑婆婆捉住了令狐冲，逼着令狐冲任盈盈、仪琳两个女人都娶。当哑婆婆叫仪琳这样做的时候，她却拒绝了，她说："一个人心中爱了什么人，他就只想到这个人，朝也想，晚也想，吃饭时候、睡觉时候也想，怎能够又去想第二个人。"仪琳的语言很本色，却说得相当地到位。是啊，既然爱上一个人又怎么能爱另一个人呢？说是两个都爱，那是骗人的鬼话。仪琳这样的感情已经穿越了一般的美、爱、情，达到了性灵的境界。爱一个人不是占有他，而是让他永远快乐，这是最纯洁的心灵。仪琳对令狐冲的单相思是正面写她的心灵美。她的父亲不戒和尚和母亲哑婆婆的故事，则从反面说明仪琳的心灵美和崇高。不戒和尚和哑婆婆之所以反目成仇就是因为不戒和尚曾经抱着仪琳在家门口与一个美貌女子调笑了几句，从河边洗衣服回来的哑婆婆断章取义地听到了那个美貌女子的几句骂话，于是就写下两句话：负心薄幸，好色无厌，离家出走了。尽管不戒和尚曾经为了她做了和尚，尽管不戒和尚天南海北地到处找她，尽管不戒和尚为了她多次自杀，她就是不愿意原谅自己的丈夫。她的理由非常简单，就是丈夫娶了她之后，其他女人是连看也不能看一眼的。所以她后来被吊在树上，令狐冲给了她一个称呼：天下第一醋坛子。这样的评价一点不错。金庸写仪琳父母的故事有两个含义，一是说明仪琳母亲哑婆婆的爱是极端自私的，她不允许自己的老公对其他女人有一点非分之想，哪怕是说笑，可以想象如果她是仪琳能有那样的胸怀么，正是这样的形象衬托出仪琳的心灵之美。还有另一个含义，那就是别以为尼姑就不能出嫁，仪琳的母亲不就是尼姑么？不也出嫁了吗，从而说明仪琳不是不能谈婚论嫁的。

形象美和心灵美还算不上最佳的女人，因为人毕竟生活在人间社会中，最佳的女人还需要有能力。谁是金庸小说中最佳的女人呢？我认为是黄蓉，请听下一讲："快人快语呈快感，知天知人更知心"。

第十九讲　快人快语呈快感，知天知人更知心

　　黄蓉是金庸小说中知名度最高的女性，这不仅是影视剧的作用，更由于她是男性心目中最佳的女性形象。为什么这么说，我们从下面四个方面来论述她。

　　她聪明过人。从知识类型上分，可以将人类知识分成自然科学与社会科学。我们就从这两个角度看黄蓉如何聪明。先看她的自然科学本领，最精彩的是她帮助瑛姑算数。瑛姑在那里算数字的平方根，已经算了数十年，遇到了很多难题，在那里发傻，黄蓉来了，手到擒来，将那些问题纷纷化解，那个速度和准确度使得瑛姑目瞪口呆，嘴张在那里呆呆地看着她，问她：你是人么？当然是人，只不过是中国古代算经中的"天元之术"和"九宫之图"。如果说这是中国古代早就有了，临走之前，黄蓉给瑛姑留下来的那三道数学题却是西方数学中的难题了。我们不必去论证黄蓉的计算是否真的准确，也不必去追寻黄蓉怎么知道西方数论的，谁要是考证小说情节的真假，谁就是傻瓜。不过，我们已经感受到当时的黄蓉应该是一个聪慧绝顶的自然科学高手。再讲她的社会科学的聪慧。她遇到了一灯大师身边的"渔樵耕读"四大高人。全部内容篇幅较长不去多说，她与书生的那番斗智最为精彩。她听到书生在那里读：暮春者，春服既成，冠者五六人，童子六七人，浴乎沂，风乎舞雩，咏而归。这是《论语》中非常普通的一段。黄蓉却给他出了一个题目，你知道孔门弟子有多少么？遇到这样的问题书生很得意，回答说：孔门弟子三千，达者七十二人。黄蓉又问了：你知道这其中成人有几人，少年有几人。书生回答不出来了。黄蓉开始嘲笑他：你刚才明明说了，却说不知道。书生说：我没有说呀。黄蓉说：你说冠者五六人，五六三十人，童子六七人，六七四十二，三十加上四十二不是七十二人么？然后黄蓉批评他根本就不懂《论语》的微言大义。黄蓉如此地提问虽然是强词夺理，但是那种聪明确实叫人拍案叫绝。书生以读书多而自负，岂能服输，与黄蓉斗起智来。书生给黄蓉一个对联：风摆棕榈，千手佛摇折叠扇。这个对联有暗抬自己身份的意思，摇折叠扇的人是书生嘛，他说自己就是个如风摆棕榈的千手佛。谁知黄蓉给出的下联是这样的：霜凋荷叶，独脚鬼戴逍遥帽。戴

逍遥帽的也是书生，黄蓉说他是带着逍遥帽的独脚鬼。书生不服气又出了一个对联：琴瑟琵琶，八大王一般头面。谁会操弄琴瑟琵琶，还是读书人嘛，他又在自抬了，谁知黄蓉就是不给面子，给的下联是：魑魅魍魉，四小鬼各自肚肠。这一次不仅骂书生是小鬼，连他的兄弟渔、樵、耕都骂了。书生看见郭靖背着她，于是就引用孟子说的"男女授受不亲"的话调侃她。她的回答是：孟夫子最爱胡说八道，他的话怎么也信得？一听说孟子的坏话，书生当然大怒：孟夫子是大圣大贤，他的话怎么就信不过。黄蓉说了这样四句著名的话：乞丐何曾有二妻？邻家焉得许多鸡？当时尚有周天子，何事纷纷说魏齐？什么意思呢？我们知道孟子说过"齐人有一妻一妾"的故事，黄蓉这里反问的是这个齐人是个乞丐，整日在外要饭，他又怎么会有一妻一妾呢？孟子也说过"邻人攘鸡"的故事，黄蓉反问的是，这个人天天到邻居家里偷一只鸡，请问这家人家有这么多的鸡么？另外，战国时期周天子还在，你孟子不去辅佐周天子，而是到处游说求官做，这种做法符合一个大圣大贤的作为么？似乎有些强词夺理，但却是孟夫子的短处，所以那书生说不出话来了。社会科学讲究的就是一种独特的有理的思维。从这个角度评判黄蓉，黄蓉同样是一个社会科学的绝顶高手。除了自然科学和社会科学之外，黄蓉还是一个家庭烹饪的高手，她给洪七公做菜是人人都知道的故事，这个问题我以后讲金庸小说中的技艺时再说。黄蓉如此聪明是有根据的，她的母亲有着过目不忘的本领，她的父亲黄老邪更是一个琴棋书画、奇门八卦样样都会的奇人，事实上，她的很多本领就来自父亲。由于她还是一个小姑娘，这样的聪慧就显得特别地可爱，而不是狡猾。哪个男人不想找一个聪明的女人，哪个男人不想找一个可爱的女人，黄蓉符合这样的条件。

　　光聪明当然是不行的，仅仅是聪明会使她身边的男人自惭形秽，男人自惭形秽就会丧失自尊心，伤了自尊心的男人就会远离这个聪明的女人，"铁娘子"男人是不要的，太聪明的女人男人是不敢要的。一个女人还需要有"女人味"。在我看来，黄蓉身上的"女人味"有三个：一是软弱。一个好女人要有软弱的一面，软弱对女人来说不是什么缺点，而是优点。小说中黄蓉是那么地要强，甚至耍横，但是骨子里却有着软弱的一面。她与郭靖第一次见面就哭了一次，那一次她听到郭靖不断地夸奖自己的小红马，视小红马为自己的性命。于是她就开口向他要了，原以为他一定拒绝，事实上欧阳克等人一直要抢他的小红马,郭靖一直拼命地护着。可是郭靖一口答应。黄蓉先是一愣,后来就伏在桌上抽抽咽咽的哭了起来。这是感动的哭,她感到郭靖对她的关爱似乎要超过自己的性命。这一哭正显示出黄蓉的女人味,男人也感恩,但绝不会哭,一哭就丢分,女人要感恩就可以哭,一哭就增分。黄蓉还有一次哭得更厉害。那一次她受到重伤,一灯大师一边给她疗伤,一边温言相劝:乖孩子,你不要怕,放心好了。这个时候黄蓉就像"忽然遇到了从来没有见过面的亲娘,受伤以来的种种痛楚委屈苦忍良久,到这时再也克制不住,哇的一声,哭了出来"。这是非常重要的一哭,这一哭就哭出了一个乖巧温柔的小女孩,这一哭哭出了她内心的温柔。所以说女人的眼泪该流时就得流。二是忍让。不要以为忍让是男人的专利,一个好女人还要能委曲求全,醋意太重,过分占先,男人也是受不了的。黄蓉具有这样的素质。她对郭靖是深爱入骨,但是当郭靖要兑现承诺去找华筝公主的时候,她还是忍耐住了,这个时候连她的父亲都做一些大侠不做的小动作,要偷袭华筝,她却救了华筝,她知道华筝死了,郭靖就会怪罪于她,郭靖怪罪于她,他们的感情就有了裂痕。委屈是为了求全。事实证明,黄蓉的忍让给她带来了幸福,试想一下,这个时候如果华筝因她而死,凭着郭靖的品性,他还能够娶她么?三是善于规劝。夫妻之间发生争执是常事,如何处理争执却是门艺术,黄蓉处理得相当好。那次郭芙将杨过的一条胳膊砍下来了,郭靖大怒,要砍掉郭芙的一条胳膊。黄蓉当然不会答应,她拼命地护着郭芙,打着打着,忽然停了下来,将自己怀中的郭破虏抛给郭靖,郭靖当然要接过自己的儿子,就在这时,黄蓉用偷袭的方式点了郭靖的穴位。这一下可是大大地损害了郭靖的自尊心。换成别的女人也许认为得胜了就很高兴。黄蓉不是的,她帮助郭靖除去鞋袜外衣,把他好好地放在床上,把枕头垫在他的脑后,让他睡得舒舒服服,还把他们的儿子放在他的身旁,让他们爷儿俩并头而卧,替他们盖好被子。然后说:靖哥哥,今日便暂且得罪一次,待我送芙儿出城,回来亲自做几个小菜,敬你三杯,向你赔罪。说完向他福了一福,站起身来在他脸颊上亲了一吻。这样处理,郭靖再大的气也没有了,果然,郭靖只觉得妻子已经是三个孩子的母亲,却是顽皮娇憨不减当年,哭笑不得。

　　一个女人仅仅做到这些还不够,金庸浓彩重墨地写了黄蓉的另一个素质,那就是:助夫。没有黄蓉郭靖就学不到"降龙十八掌",学不到"降龙十八掌",他就不可能成为一个大侠客;没有黄蓉,郭靖就读不懂《武穆遗书》,读不懂《武穆遗书》他就不可能带兵打仗;没有黄蓉,郭靖就不可能攻下撒麻尔罕,攻不下撒麻尔罕,郭靖就难以成为大英雄。所以说,郭靖的成功关键是他自己,但是顶多只是一个立场坚定、素质很好的成吉思汗的"金刀驸马"。黄蓉不仅助他成了大侠客、大英雄,甚至还有很多生活知识,包括谈恋爱,他们在一起那么长的时间都没有亲近过,那一次他们来到了华山,参加第二次华山论剑,这个时候小说已经快结束了。坐在山洞旁月光下,黄蓉心中动了起来,说:我跟你在一起,心中欢喜的紧呢。我让你亲亲我的脸,好不?即使黄蓉提了出来,郭靖也是红着脸不敢去亲他。从男性的角度上说,这真是一个不可多得的"贤内助"。

黄蓉的形象到了《神雕侠侣》中还继续发展。这个时候她已经是郭靖的妻子,三个孩子的母亲。她维护着丈夫的权威、辅助着丈夫的事业,提醒和顾及着丈夫的安全,这些都不必说。这些都不是此时黄蓉形象的重心,在这部小说中,黄蓉表现出来的是伟大的母爱。她对郭芙已经达到溺爱的程度,任其耍大小姐的脾气,甚至在郭芙砍断了杨过的胳膊之后也要护着她,让她赶快从发怒的郭靖身边逃过。她对郭芙的爱有些过分,但是可以理解,她是母亲啊。她的母爱在追寻郭襄的过程中表现得最为充分(这一场戏激发的是两个女人的母爱,一个是黄蓉,一个是李莫愁,关于李莫愁,我们下面再说)。她与郭靖从来没有红过脸,但是这一次为了孩子的丢失与郭靖争吵了多次;她不顾自己刚刚生养的身体,出去寻找自己的女儿。郭靖说她:蓉儿,你平素极识大体,何以一牵涉到儿女之事,便这般瞧不破?这时郭靖不理解一个做母亲的心理。

鲁迅说过一个健全的女人应该是有"三性":女性、妻性和母性。黄蓉都有上佳的表现。可是,如果认为黄蓉就是一个被动地被男性爱的女人那就错了。小说中的黄蓉具有很强的主动性。要说相貌,郭靖是个武夫,黄蓉则是美女;要说性灵,郭靖那么忠厚,黄蓉那么聪慧;要说行为,郭靖那么至拙,黄蓉那么灵巧。有人说这是性格互补,这是好听话,其实他们俩是不般配的,黄老邪看得不错:将独生爱女许配给这傻头傻脑的浑小子,当真是一朵鲜花插在牛粪上了。可是黄蓉就是爱上了郭靖,为什么呢?当黄蓉以小乞丐的形象出现在他的面前时,他一点也不嫌弃她,她想要什么就给她什么,还与她兄弟相称。相反,杨康就嫌她脏,看都不愿意看他一眼。还有什么比患难之中更见真情呢?所以初见郭靖,黄蓉就被吸引住了,数次落下感动的眼泪。由感动到喜欢,由喜欢到爱恋,既然爱恋那就追求,这就是黄蓉的感情经历。

也许你觉得黄蓉太实在了。就在人们有所感慨的时候,金庸为我们塑造了一个仙女般的人物,那就是小龙女,请听下一讲:"貌若仙子义薄天,心如磐石情似海"。

第二十讲 貌若仙子义薄天,心如磐石情似海

解读小龙女可以用一句话概括,那就是:冰清玉洁。先说她的形象,她简直就是仙女。她出场的时候是在终南山的重阳宫。金庸这样描述:只见一个极美的少女站在大殿门口,白衣如雪,目光中寒意逼人。她的兵器是一条彩带,彩带的顶端系着一个金色的圆球。你看这样的形象和这样的色彩,很像我们现在见到的卡通美少女。更出色的还有她的打斗。她与金轮法王打的时候是这样的形象:她当下展开轻功,在厅上飞舞来往,手中绸带飘动,金球急转,幻成一片白雾,一道黄光。那金球发出叮叮声响,忽急忽缓,忽轻忽响,竟尔如乐曲一般。这样的打斗简直就是艺术体操。还有一次,小龙女拿着两把宝剑与公孙止在悬崖峭壁上打斗,那是青色的大山为背景,小龙女穿着白色的衣服,站在石梁上,衣襟当风,飘飘然如欲乘风而去。这不是仙女又是什么?

说她冰清玉洁当然不仅仅是形象,形象只是动人,小龙女感人的是用情之专。小龙女是古墓派的掌门人林朝英的贴身丫鬟,小龙女是使唤的名字,真正的名字连她自己都不知道。由于她终年在古墓中生活,不与世人交往,不懂得什么世故人情,再加上她的师傅林朝英根据自己与王重阳的感情恩怨反复告诫她不可动七情六欲。所以一出场的小龙女是个心如死水的小女孩。年纪那么小,连死的棺材都准备好了。小龙女一开始连杨过都不愿意收留,要不是孙婆婆的临终遗言,她早就将杨过逐出古墓了。她对杨过的感情属于日久生情的那一种。开始只是姐弟的感情,师徒的感情,照顾杨过的生活和教他武功,后来发展到恋人的感情。一旦确认了恋人的感情,她就至

死不渝。我们都看过电影《泰坦尼克号》，电影中杰克和露丝站在船头，露丝两臂伸展面向天空，面向大海，这个经典镜头展现的是渴望自由、渴望飞翔。小龙女对杨过之爱，有四个场景特别感人，可谓经典。一是爱得纯真无邪。她与杨过的爱情是她主动提出的，而且是在大庭广众之下。在归云庄的武林大会上她把金轮法王打败了，按照规矩她这个时候是武林盟主。就在大家高兴的时候，郭靖向杨过提出了一个要求，要将郭芙嫁给他，以弥补他与杨康没有成为生死兄弟的遗憾。杨过当然不愿意。就在大家说话的时候，小龙女说了：我自己要做过儿的妻子，他不会娶你女儿的。要知道这是一个女孩子开口主动地示爱，是一个师傅向自己的徒弟示爱。此话一讲，大厅上的数百人鸦雀无声，郭靖惊得站了起来，竟不相信自己的耳朵，期期艾艾地说不出话来，黄蓉是愕然相顾，一时间竟不知道如何相对，但是小龙女不但将这两句话说得响亮，脸色还是十分娇艳，如花初放。杨过虽然尴尬，却是感动，他搀着小龙女的手就要走出大厅。这个时候，黄蓉喊了起来：龙姑娘你是天下的武林盟主，这件事情还须三思而行呀。黄蓉还想用所谓的社会身份来提醒她。谁知小龙女回过头来嫣然一笑，说：我做不来什么盟主不盟主，姐姐你若喜欢，就请你当罢。她根本就没把什么社会身份放在心上。二是她爱得旁若无人。她将情放置到至高无上的地位，达到生死度外的地步。最为感人的场面是她在重阳宫前正与九大高手生死相搏，而且身受重伤，打着打着，她忽然停下了手，任凭对手往自己身上打。原来她感觉到了杨过就在她的身边（人们常说心心相印，这是有的，但是在我看来要分层次，知道心上人心里想什么，要什么，已经是了不起了，但还是低层次，高层次在于在众人之中能够感受到分辨出心上人的气息，小龙女达到了这个境界）。要知道这个时候随便是谁只要击她一掌，就会要她的命，但是她什么也不顾，就因为她感觉到杨过来了。杨过果然来了，于是一个感人的场面出现了。在九大高手环环虎视之中，她关切着、抚摩着杨过那条断了的手臂，她躺在杨过的那条独臂之中，满足地轻轻地笑着。看见这样的情景，那九大高手，那些弟子们，那些蒙古武士们，人人一声不响地看着这对小情人，谁也不想与他们动手，谁也不敢与他们动手。在小龙女的眼中此时只有一个人，那就是杨过，其他人似乎都不存在。金庸写到这里，自己也被自己所感动了，他动情地说：有道是"旁若无人"……爱到极处，不但粪土王侯，天下富贵荣华完全不放在心上,甚至生死也视作等闲。杨过和小龙女既然不再想到生死,别说九大高手,便是天下英雄尽至,那又如何?只不过死罢了。比之那铭心刻骨之爱,死又算得什么?金庸感叹道:这就叫至情至性。这样的场面我在前面讲香香公主的时候说过,那是众人被美震住了,现在又一次出现,这是众人被情震住了。三是她爱得痛彻心扉。那是她与杨过再一次来到古墓中。这个时候已经在重阳宫拜过堂,算是成婚了吧。这个时候他们来到古墓中没有人能来打搅他们,应该是度蜜月了吧,但是并不是这样,在重阳宫前的决斗中,小龙女受到了金轮法王的撞砸,受到了全真五子的合力扑击,受伤极重,命不保夕。偏偏在这个时候,他们发现了林朝英的嫁妆。这本来是他们的新婚之夜,小龙女看见这些东西,心里当然高兴,执意要化装、穿戴起来。她伤得实在太重,一边化装,一边休息,化装、穿戴好了果然美艳无比、光彩照人。她原以为会得到杨过的夸奖,可是回过头来一看,杨过是泪流满面。杨过痛心极了,悲不自胜,这样一个美艳的新娘却没有了爱的机会,就要死了,能不痛心吗?这个时候小龙女如果也哭,他们就要哭成一团了,也就没有什么经典意义了。她不哭,而是在笑,她假装没有看见,笑着问杨过:"你说我好看不好看。"杨过看见她如此地强打笑容,也收起眼泪,问小龙女:"我以后叫你什么呢。"请注意杨过说的是"以后"。小龙女听到,心里想:"还会有以后么?"但是她实在不愿意惹杨过伤心,强打笑容说:"师傅叫我龙儿。"杨过说:"好,以后你叫我过儿,我叫你龙儿。等到将来生了孩子,便叫:喂,孩子的爹!喂,孩子的妈!等到孩子大了,娶了媳妇儿……"听到这里,小龙女终于忍不住了,"哇"的一声哭了出来。心中痛苦,强作欢颜,这样的笑是心痛的笑。四是她爱得煎熬。她爱惜杨过远胜于自己。最感人的是她跳下绝情谷,订下了十六年之约。她为什么要跳下绝情谷呢?是为了自己的伤么?不是的,是为了别人说她是杨过的师傅等世俗的议论吗?更不是的。她要的是受伤的杨过无论如何不要自暴自弃,有了这样的十六年之约,杨过起码要想方设法活上十六年!可是要分别十六年,她自己要承受着巨大的感情煎熬,那种痛苦可以从杨过跳入谷底后见到的景物感觉到:他幼时用的寒玉床、练功用的长绳、以前小龙女为他结的用树皮做的衣服,整个摆设与古墓相同。杨过看到这个景象是泪珠盈眶。可以想象被困在谷地的小龙女是怎样的痛苦,思人设物,睹物思人,一思就是十六年,真是感人。

爱情可以大胆表露,可以强作欢颜,可以不顾生死,也可以承受离别的痛苦,但是有两大威胁是很多人承受不了的。一个是失去贞操,一个是第三者的侵入。小龙女同样遇到了这两个危机。初读小龙女的时候,在这两个问题上我不能原谅金庸,后来我想通了。先说小龙女失去贞操。小龙女是个冰清玉洁的人,你为什么要让她失身于尹志平呢?金庸设计了这样一个情节是什么目的呢?在我看来就要说明情胜于性,这既说的是杨过的心态(杨过重的情分不是什么名节,我在前面讲杨过时讲过),也说的是小龙女。小龙女对男女之性看得并不太重。她与杨过在古墓中那么多年,也没想到什么男女之别,后来他们合练"玉女心经",需要解开衣服练功,她也没有什么顾忌。失身之时虽然被点了穴道,眼睛也被蒙上了黑布,但是她的心里并没有想反抗,因为她以为那是杨过,她的表现是:又是惊喜,又是害羞。小龙女知道真相之后也不像很多女人那样将事情隐瞒住,而是追踪尹志平并且在众人面前揭露了这件事,当尹志平为她而死的时候,还原谅了他。她觉得这件事没有什么见不得人的地方。同样,她也没有像有些女人那样发疯去自杀,虽然痛苦却没有做什么极端的事情。为什么呢?就因为她的心里有杨过,杨过就是她心中的情。小说别有用心地设计了这样的情节:在真相大白,众人都知道小龙女受到了玷污之时,却是她和杨过拜堂成亲之时。杨过这个时候说:"什么师徒名分,什么名节清白,咱们统统当是放屁!统统滚他妈的蛋!死也罢,活也罢,咱俩谁也没命苦,谁也不会孤苦伶仃。从今而后,你不是我师傅,不是我姑姑,是我妻子!"说得多好啊!只要两情相悦,管它什么贞节不贞节,只要两情相悦,岂顾那些是是非非。情是最纯洁的,情是最伟大的。问题在于这样的情感世界为什么让一个在古墓中长大,似乎不懂人间世故的小龙女完成呢?那是想说明这样纯洁和伟大的情感世界被世俗社会所遮蔽了。感情就是感情,本来是没有什么附加物的,是社会给了感情很多世故的东西,造成了感情真实内涵的扭曲,这大概是这场伟大的感情让来自古墓的小龙女完成的深层含义吧。

再说第二个问题。小龙女有没有第三者呢?有,那就是公孙止。初读时对这个人出现在杨过和小龙女之间实在接受不了。此人行为卑劣,让小龙女嫁给他实在是有损于小龙女的形象。后来也读懂了。金庸是借这个第三者的故事来演绎一场一对情人舍身忘我,同赴生死的感人故事。第三者的出现往往是在情侣之间发生感情危机的时候。公孙止也是这个时候出现的。当时小龙女听到黄蓉的一席话后离开了杨过。黄蓉对小龙女说:如果你与杨过结婚会使得杨过受世人轻视唾骂,如果你们躲在古墓里,杨过会闷闷不乐。小龙女想想也是,就独自离开了杨过。她的心情十分郁闷,引起旧伤复发,是公孙止救了她。这是小龙女最虚弱的时候。感情出现了危机,命又是被人救的,于是公孙止乘虚而入,要娶小龙女为妻,小龙女也答应了。我们怎样理解这样的行为呢?首先看小龙女的初衷,她离开杨过不是恨杨过,而是爱杨过,是要杨过过得快乐,是一种舍身的行为。再看她的行为,她看到杨过的时候脸色苍白,一口热血喷将而出,泪珠一滴一滴的滚下来溅在胸口的鲜血上。看见杨过在那里拼死相斗,她说:"我决意跟了你去,自是不能再嫁旁人啦,过儿,我自然是你的妻子。"然后是在众人的注视下,旁若无人地替杨过缝补衣服,这样的行为就像在古墓中一样。她表现出的是生离死别后久别重逢的激动和快乐,表现的是对杨过的关爱和痛惜。他们的感情不但没有变,而且又加深了几分。最后再看结果。结果是她与杨过拿着淑女剑和君子剑同斗公孙止。杨过被情花所毒,她自己也走向情花主动地被毒,就是要与杨过同患难、共命运。为了取得情花的解药,她身藏宝剑答应与公孙止拜堂,一旦杨过获救她就与公孙止决斗,斗不过就自杀。这一场变动中,反观公孙止是恼怒异常,是醋意大作,是乘人之危满足私欲,是凶残暴烈,是要尽阴谋诡计。随着小龙女感情的发展,他的所作所为使他成为了一个下三烂的小人。

情,看不见摸不着,但是它的力量可以摧山裂海,它是人世间最伟大的力量。请听下一讲:"爱至深时泯恩仇,情及尽时无敌我"。

第二十一讲 爱至深时泯恩仇,情及尽时无敌我

复仇者复仇是武侠小说的一个重要模式。金庸小说中有两个复仇者写得最出色,一个是《笑傲江湖》中的林平之,一个是《碧血剑》中的夏雪宜。从复仇的角度上说,林平之是成功者,他杀死了所有杀他父母的仇人。夏雪宜是个失败者,没有完成使命,他不但没有杀完他的仇人,自己反被仇人挑

断手筋脚筋,孤死在荒洞之中。从做人的角度上说,林平之是个失败者,他杀死了爱他的岳灵珊,自己还变了性,感情生活变得偏执而且阴毒。夏雪宜则是个成功者,他得到了终身爱他的女人温仪,性格从狠毒和残暴变成了宽容和大度。这两个人谁是谁非,谁是你肯定的对象,每一个人会根据自己不同的生活经历得出不同的结论,所以我不能在这里乱下判断。但是仅仅从情感的角度上说,我推崇夏雪宜。在金庸的小说中,最有名的一首词,是李莫愁唱的元好问的"问世间,情为何物",这首词李莫愁唱起来,显得哀怨和凄凉。夏雪宜也唱了一首哀怨和凄凉的小曲,同样感人肺腑:"从南来了一群雁,也有成双,也有孤单。成双的欢天喜地声嘹亮,孤单的落在后面飞不上。不看成双,只看孤单,细思量你的凄凉,和我是一般样!细思量你的凄凉,和我是一般样!"这是夏雪宜唱给温仪听的,也是他们两人爱情生活的写照。夏雪宜爱上温仪就必定要付出代价,他要放弃自己的人生夙愿,不能再为父母和全家报仇;他要与原来是自己仇家的温家保持友好的关系,因为他要成为温家的女婿。他甚至要放弃生命,因为他要完全相信温仪,因为她毕竟来自仇家。他做到了。他可以杀掉温仪的父亲,但是他没有杀,就因为是温仪的爹爹,就因为温仪在旁边喊了一句"这是我爹爹";他放弃了自己的复仇计划,就因为这些人都是温仪的亲人。他完全可以把温仪掳走,但是他没有,他在温家等待成亲。结果他中了温家五老的诡计。这一切都是为了情。在山洞里他唱山歌给温仪听,捉来那些小动物让温仪喂养,当听到温仪说愿意留下来陪伴他,他可以像猴子一样在两棵树上翻跟头。在打斗中,只要看见温仪关爱的眼神,他就信心百倍,占胜敌人。喝了温家五老的"醉仙蜜"之后,全身的武功丢掉了,他痛苦的不是自己的武功,而是温仪是不是有意下毒。当他得知温仪不知情之后,他就很开心。最后他似乎后悔了,后悔的不是用情,而是用情还不够深。他留给世人的是这样几句话:此时纵聚天下珍宝,亦焉得以易半日聚首,重财宝而轻别离,愚之极矣,悔甚恨甚。从一个复仇者变成这样一个用情专一的人,金蛇郎君夏雪宜给人的不仅仅是感动,还有很多启发,他的经历告诉人们:爱情可以弥合仇恨,可以超越时空。当然,从故事情节来说,他与温仪的故事还只是《碧血剑》的一个插曲,所以很多生动的细节还展开不够,再加上是由温仪复述出来的,夏雪宜的形象还算交代得清楚,他眼中的温仪是什么样就无从交代了,特别是杀了温家的很多人后他为什么爱上了温仪,也无法说清楚。这是他们故事的遗憾。不过,这个遗憾很快就弥补了,因为有两个重要的形象出现了,一个是《倚天屠龙记》里的赵敏,一个是《笑傲江湖》中的任盈盈。

赵敏是蒙古女子,是当朝执掌兵马大权的汝阳王之女,皇上封她"绍敏郡主",她自称为"赵敏"。她的任务就是征服中原江湖门派。张无忌则是明军的首领,是中原江湖门派的领军人物。任盈盈是魔教圣姑,令狐冲不管怎样我行我素,都是出身于所谓的名门正派。这两对结合在一起,除了小说的情趣需求之外,金庸试图说明爱情是超越世俗的朝野,超越江湖的正邪,具有人类的普遍性。我曾经说过金庸小说的小长篇往往是大长篇的准备,这两个人的超越性爱情是夏雪宜和温仪的延续,她们两人的爱情追求则是温仪的补充。

从健全的角度说,赵敏和任盈盈都不如黄蓉;从温柔的角度说,她们两人不如王语嫣、小龙女。但是她们有一个共同点,那就是她们的心上人都是通过自己的努力争取过来的。黄蓉也是通过自己的努力,获得爱情的。黄蓉之所以得到郭靖的心,就在于她以自己的聪慧和方法成为郭靖在社会上生存和发展的指路人,成为他生命的一个组成部分。郭靖一遇到问题首先想到的是:蓉儿怎么说,如果蓉儿在这里又怎么做。赵敏面临的不是懵懂不清的郭靖,而是在爱情上拖泥带水的张无忌。加上赵敏,张无忌身边有四个女人,赵敏、周芷若、小昭和殷离,开始的时候他与这四个女人有着同样的感情,做着同样的令人动心的事情,你叫他说到底爱谁,他是说不出来的。其实张无忌与其中任何一个人结婚都是合理的。赵敏怎样得到自己的心上人呢?赵敏侧重于力,你不能做主,我来替你做主。这个力就是张无忌允诺的为她做三件事,这个承诺就像三条绳索始终牵制着张无忌。第一件事是要得到屠龙刀。这是江湖上的事,也是赵敏感情上的事。张无忌为她办到了。通过这件事,她感受到了张无忌是个心地宅厚、重承诺、讲亲情的男人,她从想杀他变成爱上了他。但是此时的张无忌并不是独爱她一个,在四个女人中她处于最不利的地位,她是官府的人,是中原武林的死对头,被人们称作"小妖女"。而张无忌又被众人怂恿着娶峨嵋派的周芷若为妻。就在张无忌和周芷若的婚礼上,赵敏拉紧了她的第二根绳索,要张无忌答应她的第二件事,不要与周芷若成婚。上演了一场婚礼上夺新郎的故事。这样的做法看起来很鲁莽,但是很有效。试想一下,赵敏如果没有这样一场闹婚堂的事情,她能够得到张无忌吗?张无忌早就成为别人的新郎官了。赵敏得到张无忌是她努力的结果。在小说最后她提出了第三件事,要求张无忌为她画眉。这一笔表现的是赵敏可爱温柔的"女儿像",又何曾不是赵敏为自己庆功呢?可是这个眉还是没能画下去,因为有了窗外周芷若的那声笑。

要说聪明,令狐冲是这三个男人中最出色的,他不需要黄蓉式的指路;要说处事,令狐冲是率性而为,他根本就不理会赵敏重于力的那一套,但是他有一个心结,那就是他心中始终有着他的小师妹,即使他的小师妹已经与林平之成婚了,他的心里还是惦记着她。因此如何处理好他心中的小师妹情结也就成了获得他的爱情的关键。任盈盈就是从这里入手得到了令狐冲的心的。他们的感情虽然已经明朗,但是真正毫无杂念的坦然相爱却在救令狐冲的小师妹的骡车上。那一次,令狐冲担心小师妹和林平之可能要受到青城派的围攻,想去帮助他们,但是任盈盈就在旁边,他实在开不了这个口,哪有在自己的女人面前去帮助旧情人的事。他的心思任盈盈完全明白。放在一般的女人也许就装聋作哑了,可是任盈盈却主动提出去帮助他的小师妹,当令狐冲还有顾虑,怕在他们之间产生嫌隙的时候,任盈盈说:别要为了避什么嫌隙,致遗终生之恨。他们出发了。坐在骡车上,看见任盈盈陪同自己去救自己的旧情人,令狐冲真的感动万分,小说写道:令狐冲心下好生感激,寻思:她为了我,什么都肯做。她明知我牵记小师妹,便和我同去保护。这等红颜知己,令狐冲不知是前生几世修来。任盈盈不但解开了令狐冲的心结,也完全得到了令狐冲的心。

主动追求也就是一个过程,她们能够得到爱情的根本原因仍是性格相投。没有相投的性格再怎么追求也是没有用的,例如阿紫追求萧峰,不能不说主动,就是追不到,因为性情不投。什么是性格相投呢?这很难用言语表达,但可以通过行动感觉出来。萧峰对阿紫就是一个保护人,扮演的是大哥的身份,张无忌对小昭和殷离是又爱又怜,同样是大哥的身份,他们身上的责任要大于情感。张无忌对周芷若是又敬又怕,似乎又是小弟的角色。他们似乎都隔着一层。他们一见面,身上的社会责任和身份角色就自动地表现了出来,就要做一些"规定动作",说一些"规定语言"。唯独对赵敏,张无忌是又恨又爱。恨的是赵敏屡次设计耍他,爱的是他离不开她。这其中没有什么责任心,却有很强的吸引力。所谓的打是亲,骂是爱,不打不成交,说的就是这个道理。张无忌和赵敏第一次打交道是在绿柳庄的一个陷阱里。当时张无忌屡屡受骗,一是被骗喝了毒药,二是被骗落入陷阱。在陷阱里张无忌为了摆脱困境对赵敏又打又骂,甚至还用手卡住她的喉咙,然后再撕下她的一片裙子,吐些唾沫在上面,然后再用这块绸布封住她的嘴。看看赵敏还是不屈服,就脱掉她右脚的鞋袜,点她的穴道搔痒。这些做法张无忌即使是被围困到死也对小昭、殷离、周芷若做不出。而赵敏呢?先是哭,说:你欺负我。后是笑,说:感谢张大教主夸奖她诡计多端。后来嗔(chen)怪:你的唾沫,呸!臭是臭死了。再后来她要求张无忌替她穿好鞋袜,小说是这样描述的:当张无忌要为她穿鞋袜的时候,赵敏将脚一缩,羞得满面通红,幸好黑暗中张无忌也没瞧见,她一声不响地自己穿好鞋袜,在这一霎时之间,心中起了异样的感觉,似乎只想他再来摸一摸自己的脚。她在这里表现得没有一点郡主的模样,就是一个调皮、任性和多情的小姑娘。能够无所顾忌地说和做,能够毫无保留地接受,并能够产生好感,这就是性情相投,用现在的语言来说,就是能够"来电"。这样的场景同样表现在令狐冲和任盈盈身上。他们开始见面是从弹琴和学琴开始的,这个时候,任盈盈扮演的是老婆婆,令狐冲也喊她婆婆。令狐冲在她面前循规蹈矩。直到有一天,任盈盈受了伤,他背着她,从水的倒影中看到任盈盈原来是个十七八岁的小姑娘。于是令狐冲特有的"胡说八道"就来了,什么:你是婆婆,我是公公,咱俩公公婆婆,岂不是……;我抬起头来看天,看天上少了哪一颗星,便知姑娘是什么星宿(xiu)下凡了,姑娘生得像天仙一般,凡间哪里有这样的人物;你不会成为老婆婆的,你这样美丽,到了八十岁,仍然是个美得不得了的小姑娘。他这样说,还吻了一下任盈盈。这样的言语和这样的行动可算是放肆,令狐冲在岳灵珊面前做不出来,在仪琳面前更做不出来。任盈盈听到这样的话是又气恼,又高兴,一会儿沉下脸来,一会儿格格地笑,那种大小姐的仪态荡然无存。

讲到这里其实还是在讲爱情的纯洁和伟大,这样的感情我们在那些爱情小说中看得太多了。如果仅仅是这样的层面,金庸就谈不上是写情的高手。爱情不仅纯洁伟大,还有很多魔力。请听下一讲:"只道蓦然回首时,却在灯火阑珊处"。

第二十二讲　只道蓦然回首时,却在灯火阑珊处

　　世界上最伟大的感情是母爱,世界上最说不清的感情是爱情,你认为最爱的人也许并不是你的真爱,你最恨的人也许就是你的真爱;也许你已经出嫁为妇,身体属于一个人,但是心灵却爱着另一个人,身心是可以分离的;也许那个你根本就不想看的人你却始终惦记在心,某一天你突然发现他或她就是你的真爱。这样的爱情就是一种顿悟。所谓的顿悟就是猛然发现原来我爱的是他(她)。在金庸小说中这样的顿悟分成两个层面。

　　水笙、王语嫣和南兰的顿悟是主动型的,属于第一个层面。水笙是由恨生爱,王语嫣是日久生情。血刀派奸淫妇女、无恶不作,水笙被血刀老祖掳去,狄云又被血刀老祖误认是徒孙,跟随着血刀老祖,水笙怎能不怕他呢?又怎能不恨他呢?特别是她与狄云一起困在藏边雪山的山洞,很容易受到伤害,于是她恨不得狄云早日死去,可是,当大雪消融解脱困境的时候,水笙不但不恨狄云,还万分感谢他,到了小说的最后我们看到,水笙又来到了这个山洞等待着狄云的到来。狄云果然来了。看到狄云,水笙欢喜异常,叫道:我等了你这么久!我知道你终于会回来的。由恨转成爱,这就是顿悟。水笙悟到了什么叫人性善,什么叫人性恶。她比较的参照系是狄云和花铁干以及她的恋人表哥汪啸风。刚进雪山的时候她对狄云是又恨又怕,一口一个"小淫僧",但是在那个山洞里经历的四件事,使她改变了对狄云的看法。花铁干要杀了她,狄云却救她;花铁干要吃她父亲的尸体,狄云却保护着她父亲的尸体;花铁干诬蔑嘲笑他们在山洞里不干好事,狄云却是穿着单衣在山洞门口迎着冷风浑身发抖也不进来。后来汪啸风来了不但相信花铁干的胡言乱语,还指着她大声叱呵,甚至还打了她一记耳光,却是狄云处处为她说话,证明她的清白。这是一场人性善恶的较量,在这样的较量中,水笙悟到了谁是真正值得爱的人。狄云救她时,她感觉到这个小和尚不恶;到狄云保护她父亲的尸体时,她已经明白真正的恶人是她的花叔叔;到狄云站在山洞口不肯进来时,她已经感动,替他做了一件羽衣;到狄云证明她的清白时,她开始产生了爱意。促使她顿悟的是狄云的行动。

　　慕容复不同于花铁干和汪啸风,他的人心并不恶,他丢掉了王语嫣是他

的功利性。他与段誉的较量是功利与情感的较量,王语嫣的顿悟是情感的选择。王语嫣对慕容复有着极深的感情。她与慕容复青梅竹马,在她眼中表哥慕容复就是世界上最英俊、最聪明、武功最高的男子,她为了能够见到他就努力学习那些她厌恶的武功秘籍,目的就是要让厌恶中文嗜好武功的慕容复来听她讲,她的喜怒哀乐完全是根据她的表哥而转移。但是她有三大遗憾:一是她实在不喜欢那些舞枪弄棒的武功。二是她喜欢一些温存的情感的话语,但是慕容复总是谈一些"国家大事"和"政治形势",她在心中不止一次地问:然道恢复燕国就那么重要么?以至于都不关心她美不美。三是她很少与人接触,她说:天下的好人坏人,我谁也见不到。这个时候段誉来了。段誉看见王语嫣时的第一反应和韦小宝看见阿珂一样的:他一见到那位小姐,耳中"嗡"的一声响,但觉眼前昏昏沉沉,双膝一软,不由自主跪倒在地,若不强自撑住,几乎便要磕下头去,口中却终于叫了起来:"神仙姐姐,我……我想你好苦!弟子段誉拜见师傅。"原来他以为见到无量山石洞里的那个玉像。后来发现不是的,他就一口一个地称赞王语嫣的美。虽不似韦小宝那样赌咒发誓地要娶阿珂为妻,段誉的一个魂算是从此丢在王语嫣的身上了。段誉当然不似韦小宝那样死缠烂打,他是用情。王语嫣说自己不喜欢武功,段誉大腿一拍说:不错,不错,我也讨厌武功。为了不学武功他从家里逃了出来。他们的脾胃相投;王语嫣喜欢情意绵绵的话语,这正是段誉的拿手好戏,凡是与他接触的女孩子无不为他的甜言蜜语所倾倒,段誉不断地对王语嫣说:你很美,还说:你难道不知道么?哪个女孩子不喜欢别人说她美呢?更何况出自这样一个风度翩翩、英俊潇洒的少年公子之口呢?王语嫣缺少社会经验,也正是他将她带入江湖世界中去。段誉如此地对待王语嫣得到了王语嫣的爱情了吗?没有,最伤心的场面在少林门口发生了。那一场群豪的搏斗之中,王语嫣的眼睛全在她的表哥身上,慕容复打得不对,她称赞是高招,慕容复打得那么狼狈,她觉得是潇洒,这就是情人眼里出西施。到了后来慕容复与段誉打了起来,她担心慕容复的安危,段誉就要击败慕容复,她大喊一声:段公子,手下留情。结果段誉手下留情了,自己反而被慕容复击伤了,王语嫣却视而不见,还在关心表哥的安危荣辱,一声一声的表哥叫得不绝于耳。用了那么多的情还是没有换来王语嫣的心,换了任何一个人也要伤心透了。其实段誉也很伤心,但他没有放弃,只不过从过去的婚姻追求转为精神追求。他答应王语嫣去争那个西夏国的驸马,就是要王语嫣得到慕容复。段誉是这样想的:"我样样都不如慕容公子,可是有一件事我却须得胜过慕容公子,我要令王姑娘知道,说到真心为她好的,慕容公子却不如我了。二十多年之后,王姑娘和慕容公子生下儿子、孙子后,她内心深处,仍会想到我段誉,知道这世上全心全意为她设想的,没第二个人及得上我。"段誉想以自己的牺牲换取王语嫣一个永远的精神想念。就在段誉的感情追求走投无路的时候,王语嫣顿悟了,那就是王语嫣与段誉的那场枯井之乐。王语嫣悟道:我直至此刻才知道,这世界上是谁真的爱我、怜我,是谁把我看得比他自己的性命还重。为什么会出现这样的大变化呢?那是慕容复的功劳,是他坚持要去争西夏国的驸马,是他偏要王语嫣承认与段誉有私情,是他在王语嫣落井之时见死不救。一个是为了她可以丢掉性命,一个是为了所谓的燕国根本就不把她放在心上,在这个生死关头就是傻子也应该明白了。王语嫣离开了慕容复,是她悟到慕容复为了功利,可以牺牲她,王语嫣投入了段誉的怀抱,是她悟到了她在段誉的心目中永远是第一位的,只要痴情所在,就能金石所开,金庸在他们三个人身上演绎的是一场痴情的故事。但是金庸在新改的小说中做了重大的改动:王语嫣最后没有嫁给段誉,而是去照顾发疯的慕容复。这样的改动看起来是保全了王语嫣爱情情感的始终如一,但是却损害了段誉的爱情追求的结果和金庸小说一贯的作风,即:只要专心一致地用情总是能得到的;情的位置永远大于功利。如果这样修改了,段誉没能得到王语嫣,段誉用情的意义就不大了;慕容复发疯也得到了王语嫣,慕容复的要功利舍爱情显然就得不到批判。所以金庸这样修改显然有些顾此失彼了。我说过小说是能够修改的,但是这样的修改只能停留在字句上,不能动情节,更不能动重要的"关目"。

水笙是由恨转爱,王语嫣是由冷漠到热情,南兰不一样,她是由爱转恨的。她不是一个水性杨花的女人,她确实爱着田归农。她跟着田归农私奔,需要极大的勇气。在商家堡的大厅里,当苗人凤追上来的时候,田归农面如白纸,他心里害怕,而南兰是嘴上含着冷笑一言不发,她鄙视着苗人凤。她知道苗人凤抱着女儿来,就是不看自己的女儿一眼,而是将温柔的眼光投向了田归农。应该说她爱田归农到了抛夫别子的地步。可是,她终于悟到了,田归农并不是真正地爱她,田归农爱的是胡一刀的那把宝刀,爱的是那笔巨大的宝藏。她终于明白了世界上真正爱她的人还是苗人凤。在小说中她说的最后一句话是：要明白别人的心，那是多么难啊！是啊，要明白谁是真正的所爱，真是困难，可是当你明白了之后，却回不来了，南兰只能将她对苗人凤的爱压在心底了。

如果将以上所讲的几则顿悟的事件结合起来考虑，就会发现这几个女性之所以移情别恋，她们原来的心上人对感情的背叛起到关键的作用，外在力量的推动促使她们内心世界发生了变化。更深的层面是没有外在力量的推动，完全是内心世界发生顿悟，这样的顿悟让人感慨万分。下面我讲《神雕侠侣》中郭芙的情感历程。我将郭芙的情感经历演化成四部曲：第一部曲是"四小无猜"。郭芙是郭靖和黄蓉的大女儿。她与武三通的两个儿子，武敦儒、武修文以及杨过从小就生活在桃花岛，尽管她与武氏兄弟经常联合起来欺负杨过，但总的来说是"四小无猜"。第二部曲是"恨极杨过"。后来杨过被送到全真教学艺。他们算是分开了。有一次，杨过回岛，正好遇到武氏兄弟在竹林里生死决斗，都说，师母将郭芙许配给自己了。郭芙呢，站在旁边看着他们决斗，不但不劝，反而很高兴。这可是一场生死决斗，要伤人命。杨过看不下去了，就上前说了一个谎，说，你们别打了，师母已经将郭芙许配给我了。他们兄弟俩不打了，却一致对外打杨过了。在旁边的郭芙当然很不高兴。后来当然还有其他事夹杂在里面，郭芙居然将杨过的胳膊砍下一条，所以杨过是个独臂大侠。第三部曲是"各有所属"。他们四个人的感情各有所属，武氏兄弟分别爱上了完颜萍和耶律燕，郭芙嫁给了后来的丐帮帮主耶律齐，杨过与小龙女当然爱不分离。如果感情就这样结束了，也不值得在这里讲了。精彩部分在最后。此时是众大侠守襄阳城。金轮法王挟持着郭芙的妹妹郭襄，将她绑在对面的台子上，众大侠没有办法分身相救。在这个危急的时刻，杨过像大鹏一样从天而降，救下了郭襄，并与金轮法王展开了生死决斗。就在血与火的时候，作者用相当浓重的笔法写了郭芙感情的发现。小说写道：郭芙猛然意识到，二十年来，为什么自己的脾气是那么的暴躁，别人高兴的时候，自己却无缘无故的生气，别人气恼的时候，自己却莫名其妙的高兴。看起来恨他、讨厌他，原来她心里对杨过有着至深至挚的爱情。她的一生可以说要什么有什么，原来真正最热切需要的是杨过。真是精彩极了，什么是最令人难忘的爱情，就是隐藏在你心中，主宰着你的生活、性格和情绪,你自己还不知道的那种感情。这种感情突然爆发出来就令人感慨万分。这是郭芙的爱情经历所告诉我们的。

爱情是什么,爱情就是一种发现。一讲起爱情,人们就经常用金人元好问的那首词来回答:"问世间,情为何物,直教生死相许?天南地北双飞客,老翅几回寒暑。欢乐趣,别离苦,就中更有痴儿女。君应有语,渺万里层云,千山暮雪,只影向谁去?"这也是《神雕侠侣》中那个情疯子李莫愁上场唱的歌。这首词,人们只注意到说出了爱情的生死相许,是否还注意到,它还向世人提出了爱情的不确定性。"只影向谁去?"问的是在茫茫人海之中到处寻找知己,似乎找到了,似乎又没有找到,最后突然发现原来"那人却在灯火阑珊处"。这就是一种发现,就是一种顿悟,这是爱情更深的境界。

发现了爱情是不是就很幸福呢?并不一定,它往往会演绎成悲剧,请听下一讲:"问世间情为何物,直教人生死相许"。

第二十三讲　问世间情为何物,直教人生死相许

金庸对女性相当地爱护,他笔下的男性有很多薄幸郎,但几乎没有什么荡女、浪女,而且一旦有了心上人之后,她们都用情专一,"情为何物,直教生死相许",说的不是男性,而是女性。男人死了,女人则殉情而死。最早出现的是《雪山飞狐》中胡一刀的妻子胡夫人,当胡一刀死了之后,她似乎没有什么悲痛之色,她给孩子喂了一次奶,然后在孩子的脸上深深地一吻,将孩子交给苗人凤,说:我本答应咱家大哥,要亲手把孩子养大,但这五天之中,亲见苗大侠肝胆照人,义重如山,你既答应照顾孩子,我就偷一下懒,不挨这二十年的苦楚了。说到这里她向苗人凤福了几福,拿起胡一刀的刀自杀了,死在胡一刀的身边。这样的场面我们在《射雕英雄传》中见到:杨铁心的夫人包惜弱见到自己的丈夫自杀身死,她从怀里掏出了匕首也死了,临死之前,她说道:大哥,咱们终于死在一块,我……我好喜欢。她淡淡地一笑,容色仍如平时一般温婉妩媚。到了《倚天屠龙记》中张翠山自杀死了,殷素素让张无忌将周围的人看上一遍,叫他记住就是这些人逼死了你的爹爹,叫他一个也别放过。然后伏剑自杀。临死之前还给张无忌一个忠告:孩子,你长大了之后,要提防女人骗你,越是好看的女人越会骗人。这样的悲

剧到《天龙八部》中还有。叶二娘始终维护着她的情人少林方丈玄慈,到最后,玄慈身份暴露自杀身死,叶二娘是大声叫道:"你……你……怎么舍我而去?"然后一跃丈余,从半空中摔将下来,砰的一声,摔在玄慈脚边,身子扭了几下,便即不动,只见一柄匕首插在她的心口,她随着自己的情人而去了。

　　真正的情一定是超越正邪,甚至是善恶。梅超风够恶了,专门用人的头颅练功,练的又是一种阴毒的功"九阴白骨爪",她用情也是感人的。别看她左一个右一个喊着陈玄风"贼汉子",但是心中真是爱着他,她跟着陈玄风私奔;她听从陈玄风的安排学着武功;陈玄风死了,自己的眼睛也瞎了,她要自杀,但是她活了下来,活下来的目的就是要为陈玄风报仇。这一切都是为了什么呢?因为她始终忘不了的是:那个春天的晚上,桃花开得艳艳的,那个浓眉大眼的二师兄在背后紧紧地抱住了她。她没有反抗,她感到了幸福。这就是情。再说那个东方不败,这个已经说不上是男人的中性人物,说到他总是给人怪异的感觉,一个顶天立地的男人怎么就变成这个样子了呢?其实我们换个思路,就把他看成女人,你不但不会感到怪异,反而会佩服他。当他挥刀自宫以后,形象和行为都女性化了,嗓子变细了,胡子没有了,喜欢穿有色彩的衣服了,还躲在闺房里绣花。更为精彩的是他的心理开始女性化,他把自己的七个小妾都杀了,爱上了须眉男子杨莲亭,他有这样一个信念:莲弟喜欢干什么,我便得给他办到,当世就只他一人真正待我好,我也只待他一个好。他不但这样想,而且这样做,做得相当到位,标准的温柔贤淑。作为一个妻子的角色,他让杨莲亭主持教务,自己在闺房绣花,没有什么不对,哪有男人躲在后面绣花,女人在外面指手画脚的。在那场生死决斗中,东方不败扮演的更是一个标准的妻子形象。他看见任我行他们进来,开始还关心着他们,但是看见杨莲亭受伤了,他马上扑在他的身上,关切地问他:谁把你打伤了,痛不痛啊? 然后把他抱起来放在床上,用被子盖好,再从身边摸出一块绿绸手帕,缓缓地替杨莲亭拭去额头上的汗水和泥污,嘴上还说着:真教人心痛。要知道强敌就在他的身后,他根本就不把他们放在眼里。这就是情。他武功那么高,任我行、令狐冲、向问天、上官云四人联手都不是他的对手,他又怎么会败于他们,也还是为了情。任盈盈为了东方不败分心,在那里折磨杨莲亭,东方不败不顾自己的生死护着他,小说是这样写的:

"东方不败斜眼看见盈盈站在床边,正在挥剑折磨杨莲亭,骂道:死丫头,一团红云陡向盈盈扑来……令狐冲、任我行双剑向东方不败的背上疾戳……东方不败不顾自己的生死反手一针刺入向问天的胸口,……便在此时,令狐冲和任我行两柄剑都插入东方不败后心。东方不败身子一颤,扑在杨莲亭身上。"如果不是对杨莲亭的那份感情,输的一定是那四个人,令狐冲说了一句真话:"其实我们便是四人联手,也打你不过,只不过你顾着那姓杨的,这才分心受伤。阁下武功极高,不愧称得'天下第一'四字,在下十分钦佩。"东方不败临死之前还低声下气地向任我行请求:看在多年照顾任盈盈的分上放杨莲亭一马。任我行不答应,他奋起一刺刺瞎了任我行的一只眼睛。东方不败为什么要那么顾念着杨莲亭呢?就因为他是他的"莲弟"。为了那份感情,东方不败不要性命,不要面子,这样的举动其实与前面讲的胡一刀夫人等人是没有什么两样的。

　　女人随着自己的心上人而死,颇为壮烈,有烈妇的意味。这些男人不管是什么形态,他们都爱着自己的女人或者都是品德高尚者,还有些品德低下的男人,视女人为玩物或者利用爱情达到他们自己的目的,可是那些女人明知道这些男人的品德不好,明知道这些男人是利用她,却心甘情愿、死心塌地地跟着他,于是就有了一幕幕令人歔欷的爱情悲剧。穆念慈不是不知道杨康认贼作父,不是不知道杨康在玩弄她的感情,但就因为在比武招亲的时候,杨康胜了她,就因为每次杨康见到她都有那么多的花言巧语,她就愿意跟着他。她与黄蓉有一番对话,她说到杨康的时候,很坚决地说道:"他是王爷也好,是乞儿也好,我心中总是有了他。他是好人也罢,坏蛋也罢,我总是他的人了。"于是她一次又一次地原谅杨康的行为,一次又一次地听信杨康的狡辩,甚至还从杨康的角度为他寻找解脱的理由。明明是杨康将他们父女囚禁在王府中,但她就是相信杨康所说是保护他们。那一次在归云山庄,杨康作为金国钦使被囚在那里,穆念慈去救他。看见杨康那样卖国求荣,穆念慈很生气,原本不救,但是杨康一番花言巧语,她不但相信他的话,还满足了杨康要亲一亲她的要求。如此痴情也许就是情人眼里出西施吧。穆念慈曾经当着杨康的面说过这样的话:"将来要是你不做好人,我也无法可想,只怨我命苦,唯有死在你的面前。"(她并没有说杀了他,而是说自己死)好在她也得到了一次回报,那一次欧阳克掳住了她,杨康为了救她杀了欧阳克,虽然杨康杀欧阳克有自己的私心,他知道白驼山的武功都是单传,杀了欧阳克,他就可以拜欧阳锋为义父,就可以得到欧阳锋的武功。但是不管怎样总是从救她而起的。穆念慈的这份感情保持始终。自己死前也是要求杨过将自己的骨灰埋在嘉兴的铁枪庙外,就因为杨康死在铁枪庙中。比穆念慈还不可思议的是马春花。穆念慈还有一个承诺,马春花爱上福康安就是爱他风流偶傥。后来死于福康安的毒酒(虽是福康安的母亲下的毒,福康安完全知道,小说中说就如福康安下毒一样)。临死之前居然还是叨念着福康安,要求见福康安一面。好在她要求把自己埋在丈夫徐铮的墓旁。《笑傲江湖》中的岳灵珊的爱情更是悲喜交加,令人哭笑不得。岳灵珊对林平之的爱,从怜惜到爱慕,可说是一往情深,而林平之始终就是在利用她。最后,岳灵珊死在林平之的匕首下,还认为林平之不是真的要杀她。岳、林之爱是悲剧么?是悲剧,但是仔细想想似乎又不是。岳灵珊临终之前躺在令狐冲的怀中念念不忘的还是林平之。她最后的遗言是不但要求令狐冲不要杀林平之,还要照顾林平之一辈子,在令狐冲答应之后,唱着林平之教她的福建山歌微笑着死去,一副心满意足的样子。这不是一幕喜剧么?

情为何物,情就是一种感觉。没有感觉就没有爱情。东方不败就是认为天下只有一个人爱他,这就是杨莲亭;穆念慈自从比武招亲后就始终认为杨康就是个了不起的大英雄;令狐冲对小师妹岳灵珊不能不说是情深意笃,但始终得不到她的爱心,为什么呢?正如令狐冲所反省的那样:"小师妹崇仰我师傅,她喜欢的男子,要像她爹爹那样端庄严肃,沉默寡言。"性格如此洒脱,并时常"出格"的令狐冲又怎么能得到她的爱呢?《倚天屠龙记》中的殷离幼时在蝴蝶谷中对张无忌产生了感情,这份感情深深地印在她的脑海中,随着他们的分离和日月的流逝,这样的感情越来越深。为了寻找这份感情,殷离四处寻找张无忌,历经了千辛万苦。后来他们相会了,但是已经互相都不相识了,一个名叫珠儿,一个改名曾阿牛,情势所逼两人还有婚姻之约。当然这个婚约是迫不得已的,所以并没有什么爱情可言。但是,他们知道对方真实的身份,就有爱情了么?不一定。最后,他们互相知道了对方的身份,张无忌承认了"夫妻"的名分,殷离呢,她神情恍惚,不承认眼前这个张无忌就是她"心中的张无忌",小说写道:原来她真正所爱的,乃是她心中所想象的张无忌,是她记忆中在蝴蝶谷所遇到的张无忌,那个打她咬她、倔强凶狠的张无忌,却不是眼前这个真正的张无忌,不是这个长大了的、待人宽厚的张无忌……她是要找寻他,她自然找不到,但也可以说,她已经找到了,因为那个少年早就藏在她的心底。真正的人,真正的事,往往不及心中想的那么好……这就是感觉的重要。有了感觉,不论对方是否有真的爱情,也不论受到对方多大的痛苦和折磨,他们在对方身上都寻找到了爱情的感觉。为了这个感觉,他们死而无怨。是痛苦,还是幸福?是崇高,还是可怜?真教人难以说清,令人歔欷不止。很显然,金庸在这里不仅仅是在写爱情了,而是把爱情与人性之谜结合起来写,把读者带到哲学的空间。这么一说就有些宿命的意味了。

爱情使人伟大,爱情使人迷茫,爱情也使人变得残酷。请听下一讲:"可叹落花空有意,无奈流水总无情"。

第二十四讲 可叹落花空有意,无奈流水总无情

爱是每个人的自由,谁也没有干涉的权力,但是当一个人追求自己的爱,而不顾别人的感受的时候,当一个人追求自己的爱伤及无辜的人的时候,这样的爱就是极端自私的爱,这样的人就是情疯子。这场爱的过程一定是场"残酷的爱"。在金庸的小说中最有代表性的是三个人:阿紫、李莫愁和康敏。

要论性格和为人,阿紫这个人实在不讨人喜欢,她的武功也令人生厌,练的是毒功,一个小姑娘浑身都是毒,实在不是赏心悦目的事情。阿紫这个人一出场性格就很鲜明,一是她手段残忍歹毒,一是她薄情寡义。她用竹竿刺鱼,刺得竹竿上串起了一串,然后再将鱼扔到水里,鱼在水里拼命挣扎,血从伤口渗出,弄得水面上鲜血斑斑。手段实在残忍。在旁边钓鱼的段正淳的家将褚(chu)万里实在看不下去了,说:"年纪轻轻的小姑娘,行事忒地狠毒,你要捉鱼,那也罢了,刺死鱼却又不吃,无端杀生,是何道理?"结果,她开始迁怒于褚万里,让他自缚于鱼网。褚万里以水性佳而自负,当然不能忍受这样的羞辱,但是他又报不了仇,因为阿紫是他的主公段正淳的女儿,只好在打斗中死去。还有一次,在酒店里喝酒,阿紫与酒保发生了一点小小的口角,就威胁要割掉酒保的舌头,酒保笑着说了一句:"要割我的舌头,只怕

姑娘没这本事。"她居然就设计让酒保喝下毒酒,真的割下了人家的舌头。再说她的薄情寡义,她认识萧峰之前几乎不爱任何一个人,包括自己的父母和姐姐。那一次第一大恶人段延庆找上门来与段正淳决斗。这可是一场生死决斗,段正淳的家将都上去了,作为女儿的阿紫根本就不关心她父亲的安危,不但不帮忙,反而不断在旁边说风凉话讽刺她的父亲:什么以多胜少啦,什么无耻之徒啦,什么嘴上说得威风十足,心中却怕得要命,什么样子难看啦,父亲与仇人正在拼死相搏,她却在旁边说这样的话,那不是要自己父亲的命么?母亲阮星竹不断地阻止她,她也不管。要说,这是对父母从小将她们抛弃的报复,也不尽然。她的姐姐阿朱同样也遭到父母的抛弃,可是与阿紫的薄情寡义正好相反,她以为是段正淳杀了萧峰的父母亲,愿意代父亲去死,于是就给萧峰留下了终身的遗憾。临死的时候,还留下遗言,让萧峰照顾阿紫一辈子。她深爱着妹妹。再看阿紫呢?对阿朱并没有什么感情,只是她不断要挟(xie)萧峰的借口。

这么一个性格的人突然恋爱了,她爱上自己的姐夫萧峰,这样一个性格的人忽然又遇上了一个爱她的人,这个人就是游坦之,于是一场"残酷的爱"开始了。这场"残酷的爱"最充分地表现在游坦之身上。为什么选中了游坦之呢?当然是游坦之冒犯了萧峰,他居然要刺杀萧峰,阿紫怎么会放过他。游坦之成为她施酷的对象。另一方面游坦之居然爱上了阿紫,他不愿意离开阿紫,甘愿受酷。于是一场惨绝人寰的折磨开始了。表现在两个方面,一个是肉体上的,一个是精神上的。肉体上,他被做成了人风筝,天上地下不断地摔跟头,他被做成了铁头人,只露出了鼻孔、眼睛和嘴巴,他被作为决斗者送到了狮笼与狮子决斗,他也成了阿紫练毒的工具,被冰蚕咬。不可思议的是游坦之愿意承受这一切。因为他爱着阿紫。那一次他被作为人风筝摔得死去活来,被拖到阿紫的面前,他居然像野兽一样用他炙热而干燥的嘴唇吻阿紫的小腿和脚趾,喉咙里还不断地发出"呵呵"的声音。他被打得浑身是血,还瞧着阿紫,嘴上说着:"你生得好看,我就看着你。"为了看她置自己的生死而不顾。后来为了阿紫,他宁愿将自己的眼睛献出来。精神上,他为始终得不到阿紫的爱而痛苦,特别是当阿紫的眼睛瞎了以后,他一方面能够为阿紫做事感到荣幸,另一方面又担心阿紫恢复了光明发现自己的丑陋而苦恼。这场"残酷的爱"表现得最深刻的是阿紫。她爱着萧峰,为了萧峰可以收敛自己的很多行为,可以忍住自己放肆的性子。可是萧峰始终爱着阿朱,始终将她当妹妹看。她不明白萧峰爱的是善解人意、温柔可人,能够同甘共苦的女人,而不是她这样手段歹毒、薄情寡义的女人。就像游坦之不明白她心中的所爱一样,她阿紫喜欢的是萧峰那样顶天立地的汉子,而不是像狗一样供人驱使的男人。这场"残酷的爱"在小说结尾走向了高潮:阿紫抱着萧峰的尸体。正在这时,那个瞎了眼化名庄聚贤的游坦之手搭着乌老大的手从山坳(ao)里转了出来,高声喊着:"阿紫,阿紫,我听到你的声音了,你在哪里?你在哪里。"叫声甚为凄厉。阿紫看见他怒道:你来干什么,我不要见你,不要见你。游坦之听到阿紫的声音,大为兴奋,推开了乌老大,大声说:谁欺负你了,我去跟他拼命。阿紫抱着萧峰的尸体,大声地说:我现下和姐夫在一起,此后永远不会分离了。她挖出了自己的两颗眼珠子向游坦之扔去,说:还你!还你!从今以后,我再也不欠你什么了。免得我姐夫老是逼我,要我跟你在一起。说完,她抱着萧峰的尸体,向悬崖走去,只见她眼眶中流着鲜血,掠过她雪白的面孔,跳下了悬崖。这一举动震惊了在场所有的人,也震惊了读者。悬崖确实是萧峰最后的归宿,当年萧峰被父亲萧远山抱着跳下悬崖,但是没有死,今日却是阿紫抱着他跳下悬崖,可是萧峰已经是个尸体。确如阿紫自己所说:"姐夫,你现在才真的乖了,我抱着你,你也不推开我,是啊,要这样才好。"如果萧峰活着他大概不会要阿紫抱着跳的。

说到"残酷的爱",不能不说到两个情疯子,李莫愁和康敏。她们有很多相同的地方,为了报复失去的爱(或者自以为是的爱),手段都极其残忍和卑劣;她们都妒性十足,以至于变态。不过,她们还是有区别的。要说狠,李莫愁不能说不狠,她失去了心上人,竟然将心上人的一家都杀了;要说毒也不能说不毒,心上人与他的妻子已经死了那么多年了,她居然扒坟抛尸,烧尸成灰,然后一个散在华山之巅,一个倒入东海,要叫他们永生永世不得聚首。这样的狠毒,不愧叫做"赤练仙子"。可是她还有用情的一面。她掳走了郭襄,渐渐地生情,她喂小郭襄豹奶。特别在她被黄蓉用网网住,自己性命攸关的时候,她不知道手中婴儿是黄蓉的女儿,她没有给自己求情,却给小郭襄求情。后来,她唱着凄厉的歌"问世间,情为何物",向大火扑去,给众人留下了凄美的倩影。用情之专,令人感动。写到这里金庸都忍不住为她说了几句好话："李莫愁一生造孽万端,今日丧命实属死有余辜,但她也非天生狠恶,只因误于情障,以致走入歧途,越陷越深,终于不可自拔,思之也是恻然生悯。"所以看见她死,众人也没有什么高兴的神色,黄蓉念她养育郭襄月余,还拿着郭襄的小手向火焰拜了几拜。说到康敏人们似乎有了另一种异样的感觉。她是造成萧峰悲剧的直接原因。她为什么要迫害萧峰?就因为她长得漂亮,走到哪里男人都朝她看,唯独萧峰不看她。她的性别观很成问题,她以为男人都好色,以为女人都卖色,好色和卖色是正常的,不好色和不卖色反而是不正常的。康敏为什么会这样不可理喻呢,原因是两个,一个当然与她个人经历有关,她是一个因色相姣好而被段正淳看上的女人,又是一个因为别的女人又用色相将段正淳勾引而去遭到了抛弃的女人,于是色在她心目中占有极高的地位。问题是萧峰偏偏不好色,于是她把萧峰的正常行为看成是不正常的行为,就开始陷害和报复。第二就是她的性格,小说专门写了康敏偷邻居的花衣服的事情。康敏由于家里的羊被狼吃了,没有钱买花衣服了,但是隔壁邻居家的女孩子买了花衣服,她将邻居家女孩子的花衣服偷来了,不是要穿,而是将花衣服用剪刀剪碎。康敏自己说:"我要叫你明白我的脾气,从小就是这样,要是有一件物事我日思夜想,得不到手,偏偏旁人运气好得到了,那么我说什么也得毁了这件物事。"说康敏爱上萧峰,并不准确,萧峰在她心目中就是那件花衣服而已。对于康敏和萧峰的情感过程,我的朋友中国社科院的施爱东先生曾经评论说,其实际上是中国传统小说中的"杀嫂模式"。这样的评述很有道理,我们可以结合《水浒传》中武松杀嫂和杨雄杀妻的情节加以分析。这个过程一般由四个阶段组成。第一个阶段是嫂子被小叔子吸引住了,就勾引小叔子,潘金莲勾引武松,潘巧云勾引石秀,康敏勾引萧峰。为什么都是嫂子勾引小叔子,嫂子都是已婚女子,对性有所了解,对性有要求可以找自己的丈夫啊,她们却要找另外一个男人,这样的女人是生理和心理都出了问题,所以这个模式一开始就将嫂子定位为坏女人。这样的坏女人的行为更坏。她们的要求被小叔子们拒绝了,于是她们就和别的男人好上了,潘金莲勾搭上了西门庆,潘巧云勾搭上了和尚,康敏勾搭上了那些丐帮长老。她们不但勾搭别的男人,更为可怕的是,她们都要谋害自己的亲夫,还要诬陷转嫁给小叔子们,制造冤狱。这是第二个阶段。第三个阶段是小叔子们甄别真伪的过程。这个过程充满着悬念。第四个阶段当然就是杀嫂。由于已经将这些嫂子写得很坏,她们往往受到最血腥和最残酷的惩罚。潘金莲是被杀了头,还被扒开心肝五脏,潘巧云是被绑在树上,先是割掉舌头,然后又被剖了心肝五脏,然后又被肢解。康敏呢?遭到的惩罚也是惨不忍睹,先被割断手筋脚筋叫她动弹不了,然后身上被划成一道道伤口,再浇上蜜糖,引蚂蚁来咬,这是万噬攻心。说实在的这些嫂子们受到如此血腥和残酷的惩罚是有损于那些小叔子们的形象的。武松再英雄,在杀嫂的行为上如此残酷,在他的形象上留下的是负面的痕迹,石秀再义气,他那样地怂恿杨雄杀妻,总让人怀疑他的动机。在这个问题上金庸做得很聪明,让康敏受到这样的惩罚的动手者不是萧峰,而是那个以手段毒辣而著称的阿紫。不但将恶的形象转移到阿紫身上,金庸还趁此机会给萧峰涂抹上几笔善的色彩。最后是萧峰抱起满身伤痕的康敏,听康敏爱恨交加地叙述往事。试想一下,如果让萧峰那么残酷地惩罚康敏,萧峰还会成为金庸小说中的第一英雄么?利用模式写作,激发的是中国读者的阅读愿望,突破模式写作,展示的是作者的写作才华。

　　金庸小说中的女性大多数是爱情的符号,但是也有例外,她们不谈爱情,或者为了自己的爱情而牺牲自己徒弟和子女的爱情,请听下一讲:"曾经沧海难为水,除却巫山不是云"。

第二十五讲　曾经沧海难为水,除却巫山不是云

　　这一讲讲两个老太太以及她们的后人,一个是灭绝师太和周芷若,她们是师徒关系,一个是金花婆婆和小昭,她们是母女关系。灭绝师太的口碑实在不好,现在凡是说一个女人没有感情,或者说一个女人得不到感情,总是用灭绝师太形容之。这样说她其实是有些误解她的。灭绝师太身上值得肯定的地方要多于否定的地方。首先要明白她有一个特殊的身份,是峨嵋派的掌门人。峨嵋派是江湖上一个大的门派,对江湖世界的稳定负有责任。这样的身份决定了她思考问题评判是非的视角,她必须从江湖的大局出发,而不是儿女私情考虑个人恩怨。正是这样的身份使得她几乎成为金庸小说中唯一一个不是围绕着个人情感而生活的女性。明白了她的社会地位我们就可以对她的作为有更多的理解和钦佩。

人们对她最不容忍的是她手劈纪晓芙。纪晓芙是她喜欢的女弟子,她原是有意将自己的掌门之位传给她的。当她知道纪晓芙失了身,还有了私生女,虽然心里不痛快,却也原谅了她,说:可怜的孩子,唉!这事原也不是你的过错。她杀了纪晓芙是因为听到让纪晓芙失身的男人是明教的光明左使杨逍,是因为杨逍是气死纪晓芙的大师伯孤鸿子的人,是因为纪晓芙不愿意利用自己的感情去杀杨逍。她这样做不合情却合理。从情的角度上说,不应该不顾纪晓芙的感情,逼她去做不愿意、也不能做的事情。从理的方面说她没有什么过错,她这是维护师门的荣誉,是为了报师门的仇,更何况在她的心目中,明教就是邪教。虽然她的行为和反应都过度了,但是她没有什么私心。倒是纪晓芙的师姐丁敏君的行为令人不齿。她揭开了纪晓芙的私情,一心要除掉纪晓芙,目的就是想要得到掌门之位。

另一个使人不能原谅的行为是她在光明顶上与张无忌的搏斗。在小说中张无忌是英雄人物,对张无忌痛加杀手的人还会是好人么?但是如果我们仔细分析这段打斗就会发现,灭绝师太从中表现出的不是冷酷,倒有些温情。灭绝师太要杀明教的那些人,张无忌站出来抵挡。看见这么一个衣衫褴褛的少年小子出来,她开始真还不放在心上,她让自己的弟子静玄出来教训他,没想到静玄输了,于是她提出以三掌为限击败张无忌,输则走人。她并不要打死张无忌,只想教训他,她打了第一掌,用了三分力,说:少年人别多管闲事,正邪之分,该当清清楚楚。她实际上是要警告他。可是张无忌受了这一掌,不但没有当回事情,反而神采奕奕,原来他是利用灭绝师太的掌力体会他刚学到的"九阳神功"了。灭绝师太不知道,她嘴上说:妖魔邪徒我是要灭之绝之,但是她只用起了七分力打下了第二掌,原来以为张无忌不死也伤,可是张无忌倒越发精神了。于是她准备打第三掌,她打算打在他的丹田要穴上,运内力震荡他的丹田,使他立时闭气昏厥,待诛尽魔教锐金旗的妖人之后,再将他救醒。这个时候她一反冷面的形象,倒对张无忌起了爱才之心。就在这个时候,天鹰教主用话激她,她开始用十分力打张无忌了,她此时认为:她再手下留情,那便不是宽大,而是贪生怕死,向敌人屈膝投降了。谁知这十分力的一掌不但没有伤了张无忌,反而帮他打通了九阳神功的很多关节。灭绝师太说话算数,带着自己的弟子们离开了。

灭绝师太第三个令人不满的地方是留下的遗言阻挡了周芷若与张无忌

的感情。

灭绝师太最令人钦佩的是她的骨气,她绝不允许别人在她身上抹黑,她绝不愿意接受一点明教的恩惠,因为她认准了明教是邪教,正邪势不两立。她与那些江湖英雄们被赵敏用十香软筋散毒倒,关在万安寺的宝塔上。赵敏要她们打斗,然后从中学习武功。那些所谓的英雄豪杰们怕死都这样做了,灭绝师太则以绝食的方式对抗赵敏"无耻之徒偷学之计"。到了第七天,光明右使范遥偷来解药给她,就因为范遥是明教的人,她就是不吃。范遥知道她的脾气就说:这是毒上加毒的毒药,你没有胆子服下去?药一入肚,一个时辰肠寸寸断,死得惨不可信。一听这话,她抓起药来就服入肚中。接着她与西域的蕃僧鹤笔翁打了起来,因为她不能忍受他胡说周芷若是她与范遥的私生女。大火从塔下烧了起来,灭绝师太抱着周芷若从十层跳了下来,到了离地面还有丈许的时候,她将周芷若向空中一抛。力量相激,周芷若没有事情了,她的下坠之势反而更加加强,张无忌要出掌救她,她却反手相击,不要他救,她已经决定死了。张无忌抓住她的手要搭她的脉搏,她反手抓住张无忌说了这样的话:"魔教淫徒,你若污了我爱徒的清白,我做鬼也不放过……"灭绝师太为人偏激,行为也偏激,说话更偏激,对明教和张无忌的认识也不够,但是她刚正不阿、疾恶如仇、为人坦荡、宁死不屈,就凭这些品格,就值得人们钦佩。

灭绝师太有没有应该指责的地方呢?有!那就是她不应该用自己的意志和愿望逼着周芷若继位,她毁掉了周芷若的情,也毁掉了周芷若这个人。灭绝师太自己说过她一生有两大愿望,一是要驱除鞑子,光复汉家山河;第二是要峨嵋派武功领袖群伦,盖过少林、武当,成为中原武林中的第一门派。为了达到这样的目的,她要得到倚天剑和屠龙刀,因为其中分别藏着武术秘籍和兵书秘籍,拿到这两样东西就可以在江山和江湖上做出大事业来。她是这样想的,也是这样做的,虽然她没有成功,但是她努力了,虽然她做得比较偏激,但是可以理解令人钦佩。问题在于她未竟的事业偏要叫周芷若来做,而且要她以自己的美色来引诱张无忌从而获取宝刀宝剑,她说:这样的事情原非侠义之人所为,但是成大事者不顾小节。看见周芷若犹豫,她便跪在周芷若面前,而且是以死相逼。每一个人身处的时代和环境不一样,每一个人的愿望和感情追求也不一样,偏要叫下一代做上一代所谓的事业,往往是以悲剧告终。父子是如此,母女是如此,师徒也是如此。周芷若当上了掌门人,答应了灭绝师太的请求之后,与她之前的形象简直判若两人。之前的周芷若形象清新,重情重义,张无忌和珠儿(殷离)被灭绝师太打伤,是她给予他们关心,张无忌与昆仑派大佬们打斗时,是她在旁边指点。自从接受了灭绝师太的遗愿之后,周芷若就成了一个阴谋家,一个魔女。看起来她似乎达到了灭绝师太交给的遗愿,取得了宝剑宝刀,得到了武林第一称号。但是她害死殷离、嫁祸赵敏、诈婚宋青书、使出阴毒的招数,充满了阴谋,她清新的形象毁了,她的重情重义毁了,她这个人也毁了。那么高的武功,那么多的称号又有什么意义呢?周芷若这样的变化当然有她个人的原因,但是追根寻源还是灭绝师太,她是将周芷若推向灭亡的第一推手。

金花婆婆与灭绝师太有相同的地方,都很争强好胜,她也要宝剑宝刀,也想成为武林第一;出手也很狠毒,杀起人毫不留情,她还杀死了胡青牛和王难姑夫妇。她也有与灭绝师太不同的地方,就是没有灭绝师太那样光明磊落。举两个例子,她要杀胡青牛是因为胡青牛没有救她的丈夫银叶先生,如果换成灭绝师太,一定是冲上去就将胡青牛杀了,可是金花婆婆是不断地将伤人送到胡青牛那里,看他治不治,如果治就杀他,这就伤及了很多无辜。如果说,这还情有可原,毕竟杀人还是要寻找个理由。但是她找来的十五个得了各种怪病的人,并不是胡青牛治好的,而是张无忌治好的,如果依据承诺,她就不应该杀胡青牛,但她还是杀了,可见她并不是一个重承诺的人。还有一次她落到谢逊手上,凭武功,她不一定打得过谢逊,发暗器,谢逊能够听见,于是她想到一个毒主意,在地上插满七八寸的尖针,她欺负谢逊眼睛看不见,只要将谢逊引到尖针阵中,再大的本领也施展不开了。更为毒辣的是她还不断地与谢逊叙友情、套近乎,一步一步地引他上当。这样的手段灭绝师太是绝对做不出来的。

金花婆婆不但手段诡秘,身份也很诡秘。她真正的身份是来自波斯明教总教的圣女。她的真名叫黛绮丝,她来中土明教的目的就是要寻找波斯已经遗失的武功心法"乾坤大挪移"。她一生中最有亮色的一次应该是她帮助阳教主打败了仇人,并且嫁给了他。那一次阳教主多年仇人的儿子韩千叶找上门来寻仇。论武功韩千叶怎么可能是阳教主的对手呢?但是当年韩教主有言在先,报仇的方式由对方来选,现在韩千叶选择的是在水里决斗,韩千叶生长于海上的灵蛇岛,当然水性很好,而阳教主恰恰不会水,由此,这场决斗韩千叶是赢定了。就在这个时候黛绮丝出场了,她以阳教主女儿的身份在水下打败了韩千叶。于是她做了明教的"紫衫龙王",成为了明教的四王之首。更令人佩服的是,她在照顾受伤的韩千叶时,与韩千叶产生了感情,并嫁给了他。这需要勇气,因为作为明教的三圣女之一,她要继承教主的位置,是不能结婚的,如果失去了贞操,便要被火烧死。她嫁给韩千叶就意味着她放弃了教主的地位,放弃了来中土明教的使命,愿意接受被火烧死的惩罚。但是她的这些亮色很快就被她自己所遮蔽了。她和灭绝师太一样,把自己做不到的事情转给自己的女儿去做。她将手上的七彩宝石戒指给了小昭,让小昭混到光明顶上偷"乾坤大挪移"。实际上是把自己的女儿送上不归路。于是小昭从一个温柔的小丫头变成了一个圣教主。小昭跟着张无忌两年,一直侍候着他。临别之前,还像平时一样帮他穿好衣服,梳好头。小昭对张无忌说:"我只盼做你的小丫头,一生一世服侍你,永远不离开你……别说做教主,便是做全世界的女皇我也不愿。"可是已经不可能了,倒不是她怕死,而是这个时候她不做圣教主,不但她的性命没有了,张无忌等人的性命也没有了。丢掉了感情,变成了一个偶像,小昭变成这个样子的第一推手是她的母亲,那个叫做黛绮丝的金花婆婆。

这里讲到两个老年女性灭绝师太和金花婆婆的感情世界,金庸小说中还写了很多女性的爱情生活。老年女性的爱情不像年轻人那样将爱情演绎得轰轰烈烈,而是从爱情中揭示出很多人生哲理,因为那是过来人的人生总结。请听下一讲:"白发翁媪缘未了,人间从来重晚情"。

第二十六讲　白发翁媪缘未了,人间从来重晚情

别以为金庸只会写少年男女的情感世界,老年女性的形象、情态也写得神采飞扬。我将金庸笔下的老年女性的形象分成正剧、喜剧和悲剧三个场景。

正剧的代表人物当数瑛姑和裘千尺。这两个女人出场的时候都是既神秘又肮脏。瑛姑出现在一片沼泽地中,这片沼泽地烟雾弥漫,散发着阵阵腐烂的气息。在烟雾弥漫中出现的是一个方一个圆的茅屋,茅屋前面是一个

院落,院落却无院门,而且分成两半,一半是实土,一半是水塘。院子外面还布置着五行奇门之阵。当黄蓉和郭靖进去的时候,看见的是一个头发花白、衣衫褴褛的老妇人趴在地上算数学。裘千尺出现在一个地洞之中,这个地洞下面是一个深潭,深潭里游弋着饥肠辘辘的鳄鱼,一片腥臭之气,就在杨过和公孙绿萼惊诧之时,传来一阵似笑非笑,似哭非哭的声音,接着就看见了一个人,她半身赤裸,头上基本没有头发。这两个女人都是半人半鬼的形象。有意味的是,这两个半人半鬼的身后都有凄美的故事。瑛姑贵为贵妃,与周伯通有着一段美好的恋情,还有一个孩子,长得与周伯通一样,招风耳、大鼻子。她变成这样是由于连遭不幸而造成,她被周伯通抛弃,孩子被裘千仞打伤,又遇到了段皇爷的遇死不救。作家在写她遭到这样变故的痛苦时,用了两幅令人难忘的画面表现出来,一是看见自己的孩子伤重,段王爷又不肯救,她的头发看着看着就白了起来,人们说,愁愁愁,一夜白了头,她是一刻就白了头。第二个画面更让人揪心,在救孩子无望的那一刻,她把孩子哄睡着了,然后拿着匕首将孩子杀了,一声凄厉的长嚎,抱着孩子的尸体跳房而走。从此以后,她将救夫和报仇当成了人生的两大目标。她要救被困在桃花岛的周伯通,可是自己的技艺太差,被困在桃花岛差一点饿死,于是她开始研究奇门异术,得到了"神算子"的称号。她要报仇,她把报仇的目标锁定在段皇爷身上,恨他见死不救,拼命地练武功,用尽心机。一见钟情、暗生恋果、遇到不幸、由爱生恨,这些过程都是些常见模式。她这个形象的独特之处是两个,一个是她与周伯通的关系,一个是她的人生结局。周伯通对她是性大于情,周伯通与她发生关系,是他卖弄武功,是教她点穴的武功在她身上摸索而激发起来的性,当事情暴露之后,周伯通虽然甘愿受罚,却没有为她承担责任的意思,反而是将他们定情的锦帕还给她,逃得远远的不见踪影。她对周伯通是情大于性,她送给周伯通一方锦帕,上面绣着这样一首词:四张机,鸳鸯织就欲双飞。可怜未老头先白。春波碧草,晓寒深处,相对浴红衣。说的是自己得不到段皇爷的爱,因为段皇爷整日只知道练武,说的上现在得到你的爱,要与你双双飞翔。所以,她没有接过周伯通扔过来的锦帕,而是惨然一笑;所以周伯通逃后,她再也不见段皇爷;所以她在孩子死后到处寻找周伯通。在对待感情的问题上周伯通是无情无义的,没有大侠的风范,但是读者都没有把他的感情当回事,因为他本来就不是什么大侠,他只是个"老顽童",但是读者都会对瑛姑的遭遇表示感动和同情。男人对情也许会视为一场游戏,女人却对情看作终身所托,这大概是我们从周伯通和瑛姑的感情世界中得到的一点感悟。说到瑛姑的人生结局,她的人生结局是不但找到周伯通,还原谅了段皇爷,宽恕了裘千仞。更有意味的是她与段皇爷、周伯通三个人住在万花谷,养蜂种菜,莳花灌田,过着神仙般的日子。这个结局既有温情又有新意,温情在于她和周伯通都原谅了裘千仞(后法号"慈恩"),而且还感谢他,正如瑛姑所说,不是他来到这里忏悔等死,周伯通还不会来,他们还不能相会。"且尽今日之欢,昔年怨苦都忘了他吧。"新意在于有两个男人陪伴她,有别于小说惯有的两个女人陪伴着一个男人,虽然他们都已经是百岁老人了,而且他们三人一切仇怨都化为平常。有了自己的爱人,有了自己的安居乐业,有了自己的幸福,在金庸的女性人物中瑛姑的人生结局是相当不错的。与瑛姑的人生结局不一样,裘千尺有个悲剧结局。她的背后也有一个凄美的故事,她是那样深爱着公孙止,她将自己的武功都教给了他,她原谅了他的外遇,原谅了他的背叛,他们还有了一个漂亮的女儿,可是公孙止反而一次次地害她,最后竟然将她扔进了山洞之中。她恨透了公孙止,有了生机就对公孙止展开报复,烧了绝情谷,还设计让公孙止落入山洞。裘千尺与公孙止的情感故事实际上向我们揭示了爱情生活中的一种模式和一个问题,那就是"姐弟恋"。裘千尺是在江湖漂泊中认识公孙止的,她比公孙止的年龄大,公孙止喊她"尺姐姐"。他们结婚后,裘千尺扮演的是妻子和师傅的双重角色,她将他的饮食寒暖照顾得周周到到,这是妻子的角色,她将自己的武功全部教给他,这是师傅的角色。从裘千尺的表述中可以知道,平时公孙止一直顺着她,甚至是奉承她。可是她没想到绝大多数男人在家庭生活中是不愿意充当弟弟的角色的(当然不能一概而论,也有人愿意),他要做主,他不仅需要被人爱,还要有权主动地爱别人,后者也许更重要,因为有权主动地爱别人,其中还有男人应有的自尊心和支配心。于是在裘千尺怀孕期间,公孙止与一个名叫柔儿的丫头爱上了(注意这个时期是婚姻危险期之一)。柔儿的身份是丫头,可以想象,公孙止在柔儿面前一定是充满男子汉气概的。所以他们的悲剧某种程度上说是婚姻模式的悲剧。不仅是他们,在《倚天屠龙记》中金庸还写了一对"姐弟恋",他们的生活也不幸福。那是昆仑派的掌门人何太冲和他的妻子班淑娴。班淑娴是何太冲的师姐，武功并不比何太冲差，而且有功于他，在众师兄弟争夺昆仑派掌门人的争斗中帮助他夺得了位置。他们结婚了，班淑娴同样扮演着师姐与严妻的角色。开始还可以，天长日久，何太冲以需要子嗣的名义开始纳妾，于是就上演了一场妻子下毒杀小妾的故事。金庸显然不喜欢这样的婚姻模式，因为这两对夫妻的表现都是阴险和狠毒。裘千尺和公孙止互相残杀，甚至连自己的女儿都杀了，班淑娴和何太冲互相暗斗，但是都很势利，他们一旦脱离了危险，居然联手来杀张无忌，典型的恩将仇报。不过，金庸还是对他们网开一面，让他们死在一起。裘千尺设计让公孙止落入深谷，令人感叹的是，垂死挣扎的公孙止挥出长袍拉住了裘千尺的坐椅将她一起拉下深谷。生时恨得咬牙切齿，死时却同穴而葬，这对生死冤家化成一团肉泥，分不出你我，再也拆不开了。同样班淑娴与何太冲也是双双死在少林山峰下，似乎也化成肉泥，你我不分了。同年同日死，也算是夫妻之间的好归宿。不管是生是死，瑛姑和裘千尺的所作所为，都依据自己的年龄和性格展开，所以说这是人间的正剧。

　　所谓的喜剧就是行为举止似乎与她们的年龄不符，做出来有着戏谑的效果。人们说随着年龄的增长，火气渐渐消了，认天命了，对什么事情都看得很淡了。如果反过来，年龄越大，那些欲望不减反而更加强烈，这就要被人看成老顽童了。既是老的，又是顽童，喜剧的效果就产生于其中。金庸写了两类老年女性的喜剧形象，一类是年纪那么大了，还在为她们年轻时的男人争风吃醋。还有一类是她们争强好胜，往往是与丈夫斗争。先说争风吃醋，写得最出色的是天山童姥和李秋水，一个是九十多岁，一个是八十多岁，为了师兄无崖子的爱斗了一辈子，年纪越大斗得越激烈，居然为了这份所谓的爱同归于尽，这样的行为真叫人哭笑不得。更有戏谑性的是，最后她们发现，她们的师兄爱的不是她们其中的一个，而是她们的小师妹。原来斗了一辈子却是自以为是。这样的结果更是令人哭笑不得，是她们痴呢，还是她们的师兄坏呢，还是情的魔障，真还说不清。与自己的丈夫争强斗胜写得最精彩的是《侠客行》中的史婆婆和《倚天屠龙记》中的王难姑。史婆婆的丈夫雪山派的掌门人白自在狂妄自大、目空一切，认为自己就是天下第一了。史婆婆为了打击丈夫的嚣张气焰，居然自创了一个乌金派，乌金指的是太阳，太阳一照，雪山还有么，更有意思的是，雪山派使的是剑，乌金派使的是刀，雪山派是72招,乌金派却是73招,而且招招针对雪山派而来,多一招表示的是处处胜雪山派一筹。她给"狗杂种"起了一个名字叫"史亿刀",史当然是跟她姓,为什么叫"亿刀",因为她丈夫的弟子名字里都有"万"字,例如她的儿子就叫"白万剑","亿"当然比"万"多。她把儿子看成是丈夫的人,把徒弟史亿刀看成是自己的人,于是就安排他们比武。她骂丈夫是"老混蛋",骂儿子是"小混蛋"(不知道她怎么安排自己)。后来史亿刀胜了,她那个得意的劲头显露无遗,毫不客气地以雪山派和乌金派两派掌门人自居。如果说史婆婆的争强好胜还有个由头,她毕竟是由于丈夫的行为而起。王难姑就完全是为了斗气。她的丈夫胡青牛医术高明,号称"医仙",她则是使毒的手法高明,人称"毒仙",到底是丈夫的医术高明,还是她的毒术高明,她开始与丈夫较量。她不断地将她使毒的新发明使出来,让胡青牛治。胡青牛对她爱得要命,对医术也爱得要命,于是一幕幕喜剧出现了,一方面他看见疑难杂症手就痒,手一痒就要动手治,治好了病人又伤了妻子的心,那种两难的心境金庸写得惟妙惟肖。还是胡青牛的自述有意思:也是我做事太欠思量,有几次她向人下了慢性毒药,中毒的人向我求医,我糊里糊涂的便将他治好了。当时我还自鸣得意,却不知这种举动对我爱妻实是不忠不义,委实负心薄幸,就说是狼心狗肺也不为过。明明是他妻子向他使性子,他却说自己是狼心狗肺,他还说像王难姑这样的女子肯下嫁给他,是修来的福分,偏要惹她生气,真是个"胡蠢牛"。有一次王难姑又发明了一种毒药,为了让胡青牛使出本领,居然拿自己来试毒。这一次胡青牛真难了,治好了她,说明"医仙"的水平高于她,她还要使性子,不治,他的妻子就要死。王难姑给出了一个"难"题。既爱着自己的丈夫,偏要难为他,证明自己的水平高于他。这样的女人真是少有。

金庸小说的好看就在于他特别善于变化和发展。将这些爱情模式都写完了之后,你以为金庸没招了?不对,他突然又捧出了一盘爱情大餐,让人们眼前一亮。请听下一讲:"未免情多丝宛转,为难率若窈玲珑"。

第二十七讲 未免情多丝宛转,为难率若窈玲珑

解读韦小宝和他七个老婆的故事,必须要有一个前提。那就是必须明

白《鹿鼎记》这部小说是部消解崇高、消解经典的世俗文化小说。因此想在韦小宝和他七个老婆身上寻找两情相悦、海枯石烂不变心的经典爱情是没有结果的。那么韦小宝和他七个老婆的情感世界有没有意义呢？不但有意义，而且很有意义。它向我们揭示了婚姻生活的另外一面。怎样得到自己想要的女人，别以为只是谈恋爱，讲感情，韦小宝告诉我们还有很多招数。

老婆可以"打"出来。代表人物是建宁公主。建宁公主与韦小宝几乎是一见面就打，而且打得很激烈、很残酷。初次见面建宁公主就是一脚，韦小宝根本就没注意到，结果上下牙齿一磕，舌头咬破了，鲜血直流。然后，建宁公主就将他拉到自己房间里打了，先是用门闩猛击他的后脑勺，然后用短刀捅他，如果不是穿着宝衣，韦小宝大概就要"命归西天"了，即使如此，他腿上也被穿透了两刀；接着就是"火烧藤甲兵"，这一烧非把韦小宝烧死不可。亏得建宁公主想得出来，居然是烧他的辫子，建宁公主抓住他的辫根摇晃，当作火把玩。接下来就更残酷了，建宁公主用刀在他的胸口划了一道三四分深的伤口，然后，抓上一把盐撒在他的伤口上。韦小宝在皇宫的日子也有难受的时候。下面的事情就奇了，轮到韦小宝折磨建宁公主了。韦小宝对建宁公主是又打又拧，还用脚踢她，谁知打着打着，建宁公主不但不觉得疼痛，反而乐了，格格地笑了起来，还柔声柔气地喊韦小宝：好公公，好哥哥。建宁公主从来就是折磨人，现在被人折磨，觉得是一种享受。以后他们虽然还在打闹，但是每一次打闹都变成了一种快乐，建宁公主恳求韦小宝给她打，说："好哥哥，你就让我打一次罢，你身上有血，我见了比什么都喜欢。"然后就要求韦小宝打她，她感到快乐。建宁公主大概是一个受虐狂。下面的事情更奇了，康熙让建宁公主嫁给吴三桂的儿子，居然先让韦小宝做了新郎官。建宁公主心甘情愿，韦小宝是何乐而不为。在外面他们是君臣，关上门，韦小宝就做起了老大，建宁公主喊他桂贝勒，为他穿衣铺被，俨然就是一个妻子的角色。他们这样的关系告诉我们什么呢？打是亲，骂是爱，老婆是打出来的。

除了打之外，老婆还可以胡搅蛮缠地"赖"得来。代表人物是小郡主沐剑屏和方怡。这两个女孩子鬼使神差地被送到了韦小宝的房间，简直是"羊入虎口"。两个女孩子都出身高贵，又怎么能看上韦小宝呢？但是她们都与韦小宝有了肌肤之亲。为什么呢？因为韦小宝胡搅蛮缠，又因为她们两人都被点穴道,动弹不了,任凭韦小宝胡搅蛮缠。小郡主沐剑屏先来。她当然害怕,连眼睛都不敢睁,韦小宝是疯话连篇,还要在她脸上刻花雕字,一会儿说刻一个乌龟,一会儿说刻堆牛粪。沐剑屏被他吓得眼泪直滚,因为他真是用剪刀在她脸上挥来挥去,沐剑屏昏了过去;沐剑屏又被他逗得笑了出来,因为他说在她脸上刻字是她姓沐,姓沐就是木头,木头就能刻字。在他的引逗下,沐剑屏吃了一口饭,韦小宝大喜,说:"好妹子,这才乖。"沐剑屏说:"我不是你的好妹子。"韦小宝说:"那么是好姐姐。"沐剑屏说:"也不是。"韦小宝说:"那么是好妈妈。"说到好妈妈,沐剑屏笑了出来,听到沐剑屏的笑声,韦小宝毫不尴尬,反而很高兴,畅怀怡神。因为他认为喊沐剑屏妈妈不是尊敬她,而是骂她,因为他的妈妈是妓女,喊沐剑屏妈妈如同喊她"小婊子"一般。这是典型的死缠烂打,当然充满了童趣。后来,方怡来了,这样的胡搅蛮缠升级了,把她们两个放在床上左边亲一口,右边亲一口,嘴里喊的是大老婆和小老婆。这样的胡搅蛮缠有了效果,那一次他们三个人一起喝酒吃饭。吃完饭之后,韦小宝将床让给她们姐妹睡,自己和衣睡在席子上,早晨起来看见身上盖上一棉被。她们姐妹俩开始关心他。不过这个时候他还是没什么机会,因为方怡有自己的心上人刘一舟。为了得到方怡,韦小宝又对刘一舟胡搅蛮缠,偏偏刘一舟又是个小肚鸡肠、胆小怕死的人,被韦小宝捉弄得分不出东西,居然跪在地上承认方怡是韦小宝的老婆,还发誓说:"以后我如再向方师妹多瞧上一眼,多说一句话,我便是乌龟王八蛋。"韦小宝胜利了,看来胡搅蛮缠也能得到老婆。

韦小宝娶得老婆的第三招是死皮赖脸地"追"得来。代表人物是阿珂。他看见阿珂时的第一反应是这样的:"我死了,我死了!哪里来的这样的美女?这美女倘若给了我做老婆,小皇帝跟我换位我也不干。韦小宝死皮赖活,上天下地,枪林箭雨,刀山油锅,不管怎样,非娶了这姑娘做老婆不可。"然后再将阿珂与他所熟悉的那些妓女相比,再与他认识的那些美女相比,觉得这是天下最美的,立下了誓言:"非做这个小姑娘的老公不可。"但是阿珂已经爱上了台湾郑家的公子郑克爽。于是韦小宝就开始运用了各种无赖手段陷害郑克爽,讨好阿珂。阿珂不是不知道他是个无赖,但是最后还是跟了韦小宝,还发誓坚决跟着他,说:"如果郑克爽一定要她回去,她就自尽。"这个无赖的韦小宝成为她终身跟随的人。从厌恶他,到终身依靠,阿珂为什么会这样呢？一是韦小宝的死皮赖脸，二是郑克爽的自私。在生命危急的关头，他将阿珂作为物件抵押给了韦小宝，他十分在乎阿珂与韦小宝同床，而且有了别人的孩子，他十分在乎阿珂总是提起韦小宝。当韦小宝接受阿珂的时候，他居然大喜，连说："多谢，多谢。"可见，他早已将阿珂当作一个包袱了。可见郑克爽的爱情观是自私的，他没有杨过、任盈盈那样无私的胸怀。在这样的情况下，阿珂认识到，尽管韦小宝是个无赖，但对自己还是有感情的，郑克爽只将她看成一个物品，即使跟他也难以得到终身幸福。所以说阿珂跟韦小宝是被动的，甚至有些无奈，却也是最好的选择。

　　韦小宝得到老婆的第四招是老婆是"睡"出来的。代表人物是苏荃（洪夫人）和曾柔。在韦小宝的七个夫人中，阿珂、建宁公主和苏荃最有个性。她们三人都经历过从"将军"到"奴隶"的过程。阿珂的奴隶身份是韦小宝死皮赖脸地追出来的，建宁公主的奴隶身份是韦小宝不论死活的乱打打出来的。她们的转变都有一个过程。苏荃的奴隶身份又是怎么来的呢？要说身份，她的身份可不低，她是神龙岛的少夫人；要说权势，她的权势可不小，她基本上掌控了神龙岛的权力；要说感情，洪教主对她始终如一，即使最后知道她怀了别人的孩子，也还是原谅了她，这一点她也知道，在洪教主坟前，她做了这样的忏悔："你虽然强迫我嫁你，可是成亲以来，你自始至终待我很好，我却从来没真心对你。"无论是人品和武功，还是感情，对苏荃来说，韦小宝都不如洪教主。她的转变很突然，似乎没有理由，也缺少过程，因此有些评论者认为这个形象塑造得不好，但是我认为这个形象塑造得很好。为什么？她之所以发生如此大的变化，引用一句张爱玲的话：女人征服男人就先征服他的胃，男人征服女人就先征服她的身体（还记得前段时期热映的根据张爱玲的小说《色戒》改编的同名电影吗，性的关系甚至可以改变一个人的人生理念）。话虽说得粗俗，却很实在。苏荃跟从韦小宝的根本原因就是她怀上了韦小宝的孩子。对绝大多数女人来说，她们会将孩子他爹当作自己的丈夫。《鹿鼎记》就是一本写绝大多数女人事情的小说。韦小宝和苏荃的关系实际上剥开了恋爱婚姻的全部面纱，将两性关系中最本质的东西赤裸裸地表现了出来。当确认韦小宝为自己的丈夫之后，苏荃的态度发生了180度的大转弯。她以前对韦小宝说话是呵斥和指挥，韦小宝是她的白龙使，现在对韦小宝说话语声温柔，甚至是恳求，什么事情都让韦小宝决定,韦小宝是又惊又喜。她主动当起了韦小宝的管家,当她看见公主还是习惯于打骂韦小宝就对公主发怒:"以后你再打韦公子一下,我打你十下,你踢他一脚,我踢你十脚。"不仅如此,甚至不允许公主说一句无礼的话。注意,她已经不再称他小太监了,已经称他"韦公子"了。她已经扮演起妻子的角色,而且以身作则。曾柔的形象弱些,她当上韦小宝的妻子基本上也是苏荃这个路子。

老婆还可以当作礼物收过来,这当然指的是双儿。她是作为礼物被庄家送给韦小宝的。将她送出门后,庄夫人对她说了这样的话:从此以后,你与庄家没有任何关系,无论得福得祸,庄家都不会管你了。也就是说,从此以后,双儿就是韦小宝的个人财产了。她对韦小宝的确忠心耿耿。这种感情属于"丫头性格"。表现在:1. 以主人的意愿和情感为自己的意愿和情感,自己没有也不作任何判断,因此没什么是非观念;2. 以为主人排忧解难为自己的使命。她的武功并不高,但比起韦小宝来,要高明得多,所以每到危急之时,她总是不顾生死地冲锋在前。她还是韦小宝征服其他女孩子的助手,韦小宝得到阿珂和曾柔都有她的帮助。3. 她侍候主人的生活起居。"丫头性格"最核心的要素就是忠心。在韦小宝的七个老婆里,双儿大概是最忠心的。金庸后来动了遣散韦小宝夫人的念头,据说还是要把双儿留在韦小宝身边。仔细分析起来,双儿和韦小宝的关系写得也很实在。如果说,苏荃与韦小宝的关系揭示的是夫妻之间最本色的内容,双儿与韦小宝的关系揭示的就是夫妻之间最本色的关系。什么是好的夫妻关系,好的夫妻不就是以对方的意愿和情感为自己的意愿和情感么?不就是帮助对方排忧解难么?不就是互相照顾对方的生活么?

说韦小宝有爱情那是个笑话,他对女人基本上属于嫖客占有美色的心态,看见一个漂亮女人,第一个念头是比他生活的那个丽春院的姑娘漂亮多了,第二个念头是将她拿来做老婆有多好。他获得女人的方式不是什么以情动人,而是无赖式的死缠烂打,其中还夹杂着赌徒对胜利满足的心态。他的这种追求方式往往能够成功,其中客观原因,但是根本原因还是他的方式也许是世俗的异性追求过程中最实在、最本色的方式,因此它最有效。不过,有一点应该肯定,韦小宝是看上一个就追求一个,但是他绝不是追求后一个就丢掉前一个,他是七个老婆不分彼此个个都爱。小说中设计了一个情节是他怎样与七个夫人睡觉呢？掷骰（shai）子。这种方式虽然荒唐可笑，但是符合韦小宝的赌徒性格，也包含着韦小宝平等处事的态度。

　　作家作品分析还属于文本分析，金庸小说更高的价值还在于文化。有人说，金庸小说就是中国文化的集大成，这是有道理的。当然小说就是小说，不是什么哲学书，小说写文化要的是它的意味，它的内涵。请听下一讲："三教九流行有道，五湖四海德为先"。

第二十八讲　三教九流行有道，五湖四海德为先

　　下面几讲都是讲中国传统文化与金庸小说的关系。在讲这些话题之前，有几个前提必须说一下：一、不要把金庸小说当作某一种文化的宣教书，避免用一些教义与小说的情节直接对应起来从而指责金庸小说的疏忽。例如有人提出《神雕侠侣》中一灯大师将濒死的裘千仞带到瑛姑面前让他忏悔，说得不到瑛姑和周伯通的原谅，就死不瞑目。有人批评金庸说他不懂佛教的教义，因为佛教中没有要罪人向受难者忏悔这一说。这样的批评是可笑的，因为金庸是写小说。他所运用的一些文化教义都是为了增加小说情节和人物的内涵，不是文化课本。二、文化是一个复杂体，一个情节和一个人物身上所体现出来的文化肯定是多重而复杂的。我在这里讲的是这个情节和这个人文化的主导方面，绝不是说这个情节和这个人物只有一种文化特征。三、金庸小说的文化追求有发展有变化，但绝不是说，发展变化了就丢弃了原来的一些基本原则。例如说陈家洛是个君子，谁都认可，说韦小宝是个君子，大概大多数人不认可，但是韦小宝有没有君子素质呢？有啊，韦小宝这个人什么都做，但是有一点决不做，那就是决不出卖朋友。他既不出卖师傅陈近南，也不出卖兄弟康熙，这就是义气。孟子说："先义后利者荣，先利后义者辱。"从这一点上说韦小宝就是个君子。

　　武侠小说是中国的国粹，所谓的国粹就是只有中国有，其他国家没有的东西。要说武功打斗、爱情传奇，其他国家也有，日本有武士故事，西方有骑士故事，所以这些不是独有的东西。武侠小说被称为中国的国粹是它表现出中国特有的道德规范。武侠小说写的是江湖世界，写江湖世界就要写好人坏人，这是武侠小说的模式，不可避免，那么究竟什么是好人，什么是坏人

呢？就要有一个标准，这个标准就是中国的道德规范。道德规范是武侠小说最核心的内核。金庸严格地遵循着这样的标准。他用中国的道德规范建立了他的武侠世界的基本秩序，确立了他的武侠人物是非评判的基本标准。具体地说表现在三个方面：

一、就武林世界的构造来说，金庸小说是最规范的。师弟、师兄、师傅构成了各种帮派；各种帮派构成了一个完整的武林世界。在各种帮派中师兄大于师弟，师傅统领徒弟，德高望重者统率全帮派，此为"掌门人"；在整个武林世界中帮大于会，派大于帮，少林、武当统率各帮派，此为"武林领袖"。这样的构造在金庸小说中不但相当规范，而且相当权威，长幼不容颠倒，尊卑不容侵犯。杀兄弑师者绝没有好下场；向少林、武当挑战者皆身败名裂。在金庸小说中只有一个例外，那就是《笑傲江湖》中岳不群和令狐冲的关系，但责任不在令狐冲不尊师，而在岳不群自己为师不尊。金庸小说中的武林构造是一种典型的"家长制"的统治体系。这种"家长制"的统治体系就是中国传统的伦理道德的社会化的表现。在这样的体系中尊卑、长幼、德性是建立秩序的基础。"天下有达尊者三：爵一、齿一、德一。朝廷莫如爵，乡党莫如齿，辅世长莫如德。恶得有其一，以慢其二哉。"（《孟子·公孙丑下》）尊卑、长幼、德性是缺一不可的。但是在这三者之中起决定作用的还是德性，其他二者是外在的，只有德性才是内在的，没有德性也就无尊可敬，无长而敬了，也就没有"掌门人"或"武林领袖"的资格了。于是，岳不群只能为武林所不齿（《笑傲江湖》）；玄慈只能自责自绝（《天龙八部》）。武侠小说都写了武林世界，但没有哪位小说家像金庸这样把武林世界写得如此伦理道德化。李寿民写了武林世界，但他笔下的武林世界由半人半仙的正道、魔道组成，充满了道家气息；梁羽生也写了一些武林世界，但维系他笔下的武林世界秩序的往往是民族斗争；古龙偶尔涉及武林世界，但他笔下的帮派往往都有黑社会的色彩，他致力塑造的侠客往往是独行侠。所以说，金庸写的武林世界实际上是最正宗的中国社会。而维系这个社会的又是最正宗的中国的道德规范。

二、真正的大侠人品都很高尚。中国传统的道德文化实际上是一种自我规范、自我约束的自省的文化，正如梁漱溟所说，它讲究的是人与人之间的关系。无论是孔子提出的"三达德"，还是孟子提出的"五伦十教"，都是从自我规范约束的角度评价自我、评价他人和评价集体。金庸正是以这样的文化为标准来区分他小说中人物的正邪是非,反过来,也正是通过对这些人物的褒贬来弘扬这样的文化的。在金庸的小说中真正的大侠都具有以下品德:

仁爱忠孝。真正的大侠都具有巨大的爱心,这种爱心甚至推诸到他们的敌人身上。己立立人,己达达人,己所不欲,勿施于人。在他们心目中没有什么正邪之分,只有好坏之别,四海之内皆兄弟。郭靖、杨过、张无忌、虚竹、令狐冲等人无不具有这样的品质。郭靖与"东邪"之女相好(《射雕英雄传》);杨过认"老毒物"欧阳锋为义父(《神雕侠侣》);张无忌成了明教教主(《倚天屠龙记》);虚竹成了灵鹫宫的主人(《天龙八部》);令狐冲则娶了魔教之女为妻(《笑傲江湖》)。小说还告诉我们,这些大侠处人及物从来不在乎对方的正邪,而看对方是否可交。有意思的是,这些所谓的"邪派"一旦与这些大侠们相交往,往往就能改邪归正,这其中有意无意地透露出大侠们的人格力量。巨大的爱心,不仅显示出大侠们胸怀博大,而且给他们带来了很多"机遇"。可以这么说,正因为有了这样的爱心,他们才能得到一身超凡脱俗的武功。金庸小说中的英雄几乎都是无父之人,寻父或者报父仇也就成了他们成长过程中的一个精神支柱,成为金庸小说中的一个叙事线索。在寻父或报父仇的过程中他们可能会出现一些偏激的言行,但却能得到人们(包括读者)的理解和原谅,有时还能提高人物的内在形象。之所以如此,是因为忠孝在中国道德文化中是做人的起码标准,是品格高尚的一个标志。金庸以此作为小说的写作线索,一方面是他作为小说家的聪明,另一方面也是他的一种文化认识。

诚信知报。诚,是为人诚恳;信,是讲究信用;知报是"投之木瓜,报之桃李",是"滴水之恩,当涌泉相报"。诚信知报是要求做人内心坦荡、光明磊落。金庸小说中大侠们之所以能有巨大的爱心,能够如此的忠孝,就在于他们具有诚信知报的基本品质。郭靖虽然愚笨,但为人诚信,忠孝俱全,终成一代大侠;杨康虽然聪明,但为人狡诈,不忠不孝,只能沦为一个大奸(《射雕英雄传》)。令狐冲既然答应岳灵姗保护林平之,虽然心中极不情愿,但一诺千金,决不负义(《笑傲江湖》)。至于知恩思报,在小说中更是比比皆是,写得最为感人的大概是被称为金庸小说中第一英雄的萧峰。他受到阿朱的相伴之恩,相报于其妹阿紫之身;他受到汉族的抚养之恩,相报于保宋卫疆之德。知恩思报在他的身上已泯化了仇恨,也泯化了民族之分。金庸告诉我们,知恩相报不仅人知道要这样做,就是动物也知道。杨过善待大雕,于是大雕就助其练功(《神雕侠侣》);张无忌治愈白猿,白猿就送来水蜜桃(《倚天屠龙记》)。金庸小说塑造了众多的人物形象,诚信知报者必然得到极大的赞赏,不诚不信和忘恩负义者必然受到严厉的谴责。

精忠爱国。这是中国道德文化中的"大节"。金庸小说并不以爱国斗争作为创作主线,却是每一部小说的大背景。是否爱国,是评判人物是非的最基本标准。在这一问题上,金庸是毫不含糊的。小说中的大侠们无不是精忠爱国的民族英雄,即使是滑头的韦小宝在爱国问题上也是坚持原则的,他的"大节"也是纯真的(《鹿鼎记》)。

修己独慎。精忠爱国是中国道德文化中的"大节",修己独慎是中国道德文化中的"小节"。所谓"吾日三省吾身:为人谋而不忠乎?与朋友交而不信乎?传而不习乎?"(《论语·学而》)内省修身是君子风格,薄责于人是小人作风。金庸小说中的大侠们,从陈家洛到令狐冲无论遇到什么冤屈,从来都是反躬内求,自我反省(韦小宝例外,不过他算不上是大侠),所以他们的人格就愈发受到人们的推崇,而那些制造冤屈者,其人格就越发被人们所鄙视,岳不群可以说是最好的例证。

三、成侠之路也就是君子成德之路。金庸小说依据一种"成长模式"来写人,即:以人物的成长作为小说的创作中心。的确,"成长模式"确立了小说以写人为中心的创作观,不同的"成长模式"表现出人物不同的成长道路,不同的成长道路也就写出不同的人物个性,表现出不同的人生欲望来。金庸小说能够塑造出不同的人物形象来,能够化解武侠小说的各种模式,把人和事都写活了,其根本原因就在这里。但是在我看来,金庸小说的"成长模式"中更具独特价值的还不是他们表现各异的性格,更不是他们不同的"机缘"而获得绝世武功,而是性格各异的人如何达到自我道德的完善。写人物,写性格还是"成长模式"的显性线索,写道德完善才是"成长模式"的深层结构。

陈家洛和袁承志的性格特征最为完美,作者几乎是将他们作为做人的典范来写的,他们的道德完善之途也是最痛苦的。不断地克服自我的欲望,将"小我"服从于"大我"之中,他们达到了做人的最高境界。

郭靖最突出的性格特征是愚笨,智商不高,但忠诚老实,他的道德完善是在以诚待人的处世作风中完成的。通过这个人物,作者意在说明中国的一句老话:老实人不吃亏。与他相对应的是杨康,他虽然很聪明,但他处世为人的标准是以自我为中心,与中国的道德文化背道而驰,他是道德败坏的典型。作者也意在说明中国一句老话:聪明反被聪明误。

杨过的聪明并不亚于其父,他不讲礼节,却很重情义;他不拘小节,却是非分明。他的有情有义、有家有国的人生态度,使他成了一代大侠。

张无忌的为人相当"泥",他身边四个女人的爱情纠葛,与其说是女人的争风吃醋,不如说是张无忌性格的拖泥带水造成的。但是他尊诺言、讲信用,诚信相报,同样达到了中国道德文化的做人的较高境界。

萧峰是金庸小说中顶天立地的英雄,他身上有着男子汉最完美的素质,社会心、责任心、诚信相报、忠孝节义都是完美无缺的。他的道德完善是在中国道德文化的最高境界"杀身成仁"中完成的。

令狐冲生性率直,兴味随意,活得潇洒,是金庸小说中最洒脱之人,但是他又是最遵守中国传统道德文化之人,他依恋师门,极力维护师傅、师弟;他交友只认情义,不分正邪;他受到委屈从来是反躬自问,不责怪他人。个性的张扬和道德的完善在他身上得到了最完美的结合。与他相反的是他师傅岳不群,此人的塑造,一方面是为了衬托令狐冲光明磊落的形象,一方面也为了告诉读者,什么是真君子,什么是伪君子;什么是真道德,什么是假道德。

……

性格的不同使得各位大侠们处理问题的态度不同,成长道路的各异又显示出大侠们性格的多样化,金庸小说中的人写活了。但是,条条大道通罗马,不管是什么性格的大侠,都经历了道德完善的过程。金庸意在说明,他笔下的大侠是具有个性的人物,是具有绝顶功夫的武林高手,更是一位品格高尚的贤者。

道德规范还只是说大侠们的内在素质。但是大侠们的处事风格并不相同,于是就有了儒家风格、墨家风格和道家风格的区别。请听下一讲:"天下英雄出我辈,一入江湖岁月难"。

第二十九讲　天下英雄出我辈，一入江湖岁月难

金庸小说中有很多精彩的故事情节和人物形象，一般地看看也许就翻过去了，但是当我们了解一些中国传统文化的要义，就能明白金庸设计这些情节和人物的目的是什么，就能读出一些味道来。金庸小说涉及儒、墨、道、释、法等中国传统文化，在《天龙八部》之前主要是写儒、墨、道。

读《书剑恩仇录》的时候，人们是否有这样的疑问，难道要乾隆换一套汉人的服装就可以改变朝廷的性质吗？这套服装就这么重要么？是的，很重要，如果我们对儒家学说有所了解的话，就会认识其中的重要性。儒家观念最核心的思想是"仁"。"仁"的内涵极其广泛，几乎涉及儒家思想的各个方面，但是最关键的内容是"仁德"，什么是"仁德"，"仁德"就是爱人，所谓"仁者爱人"讲的就是这个道理。"仁者爱人"的基本内容又是什么呢？就是孝悌(ti)。《论语·学而》说："孝悌也者，其为仁之本欤。"孝悌的基本内容当然就是尊父孝母，仁兄贤弟。在中国孝敬父母、兄友弟恭者就是君子，就受到人们的尊重，相反，无父无母、兄弟阋墙者就被看作小人，就受到人们的鄙视。《书剑恩仇录》表面情节是陈家洛为首的"红花会"要乾隆换上汉族的服装。实际上讨论的是孝悌问题，从而说明什么是"仁"，什么是"不仁"。在小说的第11回，陈家洛动情动理劝说乾隆，动情："哥哥，咱兄弟以前互不知情，以致动刀抢枪，骨肉相残，爸爸姆妈在天之灵，一定很痛心呢？"动理："父母在世之日，你没好好侍奉，父亲在朝廷之日，反而日日向你跪拜，你于心何安，这是孝么？"动的是兄弟之情，讲的是父母之孝。陈家洛不是反对乾隆做皇帝，要的是你汉人的本来面目，换上汉人的服装说明你承认你的父母兄弟是汉人，你是汉人之后，说明你很忠孝，就是仁义。你不这样做就是不忠不孝，不忠不孝就是不仁。所以看起来是个穿衣服的小问题，实际上是你是否承认中国的仁义道德的大问题。小说中的乾隆之所以被批判，除了他不断地耍阴谋诡计之外，最大的问题是始终不肯换服装，于是就是个见利忘义、认贼作父、不忠不孝的民族叛徒。同样的标准和批判还出现在《射雕英雄传》的杨康身上。他最令人鄙视的就是明明知道自己的父亲是谁，就是要认贼作父，结果死无葬身之地。所以说《书剑恩仇录》是一

本讨论仁义的小说,这样的讨论一直延伸到《射雕》。

为子者要孝悌,为政者要仁政。如果遇到为政者不仁政怎么办呢?儒家学说指了两条路,一条是避开。孔子说:"道不行,乘桴(fu)浮于海。"也就是说,遇到世道不行,咱们就乘着船到其他地方去。孟子的"达则兼善天下,穷则独善其身"讲的也是这个道理。明白了这个道理我们就能读懂《碧血剑》的结尾。小说中的袁承志是帮助李自成的。但是取得政权的李自成自己抢了吴三桂的小妾陈圆圆,部下是抢夺财宝,奸淫妇女,比土匪还要土匪。小说安排了这样一个情节:道路旁边一个老妇人放声痛哭,身旁有四具尸体,一男一女,还有两个小孩,身上的伤口还流着血。老妇哭叫着:"李公子,你这个大骗子,你说什么早早开门拜闯王,管教大小都欢悦,我们一家开门拜闯王,闯王手下的土匪贼强盗,却来强奸我媳妇,杀我儿子孙子!我一家大小都在这里,李公子,你来瞧瞧,是不是大小都欢悦啊!"骂的是李岩,说的是李自成。李自成不但成了土匪,还滥杀功臣,将李岩和红娘子都杀死了。这样的大顺政权就是不仁政,不仁政就要灭亡。袁承志既不愿意与其同流合污,又不能与其抗争,因为李自成毕竟是他帮过的人,怎么办呢?那就乘着大船到海外去打天下。《碧血剑》结尾的设计就是儒家处事方式的形象演绎。

还有一条路就是舍生取义,杀身成仁。在儒家思想中家—家乡—国家是贯通一气的,所以中国人称国家为"祖国"。这是我的祖宗所在地。爱国是大节。但是当自己的祖国和祖先做了不仁义的事情,自己又无法逃避的时候,就要勇敢地承担下来。这就是孟子所说的"大勇"。孟子将勇分成三个境界:凭力气是血气之勇,凭意志是意气之勇,凭道德信念方为大勇,舍生取义,杀身成仁就是大勇的表现。在金庸小说中最能体现这个"大勇"精神的当然是萧峰。萧峰是要弥灭大宋、大辽甚至是女真族的战乱,反对的是民族之间杀来杀去,老百姓生灵涂炭,以民为本,以人为本,这是儒家的"大义"。可是他这样做就是背叛自己的祖国和祖先,却又是不仁。于是他以死来谢祖国,保道德,达到了大勇的境界。

郭靖是金庸小说中一个重要的大侠。他不如其他大侠那样聪明,但很憨厚;他不如其他大侠那样潇洒,但很踏实。他是众大侠中最勤奋、最肯做事的人。对这个形象,我们如果对墨家的学说有所了解就会有更深的体会。

墨家和儒家一样都强调"以天下为己任",但是在具体的施行中有区别。儒家相信"天命",一旦自己的努力达不到目标的时候,总是将结果看作"天命",墨家相信"实干",墨子说:赖其力者生,不赖其力者不生。所以墨家强调的是脚踏实地,埋头苦干。郭靖形象是儒家和墨家思想的结合体。他有很多儒家的观念,例如他爱国爱民,不允许杨过与小龙女谈恋爱等等,但却是墨家的气质,质朴、苦干、热心肠、认死理。

读《书剑恩仇录》《碧血剑》和萧峰、郭靖应该有一点儒家、墨家的观念,读《神雕侠侣》和《笑傲江湖》应该有一点道家观念。这两部小说虽然都写了很多道家的观念,但是侧重点有所不同。《神雕侠侣》阐述最多的是道家的一些理念,《笑傲江湖》则侧重于道家的思维方法。

道家是以自然为中心的学术。儒、墨家认为自然只有人化以后才有价值,道家正好相反,认为自然本身就是一个完美的状态,人化的过程反而是破坏的过程。《庄子·秋水》中说:"牛马四足,是谓天;落(络)马首,穿牛鼻,是谓人。故无以人灭天。"意思是:牛马有四条腿,本来就是如此,这是完美的自然,给牛马络马首、穿牛鼻,套上缰绳,则是后天的人为对完美自然的破坏。因此,道家强调要"顺其自然"。既然自然是完美的,世界上的万物都有自己发展的规律,都有自己的生命和灵性,人都要尊重它,因此道家强调"法自然"。既然大自然有规律,有灵性,当然做人的最高境界就是要"合于自然",这就是"逍遥"。道家学术是个复杂而庞大的体系,当然不是我这样的几条概括所能包容,但是基本原理大致如此。从这几条原理看《神雕》我们可以多几分理解。我们可以清楚地认识到那些将人分成正邪的人是人为地破坏自然规律;那些以师徒不能相恋阻碍别人婚姻的人是人为地破坏自然规律;那些以为女人失去贞洁就不能相爱的人是人为地破坏自然规律。杨过和小龙女的所作所为就是按照天性办事,其他种种的清规戒律都是套牛马的缰绳。因此对杨过和小龙女的肯定就是对天性和规律的肯定。反之,如果不根据天性和规律办事,硬要拗(niu)着干,就只能是悲剧,李莫愁和武三通就是最好的例子。他们都想将自己的意愿强加在陆展元和何沅君身上,结果都成了疯子。既然大自然有自己的规律,草木禽兽就都有性灵。读《神雕》的人都会记得其中有一种神奇的花,叫"情花",中了情花的毒,不用情没有关系,一用情就痛痒难忍。这说明情花有控制人的情爱的能力,这就是性灵。最有说服力的还是那只大雕。郭靖和黄蓉有一对大雕,杨过有一只大雕。如果比较一下,就会发现,他们的大雕有区别。从长相上说,郭靖和黄蓉的大雕是两只俊美的白雕,而杨过的大雕是只丑雕;从灵性的程度上说,郭靖和黄蓉的大雕很通人性,是他们的帮手,而且相亲相爱,最后它们不但帮助黄蓉斗金轮法王,还救出落入谷底的襄儿。雄雕死了,雌雕也不想独活。它凄厉地大叫一声,一头撞上了悬崖,自杀而死。杨过那只丑雕不仅通人性,简直就是一个人,就是不会说话而已。它不仅是杨过的帮手,更是一个兄弟,所以杨过叫它雕兄。它知恩图报,不但帮杨过疗伤,还帮杨过练功。更为精彩的是他们还心意相通,举手投足之间相互了解各自的意愿。那一次,杨过要暂别一下雕兄,雕兄把他送到洞口,杨过"出洞后颇有点恋恋不舍,走几步便回头一望。他每一回头,神雕总是啼鸣一声相答,虽然相隔十数丈外,在黑暗中神雕仍是瞧得清清楚楚,见杨过一回头便答以一啼鸣,无一或爽"。这种相送的场景只有在夫妻或者母子相送的场合下看见,神雕不仅有灵,还有情。这不是个神怪么?从道家的观念看来,十分正常。人有性情,为什么草木禽兽就没有性情呢?要说到逍遥,杨过和小龙女的最大愿望就是住在古墓中,在那里没有人打搅他们,不受外界的束缚和限制,可以与大自然合为一体。小说的最后是杨过携着小龙女的手,与神雕一起下山。这个时候"明月在天,清风吹叶,树巅乌鸦啊啊而鸣",可以想象杨过和小龙女是融入了大自然之中,是在古墓中度过了快乐的一生,否则在《倚天屠龙记》中就不会出现那位来自古墓的姓杨的黄衫女子了。

  为什么说《笑傲江湖》体现了道家的思维方式呢?从行为方式说,令狐冲和杨过很相似,都是顺其自然、我行我素、率性而为,都符合道家的"道"。但是他们对"道"认识过程却不尽相同。杨过似乎天生就对那些人为的清规戒律很反感,天性如此。令狐冲则有一个逐渐认识的过程。他在刘正风灭门和左冷禅的所作所为中,认识到所谓正派人士不正;在东方不败和任我行的行为中认识到邪派人士是邪;在岳不群和林平之身上看到了什么是虚伪和凶残;最后认识到真情和真性才是人生的最高价值。这种对社会的认识方法就是老子所说的"为学日益,为道日损"。就是说学习知识要积累,用的是加法,一步步肯定。要得道呢?就要用减法一步步地否定,一层层地除去表面的偏见、执著、错误，最后是豁然开朗，寻求到事物的本质。这就是道家认识世界的"剥离理论"。令狐冲正是这种理论的实践者。

儒家讲究"有为"，道家讲究"无为"，那么到底怎样做才好呢？金庸并没有说哪个好，不过，他又在小说中指了一条路，那就是佛家的境界。请听下一讲："红尘过往皆是梦，是非成败转头空"。

第三十讲 红尘过往皆是梦，是非成败转头空

最能体现金庸小说佛家思想的是《天龙八部》，要读懂这部小说就要了解一点佛家的思想。

佛教产生于公元前6—5世纪的古印度，什么时候进入中国，学术界、佛教界有分歧，但是基本一致的看法是公元前2年，中国的汉朝时期。佛教的创始人是释迦牟尼，释迦牟尼是佛教徒对他的尊称，他的真实姓名是悉达多·乔达摩，据说是古印度迦毗(pi)罗卫国净饭王的太子，生于公元前565年，卒于公元前485年，与我国的孔子活动的时代相近。释迦牟尼怎样创建佛教的呢？资料上是这样记载的：释迦牟尼看见世上有生老病死各种痛苦，就毅然到深山修行，想弄清楚这些痛苦为什么产生，但是一无所获，直到有一天他在一棵菩提树下经过49天的沉思苦想，终于悟出了：世间的万事万物（当然包括人生）都是由因缘（也就是条件）和合而成，一旦这些因缘发生变化或者不存在了，该事物就不存在了。于是万事万物都有一个因果关系。这是个不以人的意志为转移的定式，其他都是附着其上的假象、幻影，都是空的。因为是"空"的，人们就没有必要刻意追求。既然无所追求，又有什么烦恼和痛苦呢？据说释迦牟尼悟到这个真理后，就大彻大悟，尽除烦恼，悟道成佛。

释迦牟尼悟出的这个道的核心思想是一切事物皆有因，一切事物皆有果，所谓的无事没有因，无事不成果，说的就是这个道理。《天龙八部》这部小说实际上是从因果关系出发写出的一部小说，正如金庸的好朋友陈世骧所评论的那样，这本小说：无人不冤，有情皆孽。

贯穿小说始终的是一条大的因果链和众多小的因果链。大的因果链的核心人物是萧峰。这个因果链的发展流程是这样：萧峰是契丹人，不是汉

人,为什么呢?——因为乔三槐夫妇是他的养父母,为什么?——因为人们以为他的亲生父母死了,为什么?——因为被带头大哥玄慈方丈带的一批中原武林人物误杀了,为什么?——因为是慕容博报的假信,为什么?——因为慕容博要挑起大宋和契丹国的事端,为什么?——因为慕容博可以从中渔利,恢复他的燕国。第一个小的因果链的核心人物是段誉,它的发展流程是:遇到了一个一个的女孩子,结果都不能恋爱,为什么?——因为都是他的妹妹,为什么?——都是他的父亲留下的孽债。第二个小的因果链的核心人物是虚竹,它的流程是:他从小就被掳到少林寺做了个打杂的小和尚,为什么?——因为萧远山要报复他的父亲,为什么?——他的父亲玄慈大师就是杀了萧远山妻子,带走萧远山儿子的带头大哥。第三个小的因果链的核心人物是段延庆,它的流程是这样的:他是第一大恶人,为什么?——他性格偏激,行事毒辣,武功高强,为什么?——他身体致残,为什么?——他流落江湖,为什么?——他丢掉了皇位。第四个小的因果链的核心人物是慕容复,他发疯了,为什么?——他没有能达成自己恢复燕国的愿望,为什么?——他不识时务,功利性太强。《天龙八部》中每一个人的性格都不是天生,而是情势造成的;情势也不是无缘无故的,都是由人造成的,人——事——人——事,各自为因果,这又形成了因果圈,这就是佛家所说的:冤孽!

既然万事万物都有自己的规律,它就会依据自己的规律发展,任何人为的努力都是空的,最后的结果是早已注定的,而这样的结果往往是当事人所想不到的:萧峰是契丹人,却杀身成仁,成为汉族人的大英雄,命中注定;段誉遇到的女孩子最后都可以成为他的老婆,因为他自己不是段正淳生的,而是段延庆的私生子,命中注定;虚竹从一个少林寺不知名的小和尚,成为逍遥派的掌门人,灵鹫宫宫主,就在于他的清静无为,命中注定;段延庆丢掉皇位,最后还是算他坐成了,因为段誉是他的儿子,命中注定;慕容复够努力的了,但就是不能达成自己的愿望,命中注定。还有那个带头大哥少林方丈玄慈,做了错事,做了丑事,那么多的人为他隐瞒,甚至是丢掉性命也不说,但就是隐藏不住,不但被揭露了出来,而且在最神圣的地方,在你的师兄弟、徒弟们和天下各路英雄面前被揭露出来,这是命中注定的。

《天龙八部》中有一个扫地、烧火、干粗活的老僧在点化萧远山和慕容博的时候曾经说过这样一段话:"须知佛法在求渡世,武功在求杀生,两者背道而驰,相互牵制。只有佛法越高,慈悲之念越盛,武功绝技才能练得越多,但修为上到了如此境界的高僧,却又不屑去多学各种厉害的杀人法门了。"这段话说的是什么意思呢?他实际上提出了一个人生的境界问题。武功代表着功利,代表着贪念。要消除功利和贪念,靠儒家和道家都不行,为什么呢?因为无论是儒家的"有为",还是道家的"无为",都没有否定武功,他们只是关注怎样利用武功,利用武功还是个方法问题,到了《天龙八部》中不是说武功怎么使用,而是说武功根本就不需要,要祛除,这就是世界观的问题了。怎样达到这个境界呢?只有多学佛法。所以说,《天龙八部》这部小说实际上是用佛法来指点人生的一部武侠小说。怎样点化,还需要回到佛法的基本原理上说。

释迦牟尼成佛之后就广收门徒,开始说法。他的教法很多,据说有八万四千法门,但是就其根本的思想,可以用四个字概括:苦集灭道。怎么来解释这四个字呢?我用《天龙八部》中的人物来说明,因为金庸就是用这四个字写了很多人物的人生命运。

所谓的"苦"就是"人生皆苦","一切皆苦"。生老病死,这些人间自然规律的苦自不必说,无法避免。在人世间真正苦的是那些人为的自我招来的苦。例如"求不得苦"。什么叫"求不得苦",就是欲望得不到满足的痛苦。想想小说中的那些人物,几乎个个都有欲望,个个都在受苦,虚竹开始还没有,后来有了,他在想他的梦姑。还有"爱别离苦",就是生离死别的痛苦,萧峰、段誉、虚竹、叶二娘、玄慈表现得最突出。还有"怨憎会苦",意思是由于种种原因不得不与自己的意气不相投者一块相处的苦恼,小说最有代表性的大概是阿紫和游坦了,她喜欢的姐夫不理睬她,不喜欢的游坦之偏偏缠着她,这也是痛苦。最苦的"五取蕴苦",就是把一些明明不存在的假象当作真实的事情努力追求导致的痛苦,受此苦最深的当然是慕容复了。

要摆脱这些痛苦就要追寻这些痛苦的根源,这就是"集","集"是"召集"的意思。招致人痛苦的主要根源是贪、瞋(chen)、痴。还有慢、疑、见等烦恼,但主要是贪、瞋(chen)、痴。它们被称为"三毒",或叫"三大根本烦恼"。小说中每一个人都很痛苦,追寻原因,都逃不脱这个"三毒"。

"灭"和"道"是连在一起的。"灭"佛教中又称为"涅槃"或者"入灭",

也就是说"解脱",怎样"入灭"呢?就要有方法,这就是"道","道"就是"道路"的意思。也就是通过修行就可以摆脱痛苦,达到"涅槃"的境界。所谓的"苦海无边,回头是岸"说的就是这个道理。佛教中修行的方法很多,有"八正道"和"三十七道品"等等。但是不管怎样修行都要从尘世间醒悟,这样的醒悟又有点化和自悟两种。《天龙八部》中将这两种方法都写出来了。前面提到少林老僧对萧远山和慕容博用的方法就是点化。这个点化过程实在不容易,因为他们双方是身负血债,有着几十年深仇大恨的一对仇敌,中"三毒"实在是太深了,要使他们化敌为友是要花很大工夫的,但是这位少林老僧做到了,他先给他们说法,他们不听;再指出他们中"三毒"所造成的身体上的弊害,他们还是不顾;老僧就用"龟息功"让他们停止了呼吸,但不死。让他们感受一下死亡的体验,让他们认识到所有的贪、瞋(chen)、痴都是假的,人一死一切皆空。他们醒来的时候一个人的脸红得要滴出血来,那是阳气太甚,一个人的脸绿得怕人,那是阴气太甚,这个时候只听到老僧喝道:"咄(duo)!四手相握,内息相应,以阴济阳,以阳化阴。王霸雄图,血海深仇,尽归尘土,消于无形。"这就叫"棒喝"。在老僧的"棒喝"下,萧远山和慕容博开化了,他们两人四手相握,互相为对方疗伤,又大彻大悟,感觉到过去追求的一切都是空的,两个人携起手来,一起在老僧面前跪下拜老僧为师,他们开始"入道"了,要通过修行达到摆脱痛苦的境界。小说中还有一个人物鸠摩智。鸠摩智在历史上是真有其人的,是位得道的高僧,当然不会武功,在这部小说中,却是一个中"三毒"最深的恶僧。小说写了他怎样去恶从善的过程。这个过程是在一个枯井中完成的。与萧远山、慕容博从地狱中走一趟相仿,枯井大概也是一种地狱,从地狱中得道也有死而后生的意思吧。他的这个得道就是自悟,他的武功被段誉无意之中吸走了,变成平常人一般。这样大的变化,他看作是佛的点化,于是他自悟了:他坐在污泥之中,猛然省起:"如来教导佛子,第一是要去贪、去爱、去取、去缠,方有解脱之望。我却无一能去,名缰利锁,将我紧紧系住。今日武功尽失,焉知不是释尊点化,叫我改邪归正,得以清净解脱。"他回顾数十年的所作所为,额头汗水直流,又是惭愧,又是伤心。这就是大彻大悟了。从此他开始潜心修行,终于成为一代高僧。

《天龙八部》是依据佛学教义写的一部小说,但不要以为金庸就是一个佛教徒，金庸自己说过，他知道佛教是人生的最高境界，他自己做不到。其实他不但做不到，甚至有些地方还不太赞成。我在前面讲过虚竹的成长是命中注定的模式，但是有一个细节很特别，那就是他在天山童姥的逼迫下，既吃了荤食，又破了色戒。根据佛教的教义，他是要受到惩罚的，虽然他是被逼迫的。但是他不但没有受到惩罚，反而成为一个英雄。作家还通过天山童姥的嘴称赞了他一句：率性而为，是为真人，这才是好小子。看来金庸自己并没有完全入道，尘世的想法还不少。

我在前面讲过金庸是一个政治意识较强，读他的小说可以强烈地感到他的政治观念。他的政治观念又有什么样的特点呢？请听下一讲："真真假假隐若现，是是非非虚亦实"。

第三十一讲　真真假假隐若现，是是非非虚亦实

要讲学术水平，金庸的历史水平要高于文学水平。他很喜欢历史。他曾经办过一个刊物，名字就叫"历史与武侠"，后来招收博士研究生招的也是中国古代历史方向的博士生，自己在剑桥读硕士、博士，学位论文都是中国古代历史专业。所以讲金庸小说就不能不讲到历史。事实上，金庸小说是可以作为历史武侠小说来阅读的。那么金庸小说的历史观又有什么样的特色呢？我先讲他的小说中的两个情节。

金庸在第一部小说《书剑恩仇录》中写了一个皇帝，那是乾隆。小说中乾隆是个见利忘义、好大喜功的小人。在最后一部《鹿鼎记》中也写了一个皇帝，那是康熙。小说中的康熙可以看作是个"明君"。他忧国忧时、勤政爱民、仁厚大度。看见天地会的人反他，他对韦小宝说出这样的话："我做中国皇帝，虽然说不上什么尧舜禹汤，可是爱惜百姓，励精图治，明朝的皇帝中，有哪个比我更加好的。"这倒是符合实际的。当得知台湾台风受灾的时候，他甚至要求缩小宫中的开支，筹款赈灾。他还很爱戴自己的父亲顺治，将韦小宝派去伺候，说明他有仁孝之心。两个清朝皇帝一比较就会发现，金庸对皇帝形象的描写发生了很大的变化。再说一下梁羽生写清朝皇帝，梁羽生写的清朝皇帝比《书剑恩仇录》中的乾隆都要坏。他有一部小说《七剑下天山》。小说中也写了康熙去见顺治，但不是表现康熙的仁爱，而是写出

康熙的毒辣,他为了保住自己的皇位,居然将自己的父亲杀死,然后再嫁祸于人。《七剑下天山》中的康熙与《鹿鼎记》中的康熙简直就是两个人。

《鹿鼎记》中还有一个情节给人留下很深的印象。在三圣庵的禅房里,有一次"五圣聚首"。古往今来第一大反贼李自成,古往今来第一大汉奸吴三桂,古往今来第一大美人陈圆圆,古往今来第一大武功高手九难和古往今来第一大滑头韦小宝居然聚在了一起。"古往今来"当然是九难和韦小宝互相送给对方的。这样的场面绝不是历史的真实,只能出现在小说中。

金庸的小说为什么会有这样的历史场景呢?我们可以从三个方面理解它:1.金庸特别喜欢写乱世,总是写朝代更替的时刻。这样写的最大好处是很容易写好人物,乱世出英雄么。英雄人物可以在民族、爱民、战争、人性等方面的搏杀中体现其本色,从陈家洛开始,金庸笔下的英雄人物几乎都是在历史的关键时刻体现出博大胸怀的。2.金庸小说有一个从"汉族中心"向"国家中心"的转变。《书剑恩仇录》是"汉族中心"的典型代表,既然是汉族中心,作为清朝皇帝的乾隆形象就不会好到哪里。其实不是金庸有意如此,中国传统的武侠小说一直就是"汉族中心",金庸的第一部武侠小说是传统武侠小说的继续。梁羽生的历史观就在这个层面上。古龙的小说不是历史武侠小说,是江湖武侠小说,他的小说没有历史。但是即使在这本小说中,金庸的"汉族中心"还是留有余地的,小说中回族集团的质朴和女人的美丽是被赞美的对象。金庸小说的魅力就在于他不断地进步。1963年创作的《天龙八部》是"汉族中心"观的转变。这部小说中最光彩照人的形象当然是萧峰。萧峰却是个契丹人。小说中当萧峰知道自己是契丹人的时候,曾经与阿朱有一个对话:萧峰对阿朱说:"我是契丹人,从今而后,不再以契丹人为耻,也不以大宋人为荣。"阿朱说:"我早说过胡人中有好有坏,汉人中也有好有坏。胡人没有汉人那样狡猾,只怕坏人还更少些呢!"到了《鹿鼎记》,金庸开始批判"汉族中心"观念。小说中那些"反清复明"之士要么是为自己谋利益,拥唐拥桂,闹得不可开交,要么是争权夺利互相残杀,就像陈近南这样的人,心胸狭窄,只知道忠于一个台湾的小朝廷。小说最后有一个明朝遗老会见韦小宝的情节。在这次会面中,顾炎武、黄宗羲等人居然让韦小宝取代康熙做皇帝,康熙做皇帝好还是韦小宝做皇帝好,不说自明。不是看哪个民族的人做皇帝,而是看什么人做皇帝对老百姓好,这就是

"国家意识"。既然建立了"国家意识",金庸对康熙的评价就不会看他的民族,而是看他的作为,对他的肯定也就理所当然了。3. 金庸喜欢写历史,但如果以为金庸就是写历史,那就错了。金庸只不过是借历史的影子写武侠。一半是江山,一半是江湖,写江山只不过为写江湖留下一个宽厚的背景,而不是"历史的导游图"。正因为这样,他的历史人物往往成为侠客人物,康熙能够与韦小宝交朋友,"三圣庵"里"五圣聚首"也没有什么荒诞之处。

  前面讲金庸其人的时候,我说过金庸有很浓的政治情结,也很懂得一些政治手段。这些政治情结和政治手段必然会贯穿于他的小说之中。老实说,没有这些政治情结和政治手段的描述金庸小说还没有这么好看。金庸是怎样写这些政治情节和政治手段的呢?他不是从正面赞赏的态度写之,而是从反面批评的态度写之,他认为那些政治狂和政治手段使用者都是有悖正常人性的,结果都没有什么好下场。于是正常的人性就成为他写那些政治狂和政治手段的一个标准。

  武侠小说的政治狂就要天下武功第一,因为天下武功第一了就可以独霸江湖。在金庸的小说中凡是夺得天下武功第一的没有一个是正常的。举两个例子,一个是"华山论剑"中夺得天下武功第一的欧阳锋,但是他疯了。他这个疯态有两个标志,一是经脉倒行,整日的倒立行走,二是不知道自己是谁。这两个特征很有含义,说明取得天下第一的人不是倒行逆施,就是迷失自我。还有一个例子在《笑傲江湖》中,小说写到一个"辟邪剑谱",谁得到谁就可以天下第一。但是你要练这样的武功就要自宫,所谓的"欲练神功,引刀自宫"。不要以为这句话就是简单地提示练神功必须要做的前提。它实际上是说,你如果练了这样的神功就要丢掉正常的人性。作家是用调侃的手法写那些想追求天下第一的人的。小说中有三个人练了,一个是东方不败,一个是岳不群,一个是林平之,结果无一不是失去了正常人性。(网上有一个笑话说,岳不群看见了剑谱打开一看是"欲练神功,引刀自宫",他要练功呀,没有办法就咬咬牙自宫了。疼痛异常,昏了过去。过了几天,伤养好了,就练功了,练完第一页,翻到第二页,谁知第二页上还有这样两句话:"若不自宫,也能成功",岳不群大为后悔。我将这个笑话放在这里讲,是很欣赏这则笑话,因为它符合金庸调侃的本义,如果放在小说中也许会写出另外一些精彩的故事情节来。)

金庸批评的第二个政治伎俩是搞阴谋诡计。金庸写搞阴谋诡计写得相当精彩,《连城诀》中的万震山等人,《倚天屠龙记》中的圆真,《笑傲江湖》中的左冷禅、岳不群、任我行等人的事迹都是可圈可点的典型事迹。金庸对他们写得精彩,批得也精彩,他们的计谋算得很精,又无一不是被自己的计谋所害。正应了《红楼梦》中一句话:机关算尽太聪明,反误了卿卿性命。与这些阴谋家相对应的是真情真性,方为真人。他小说中的那些英雄,没有一个不是正气凛然、日月可昭之人。

金庸批评的第三个政治意识是个人崇拜。个人崇拜之坏,人们都知道。金庸小说的深刻性在于:个人崇拜就是一种毒品。没有吃的时候都知道这个东西不能吃,但是吃了以后就上瘾,上瘾之后就戒不掉。我们看任我行是怎样上瘾的:第一步:反感。任我行被关在西湖底下多年,上官云第一次见到他,就鞠躬行礼,然后说:"属下上官云,参见教主,教主千秋万载,一统江湖。"任我行听了这话很不习惯,说:"你这个不爱说话的硬汉子,怎么初次见面却说这等话。"还说:"什么千秋万载,一统江湖,当我是秦始皇么。"第二步:劝说。那些给你毒品吃的人有些是有意的陷害,有些就是一种习惯。你说上官云也是一条好汉,这个人在江湖上有"耿直"的好名,他对任我行没有陷害之意,却习惯了。任我行说:"上官兄弟,咱们之间今后这一套全都免了。"上官云是这样回答的:"是,教主指示圣明,历百年而长新,垂万世而不替,如日月之光布于天下,属下自当领尊。"后来他们商量如何上黑木崖,这可是一件大事。上官云根本就不做主,说:"教主胸有成竹,神机妙算,当世无人能及万一,教主座前,属下如何敢参末议。"(这样的问计和这样的回答,在我们当今社会中多得很,只不过是另外一番用词用语罢了。)第三步,舒服。任我行在大家的帮助之下坐上了教主的位置。这个时候上官云说:"恭喜教主,今日诛却大逆。从此我教在教主庇荫之下,扬威四海。教主千秋完载,一统江湖。"任我行这个时候的反应是什么呢?他笑骂:"胡说八道,什么千秋万载?"忽然觉得倘若真能千秋万载,一统江湖,确是人生至乐,忍不住哈哈大笑。这一次大笑,那才是真的称心畅怀,志得意满。任我行从听得反感变成听得舒服了。第四步:惯例。这个时候殿外的那些香主们一起进殿,高喊:"教主中兴圣教,泽披苍生,千秋万载,一统江湖。"任我行以前一直与部属兄弟相称,现在看见他们一起跪下,当即站了起来,将手一摆,道"不必……"心下忽想:"无威不足以服众。当年我教主之位为奸人篡夺,便因待人太过仁善之故。这跪拜之礼既是东方不败定下来了,我也不必取消。"当下将"多礼"二字缩住不说,跟着坐了下来。他已经完全接受了。他上瘾了,以后再想戒也戒不掉了。追求舒服是人的本性,毒品就是看准了人的这个本性乘虚而入,结果是掏空了你的身体,掏空了你的金钱。个人崇拜也是看准了人的这个本性乘虚而入,结果一定是掏空了你的意志,掏空了你的原则。所以当任我行接受一批批参拜者的时候,令狐冲悄悄地退出大殿,再远远地看任我行,形象有些模糊,心中居然分不清坐在教主位置上的人是任我行还是东方不败了。

至于说《鹿鼎记》中的政治,那是另一种形态。在这部小说中,作者对政治更是无情的嘲讽。他认为政治以及政治上的得失就是一个大赌场和赌博手段的较量。成败一大半要靠运气。康熙的每一次胜利靠的是韦小宝,而韦小宝的哪一次胜利不是依靠赌博手段和运气呢?

武侠小说当然要讲到武功,下一讲我专门讲金庸小说的武功特色,请听下一讲:"武功无招胜有招,门派殊途却同归"。

第三十二讲 武功无招胜有招,门派殊途却同归

武功是武侠小说的第一要素。中华武功第一次真正进入小说是《水浒传》。《水浒传》之前,有一些神怪小说。这些神怪小说中的那些人物举动只能称为"仙人举动"或者"神魔举动"。《水浒传》是实实在在的中华武术美学化的体现,还记得武松醉打蒋门神打的醉八仙么,像舞蹈一样。可以这么说,一直到1949年之前的中国武侠小说,主要都是中华武功的表现。武功到了金庸小说这里却有了很大变化。概括一下,金庸武侠小说具有五个层面,也可以说是五种境界。

第一个层面自然就是中华武功,这是传统的延续,源于中国传统武侠小说。比如琵琶手、蝴蝶掌、蛇骨鞭,这些金庸小说都有。

第二个层面是他把中华艺术和学术融化于武侠小说中。在他的小说里,琴棋书画、歌赋经典、渔樵耕读都能化作武功。艺术学术上最厉害的武功大概是张三丰教他的第五个弟子张翠山的书法武功,这套武功就是24个

字：武林至尊,宝刀屠龙。号令天下,莫敢不从。倚天不出,谁与争锋。这是张三丰90岁诞辰出关后悟出来的武功,自然是厉害非凡。后来他表演给谢逊看,谢逊看了半天,待在那里,说了一句:"我写不出来,是我输了。"最潇洒的武功是《神雕侠侣》中朱子柳与霍都打的时候展现的书法武功,先是楷书《房玄龄碑》,接着是草书唐代张旭的《自言帖》,然后是春秋时代的大篆石鼓文。接着就在霍都的扇子上写起字来:尔乃蛮夷。最可笑的武功当然是《连城诀》中的"躺尸剑法"(应该是"唐诗剑法"却被师父有意误读),将"孤鸿海上来,池潢(huang)不敢顾"有意读成"哥翁喊上来,是横不敢过",将"落日照大旗,马鸣风萧萧"读成"老泥招大姐,马命风小小"。让人捧腹大笑。最神奇的武功当然是黄老邪吹的那首《碧海潮生曲》。箫声一起,"万里无波,远处潮水缓缓推近,渐近渐快,其后洪涛汹涌,白浪连山,而潮水中鱼跃鲸浮,海面上风啸鸥飞,再加上水妖海怪,群魔弄潮,忽而冰山飘至,忽而热海如沸,极尽变幻之能事,而潮退后水平如镜,海底却又是暗流湍急,于无声处隐伏凶险,更令聆听者不知不觉而入伏,尤为防不胜防。"黄药师先以玉箫吹奏此曲试探欧阳锋功力,后又以此曲考较郭靖。内功定力稍弱者,听得此曲,不免心旌摇动,为其所牵。轻则受伤,重则丧命。(但是有研究者把这段描写与还珠楼主的《蜀山奇侠传》做过比较,发现金庸这段和还珠楼主的一样,所以说他有抄袭之嫌。)金庸小说在学术上更显高明。但高明并不是让人难以捉摸的高深。比如,郭靖的降龙十八掌来自《易经》,段誉的北冥神功来自《庄子》,全真教来自道教……这些都是把学术的小说化。又如,中国文化的最高境界是"化境",即化有形于无形。《倚天屠龙记》中有这么一段,张三丰和徒孙张无忌在交谈,赵敏打上门来。她手下有个剑术高手叫方东白,指名向张三丰挑战,要与他过招。张三丰这样的辈分怎么会轻易出手呢?当然是张无忌代为出手。张三丰现教张无忌三招,张无忌每学完一招,张三丰问的不是"你记住了吗?"而是"你忘记了吗?"忘记了招数才能继续往下学。强调一个"忘"字,"忘"不是一无所有,而是化有形为无形。就是道家的"回归本我"。小说中把学术化成武功,意味深长。

讲到这儿,不妨推演一下,说说梁羽生的小说。梁羽生的小说也能达到这样的境界。特别是古典诗词在他小说章节回目的运用上,很见功夫。相比之下,金庸小说的后三重境界就很少有人能达到了。这与他的人生阅历有关。

第三个层面是把个性融入到武功中去。比如说,降龙十八掌一定得要像郭靖那样的老实人才能学,因为他肯勤学苦练;而黄蓉只可练打狗棒法,因为那是一种灵巧的武功;老毒物欧阳锋练的就只能是蛤蟆功,因为他是一个老毒物,而周伯通是个顽童个性,所以他练的是"双手互搏",其实就是两种意念的互相搏斗,他是把一只手当作黄药师,一只手当作自己。武功必须与个性相结合,每个人必须练和他个性相符合的武功,选择不对就要受到惩罚。欧阳锋倒练《九阴真经》,更为暴躁,终于发疯。岳不群、林平之终于练成《辟邪剑法》,却更加阴戾。东方不败迷恋于《葵花宝典》,挥剑自宫,变性变态,临终前他自我反省:"这是冤孽。我练那宝典上的功夫时,先是自宫练气,以至渐渐地胡子不长,说话变尖,性子也变,终于杀了七个小妾,改而喜欢杨莲亭这样的须眉汉子。"既写个性,也写武功,个性、武功相得益彰。金庸写武功的确达到化境的状态。

第四个层面是将武功的渐进和人生的发展结合起来。最有典型的例子在《神雕侠侣》中。小说中杨过遇到了一个异类朋友,雕兄。杨过曾经救过它,作为回报,雕兄把杨过带到它的原主人独孤求败住的山洞里。又向杨过展示独孤求败的剑冢。每个剑冢上面都立有碑,碑上题着字,剑冢里埋着好几把他用过的剑,青锋剑、玄铁剑、木剑。上面的题字是:

凌厉刚猛,无坚不摧,弱冠前以之与河朔群雄争锋。
紫薇软剑,三十岁前所用,误伤义士不祥,乃弃之深谷。
重剑无锋,大巧不工。四十岁前恃之横行天下。
四十岁后,不滞于物,草木竹石均可为剑。自此精修,渐近于无剑胜有剑之境。

在二十岁以前,他用的是刚猛之剑,取其锐利刚猛,这个时期的年轻人何曾不是意气风发;三十岁以前,他用紫薇软剑,取其灵巧机智,而立之龄的年轻人已经用思辨的眼光看待社会;四十岁以前,他用玄铁重剑,取其大巧不工,不惑之龄的壮年人评价社会大智若愚,却入木三分;四十岁以后,他用的是木剑,此是万物皆为剑的境界,此时的人处事淡如无形,精微要旨尽在胸中;而到了五十岁,他不用剑了,用的是剑气,人生阅历已丰,处事遇人一举一动,一个眼神就已在不言中。就是这么五个阶段,可再仔细想想,这哪里是在讲剑,明明是在讲人生,正是人生的五重境界。金庸用自己的人生经历和感悟贯穿于作品中,这恰恰是他的作品高人一等之处,也是现在那些年轻的武侠小说作家达不到的境界,因为他们缺乏的正是这些人生的阅历,没有这些经历是写不出那么深刻的作品来的。

金庸小说中武功的第五个层面是把有形的武功化为无形的武功,在武功之中表现出特有的思维和感悟,那就是心灵的武功。勤学苦练,可以得到上乘的武功,经高人指点,可以得到一流的武功。但是,这些都是有形的,真正的旷世武学一定是将有形化成无形,是人物对武功的自我参悟。金庸的小说很明确地告诉我们这一点。他的小说中人物的最高武功一定是自己参悟出来,一定是独创的,将武功作为自己的一部分,相互渗透而成。因为这样的武功,已经超越了习武者的个性和生活经历,还与人物的情感息息相关,真正达到人武合一化境,这是武功的最高境界。陈家洛最后打败张召重的不是他师傅教的"百花错拳",而是他从《庖丁解牛》中所悟到的那一套拳法。拳法是别人的,感悟却是自己的。这种感悟从哪里来呢?从亲身打斗之中产生,"陈家洛的拳法初时还感到生疏滞涩,这时越打越顺,到后来犹如行云流水,进退趋止,莫不中节"。陈家洛悟到了这套拳法的全部精髓,张召重岂不伏手就擒?在金庸小说中,这个类型写得最好的要算令狐冲和杨过了。令狐冲在华山顶上面壁的时候,正是他参悟武功,走向化境的过程。他就是把自己的思想和意念完全融入到练武过程中。再说杨过,他学的武功十分庞杂,桃花岛、全真教、古墓派、欧阳锋、老顽童、独孤求败都做过他的老师,几乎所有的武林门派、武学大师的武功,他身上都有一点。这些武功绝技使他成为一流高手,但还谈不上武学大师。使他成为武学大师的武功是他的独门武功"黯然销魂掌"。为什么叫黯然销魂掌呢?这和他与小龙女的十六年之约有关,原来这套掌法是因为"杨过自和小龙女在绝情谷断肠崖前分手之后,不久便由神雕带着在海潮之中练功,数年之后,除了内功循序渐进之外,无可再练,心中却整日价思想小龙女,渐渐的形销骨立,了无生趣"。在这样的百无聊赖中他创成这套掌法。他十六年里的苦闷和煎熬通过"黯然销魂掌"反映出来,这是和他的经历、感觉和心境融为一体的武功,要别人来学,肯定是学不来。我们来看看这黯然销魂掌的十七招都有些什么招式：心惊肉跳、无中生有、拖泥带水、杞人忧天、徘徊空谷、力不从心、行尸走肉、庸人自扰、倒行逆施、废寝忘食、孤形只影、饮恨吞声、六神不安、穷途末路、面无人色、想入非非、呆若木鸡……招招都是心声，一片"黯然销魂"。

这五个层面就是五重境界。第一重境界其实讲的是中华武功的招式，是一种继承；第二重境界是武术与学术和艺术的结合，是美术和玄思；第三重境界是写个性，是和"人"这个要素结合，是性情和风格；第四重境界是写人生，是社会和履历；第五重境界达到人武合一的地步，就是最高境界，是心灵和灵魂。这就是金庸小说武功的"门道"。

金庸小说达到雅俗共赏的状态，这样的雅俗共赏还表现在知识层面上，请听下一讲："诗词歌赋历历数，琴棋书画样样精"。

第三十三讲　诗词歌赋历历数，琴棋书画样样精

金庸出生在江南的读书人家，家学渊源很深，他的祖父查文清将他们家族写的诗词整理出来达九百多卷，辑为《海宁查氏诗抄》。金庸在《新晚报》和《大公报》工作的时候就是编副刊、写随笔，涉及各种生活知识。当他写武侠小说的时候，这些知识和才艺都成了他的创作养分，成为他的小说阅读中特别的欣喜和愉悦。

先说他小说中诗词的运用。当代武侠小说作家中诗词功力最好的是梁羽生和金庸。他们俩小说中的诗词描述均有上乘表现。在这一点上古龙差他们很远。我在这里就讲金庸。将一些古典诗词运用到小说中，这不算什么，武侠作家都会；将一些古典诗词和武功糅合起来写，前面已经讲过。我在这里重点讲的是小说回目中诗词的运用。武侠小说是章回小说，章回小说中的章回是小说的两条"眉毛"。把这两条"眉毛"画好了，下面的眼睛就会更有神。金庸采取的方法是用诗词写回目。写得最精彩的是《倚天屠龙记》、《天龙八部》、《鹿鼎记》的回目。

《倚天屠龙记》的回目是每回一句，每句7个字，全书40回，合起来就是一首古体诗。开头几句是这样的："天涯思君不可望，武当山顶松柏长。宝刀百炼生玄光，字做丧乱意彷徨……"作为诗词的诗意来说，内涵一般，但

是每句紧扣内容,而且押同一个韵,的确不容易。《天龙八部》是写词。全书分5卷。每卷的回目合起来就是5首词,它们分别是《少年游》、《苏幕遮》、《破阵子》、《洞仙歌》和《水龙吟》5个词牌。根据小说的内涵写诗词,要涵盖小说的内容,这就需要才华了。《鹿鼎记》更体现出作者的才气。它取材于金庸的先人查慎行的诗词集《敬业堂诗集》,联句完成。从这本诗集中金庸挑了50句联句组成了小说50回的回目。这就比较困难了,这就是说回目是别人写的,你要根据回目的要求编故事。回目与回目之间不一定有联系,但是整则故事却因果相联。不过,应该说明,最初版本的回目还没有这样精致,很多回目都是后来修改时修订的。从中也可以看出金庸的用心。

  再说他养花的知识。写得最精彩的是段誉和王夫人论茶花。王夫人将他引到花圃中看自己的一株茶花,这株茶花开得有红有白,有紫有黄,花色极其繁富华丽,王夫人一直视为精品,叫它"五色茶花",原想段誉会夸奖她的茶花之美,没想到段誉只夸花旁边的玉栏杆,对栏杆旁边的那株茶花看都不看。王夫人既生气又惊奇,因为来她这里的人都会称赞这株茶花的。就像人家叫你欣赏他的书法,你不说人家的字好,却大说纸好墨好,人家会高兴么?段誉不说这株花好倒也罢了,居然还贬低它,说这是很蹩脚的品种,叫"落第秀才"。这么一说,把王夫人的杀气都说出来了,就要他说出理由来。段誉说了:茶花中有一种极品叫"十八学士",一株上开十八朵花,朵朵颜色不同,红的全红,紫的全紫,决无半点混杂,每朵花形态不同,但是各有各的妙处,齐开齐谢。然后他指着王夫人的这株花说:它只有十七种颜色,比十八种少了一色,开出来的花偏又驳而不纯,花朵有大有小,开起来也是有先有后。它处处学"十八学士",却又学不像,只是东施效颦,因此只能叫"落第秀才"。这一番妙答,不但写出了情趣,还写出了茶花的知识。接着段誉说开了,什么是"十三太保",什么是"八仙过海",什么是"七仙女",什么是"风尘三侠",什么是"二乔"。接着就是品王夫人刚从苏州城里带回来的四盆花。其中一株花的名字叫"抓破美人脸"。这个花的花瓣上有一个特点,有一抹绿晕,一丝红条。为什么叫"抓破美人脸"呢?段誉说:凡是美人,自当娴静温雅,脸上偶尔抓破一条血丝,总不会是自己梳妆时弄,什么时候美人的脸被抓呢?只有调弄鹦鹉的时候,所以那抹绿晕和那条红丝肯定是绿毛鹦鹉抓的。花的名字起得好,解释得更妙。

下面我们说"饮"。传统的"饮品"有两种,一是茶,一是酒。王夫人所处的苏州太湖不出茶花,她种茶花是因想念段正淳,但只能是"落第秀才",因为她是被段正淳丢弃在一边,落第了。但太湖这儿却有好茶,那就是碧螺春。金庸是这样描述碧螺春的:"段誉端起茶碗,扑鼻一阵清香,揭开盖碗,只见淡绿茶水中漂浮着一粒粒深碧的茶叶,便像一颗颗小珠,生满纤细绒毛。段誉从未见过,喝了一口,只觉满嘴清香,舌底生津。"金庸告诉读者这就是苏州有名的茶叶碧螺春,北宋以前它还没有名字的时候,当地人叫它"吓煞人香"。这样的茶叶,这样的香味,段誉还敢喝,鸠摩智捧在手上不敢喝,担心是否有毒。因为他喝的都是一些苦涩的黑色茶砖。再说酒。武侠小说肯定离不开酒。写酒之妙,很多武侠小说都有,古龙小说最多,他笔下的李寻欢连毒酒都敢喝。金庸小说当然也有,这不出奇。金庸小说写得精彩的是酒和酒杯的关系。这段论述出现在《笑傲江湖》中,小说中的祖千秋看见令狐冲端过酒碗就喝,连忙拦住,说:"万万不可,万万不可,你对饮酒如此马虎,显是未知其中三昧。饮酒须得讲究酒具,喝什么酒,便使用什么酒杯。"接着祖千秋开讲了:喝关外白酒,要用犀角杯,为什么呢?关外白酒酒味好,但是缺少香味,犀角杯喝酒可以增香;喝葡萄酒要用夜光杯,为什么呢?因为夜光杯喝葡萄酒可以增色,这个"色"可不是什么色情的色,是胆色的色。古人说的是:葡萄美酒夜光杯,欲饮琵琶马上催。葡萄酒倒进夜光杯,酒色就如鲜血一样,饮酒就如饮血。就有了岳飞《满江红》的豪气,岳飞不是说:壮士饥餐胡虏肉,笑谈渴饮匈奴血么。喝高粱酒,要用青铜酒杯,为什么呢?因为高粱酒是中国最古的酒,是大禹治水时喝的酒,用青铜酒杯喝才能喝出古意来。喝米酒可以用斗喝,为什么呢?因为米酒虽美,却失于甘,味道淡薄,大斗喝才显得有气概。至于"百草美酒"需用古藤杯喝,为什么呢?因为古藤杯喝美酒可以喝出百草的香味来。绍兴的状元红就要用古瓷杯,但是最好是北宋的,南宋马马虎虎但是已经出现衰败的气象了,元代的瓷杯不能用,太粗俗。杭州的梨花酒用翡翠杯,为什么呢?因为卖梨花酒的酒家挂的都是青旗,青旗映着翡翠杯,喝起来精神。这么一段酒与酒杯的描述,有些是从中国古诗词中化出来的,有的却是金庸的奇思妙想,读之,不得不佩服金庸的知识和想象力。

当然,讲金庸小说中的技艺是必须说到"吃"的。在他的小说中,"吃"写得最好的是《射雕英雄传》、《天龙八部》和《侠客行》。在《射雕英雄传》中,黄蓉为了吸引住洪七公,让洪七公开心,就做了很多好吃的给洪七公吃。黄蓉做了一菜一汤,菜的名字叫"玉笛谁家听落梅",汤的名字叫"好逑汤"。我们来欣赏小说中洪七公品尝这一菜一汤时的情景:

  洪七公哪里还等她第二句,也不饮酒,抓起筷子便夹了两条牛肉条,送入口中,只满嘴鲜美,绝非寻常牛肉,每咀嚼一下,便有一次不同滋味,或膏腴嫩滑,或甘脆爽口,诸味纷呈,变化多端,直如武学高手招式层出不穷,人所莫测,洪七公惊喜交集,细看之下,原来每条肉条都是由四条小肉条拼成。洪七公闭了眼睛辨别滋味道:"恩,一条是羊羔坐臀,一条是小猪耳朵,一条是小牛腰子,还有一条……还有一条……"黄蓉抿嘴笑道:"猜得出算你厉害……",她一言甫毕,洪七公叫道:"是獐腿肉加兔肉揉在一起。"黄蓉拍手赞道:"好本事,好本事。"

原来,"肉只有五种,但猪羊混咬是一般滋味,獐牛同嚼又是一般滋味,搭配起来,总计二十五种变化,合五五梅花之数,又因肉条形如笛子,因此,这道菜有一个名目,叫做:玉笛谁家听落梅"。再看那碗汤,"碧绿的清汤中浮着数十颗殷红般的樱桃,又漂着七八片粉红色的花瓣,底下衬着嫩笋丁子,红白绿三色辉映,鲜艳夺目,汤中泛出荷叶的清香。"这个汤为什么叫"好逑汤"呢?原来已经将那些樱桃的核剜掉,嵌进了斑鸠肉,《诗经》中有"关关雎鸠,在河之洲,窈窕淑女,君子好逑",所以叫"好逑汤"。黄蓉的爹是多才多艺的黄老邪,这些菜既体现文化的气息,也体现出黄蓉的聪颖、修养和才智。

金庸的高明就是什么样的描述都不是单纯的描述,它一定暗含其他内容,所以这些描述的文字就有了内在的意蕴。他写"吃",决不单纯地写美食,还与武功联系起来。真正的美食是在平常的作料中做出不平常的味道来。所以,黄蓉说,她的拿手菜不是这一菜一汤,是炒白菜、蒸豆腐、炖鸡蛋、白切肉。当然决不是一般的制作,是普通菜肴的精细制作。且看怎样做蒸豆腐,小说写道:那豆腐却是非同小可,先把一具火腿剖开,挖了二十四个圆孔,将豆腐削成二十四个小球分别放入孔内,扎住火腿再蒸,等到蒸熟,火腿的鲜味已全到了豆腐之中,火腿却弃之不食。洪七公一尝,自然大为倾倒。这味豆腐也有个唐诗的名目叫"二十四桥明月夜"。写的是食品,难道不是写武功,黄蓉是练过"兰花拂穴手"的,没有这点轻功,又怎能将豆腐挖成球。叫郭靖来试试,郭靖练的是"降龙十八掌",一掌下去,豆腐大概成沫子了。

再看《天龙八部》,小说写到姑苏慕容家。这是江南水乡。怎样体现江南水乡的特点呢?除了写水,写船,就是写语言和食品。语言是典型的苏州话。那个小丫头阿碧是一口苏州话,什么哉,什么哩,什么姆,什么勿得,金庸是这样评价这样的语言的:咭咭咯咯,语声轻柔,若奏管弦。要说食品就更体现了江南的特色。段誉来到了慕容家,慕容家送上了四色待客的点心:玫瑰松子糖、茯苓软糕、翡翠甜饼、藕粉火腿饺。那么的精致,以至于段誉不忍动手。再看招待客人的菜:菱白虾仁、荷叶冬笋汤、樱桃火腿、龙井茶叶鸡丁。这几个菜是典型的江南太湖菜,再加上花瓣鲜果,天然清香,令人馋涎欲滴。

《侠客行》写食品不是写色香味,而是写食品中的"意"。小说最有名的食品当然是侠客岛上的"腊八粥"。在中土人士看来,被请到喝"腊八粥"是件冒险之事。其实,这些中土人士没有真正认识到喝"腊八粥"的含义。相传佛祖释迦牟尼29岁时的农历腊月初八在菩提树下"成道"。侠客岛请人在这一天到岛上喝粥,是为了让你"成道"。因为那里有绝世武功让你破解。可是这些人太愚笨就是不敢去。

50年代,金庸为了做电影的编剧和导演,学习和钻研了很多舞台艺术和电影艺术。当然他也创作过一些电影剧本,同时他的武侠小说创作也进入了高峰期。所以他的武侠小说就比其他武侠小说作家的作品多了一道味,那就是舞台艺术和电影艺术的穿插。请听下一讲:"百味人生留剪影,亘古英雄入画图"。

第三十四讲 百味人生留剪影,亘古英雄入画图

小说要写地点,舞台表演要写地点,它们的不同在于,小说的地点是故事的发生地,舞台表演的地点就是人物活动带来激烈矛盾冲突的舞台。金

庸小说最精彩的舞台表演体现在两个场景中,一个是《飞狐外传》中商家堡的大厅,一个是《射雕英雄传》中牛家村的"密室"。

商家堡大厅中演出的那出戏可以称作"激变艺术",就是各种矛盾逐步堆积,最后由主要矛盾来催化,让全部矛盾总爆发。由于大雨,商家堡的大厅成了众人躲雨的地方。又由于各人的利益不同,聚在一起的人就开始产生矛盾,于是戏剧冲突开始。这一场戏通过三幕完成。第一幕的中心矛盾是马行空的女儿马春花,她善良又漂亮,善良使得她关心刚赶进来躲雨的田归农和南兰,关心商家堡的少主人商宝震,她的善良和关心都为她以后的命运留下了伏笔。漂亮使得那些官差不断地调戏她,于是,就有了马行空的徒弟徐铮与官差的一番打斗,于是形成了第一个小高潮。第二幕的中心是马行空镖着的30万两银子。这个矛盾中心是由大盗阎基的出现被激活的。先是马行空与阎基打斗,阎基打来打去就那么十几招,而且样子难看,但就是这样的十几招打败了"百胜神拳"马行空,可见尽管马行空会那么多拳路就是打不过这十几招,这十几招为什么这么厉害呢?这又为后来的故事情节留下了伏笔。到田归农也参加进来,并且与阎基分镖银,马行空、马春花、徐铮拼命护镖,第二幕再掀高潮。第三幕的中心人物是苗人凤,他的出现使得大厅上的所有人物和矛盾都暂停下来。他是来追自己妻子的,因此苗人凤、田归农、南兰的矛盾纠葛上升到主要矛盾。这个矛盾的结束以苗人凤离开而结束。随着苗人凤的离开,大幕降了下来。所以说《飞狐外传》是从一部三幕话剧开始的。

看过《射雕》的人都不会忘记牛家村的"密室"。"密室"外面是一个房间,"密室"里的人可以通过一个小孔看见外面,外面人却看不见里面。小说写到郭靖受伤,黄蓉和他躲在里面疗伤,整个疗伤过程需要七天七夜。这七天七夜中外面的房间一点也没有消停过,于是躲在里面的郭靖和黄蓉看了七场戏。这七场戏分别是:1.完颜洪烈触景生情,怀念包惜弱;2.陆冠英、程瑶迦、尹志平三人联手打侯通海;3.陆冠英、尹志平两人说事生恶,动起手来;4.黄药师做主让陆冠英、程瑶迦两人成婚。5.欧阳克欺负穆念慈,程瑶迦被杨康所杀;6.华筝和托雷来找郭靖。7.全真七子斗梅超风和黄药师,梅超风自杀,得到黄药师的宽恕。如果我们熟悉《射雕》的故事情节和矛盾冲突的话,仔细想想,小说中的主要人物和主要的矛盾冲突都在这里表演了一番。不过这里的表演与《飞狐外传》中商家堡的戏不一样,它是一个冲突接着一个冲突出现的,这样的表演方式属于舞台艺术的"展览艺术"。比一般"展览艺术"还要高明的是,这个舞台是被分成两半的,在"密室"里还有一对从来没有这样肌肤相亲的年轻人郭靖和黄蓉,他们是整个戏的核心人物,外面所有的矛盾冲突都与他们有关,而外面所有的矛盾冲突又直接影响着他们的心情和情绪,外面的矛盾涉及情、仇、恩,涉及阴谋、承诺,甚至还有性。在里面的他们实际上随着外面矛盾的发展也在演戏。所以说这一场戏是一个舞台,两个场面。从这个意义上说,这样的表演艺术就有点现代艺术的意味了。

和小说语言的刻画和说明不一样,电影语言主要是靠画面和动作完成。电影剧本实际上就是画面的设计和动作的设计。金庸小说中的电影语言可以说到处都有。为了让大家清楚地感受,我将其分成三个部分来讲。

金庸小说的开头和结尾很多都是写剧本的方法。我举两个例子,一个是《雪山飞狐》,开头是:"嗖的一声,一支羽箭从东边的山坳后射了出来,呜呜声响,划过长空,穿入一头飞雁颈中。大雁带着羽箭在空中打了几个筋斗,落在雪地。西首数十丈外,四骑马踏着皑皑白雪,奔驰正急。马上乘客听得箭声,不约而同的一齐勒马。"这是典型的剧本语言,用画面和动作组成。这部小说的结尾,就是很著名的一个画面,胡斐拿着刀向苗人凤砍去,刀举在半空停在那里了,是不是要砍下来,作者给读者和自己都留下了一个悬念。对电影手法稍有了解的人都知道,这个画面就是电影艺术的"定格"。让活动的画面突然静止,这就是"定格"。"定格"的运用常常是为了给读者留下悬念或者是美好的记忆。这种手法常出现在金庸小说的结尾。《笑傲江湖》的结尾也是"定格",那是任盈盈的一张笑脸;《倚天屠龙记》的结尾也是"定格",那是张无忌的手停在半空中,一支笔落在桌上。再举个例子。《白马啸西风》的开头是:"得得得,得得得,在黄沙莽莽的回疆大漠之上,尘沙飞起两丈来高,两骑马一前一后的急驰而来。前面是匹高腿长身的白马,马上骑着个少妇,怀中搂着七八岁的小姑娘。后面是匹枣红马,马背上伏着的是个高瘦的汉子,那汉子左边背心上却插着一支长箭。鲜血从他背心流到马背上,又流到地下,滴入了黄沙之中。"这同样是动作组成的画面。结尾是:"在通向玉门关的沙漠之中,一个姑娘骑着一匹白马,向东缓缓而行……白马带着她一步步的回到中原。白马已经老了,只能慢慢的走,但终是能回到中原的。江南有杨柳、桃花,有燕子、金鱼……汉人中有的是英俊勇武的少年,倜傥潇洒的少年……"可以想象随着人物渐走渐远,场景越来越扩大,最后是人物和天地融为一体。这是电影中的"远镜头"。

小说创作中,作家都会写一些重要的"关目",以增加作品的情趣或者震撼力。金庸小说当然也有。这些"关目"怎样处理,作家们当然是各有所好。金庸喜欢用电影手法,通过大特写的画面来表现。同样举两个例子。《天龙八部》中段誉碰到的第一个女孩子是木婉清。木婉清始终蒙着一张面纱,她的那张脸不能给人看,谁要是看到她那张脸,她就要嫁给谁。她那张藏在面纱后面的脸是什么样子,就是小说中一个"关目"。怎么解这个"关目"呢?金庸用的就是电影特写镜头。段誉用双手捧着一掬清水走到木婉清的面前,叫她喝水。木婉清受了伤,流了很多血,口渴得厉害,迟疑了一下,终于揭开面纱的一角,露出嘴来。木婉清的脸是什么样子呢?金庸写了一个画面:"其时日方正中,明亮的阳光照在她下半张脸上。段誉见她下颌尖尖,脸色白腻,一如其背,光滑晶莹,连半粒小麻子也没有,一张樱桃小口灵巧端正,嘴唇甚薄,两排细细的牙齿便如碎玉一般,不由得心中一动:她实在是个绝色美女啊!这时溪水已从手指缝中不住流下,溅得木婉清半边脸上都是水点,有如玉承明珠,花凝晓露……"用一个镜头来解决读者心中的疑问,木婉清的脸是什么样子,你们自己去看吧。再举个例子。李莫愁是金庸小说中给人留下深刻印象的人物,这个人物之所以能留给人深刻印象与她出场时的神秘诡异和死的时候的凄美惨烈有很大关系。一讲到她的死人们都会想到她投向大火的那个形象,这就是特写镜头的魅力了:"从山坡上望下去,只见她霎时间衣衫着火,红焰火舌,飞舞身周,但她站直了身子,竟是动也不动。……瞬息之间,火焰已将她全身裹住。忽然火中传出一阵凄厉的歌声:问世间,情为何物,直教生死相许?天南海北……唱到这里,声若游丝,悄然而绝。"闭上眼睛想想看,这个画面在你的脑海中会久久挥之不去。

电影艺术是画面艺术,它通过画面说明内涵,因此演员的动作、面部表情,特别是眼睛都有丰富含义,优秀的演员一定是每一个动作和每一个眼神都传达出了丰富的内心世界。在运用动作语言上最精彩的一段是《飞狐外传》中苗人凤追妻的描写,那真是感天动地。我边朗读边讲解这一段作为这一讲的结束。

我们举《飞狐外传》中的一段描写为例(其中有删节):

    大厅之上,飞马镖局的镖头和趟子手集在东首,阎基与群盗集在西首,三名侍卫与商宝震站在椅子之后,各人目光都瞧着苗人凤、田归农与美妇三人。(全景)

    苗人凤凝视怀中的幼女,脸上爱怜横溢,充满着慈爱和柔情……(特写)

    那美妇神态自若,呆呆望着火堆,嘴角边挂着一丝冷笑,只有极细心之人,才瞧得她嘴唇微微颤动,显得心里甚是不安。田归农脸如白纸,看着院子中的大雨。(近景)

    三个人的目光瞧着三处,谁也不瞧谁一眼,各自安安静静地坐着,一言不发。(近景)

    苗人凤望着怀里幼女那甜美文秀的小脸,脑海中出现了三年之前的往事。这件事已过了三年……

    苗人凤想到当年力战鬼见愁钟氏三雄的情景,嘴角上不自禁出现了一丝笑意,然而这是愁苦中的一丝微笑,是伤心中一闪即逝的欢欣。于是他想到腿上伤愈之后,与南小姐结成夫妇,这个刻骨铭心、倾心相爱的妻子,就是眼前这个美妇人……

    终于有一天……终于,在一个热情的夜晚,宾客侮辱了主人,妻子侮辱了丈夫,母亲侮辱了女儿。

    那时苗人凤在月下练剑,他们的女儿苗若兰甜甜地睡着……

    南兰头上的金凤珠钗跌到了床前地下,田归农给她拾了起来,温柔地给她插在头上,凤钗的头轻柔地微微颤动……

    她听到女儿的哭声……(回忆)

    自从走进商家堡大厅,苗人凤始终没说过一个字,一双眼像鹰一般望着妻子。(近景)

    外面在下着倾盆大雨,电光闪过,接着便是隆隆的雷声。大雨丝毫没停,雷声也是不歇的响着。(镜头闪回)

    终于,苗夫人的头微微一侧。苗人凤的心猛地一跳,他看到妻子在微笑,眼光中露出温柔的款款深情。她是在瞧着田归农。这样深情的眼色,她从来没向自己瞧过一眼,即使在新婚中也从来没有过。这是他生平第一次瞧见。(特写)

  苗人凤的心沉了下去,他不再盼望,缓缓站了起来,用油布细心地妥帖地裹好了女儿……他大踏步走出厅去。始终没说一句话,也不回头再望一次。(近景)

  大雨落在他壮健的头上,落在他粗大的肩上,雷声在他的头顶响着。

  小女孩的哭声还在隐隐传来,但苗人凤大踏步走着。(镜头闪回)

这是一幅极富感染力的"英雄悲怆图",没有一句话,人物的情感纤毫毕露,英雄欲哭无泪的情境充分地展现。电影手法的运用增强了小说的动作性和形象性,大大拓展了人物形象的表现空间。

  上面所讲的内容主要是四个方面:"金庸其人"、"金庸小说群侠传"、"金庸小说的情感世界和女人"、"文化金庸",现在我们应该对金庸小说做一个总结。请听最后一讲:"刀光剑影已黯淡,傲骨侠风万世传"。

第三十五讲 刀光剑影已黯淡,傲骨侠风万世传

  无限拔高金庸小说的地位是不对的,将金庸小说与鲁迅小说进行对比也是不对的,因为这是两个系列,应该有两种不同的批评标准。金庸小说就是武侠小说,属于通俗文学与流行小说系列。金庸小说的地位应该放到中国武侠小说的发展中去看。

  20世纪中国武侠小说的创作十分繁荣。繁荣局面的形成来自武侠小说三次大规模的创新运动。第一次创新运动是由向恺然的《江湖奇侠传》引发的。这部创作于1923年的作品使得中国武侠小说的创作从"江山"转向了"江湖"。武侠小说是中国的"国粹"。从东汉末年的《燕丹子》一直到清末民初的武侠小说,几千年来,中国武侠小说的价值取向,不是保江山,就是打江山(《水浒传》开始还是写江湖世界,到了梁山泊排座次之后,小说的价值取向也转向了江山);武侠人物不是为了某一君王打江山,就是跟随某一清官平叛捕盗。《江湖奇侠传》从浏阳、平江两地农民争"水陆码头"写

起,最后演化成昆仑、崆峒两派江湖人士争斗,演绎成一则江湖故事。从"江山"转向"江湖"给武侠小说带来的最大好处是拓展了小说的传奇空间。武侠小说本来就是以传奇取胜,在"江山意识"的要求下,武侠的传奇性只表现在武侠人物的行为动作上。武侠小说转向"江湖世界"后,武侠的传奇性不仅在人物的行为动作上,还有他们的生活环境中。神秘的深山古刹、险峻的丛山老林、荒凉的戈壁沙漠、古怪的水中小岛,这些是武侠人物生长的地方,也是小说情节展开的环境。同样,在"江山意识"的要求下,武侠人物再神奇也是次要人物。当武侠小说转向"江湖世界"后,武侠人物就成了小说的主要人物。这些武侠人物的精神世界、心理变化、性格脾气成为小说不可缺少的描述内容。武侠人物的武功更神奇了,个性更分明了,但形象更真实了,因为他们有了性格根据。《江湖奇侠传》价值取向的转型以及由此带来的直接效果显然是被当时的武侠小说作家体会到了。他们都为自己笔下的武侠人物设计出了自己的生活空间。李寿民的"蜀山系列"写了半人半仙的剑仙世界;王度庐的"鹤—铁系列"写了亦正亦邪的江湖世界;姚民哀在黑白两道之中为他的人物寻找空间;白羽、郑证因以镖局、帮会为视点写了草莽生活;文公直却把宫廷和江湖连成一片。江湖故事的虚构性很强,可以一波一波地写下去,可以一个人物一个人物地生发开来,于是武侠小说的"系列"也就形成了。此时最大的武侠小说"系列"是李寿民的"蜀山系列","正传"、"外传"、"别传"、"前传"、"后传"……达到了三十多部,一个大型的树状结构描述了一个大型的武林家族。

第二次创新运动是由朱贞木的《七杀碑》完成的。《七杀碑》的最大贡献是将武侠故事与历史故事结合起来,使得武侠小说历史化。武侠小说在江湖世界里增强了小说的传奇色彩,但是故事有一种缥缈之感,以历史事件为背景,不管武侠故事如何传奇,它都有了"根",给人以真实之感和厚重之感。武侠小说的历史化,实际上是从江山之中写江湖,江湖故事围绕着江山的更替来写,不管故事如何的散乱,它都有一条稳定的线索,不管瓜散落在何处,它们都结在这根藤上。以江山为背景写江湖故事,江湖故事也就有了廓大的表现空间,它可以由于政治家的阴谋将江湖故事写到宫廷里去,可以由于结党结社将江湖故事写到高山野林之中,当然,也可以根据民族矛盾将江湖故事写到边区异域里去。武侠小说与历史"攀亲结故",武侠故事就有了无穷的历史"根据"。

　　武侠小说的第三次创新运动是由金庸等人完成的。他们把武侠小说带到了文化的境界。严格地说,金庸小说可称之为"文化武侠小说"。他的小说最突出的贡献是将中国传统文化贯穿其中,让武侠小说成为雅俗共赏的文体。北京大学教授陈平原曾经这样说:如果要了解中国传统文化的一些入门知识,可以读金庸的小说。对这样的话,我表示赞同。

　　武侠小说就是模式小说,金庸小说也不例外。如果把武侠小说的一些模式都去掉,写出来的武侠小说就缺少那种"武侠味"。既保持武侠小说的"武侠味",又有创新是武侠小说作家所追求的。在这个问题上,金庸小说展示出了巨大的魅力。仔细分析武侠小说的模式,大概有五种:复仇、情变、争霸、夺宝、行侠。梁羽生创造了两种:民族矛盾模式和阶级斗争模式。古龙创造了两种:侦探小说模式和神秘奇诡模式。金庸小说超越他们的是创造了武侠小说的"人的模式",往往用人物成长作为小说情节发展的线索。

　　他的小说基本上以人物的成长为小说的创作中心。写人物的成长,就自然写到了人性、人情,武侠小说就表现出一种人的文学;写人物的成长,不仅写他的武功,还要写他的品格,武侠小说就自然表现出文化的氛围;更主要的是,当确立了人物成长为中心后,武侠小说既有的模式都为之服务,一切有形的模式都化为无形,因为它成了"成长模式"的一部分,一切枯燥的套路都有了活力,因为它在丰满着人物的血和肉。举例说明:复仇是中国武侠小说的传统模式,古典武侠小说中就相当多,旧派武侠小说那里更是滥用了,不肖生的《江湖奇侠传》、还珠楼主的《蜀山剑侠传》、王度庐的《鹤惊昆仑》、白羽的《联镖记》、郑证因的《鹰爪王》、朱贞木的《罗刹夫人》等名著都是以复仇为创作中心的。金庸小说中,复仇也是重要的创作模式,或浓或淡地出现在他的每一部小说中,但其高明之处是不再把复仇仅仅看作掀起江湖波澜的一个"引子",而是让它成为刻画人物形象的一个部分。袁承志的复仇,写出了他为国为民的儒侠形象;郭靖和杨康的复仇,表现出了木讷和刁钻的两种性格;林平之的复仇表现出忍辱负重、阴狠毒辣的心态;而李莫愁的复仇就完全是为写她的变态而设计的……形式还是老的,但内涵却变了。金庸的小说写了武侠小说所有的模式,金庸的小说似乎又化解了武侠小说所有的模式,其根本原因就在这里。

金庸小说是章回小说,章回小说是传统小说的模式,但是传统不代表守旧。金庸小说对章回小说的模式做了很大的改造,是一种开放式的章回小说。他的小说创作起码吸收了三方面的营养:一是西方文学艺术,例如从韦小宝的身上,我们能感受到莎士比亚宫廷戏中弄臣形象的影子。北京大学教授、金庸小说研究专家严家炎教授曾经专门写过一篇文章论述金庸小说与法国作家大仲马的小说《三个火枪手》之间的关系。二是舞台艺术和电影艺术。这个问题我在前一讲专门讲了。这里只是再强调一下,中国传统的章回小说基本属于时间小说,是以时间先后写故事情节的,今天发生了什么,明天发生了什么,按照顺序写,如果实在要分开来写,也是用"花开两枝,各表一朵"把一条时间链化成两条时间链来写。舞台艺术和电影艺术是空间艺术,它是用空间的转换代替时间的叙述。空间艺术是讲在这个空间中发生了什么,因此就有很尖锐的矛盾冲突,时间艺术是告诉你这个时候发生了什么事,是一种交待和说明。所以空间艺术的故事好看。这个例子我在前面讲过了,不再重复。三是金庸小说明显接受了中国新小说的影响,这点最为重要。我举例子说明。看过中国传统章回小说的听众一定会有印象。在这些小说中主要人物一出场总是有一段介绍,某人、某者、某也,从头上戴什么帽子到脚上穿什么鞋子都描述一遍,然后再说明此人从何处来,到何处去,最后还来段"西江月"介绍一下他的性情和事迹。新小说讲究的是人物性格。人物一出场就是人物性格的表现。金庸小说完全抛弃了传统小说的方法,走的是新小说的路子。我这里介绍三个人物出场的情况:

"持白子的是个青年公子,身穿白色长衫,脸如冠玉,似是个贵介子弟。"这是陈家洛的出场,一个字"雅",金庸抓住了几个细节,一是白色长衫,这是个读书人;二是面如冠玉,长得英俊;三是下围棋,有贵族气息。在中国,围棋和象棋是有区分的,围棋透着雅气,象棋只能算是大众娱乐。陈家洛的性格和形象一出场就已经展现。

"就在这时,一个衣衫褴褛的少年左手提着一只公鸡,口中唱着俚曲,跳跳跃跃的过来,见窑洞前有人,叫道:喂,你们到我家里来干么?走到李莫愁和郭芙之前,侧头向两人瞧瞧,笑道:啧啧,大美人儿好美貌,小美人儿也挺秀气,两位姑娘是来找我的吗?姓杨的可没这般美人儿朋友啊。"这是杨过的出场。脸上贼忒嘻嘻,说话油腔滑调。这是个小乞丐的形象,估计他抓来那只公鸡也是偷的。更主要是杨过的性格和形象在这里有了个初步交代，无拘无束，无所畏惧，插科打诨，一副自由自在的样子。

"蓦地里大堂旁钻出一个十二三的男孩，大声骂道：你敢打我妈！你这死乌龟、烂王八，你出门便给天打雷劈，你手背手掌上马上便生烂疔疮，烂穿你手，烂穿舌头，脓血吞下肚去，烂断你肚肠。"不用我多说，韦小宝出场了。

最后稍微说一下语言。要说小说的奇语警句，那要看古龙的小说，什么"只要是人，就有痛苦，只看你有没有勇气去克服它而已"（《七种武器》），什么"和赌鬼赌钱时弄鬼，在酒鬼杯中下毒，当着自己的老婆说别的女人漂亮，无论谁做了这三件事，都一定会后悔的"（《多情剑客无情剑》）。梁羽生与金庸小说的语言都是传统小说和新小说语言的结合体，书卷气比较浓，但是又很流利。不过金庸小说的语言更加多元些，他有时候还将方言夹杂其中，我在前面讲过，他在《天龙八部》中就写了不少吴方言。

后　记

　　本讲论由三个方面的内容组成，一是近两年在学术刊物上发表的部分学术论文，主要论述中国现当代通俗小说的文化特点和叙事特点，以及中国现当代通俗小说的批评标准、入史标准；二是中国当代通俗小说研究的课程讲稿；三是张恨水、金庸两位作家专题讲座的文字稿。

　　自上世纪80年代以来，现代通俗文学研究就开始为人们所关注。经过30年的研究，现代通俗文学的重要性已成为学术界的共识。于是一个新的问题就出现在学界面前，具有重要价值的现代通俗文学怎样入史。当下很多文学史通常的做法是将其单独列为一章。此种做法显然不符合现代通俗文学乃至于整个现代文学的发展实际，将其融入文学史的叙述之中是必然趋势。问题是怎样融入呢？现代通俗文学与新文学确实在文化观念、叙事方式和批评标准上存在分歧，融在一起必然会影响治史者史学思维的唯一性。换言之，究竟用什么标准写融现代通俗文学与新文学于一体的现代文学史是所有写史的人所面临的难题。我也一直思考这个问题，但是一直拿不出自己满意又能说服大多数人的标准。与其想不通，不如先将其搁置起来，从基础的工作做起。这些年来，我将主要精力放在论述现代通俗文学的特点上，其目的就是先弄清楚现代通俗文学究竟是什么性质、类型的文学。本讲论收集的论文就是这些思考。

　　我在1993年就在大学里开设了"金庸小说研究"的选修课。后来，随着自己科研视野的拓展，我开始开设"中国现当代通俗文学研究"的选修课。这样的课程很贴近中国当下阅读热点，当然受到学生们的欢迎。由于全国高校开设此类课程的不多，出版社建议将讲稿列入本讲论。我从中抽取出当代部分，取名为"中国当代通俗小说讲稿"列入本书中，请各位读者多提意见。

2004年被央视《百家讲坛》邀请,讲《"引雅入俗"张恨水》,从此与电视讲座结缘。之后在上海电视台的《文化中国》、上海东方电视台的《世说新语》、江苏电视台城市频道的《万家灯火》、安徽电视台的《新安大讲堂》等做了很多人文讲座。现将张恨水讲座和金庸讲座的讲稿列入本书,但愿读者们喜欢。

岁月催人,回首检点近几年的文稿,暗喊惭愧,居然还积累了不少文字,总算是对得起逐渐丛生的白发。

感谢北京大学出版社,多次的合作让我们结下了深厚的友谊,留下了愉快的印象。

汤哲声
2011年12月于苏州大学北校区教工宿舍